ゲオルク・
GEORG TRAKL
トラークル

生の断崖を歩んだ詩人

リューディガー・ゲルナー
Rüdiger Görner
中村朝子 訳
Nakamura Asako

青土社

ゲオルク・トラークル

目次

それからぼくは、自分の魔術のような詭弁を
言葉の幻覚で説明した！

アルチュール・ランボー『錯乱』（一八七二／七三年）

現在は形たちを押し付ける。この影響圏を
踏み越え、そして別の形たちを獲得することが、
創造的なことだ。

フーゴー・フォン・ホーフマンスタール『友人たちの書』（一九二二年）

詩人の言葉は事物を浮遊させる（…）
それが詩の真のリズムだ。つまりそれは
事物を人間に運んでいく、しかしそれは同時にその
事物を再び創造者のもとへと漂い戻すのだ。

マックス・ピカート『言葉と言葉のざわめき』（一九六三年）

悪と美は、私たちが受け取らなければならない
二つの挑発だ。

フランソワ・チェン『美についての瞑想』（二〇〇八年）

ゲオルク・トラークル

生の断崖を歩んだ詩人

オリヴァー・コーラーのために

凡例

（　）→著者による補足・補注

［　］→訳者による補足・補注

三和音で響く序

日記から

ウイーン、六月一九日

夕方、クリストフ・シュタルクが監督したトラークルの映画『タブー――魂は地上では異郷のものだ』を観た。それから生温かな六月の夜の中をユーデン広場まで歩き、とあるレストランの店先のほとんど人影のないオープンテラスでこの日記を書いている。

この映画の中では雨が降りしきっていた。土砂降りだった。だからラルス・アイディンガー扮するゲオルクとペリ・バウマイスター扮するグレーテの髪は束になるほど濡れそぼっていた。この映画は『G&G』という題だったらよかったのに。兄と妹がテーマなのだから。彼らは互いに抱き合う絶望的な愛によって押しひしがれる。この映画の主役を務めたのは近親相姦だ。その周りを色とりどりの光景が花輪のように取り巻いている。

兄妹が薬物に耽り、酩酊すると、画面も酩酊する。それは市民たちのサロンと側溝の間でよろめき、重くのしかかるような街の光景と自然の間で揺れ動く。私は不意にジェイン・カムピオン監督のジョン・キーツを描いた映画『ブライト・スター』(二〇〇九)を思い出した。その映画では詩作は偏執狂じみた苦難の道程として描かれていた。『タブー』では妹は兄の原稿を直している。それに対してキーツの映画では、この詩人の詩はすでにどんな修正も越えた領域に到達していた。

そもそも書くことは、昨今の映画のテーマの一つとなっている。映画『ジェイン・オースティン 秘められた恋』(二〇〇七)では、カメラの焦点は鵞ペンやインクの滴りや書いて黒くなった指に当てられる。この映画ではアン・ハサウェイが扮するジェイン・オースティンは絶え間なく書いている。あるいは映画『恋に落ちたシェイクスピア』(一九九八)では、ジョセフ・ファインズが演じているシェイクスピアはいつも手には鵞ペンを持ち、何らかの視線が紙の上に言葉を呼び起こすのを待ち構えている。

ラルス・アイディンガーが演じるトラークルは、時おり熱に浮かされたように書いては消す。まるで特定の言葉を書き記すことができないのではと心配でたまらなくなるかのように。それ以外には驚くほどこのトラークルは不安を表さない。彼は時おり、もう少しで暴力に走りそうになりながら、それでも常に完全に自己をコントロールできる。グレーテを演じているペリ・バウマイスターは不思議なほどその役になりきっている。というのも本物のグレーテ（それはどんなに曖昧なものであるとしても！）についてはあまりに知られていないからだ。彼女は素晴らしくピアノを弾いた。だが彼女は自身でスクリャビンを思わせるような曲も書いている。そしてそれらの曲をほんの少し聞いただけで、それは彼女の卓越したピアノ演奏をさらに凌駕していることに気づかされる。そうだ、彼女はまさしく抗いがたく、魅力的だ。ただ一箇所だけ映画の中で信じがたく思われたのは、彼女が冷酷な母に向かって、自分とゲオルクの近親相姦的な関係をずっと前から知っていたのにもかかわらず、無関心であり続けたと激しく詰る場面だ。

映像は残る。その意味ははかなく消え去る。オープンテラスのうえに霧雨が降り始める。それは髪をしとど濡らせるほどにはならない。

ウィーン、翌日（ホテル・レジーナ）

昨日の夜の映画のいくつかのシーンが私の中で繰り返される。この映画で間違っていなかったのは一つの点、それはトラークルが生きていたのはただ書いている時だけだったということだ。そして彼にとって書くとはただ詩を作ることだけだった。それ以外は無気力に日々を過ごし、なりゆきに身をまかせ、あるいは手当たり次第に何かに追い込まれているかのようだった。

すぐ近くだ、フロイトのベルクガッセは。そこで『トーテムとタブー』が生まれた。そして

「タブーとは我々にとって一方で神聖な、清められた、といったことを意味し、他方で不気味な、危険な、禁じられた、不純な、といったことを意味する」(1)という文もまた。この本が刊行されたのは一九一三年のことであった。その年、トラークルは二度、三度ウィーンを訪れ、カール・クラウスやアドルフ・ロースやペーター・アルテンベルクと、そしてまたオスカー・ココシュカとつき合った。そして冒頭で記した映画『魂は地上では異郷のものだ』がそのタイトルを借用したあの詩で、彼は二度叫ぶ「清澄よ！　清澄よ！　死の恐ろしい小径は　どこにあるのか、／灰色の石の沈黙の小径は、夜の岩々は、／不安な影たちは。光り放つ太陽の深淵。(2)」ここにあるのはいくつもの極端な対立だ。その対立を調停するのはただ音響、リズムだけだ。それは叫びや問いによって、分析家フロイトよりもヘルダーリンを想起させるそれらによって、確かに中断される。それでもその音響、リズムは、ここに明らかなように魔術のような魅力を失わない。

一九〇〇年頃、文学においてはフランク・ヴェーデキントに始まりハインリヒ・マン、アルトゥール・シュニッツラー、オスカー・ココシュカ、エーゴン・シーレに至るまで、そして音楽においてはあの「十二音音楽家たち」といった快楽に満ちたタブーの侵犯者たちがいた。(3)ではトラークルは。彼は種々のタブーを破ったのか。それとも彼はタブーと戯れた、あるいはタブーが彼と戯れたのか。猫と鼠のように。純粋さを求める格闘、神聖なものの予感、その両方が彼の詩には書きとどめられている。それはまるで輝く、あるいは暗闇に沈んでいく深淵、側溝、魂の落《らく》魄《はく》のようだ。

トラークルがベルクガッセにいたら、もし彼がフロイトの患者になったとしたら、彼はどのように振る舞っただろう。彼は、少なくとも彼の詩は、分析されなければならない夢には事欠かなかったのだから。もしかしたら彼はただ黙って長椅子に身を横たえ、時おり、フロイトに向かって沈黙の中へ一つの詩を差し出したかもしれない。もしかしたら…。

わずか十年間の間に夥しい抒情詩が生み出された。それは文化や政治において、社会や経済において極端なものにあふれた十年間だった。私が今いるこのホテル・レジーナのような歴史主義、そしてそれに対抗する、リングシュトラーセのもう一方の端にあるゼツェッション館［一九世紀から二〇世紀への転換期のウィーンの芸術の革新運動の中心となった「分離派（ゼツェッション）」が築いた展示館。ヨーゼフ・マリーア・オルブリヒの設計による］、時勢を粉飾する新ロマン主義、そしてそれに対抗する現代的な精神障害の分析。トラークルはザルツブルクにとどまっている。金物商を営んでいた父が亡くなった後、商会の解散はなかなか進まない。その頃、一九一三年三月三一日にアルノルト・シェーンベルクはウィーンの楽友協会の大ホールで自身の室内交響曲ならびにアントン・ヴェーベルンの何かとアルバン・ベルクの『ペーター・アルテンベルクの絵葉書の言葉による歌曲』を指揮した。この「スキャンダルコンサート」は全ウィーンを激昂させた。そしてオスカー・シュトラウス、つまりオペレッタの控えの王様は憤激のあまり、「文学と音楽のためのウィーン学生連盟」（トラークルも学生の頃この連盟の活動に共鳴していた）の会長であったシェーンベルクに公の場で平手打ちをくらわせ、今度はトラークルの友人エアハルト・ブシュベックがシュトラウスにびんたをくらわせるという事態となった。

トラークルはブシュベックからどんなことを聞いたのだろう。彼は悲しんだろうか。驚愕しただろうか。同年の七月にトラークルが再びウィーンに来た時、まだ人々はそれを話題にしていただろうか。その間にブシュベックはザルツブルクでトラークルの妹グレーテと深い関係を結ぶようになっていった。トラークルの失敗に終わった実生活については何とわずかなことしか分かっていないことか。当然だが、成功した彼の作品については、その底知れぬほど深いメランコリーに満ちた作品についてはいくらかそれよりは多くのことが分かっている。

トラークルに近づく幾つかの道

I

いつもザルツァハ川［ザルツブルクの町の中央を南東から北西に流れる川］に沿っていく。インスブルックでも、ウィーンでもなお、ベルリンにおいてさえ。ついには大戦が始まった年の秋、クラクフにおいてもそうだった。いつもこの乳白色がかった緑色の流れに沿って。この緑色の中にトラークルは血まみれの下水溝がいくつも注ぎ込むのを見た。されこうべのような石灰岩のまわりに白く渦となって泡立つ水。誰が不思議に思うだろうか、彼の詩の一つは「沿っていく」と題されたことを（「暗い垣根から　えぞ菊の花を／あの白い子供に　持っておいで」）。

　彼は最後にあのホーエン・マルクトを、ヴァヴェルを見たのだろうか、クラクフのあの戴冠式の丘を。それを彼は小型のメンヒスベルクやカプツィーナーベルク［ザルツブルクの町を囲むように前者は町の西側に、後者は町の東側に立つ小高い丘］だと思っただろうか。それとも彼はすべての山々をゴルゴダと見ただろうか。時おり、彼は自分の人生をどうしたらよいか分からず、激しい不安に駆られ、ボルネオ島の植民地で仕事に就こうとした。アルバニアへ行こうとした。しかし結局のところギムナジウムの生徒だった頃と何も変わらなかった。その頃彼は切手を集めることで世界を知った。

　いつも地獄のように美しいのはザルツブルクだった。そこではどんなに強烈な不協和音も快い響きを装うことができた。いつも彼はそれを聴いていた。天使像たちが押し黙ったまま歌うのを、石たちの声を。そして彼は詩を書くことで、詩の中で罪を清めることで、サタンを誘惑した。彼はプロテスタントであったから、カトリック教徒のように告解の秘跡にあずかることはなかった。自分自身にとって深淵のように思われた罪深さの中に身をさらし続けた。けれども言葉があった。すべてを成し遂げねばならず、そして彼の手によってほとんどすべてを成し遂げた言葉が。語彙［原語 Wortschatz は直訳すれば「蓄積された語の宝」］こそが彼が真に所有していた唯一の財産だった。それは量としては全体が見渡すことができるほど少なかった。だがそれは真に豊かであった。なぜならば言葉は入念に彫琢され、凝縮され、しかしまた分解され、様々な配合で混合され、母音によって色づけられ、夢によって増殖された。彼は空想と姦淫したのだろうか。

Ⅱ

トラークルはまたいくつもの柵を見た。夢の中で、そしてここの父の店で。おびただしい金属製の柵を。それらは網目の大きさも色々で、積み重ねられた厚さはたっぷり一尋はあり、乗り越えることはできなかった。そしておそらく幼いゲオルクの心の中でそれらは問いかけただろう、いったい誰がこんなに多くの柵を必要とするのだろうと。すでにどの前庭や裏庭にも十分柵はあったではないか。例えばトラークル一家の庭にも。そこで彼は兄弟姉妹たちと遊んだ。しばしば一人きりでも、あるいは妹のグレーテと二人きりで。いくつもの柵、彼は後に、詩の中で、そのうえに向日葵が傾くのを見るだろう。柵、それらに沿って彼は歩いた。しかしそれらはまもなく乗り越えることのできない塀へと隙間なく固まっていく。

父の商会は父が生きている間はずっと安泰だった。父は使い走りの少年たちや店員たちに指示を与える時も慎重で、大声を上げることもなかったようだ。だが町の職人たちのところでは様子が違った。平手打ちが鳴り響き、親方たちは徒弟たちをどなりつけ。口汚くののしった。

「あなたたちのお父様《ペールメートル》、トラークル《トラークル》様は」とアルザス地方出身の乳母は話して聞かせた、「まさに経営者でいらっしゃり、そして紳士でいらっしゃるのです、大旦那様《アントゥルプルヌール》なのです。そう《ウィ》、本当に《ヴレモン》」

と。

ゲオルグ・トラークルに近づく第一歩はこのように始めることができるかもしれない。あるいはもしかしたら母に宛てた虚構の一通の手紙で始めることもできるかもしれない。トラークルの母は骨董品の収集に没頭し、人を寄せ付けない女性だった。一家の住居は広く、旧市街の中にあるにしては非常に明るかったが、その部屋部屋を母は一つまた一つと自分と自分の収集品のために占領していった。「お母さん、なぜあなたはこんなに憑りつかれたように集めるの。なぜあなたはあなたが集めたものたちとお話しするの。僕たちはよくそれをあなたの居間に通ずる閉ざされたドア越しに聞いているんだ。それなのになぜ僕たち子供たちとはほとんどお話ししないの」。

彼女をTraklin［Traklという姓に女性形にする語尾inを付けた造語。親しみを表す時にこのような形にすることがある］と呼ぶことはできなかっただろう。それは慣れ慣れしすぎたし、そうするには彼女はあまりに近寄りがたかった。彼女はVous（「あなた」）と話しかけられるのに慣れていた。彼女はマダム・ラ・メールであった。ゲオルクはそれをla mer［フランス語で「海」］と勘違いしたかもしれない、しかしそれをmehr［ドイツ語で「もっと多く」］とは取り違えなかっただろう。なぜならば彼女には「もっと多く」期待することはできないと、まもなく彼は気づくようになるから

彼は母のことを初めは恐れていただろうか。彼は母に気に入られようと努めただろうか。母からの賞賛を切望しただろうか。いつから彼は母を憎むようになったのだろう。母を殺したいとい

う衝動を自分自身に禁じざるをえなくなっただろうか。こうしたことで一生分の長さの手紙が書けただろうが、彼はそれを書くことも拒んだ。そのかわりに母は繰り返し詩の中に現われた、名前を持たず、無表情に、大抵はただ幽霊のような白い顔をして。

Ⅲ

自伝を書くトラークル。それを想像することはできるだろうか。彼はウォルト・ホイットマンのように「ぼく自身の歌」を書くことはできただろうか。それをホルヘ・ルイス・ボルヘスは完全な虚構と呼んだが。(4) それを想像するのは難しい。だが彼の中ではどんな記憶も、それが美しいものへの記憶であろうと身の毛のよだつものへの記憶であろうと、牧歌的なものへの記憶であろうとトラウマ的なものへの記憶であろうと、様々な形象に変わり、彼はそれらを詩的な独自の生の中へ解き放った。トラークルはまさにアンチ物語作家であった。根本において、この詩人の内的な伝記は、ハインリヒ・フォン・クライストの言うような魂の物語は、つまり散文になった心誌といったものは、外から見れば挫折し、失敗に終わったこの人生の劇的な内的発展をおおよそでも正当に評価するためには必要ではないだろう。

まるで一つの生涯と創造がクイックモーションで早送りされるようだった。そこには萎えたような無気力さや不決断の時期が何度も繰り返し現われる。彼は落ち着かなく見えたが、本当に遠く果てしない世界へ出ていくつもりはなかった。彼の先祖たちは非常に遠くまでいくつもの土地や地方を移り住んだ。[5]だが彼の中では動くことはすべて、ただいくつかの地点に収束した。しかし彼の詩は奇妙に安らいでいるように聞こえる。「神経過敏の時代」（ヨーアヒム・ラートカウ）から生まれたことを気づかせる詩はほんのわずかしかない。それらの詩の響きは催眠術のように作用する。それも奇妙なほど転調しないままであるのにもかかわらず。

…そして一つの皮切りとなる「デ・プロフンディス」

トラークルのことを考えると、「謎めいた」という語が脳裏に浮かぶ。詩作によって瞬く間に使い尽くされた人生、それがこの名前と結びついている。ライナー・マリーア・リルケはザルツブルク出身のこの未知の詩人の詩集『夢のなかのセバスティアン』を読み終えた時、自らに問いかけた。「彼はいったい誰だったのでしょう[6]」と。この問いをリルケは括弧に入れたままにしておいた。まるでこの問いはあまりに許しがたく、あまりに押し付けがましく、この詩作の本質からあまりに外れているかのように。このリルケの問いを囲む括弧は、トラークルに伝記的に近づく場合にいつもその最後に置かなくてはならない疑問符と同じだ。それは彼のテキストを伝記的に解釈することへの戸惑いを表している。そうした戸惑いを私たちもまた持たねばならない。たとえ私たちが今では以前よりはるかに多くのことを彼の生涯について、つまりオーストリア・ハンガリー二重帝国衛生少尉として、一九一四年一一月三日の夕方早くにクラクフの野戦病院で麻酔剤の過剰摂取によって二七年の生涯を終えたこの詩人の生涯について知っていると思い込んでいるとしても。

トラークルについてあれこれと様々な事柄が書かれている。にもかかわらず彼の同時代の人々が奇妙で、異質で、奇異と感じたことについては、ほとんど明らかにされていない。そしてもっと言及されていないのは、彼の数としては少ないその作品の魅力についてだ。彼の作品はまるでクイックモーションを見るような速さで熟していったが、極端なものであふれかえる同時代の特徴を全くといっていいほど映し出していない。そこには人々の生活環境が速度を増し、容赦なく工業化が進む様子も現われていない。工業化される世界については、彼はおそらく後になってようやく認知する。それも宿命として。つまり「冬の嵐の荒れ狂うオルガン」（「東方で」）において、「金属でできた黒い空」（「冬の夕暮れ」）の姿で、そして「死の武器たち」（「グロデーク」）として。だからといってトラークルは彼の詩の材料を自身を取り巻く社会に見つけなかったというわけではない。そのことは彼の詩を注意深く読めばすぐに分かる。[7]

ゲオルク・トラークル。この名前は様々な像を呼び起こす。例えば同時代の幾枚もの写真に写る姿を。何よりも詩的な言語形象を。だがそれでもこの名前はどこか時代のイメージに合わない。いわば遅れてやってきた呪われた詩人《ポエット　モディ》なのだ。彼はボードレールやランボーやヴェルレーヌの系統に連なり、自身の家族よりも彼らと近い血縁関係にあるように思われる。そして残されているトラークルの幾枚もの写真も彼の本当のイメージを生み出さない。そこには従順には見えないが、夢想的な様子の一人のギムナジウムの生徒が写し出されている。彼は半ば反抗的で、半ば不思議そうに写真機を覗き込んでいる。といっても決して写真を撮られることを嫌がってはいない。むしろこの媒体手段に敢然と向き合っている。その視線はさらに決然となり、横顔は非常に印象的で、そしてまた拒絶的でもある。ときおり残酷そのものといった表情が現われる。そうすると手配書の写真であっても不思議はないような顔になる。さらに制服を着たトラークルの写真も何枚かある。一年志願兵のトラークル。あるいは薬剤師試補の時の写真。驚くことに彼には制服が似合って見える。あるいはまたブシュベック家で撮られたくつろいだ様子のトラークルの写真も残されている。そこでは彼はかすかに微笑みを浮かべている。そしてパウラ・フォン・フィッカー［ルートヴィヒ・フォン・フィッカーの弟ルードルフの妻］と一緒に写った別の写真では、トラークルはもっとはっきりと微笑んでいる。そこでは彼の方が彼女と腕を組んでいるのであって、彼女がではない(8)。これらの写真は本当に同じ一人のゲオルク・トラークルを示しているのか。自閉症患者と思われていた人間が、これほど集中して、いやむしろ挑発的にカメラのレンズを覗き込むだろうか。あるいはこれらのポートレート写真は仮面であり、首尾よくその背後にあのアルコールや薬の中毒患者が隠れたのだろうか。

トラークルが生涯の最後に読んだのは、シュレージエンのバロック詩人であるヨーハン・クリスティアン・ギュンターの詩だった。ギュンターもトラークルと同じ二七歳で死んだ。トラークルは、ルートヴィヒ・フォン・フィッカーが彼を野戦病院に見舞った際に、ギュンターの詩「贖罪の思い」を朗読したと伝えられている。「なんということか！　いったいどこに私の歳月の春はすでに／これほど静かに、これほど気づかれずに、これほど早く　去っていったのか」。この詩は「しばしばよい死とは最上の生の履歴だ」という詩行で終わる。(9)

「よい死」はトラークルには与えられなかった。では「生の履歴」はどうか。私たちはやみくもに彼を己の運命に委ねられ、追い立てられた者として理解するのか。あるいはジャン＝ポール・サルトルのように考えるのか。つまりサルトルはそのボードレール論（一九四六）において、人はそれぞれ自身の生に対して断固たる責任を持つことを強調し、この詩人は彼自身の苦悩を選んだのだと主張した。(10)このことはトラークルにも当てはまるのだろうか。それとも彼の人生および作品の謎は、ヘルダーリンのいう「純粋に生じてきたもの」［ヘルダーリンの詩「ライン」からの引用。「（…）純粋に生じてきたものは謎だ。歌でさえ／この謎を露わにすることは許されてはいない。（…）」］だったのだろうか。

トラークルをどれかの型に入れることはほとんど不可能だ。彼を分類するのは難しい。彼は時代に合わないバロック詩人なのか。それとも印象主義的な表現主義者なのか。彼はシュルレアルなもの、不条理なものを目指したのか。それとも彼の詩作を特徴づけるためには何か新しい名称が必要なのだろうか。例えば魔術的な抒情性といったような名称が。この名称には、ボードレールが現代芸術に要求したあの暗示的な魔術が秘められている。なぜならばボードレールは現代芸術は客体と同時に主体を、芸術家の外部にある世界と同時に芸術家自身を含有していなくてはならないと考えたからだ。[11]

表現主義とトラークルの相違は特に綱領的な点にある。というのもトラークルには綱領はない。「新しい人間」のための綱領などといったものは全くない。そのことが彼をあのオーストリアのモデルネの原成岩、つまりヘルマン・バールから区別する。あるいはゴットフリート・ベンは死の前年に刊行した『表現主義的な十年間の抒情詩』で当時を回想して、確かにトラークルをアンソロジーの真ん中に置くという特別待遇で扱っている。けれどもベンの詩論とも言えるこの本の序文ではトラークルについて詳述することも評価することもしていない。このこともまた当然のことと言える。[12]

トラークルは、ハンス・アルプ、ゲオルク・ハイム、クルト・シュヴィタースと同じ年に生まれている。フーゴー・バル、ゴットフリート・ベン、アルベルト・エーレンシュタイン、マックス・ヘルマン゠ナイセ、アルミン・T・ヴェーグナーとはほんの一歳だけしか違わない。つまりトラークルはドイツ語文学の最も過激なアヴァンギャルドたちを生み出した世代に属している。このことに劣らず重要な象徴的出来事は、トラークルの生まれた年、つまり一八八七年にニーチェの『道徳の系譜』が刊行されたことだ。この著作によってまさにこの世代は市民的な規範の転覆や没落を哲学的に正当化し、道徳的なカテゴリーを過激に疑問視することとなった。ニーチェという名のもとで彼らはあらゆる文学的な方法や目的の再評価を推し進め、大勢順応主義に対する反乱に貢献した。

だがこうしたことはトラークルに当てはまるだろうか。例えば彼は「形式」を放棄しただろうか。彼は、ダダの運動さえも可能にしたような言語理解に近づいただろうか。あるいは彼の「反乱」はむしろ隠れた一つの現象ではなかったか。私たちは今日彼を、ザルツブルクの市民たちを襲った驚愕として理解するのか。それともウィーンや特にインスブルックの文学界の「恐るべき《アンファン》子供《テリブル》」として、あるいは一つの世代全体に、いやそれどころか、一つの文化全体に葬送歌を歌った言葉の魔術師として捉えるのか。

ベンはつぶやいた、「トラークルは自ら進んで志願した戦争の犠牲者の一人となった。他の者たちは早くに死んだ[13]」と。これに続けてベンは、早逝した者たちとかかわる誰もが陥る一つの推測を述べる。「もし彼らが年取ることができたならば。(…)私は確信している、(…)今、つまり私の年齢となり、私と同じことを経験した真の表現主義者たちこそが、激しく内側から突き動かされて、自分たちの混沌とした性向や過去から抜け出て、新しいつながりへ、そして新しい歴史的な意味へと向かっていった。それはどの世代もが体験できる発展ではない[14]」。しかしまさにトラークルは「真の表現主義者」ではなかったからこそ、彼の場合、他のどんなことが想像できるとしても、「新しいつながり」や「新しい意味」に向かわねばならないと感じていたということだけは想像できない。この点にまさにトラークルと彼の世代の者たちとの主要な相違があるのではないだろうか。ベンは、「衝動的で、暴力的で、陶酔的な有り様」について言及し、そうした有り様が彼の世代にはあったと述べる。そしてこの世代は「最も壊滅させられた」世代であったからこそ、それでも「手仕事的な倫理感」を、そして「形式のモラル」を示したのであり、彼らの中のディオニュソスは最後には、「明晰なデルフォイの神の足元」で眠りに就いたのだと述べる。(15)

「衝動的」で「陶酔的」なものはトラークルにも決定的な影響を与えた。「暴力的なもの」は確かにただ潜在的に働きかけた。彼は「壊滅され」はしなかった、当然詩の中では。彼はむしろ一心不乱に様々な体験やイメージを凝縮した。「形式のモラル」を彼は完全に信奉し、詩人の、言語芸術職人の倫理感を習得した。しかし彼の中のディオニュソス。それはいつか眠りに就いたのだろうか。それもデルフォイの神アポロンの足元で。あの一九一四年一一月三日の後にもトラークルが生き続けるように配慮したのは他の者たちだった。死の縁で生きながら詩作すること、そしてまた感覚を過敏なまでに研ぎ澄ませ、酩酊し、それから再び死ぬほど疲れてしまう、そういう生を生きながら詩作すること。このことをこの本ではまず第一に取り上げよう。

トラークルが残した生の痕跡はわずかであるが、それらは積み重なり、一つの証拠になる。その証拠は異なる強度でできており、それぞれの強度自体が、彼がある時は優柔不断に振る舞い、ある時はつまらなそうに漫然と日を過ごし、そしてまたある時は神経過敏と退屈さに交互に苦しんだことをそのままに表している。すべてを彼は徹底的に体験した。(しばしば自分自身について十分すぎるほどの)倦怠や嫌悪も、醜悪なものの中に美しいものを経験することも、美しいものの中に厭わしいものを経験することも、宗教的な熱情も、冒涜的な実験も。性的衝動、欲望、酩酊、そしてまた禁欲への、「贖罪」への意志は繰り返し彼を内的に引き裂こうとした。人々の間にいて突然気分が激変したことを友人たちが証言している。[16]だがそうした変わりやすい気分がどのように詩的な趣に変わるのかを示すことはもっと難しい。

トラークルはある一つの場所を探し求めているようだった。あり余るほどの感受性をもって創作に向かったこの人間が生存することのできた場所を。そして彼が繰り返し行き着いた先は詩だった。カール・ハインツ・ボーラーは「秋の事物たち、動物たち、花たち」を前にしたトラークルの「フランシスコ会修道士のような恭順さ」を語っている。[17]ボーラーは隠喩の原理についてトラークルの隠喩の用い方を例に挙げて熟考することを主張し、それは「永久的に変えることができる、なぜならばそれは隠喩であることをやめたゆえに」と考えた。[18]さらにここで、すでに多くの研究者によって考察され、研究されているトラークルの「色」とは、色調によって強めよう、際立たせようとすることだと解釈したい。それはつまり、いわば手や目の下で変化したり高まることもありうる徹底的な事物の体験なのだ。ボーラーの見地に立てば、トラークルはドイツ語詩人の中でアルチュール・ランボーの「流れ」をくんだ最初の現代的な詩人とみなされる。一九六四年のトラークルの五〇回忌に際して発表されたボーラーのこの見解は、ラインホルト・グリムの考察に基づいているが、今日なお反駁の余地はない。「隠喩のこの過激な革新が、つまりその絶対化、その純粋で非論理的な比喩、非現実的な色の使用が、つまりこの芸術的な原理にまで高められた言葉の錬金術がトラークルをランボー」および「フランス象徴主義と「結びつける接点だ」[19]。

トラークルはフランス語に精通していたにもかかわらず、彼自身の創作に様々な重要な刺激を与えたのは、何よりも一九〇七年にインゼル社から出版された、K・L・アマー[20]によるランボーの翻訳詩集であっただろう。さらにシュテファン・ツヴァイクのヴェルレーヌについてのエッセイ（一九〇五）とランボーの翻訳詩集に添えた前書きにも刺激されたであろう。つまりトラークルは彼自身にとっての一人の詩人を発見した。その詩人は、本人の供述によれば、「錯乱」の中で「母音たちの色」を発明したのであり、彼は自身の「魔術のような詭弁《ソフィスム》」を「言葉の幻覚」で説明することができた（「それからぼくは、自分の魔術のような詭弁《ソフィスム》を、言葉の幻覚で説明した！」[21]）［吉本素子訳。以下、ランボーの訳についてはフランス語の原文で示されている場合には吉本による翻訳である。ただしドイツ語訳で示されている場合は訳者自身のドイツ語からの翻訳である］。トラークルは、麻薬の「地獄の夜たち」を知り、それを呪い、そしてそれをモデルネの（モデルネに対する）批判と受け取った一人の詩人、ランボーに出会った。「なぜモデルネの世界か、もしこのような毒が発明されるならば？」[22]。もしそれが、つまりこの「言葉の幻覚」があるならば、それはランボーとトラークルの場合、多くのことを説明できるだろう[23]。例えば、ランボーが彼の散文詩『愛の砂漠』の前書きで彼の詩の主人公、つまり一人の若者について次のように書いていることも。「彼は（…）女性たちを愛さなかったから、彼の魂と彼の心は、彼の力すべては奇妙で悲しいくつもの誤りになった。次の夢たちから、それは彼の愛の体験だった、それらは彼のベッドや路上で彼の中に湧いてきたのだが、（…）もしかしたらいくつかの穏やかな宗教的な考察が解き放たれるかもしれない[24]」。このことはトラークルにも言えるのではないだろうか。彼の中で不十分な愛の経験がせき止められて溜り、その埋め合わせとして、想像上の愛が、毒によって強められたり引き起こされたりした彼の言葉の「幻覚たち」となって遂行されたのだろうか[25]。まさにトラークルの場合は、彼を一つの命題に固定する誘惑にかられる。一つの体験やモチーフに。一つのシーンに。それは例えば彼の詩における死だったり、憶測される妹グレーテとの近親相姦だったり、あるいは「（…）詩は罪に対する贖いにはなりえない」という言葉[26]だったりする。

　この最後の文は一つの追記であった。それはゲオルク・トラークルの人生そのものにおける別離の場面の一端だ。この場面が演じられたのは一九一四年八月二四日であった。薬剤師試補のゲオルク・トラークルが、軍帽に赤いカーネーションを揺らし、インスブルック中央駅で家畜運搬用車に乗り込み、前線に向かったのは月の明るい夜だった。ルートヴィヒ・フォン・フィッカーに、すなわち彼の友人であり後援者、彼の晩年の数年間の最も重要な作品発表の場であったインスブルックの雑誌「デア・ブレンナー」の編集刊行人であったフィッカーに、彼は一枚の紙切れを渡した。そこにはこう書かれていた[27]、「死んだような存在の瞬間に感じること、すべての人間が　愛に値すると。目覚めるとお前は　世界のにがさを感じる。そのなかに　すべてのお前の解かれえない罪がある、お前の詩　ひとつの不完全な贖い」。立言と撤回。（個人的な）罪に対する

「不完全な贖い」としての詩。つまり詩は罪を十分に贖うことはできない。

以来、後世の人々は、どのような「罪」がトラークルに重くのしかかったのか、その謎を解こうとあれこれ考えてきた。フォン・フィッカーに対する恩義か。トラークルが彼の妹に対して、彼女を薬に誘ったことに対して、そしてもしかしたらそれ以上のものに誘ったことに対して感じていた罪か。あらゆる存在に結びついている罪、つまりキリスト教的な意味を含んだ罪の考えか。ひょっとしたら彼が前線で否応なしに巻き込まれることになるかもしれない罪ないし共犯としての罪か。

罪と贖い。ドストエフスキーの崇拝者であったトラークルにとって、この対になった概念は常に一つの文学的なものでもあった。たとえ「死んだような存在の瞬間に感じること」という表現が重い意味を持つとしても。ここにはほとんど耐えられないほどの激しい「悲嘆の底からの叫び《デ・プロフンディス》」が吐露されている。なぜならば存在と無は「類似の」、つまり、比較できる大きさとして一致する。存在は死に等しく、死は存在に等しくありうる。だがそこから何かが生じる。一つの瞬間的な感情が。すなわち全世界的なカタストロフや大量殺害に落ち込みそうになるぎりぎりの縁に普遍的な愛が現存することを感情が洞察する。その洞察は濃縮された「苦さ」をもたらす。しかしそれはそれでまた徹底的に突き詰められた言語芸術の表現の形に、つまり詩に転化する。詩はこうしてどうしても不十分な言葉を使わざるをえないからこそ、詩の「贖い」は「不完全」であることが明らかになる。

だがこのこともまた憶測にすぎない。なぜならば、ある一つのことだけはトラークルは決して嘆かなかった。あるいはせいぜい婉曲にしか嘆かなかった。その一つのこととは言葉の不十分さであった。ホーフマンスタールの『チャンドス卿の手紙』の結果、言語批判はウィーンのモデルネで流行となったが、そのような言語批判はトラークルの作品にはほとんどない。こうした見解はトラークルの詩の特殊性に本質的にかかわるゆえに、これについては改めて別に考えてみたい。同じことがトラークルの詩における詩的主体との詩人の控えめな関係についても言える。この点については、モデルネにおいてニーチェ以降に認められる主体の分裂を顧慮しつつ、解釈する必要があるだろう。

　芸術の真実内容についてのテーオドール・W・アドルノの有名な言葉は、トラークルの作品を概観すると、次のように若干変形して言うことができよう。「トラークルの作品は存在を無意識に夢の形象で描いた。それは現実の社会的状況を無意識的に具体的な形象で描いたのであり、それによって社会の赤裸々な状況は詩的な衣をまとうことになった」と。トラークルの詩作は隠喩の本質を明るみに出した。それを解き放った。しかしそれを目立たないけれども分かりやすい言語形態のままにとどめておいた。どのようにして、それもどのような伝記的状況の中で、その状況から彼はますます絶望に陥りながら抜け出ようと努力したのだが、それは起こったのか。そのことを本書は明らかにしていきたい。

「悲嘆の底からの叫び《デ・プロフンディス》」であれば決算報告もしなければならない。ここではいわゆるトラークル研究の概要を述べようというわけではない。[28] だが「トラークルに関する文献は今やとても概観することはできない」と言って済ませるのは不誠実だろう。このことは一方で当たってはいる。だが他方では、比較的最近においては真に指針となるような研究はなされていない。

そしてまた本書では改めてトラークルの作品の刊行史を述べるつもりもない。トラークルの作品はカール・レックによって早くも一九一九年に全集が刊行された。これは一九三八年に再版され、さらに一九四八年に新版として刊行されたが、この新版が刊行されるまではジャーナリズムにおいて完全に無視されていた。[29] その後、一九四八年から一九五一年にかけてヴォルフガング・シュネディッツによって『全集』が、一九六九年にはヴァルター・キリーとハンス・スツクレーナーによる歴史批判版（HKA）の『全集』が刊行された。最も新しい『全集』はエーベルハルト・ザウアーマンとヘルマン・ツヴェルシナによるインスブルック版[30]である。この版によって初めてトラークルの詩作の成立の経緯が包括的に解明され、証明されることとなった。[31]

エアハルト・ブシュベック、ルートヴィヒ・フォン・フィッカー、カール・レックによる（ほとんど）詩のような、あるいはエッセイのような、あるいは日記のような回想は個人的であるからこそ重要である。それらとは別に、フランツ・フューマンの大部のエッセイ『炎の深淵の前で――ゲオルク・トラークルの詩の体験[32]』も挙げるべきだろう。この卓越した著作の核をなしているのは、フューマンの父が薬剤師として一九一四年初秋に、プシェムィシルの要塞内でトラークルと同じ医療班で任務に就いていたという伝記的事実である。医療班の人々にはトラークルは

「たわごとや奇矯な考え」に憑りつかれているように思われていて、彼らは彼のことを「ショルシュル」という名で呼んではからかったものだった。若いフランツ・フューマンはまさにこの自分の父との関係によってこの詩人に深く関心を持つようになった。フューマンは彼自身が詩を書き始めると、トラークルとはむしろ距離を置くようになる。そしてトラークルの詩を伝記的に解釈するという、トラークルの詩作品にとって往々にして致命的ともなる方法を取る場合には、フューマンはできるだけ慎重に振る舞う。だからこそ右に挙げた彼の本は手本とすべきだ。とはいえフューマンも時々トラークルの詩を必要以上に自伝的に解釈し、説明している場合もある。

トラークルの詩の暗示的な性格は様々な文学的な反応を引き起こした。その第一はエアハルト・ブシュベックの散文詩「ゲオルク・トラークル。一つのレクイエム」(一九一七)である。これに続くものとして、アルベルト・エーレンシュタインがトラークルについて書いた詩およびそれについての彼自身の注釈(33)が挙げられる。これについては後でさらに詳しく言及しよう。ヴェルナー・リーマーシュミートによる詩的な試論「トラークル」(一九四七)もまた挙げねばならない。そしてオットー・バージルとハンス・ヴァイクセルバウムによる卓越した二つの評伝は、種々のトラークル研究に匹敵する価値を持つ。トラークル研究は第二次世界大戦終結の直後に開始されたが、そのセンセーショナルな幕開けとなったのはエーゴン・ヴィエッタがトラークルについて書いたエッセイであった。ヴィエッタはトラークルの詩の持つ実存的な性質を強調し、この詩人について根本的な、そしてまた当時としては画期的な見解を次のように述べている。「(…)我々がかかわっているのは、聖書の人物たちのようにこの世を苦しみながら生き、けれどもそれを変えようとしなかった一人の詩人である」[34]。つまりヴィエッタは、トラークルを性急に表現主義の世界革命のパトスの中に組み入れることに対して警告し、死を一つの「実存的な力」としてその中心に置いたこの詩作の独特の価値を強調した[35]。次にトラークルを論じるにあたり重要な刺激を与えたのはマルティン・ハイデガーの論説「詩における言葉――ゲオルク・トラークルの詩の論究」（一九五三）であった。この詩論的な論究はトラークルの詩の「場所」を問う。その際、ハイデガーも、そして後にフューマンもまた、集合的複数名詞である「詩」Gedichtという語をトラークルの全作品の意味で捉えて特別視することが目を引く。「詩」は言葉の実存形態になる。ハイデガーの場合（冒頭で触れたクリストフ・シュタルクと同様に）、鍵となるモチーフは「魂は地上では　異郷のものだ」という一行だ。ハイデガーがこの詩の「場所」を「ある詩でこう語っている（…）」[36]と言及するやり方は示唆に富む。もっと正確なところをハイデガーは意識的に示さない。彼によれば個々の行が作品全体を表す。だが何よりもこの論究が初めて発表された「場所」が重要だ。それが発表されたのはハンス・ペシュケが刊行した雑誌「メルクーア」であり、この西欧思想を扱う雑誌は確かに格式のある雑誌ではあったが専門誌ではなかった。この雑誌は当時まだ明らかに抒情詩を好んで取り上げており、ゴットフリート・ベンへの信奉は最後まで揺らがなかった[37]。このハイデガーのトラークルに向けた大胆な接近の試みが及ぼした影響を過大評価してはならないが、それはすでに一九五〇年にまず講演として発表された後に、改訂され、

「言葉」というタイトルで出版された。そこでは多層的なモチーフを用いているものの道徳的には素直な詩「冬の夕べ」が、ハーマンの宗教的な言語思想に依拠して哲学的に綿密にパラフレーズされている。すなわちこの論究は重要なテーゼを並べ立てていくハイデガー特有のテキストの一つだ。「詩で語られたものの中に語るという活動が現前している。（…）言葉は静寂の響きとして語る。（…）人間は言葉に応答するときにのみ語る。[38]」ハイデガーがこの詩「冬の夕べ」を例にして行う哲学的な解釈はいわば通常の解釈学を超えている。それを囲むようにしてテキストの冒頭と最後では素朴にこの詩が読まれる。まるでハイデガーはローベルト・シューマンの原則に倣おうとしているかのようだ。シューマンは彼の楽曲の一つについてそれは何を意味しているのかと問われた時、その答えとしてただあっさりとそれをもう一度演奏してみせた。

ルートヴィヒ・フォン・フィッカーはハイデガーの実存論的・語源学的な方法をよしとしたらしいことは、『言葉への途上』が刊行された一年後に、トラークルへの手引きとして書かれたいくつかの文章とともに「アーフラ」と題された詩「夕暮れの鏡」の第二稿（この第二稿は詩人によって却下されたが、今日では優先的に扱われる）の手稿をハイデガーに贈ったことからもうかがえる。[39]このソネットが言語形象へと高めるのは宗教的で世俗的なものだ（「祈りとアーメンが／静かに　夕べの冷気を翳らせ（…）」）。そしてハイデガーが「区‐別そのもの」と名付けたあの「苦痛」であり、現存在の中にある「裂け目」とその継ぎ目だ。[40]

ヴァルター・ムシュクの『トラークルからブレヒトへ』（一九六一）[41]はトラークル研究にとって

不可欠の論考であり、トラークルの詩作品を、その言葉と時代を社会的・文化的文脈の中で的確に捉えて解釈する道を拓いた。彼はトラークルを一種の詩人のフランツ・マルクとみなした。彼の考えではマルクの色彩は最後まで明瞭であり、フォルムは粉砕されなかった。表現主義の統語法の爆裂もマニフェストの熱狂もわがものとすることはほとんどなかった。ムシュクはトラークルの言葉を何かあるものとして調べる。彼によればその何かあるものとは、何か完全に美しいものが砕けて、その苦痛が音楽となるときに響き始める、そういう「メロディー」によって支えられていた。だが彼が述べる次のような見解もまた重要である。「夢のような忘我の状態と意識的な「言葉の錬金術」（ランボー）の間の境界線は、彼においてもまた引きがたい[42]」。

その後のトラークル研究においては、特にトラークルの色彩の体系的な分析やそれらの隠喩的あるいは寓意的な意味、さらにはそこからおのずから生じるトラークルの詩作と同時代の造形芸術との相互関係に関心が向けられる[43]一方で、彼の詩作品における性的なモチーフの精神分析学的な考察も行われた[44]。そしてまたトラークルの詩作の変化や成熟、発展が今日に至るまで吟味され、説明されてきた。その場合にもしもまず発展ということが強調されるならば、特にインスブルック版が刊行されたことによって、それに対しては反論することはできなくなった[45]。それでもトラークルの場合、モチーフ的な繰り返しは最後まで彼の詩作の特徴であり、時代順にあっさりと分類することはできないし、またそうした分類を相対化する。褐色、死んでいくもの、秋の黄金、恐怖。これらはトラークルの作品において絶対的に現存している。だからこれらのモチーフの発展を問うよりも、これらのモチーフがどのように統語的あるいは隠喩的に実現されているのかを調べ、またこれらのモチーフの意味的な異同を吟味することが重要になる。それについてはマックス・ピカートの発言に依拠して次のように言うことができる。ピカートは当然、トラークルの言葉を本質的でない事物の言葉の単なる「言葉のざわめき」から区別していた。トラークルの言葉は語句の重要さを判定するすべを心得ていたと言える。彼の言葉は「本質的である」。このことは「人間と事物」の間の第三の可能性を差し出す(46)。

この重要さの判定には、トラークルの作品を同時代のモデルネの中でどのように扱うかによって様々な新しいアクセントが置かれた。それは自分たちを既存の制度の転覆を図る者たちと捉え、トラークルに熱狂したヴィーナー・グルッペ(47)(「サブカルチュア・ウイーン」は、ヘンリー・ミラーをラム酒と、トラークルを「ジャスミンティー」と組み合わせたということだ(48))や初期のトーマス・ベルンハルトのトラークルとの熱狂的な取り組みに始まり、ヨハンナ・ドデラーの哀調を帯びた「ソプラノ、合唱、室内合奏のためのゲオルク・トラークルの詩による受難」『滅び』に至る。ドデラーの曲はトラークルの詩の最近の作曲の中で最も感嘆に値するものの一つだ。彼女はまさにトラークルに合わせて作曲していると言えるが、それでも、調性以降の音楽的な形成原則も固守している。つまり、トラークルが韻や語の音響といった古典主義以降の象徴主義的な言語形式を捨てないように、ドデラーもまた伝統的な音の構造から離れていない。

トーマス・クリングのトラークルとの取り組みはこれまで挙げた者たちとははっきりと一線を

画すが、「既存の制度の転覆を図る」、あるいは前衛的という点ではひけをとらない。例えば彼の連作詩「第一次世界大戦」の中の詩「ダス・ビルトバイル」がそれだ。クリングはトラークルをアヴァンギャルドの「聖ゲオルク」に任命し、敢えて何度もトラークルの詩の主体とトラークル本人を同一視しようと試みる。それも次のような条件のもとで。すなわち「疲れ切った耳」に聴かせる、つまりトラークルの詩に耳を澄まさせる、ますます「書くことによって獲得」させることが必要であると。(49) トラークルはこのクリングの詩では「兄弟」だ。そしてこの兄弟関係の同意はどうしても否定的な結果に終わる。「ぼくは倒れこむ、ゲオルク、君のように」(50)。時代の雪の中で、詩の「ぼく」とその手本は支えを失う。トラークルを、そしてまたリルケの「ドゥイーノの第一の悲歌」を暗示しながら、クリングのこの詩は認める、「それは天使の秩序の中の格闘だ、寒気によって激しさを増す取っ組み合いの争いだ」と。続いて妹のような雪の花嫁が暗示される、「冷気が歯茎に走る、舌の兄妹を聾にする。二つの口の砂州、白い、シュシュ、それはぼくたちのものだ!」。これまでこれほど詩的に繊細にトラークルの妹グレーテとの関係が扱われることはなかった。

だがまたトラークルの場合に特に息苦しさを覚えるような発言も続いている。そうした発言は彼の及ぼした影響を理解するための情報を色々と提供する一方で、ただ断片に終わり、彼の作品や生涯をできるだけ包括的に把握しようという本来の目的を無視する。なぜならばトラークルの詩作品は何よりも次のことによって特徴づけられているのだ。すなわち、しばしば暗示的で、有無を言わせぬ力を持つそれらの詩作品は純粋に解釈学的な解釈からは、いわんや固定的な解釈からは逃れてしまう。だがしかしまさにこの点にこそトラークルの詩の豊かさの理由があるのだ。本書は本来的にはこのトラークルの詩作の持つ特殊な暗示性を対象として論じるが、間接的にはしかしどのようにして詩について適切に論じることができるかという問題にも触れる。なぜならばただ韻の型やリズムの構造をたどたどしく辿ればそれで詩を理解したと言うことにはならないからだ。それは音楽学的な構造分析によってシューベルトの「さすらい人」が把握されないのと同じことだ。私たちはどのようにしてトラークルの作品に近づけるだろうか。もし私たちが彼の詩作品を綿密に構成された感情領域として渉猟し、それらの詩が世界の状況に対して持っている感覚を探り出し、それらの詩の感覚に訴えかけてくるオーラの中で私たち自身を新たに位置づけるのであるならば(51)。

そして伝記的なことはどうだろう。近親相姦が憶測されている兄妹の関係については、クリングの詩「ダス・ビルトバイル」の次の言葉が、他の十指に余る推測よりももっと多くのことを語っていよう。「雪嵐のなかを足を取られながらぼくたちが歩くこと　雪片のシュテム［スキーの技法の一つ］、ぼくの／妹の雪の肩(52)」。

I　終局的な始まり――『一九〇九年集』

一週間前からぼくは病気で、絶望的な気分でいる。ぼくははじめ、たくさん、そう、とてもたくさん勉強した。そのあと起こった神経の疲労を乗り越えるために、残念ながらぼくはまた、クロロフォルムに逃げてしまった。効果は凄まじいほどだった。一週間ぼくは苦しんで、神経はこわれてしまった。だが、ぼくは、こうした方法で自分を沈静させることに抵抗する。ぼくにはもう、破滅が間近に見えているのだから。

この手紙をゲオルク・トラークルは、一九〇五年の晩夏に、ザルツブルクから友人のカール・フォン・カルマーに宛てて書いた。ここには彼のおかれている危機的状況がまぎれもなく見て取れる。彼はギムナジウムの主要科目であるラテン語、ギリシャ語、数学の成績が不可となり、退学を余儀なくされた。ザルツブルクのリンツァーガッセ七番地にあったカール・ヒンターフーバーの薬局「ツム・ヴァイセン・エンゲル」での実習は、市民社会へのとば口に立った者にとって、体面を維持することのできる適当な逃げ道の一つだった。それは彼の素性にもふさわしかった。だが一人の芸術家の出自を辿るのは、それが彼の作品において明らかに重要になって初めて価値がある。取るに足らない先祖たちを呼び起こしても、彼らは幽霊になるだけだ。ベルトルト・ブレヒトのように、トラークルも名家の出であった。だがまたブレヒトと同様に、実際は「黒い森」の出身だった。生涯において自身の出自に関して少なくともその出発点を新たにこしらえようとしない詩人はいない。自分自身を虚構化するのはしばしば創造的な衝動の一つだ。最後の最後になってトラークルは自分がある枢機卿の血を引くとまで信じていたと言われている。それについては後でもう一度言及しよう。

強情で、頑固で、無愛想。ギムナジウムで危うい状況にあったトラークルをこのような生徒として想像するのは難しくない。しかし明らかに彼は短気だったり、激しやすくはなかった。この時代の写真はストイックに落ち着いた様子を写し出しているが、それは仮面であり、本当は内的にたぎるものを覆い隠しているのかもしれない。カルマーに宛てた手紙からは、トラークルには頼れる友人たちがいたことがわかる。確かに彼は、文学的に非常に活気のあったザルツブルクという町で、志を同じくする者たちを自分の周りに集め、サークルをつくっていた、それはどんなに田舎じみたものであったとしてもだ。そうした様子は例えばアルトゥール・シュニッツラーの後期の長編小説『テレーゼ　ある女の一生』（一九二八）から見て取ることができる。この小説は一九〇〇年以前の偉大なウイーンの世界の視点から、ホーエンザルツブルク城［一一世紀に建造されたザルツブルクのメンヒスベルクの丘にそびえる城塞」の美しいが、無気力にさせる影に包まれた生活を描いている。

いずれにしてもザルツブルクには一八九七年に「パーン」という十分野心的な文学・芸術団体が創設されていた。トラークルは友人たちと、特にフランツ・ブルックバウアー、カール・フォン・カルマー、カール・ミニヒ、グスタフ・シュヴァーブ、そしてエアハルト・ブシュベックと私的なサークルをつくり、「アポロン」や「ミネルヴァ」と名づけた。一九〇四年から一九〇六年まで彼らは月に一度、「ツム・ヴァイセン・エンゲル」薬局と同じくリンツァーガッセにあったベルガー・ブロイ、あるいはカフェ・バザールやカフェ・トマセリに集まった。レジデンツ広場のモラヴィッツ書店では、文学的に「流行《アンヴォグ》の」ものを、つまり、シュニッツラー、ヴェーデキント、ホーフマンスタール、ビョルンソン、ストリンドベリ、ランボー、ヴェルレーヌ、そして薬剤師であったイプセンの作品を手に入れた。これらはギムナジウムの第七学年の生徒たちが作文で扱うべき作家や作品ではなかった。彼らが取り組むべきとされたのはむしろドイツの古典主義の作家たちであった。その場合に若いトラークルが作文を書くとしたら、まさに次の二つのテーマがふさわしかっただろう。一つは「あらゆる季節のなかでなぜまさに春が最も歌われるのか」であり、もう一つは「シラーは彼の詩「シェイクスピアの影」において同時代の文学をどのように描いているか[1]」である。

「ぼくは、はじめ、たくさん、そう、とてもたくさん勉強した。」と書いているのは、おそらくトラークルは夏季休暇の始めに進級試験を特別に受けさせてもらうことになっており、そのために特にデモステネスや方程式を勉強していたのだろう。だが彼は修辞学をニーチェで理解した。彼にとって方程式が解けるのは詩の中でだけだった。例えば韻の音の一致の中で。たとえ未知数や変数を弄ぶことになろうとも。

写真には確かにいくらか気取った、スノッブと見えなくもない一人の若い男性が写っている。彼は不機嫌そうな様子だが、その不快感はおそらく自分自身に対しても、そしてまた自分の周りの世界に対しても同等に抱いているのだろう。自己を認識して沸き起こる嫌悪感が彼を苦しめているようだ。だから彼は自分の顔が一瞬でも微笑む気配を見せることを許さなかったように見える。

だがこの顔の仮面の後ろはすでに怪しく蠢き始めていた。最初の肉体的および心理的な厳しい試練が彼を襲った。クロロフォルムは効いた。彼は明らかにこの薬物に前の年、つまり詩作を試み始めた頃に手を染めたと考えられる。この初期の段階でこの甘美な麻酔剤を自分で使った結果、呼吸困難に陥ったのだろう。幻覚、眩暈、そして嘔吐。「一週間ぼくは苦しんでいる」。トラークルは麻酔剤にまた手を出そうとする誘惑に負けてはならないこともすでに自覚していた。

思春期はトラークルを異常なほど消耗させたように見える。屈託のない幼年時代の後、青年時代の彼はどこから見ても打ち解けず、人とかかわるのを避けようとしていた。彼の幼い頃の幸福な世界はのどかな庭だった。それはトラークル一家がザルツブルクのファイファーガッセに所有していた庭であり、古い市壁の傍にあった。そこに行くためにはモーツァルト広場を横切っていけばよかった。そこの「あずまや《ザレッテル》」と呼ばれていた小さな園亭が彼の最初の詩作の場となった。外の遠くの世界は彼のもとに絵葉書の姿で届いた。それらの絵葉書をニューヨークやメキシコから彼に送ってくれたのは彼の異母兄のヴィルヘルムであった。ヴィルヘルムは一九一〇年に父が亡くなった後、家業の金物商会を引き継いだものの、商売はうまくいかなくなる。トラークル一家は旅行する習慣はなかったらしい。ガイスベルク［ザルツブルクの町にほど近くそびえる標高一二七八メートルの山］、カプツィーナーベルク、メンヒスベルク、ザルツァハ川が世界であり、この身近な山々が秋になればまとう鮮やかな紅葉が、季節が生み出す祭服だった。

けれども音楽もまた世界を形作っていた。トラークルはヴァーグナーやショパンやリストをピアノで弾くことができたが、やがて妹のグレーテが彼をしのぐようになる。どうやらトラークルはグレーテが演奏家として専門的な訓練を受けるようになった時点で、ピアノを弾くのをやめたようだ。トラークルが一八九九年に姉のマリーに挨拶の言葉を書き送った葉書にはヴァーグナーの肖像画が描かれている。ボードレール、ヴァーグナー、ニーチェ。思春期のトラークルが心中を打ち明けたのは彼らだった。トラークルが自分自身の運命とみなそうとするものを保証するのは彼らだった。それはすなわち芸術への意志であった。そしてそれはまずは態度を、身振りを探し求めた。とはいえこの最初の危機の時代にあってもなお、トラークルは幼年時代の牧歌的世界であったファイファーガッセの庭で写真を撮らせている。一九〇八年には、つまりこの最初の危機の時代の最後には彼はしかし、この子供らしい庭の幸福や、それへの思い出を断固としてはねつけ、ニーチェのような熱情をもって宣言した、「幸福を軽蔑する者にだけ　認識が生ずる」（アフォリズム1）と。この後には「認識の嫌悪」が続くことを彼は自身の身体で体験した。この頃、こうした洞察はすでにトーマス・マンの作品において、この作家の初期の創作を表す一つのライトモチーフ的な徴となっていた。(2)『ブッデンブローク家の人々』や『トーニオ・クレーガー』の読者であるトラークルを想像することは難しくない。

「（…）ぼくにはもう、破滅が間近に見えているのだから」。この手紙でトラークルは「イェルク」［原語は Jörg。Georg の愛称］と署名しているが、この人とつながりを持つのを怖じるようになったかにみえる若い「イェルク」を、薬局以上に引きつけたのは劇場だった。当然作家としてであり、役者としてではない。彼は自分の言葉を演じさせ、舞台に立たせ、イプセンや若いウィーンの人々と張り合おうとする。美的に自己を教育することが彼には重要だ。そして彼は裁きの場である至ってブルジョア的なザルツブルクの市立劇場に職を得ようと努力する。彼はまぎれもなく名家であった自分の一家の名前も敢えて利用し、筆名を用いずにゲオルク・トラークルの名で登場することを選んだ。こうして「死者の日」と「蜃気楼」という二つの一幕物が、「芸術のための場所」や「美しいものの住まい」といった銘を掲げる劇場にかけられた。そこは田舎ブルジョワたちの仮面やコトゥルン［古代ギリシャの悲劇俳優が背を高く見せるためにはいた舞台靴］の住処である不道徳な施設ではなかったか。ともあれオスカー・ワイルドやジョージ・バーナード・ショーも、そして一九一二年から一三年にかけての演劇シーズンにはゲールハルト・ハウプトマンやアルトゥール・シュニッツラーやヘルマン・ズーデルマンさえも、この市立劇場のプログラムに載った。(3) トラークルの最初の庇護者となったのは劇場支配人のカール・アストナーであったが、それは明らかにグスタフ・シュトライヒャーのとりなしによるものだった。「新しい人間」という綱領に好意的であったのは若いトラークルよりもむしろシュトライヒャーの方であったことは彼の戯曲「人となる」(一八九九)が証明している。ザルツブルクで活動していたこの二人のリンツ人のおかげでトラークルの注意はリンツにも向けられ、一九〇六年以降、彼は「ザルツブルガー・フォルクスブラット」誌に時々寄稿するのと並行して、リンツでも作品を発表する可能性を探ろうとしていた様子がうかがえる。(4)

トラークルの一幕物「死者の日」は一九〇六年三月末に初演される運びとなったが、この月の始めにオスカー・ワイルドの戯曲「サロメ」が初めて新演出で上演された。それには反ユダヤ主義的発言でザルツブルクの町では有名な、ドイツ民族主義を標榜する作曲家アウグスト・ブルネッティ゠ピサノのバレー音楽が添えられていた。彼はゲオルクとグレーテのピアノの教師でもあった。トラークルはザルツブルクの市報の附録の文化欄でこの劇について短い解説を書いたが、それはスキャンダラスなこの戯曲の筋を情緒豊かに自分の言葉で語り直したものだった。このテキストでは二番目の文が目を引く。それは次の通りだ。「月は胸をしめつけるような魔法の中で光を放ち、雲はそれを越えて向こうへ透明なモスリンのヴェールのように流れていき、すると月は感覚を狂わせるような奇妙で脆いいくつものまぼろしの姿を見せる」[5]。初期のトラークルは詩的な気分を生み出すことに長けていたが、その気分はすでに災いを孕んでいた。彼の書いた一幕物「死者の日」も似たような雰囲気を喚起しようとしたものであっただろう。このテキストも、そしてまた一九〇六年九月に上演された二作目の同じく一幕物「蜃気楼」もともにテキストは今日残っていない。この二つの戯曲は両方とも初演が不首尾に終わり、ただちに演目から外された。そしてトラークル自身、この後、この失敗に終わった最初の創作の痕跡はすべて消そうとしたようであった。これらの上演はさんざんに酷評されたが、それらの劇評から少なくとも一九歳の詩人の言葉はところどころ耳をそばだたせたことがわかる。そしてまた「死者の日」の場合、次のような内容を推測することもできる。それは当然ながらまだ十分には練られていない。ペーターという盲目の若者は病み衰えて、精神が錯乱しかかっている。彼をグレーテが心をこめて長い間看病していたが、彼女がこの家を去り、許嫁とともに彼女自身の人生を生きようと決心した時、ペーターの中で彼女を失わないためには彼女を殺そうという邪な計画が大きくなっていく。だがその計画はグレーテの許嫁によって阻まれ、ペーターはただもう生きたまま死んだように無気力に暮らしていく。

「蜃気楼」のテーマもまた孤独、孤立、性的欲求不満であったと思われる。プログラムによれば夜の砂漠の岩の上に一人の旅人と王女クレオパトラがいる。[6]詩人としての経歴の出発がこれほど惨憺たる様相を呈するのも珍しい。そしてそもそもこのようなものが舞台にかけられ、「総舞台監督フリートヘルム」によって演出されたことにザルツブルクの地方紙が驚いたことも理解できる。この二つの一幕物の世界はいずれにしても奇妙であった。「死者の日」の初演の夜、市立劇場では、他のある一幕物と並んで、陽気にフィナーレを飾るためにジャック・オッフェンバックの『ランタン灯りでの結婚式』がかけられた。トラークルはそこで何を考えただろうか。もしかしたらそれは「隠れること、もはや見られないこと、もはや見ないこと、それが一番だ」[7]であったかもしれない。これは彼が「サロメ」の解説の最後で「変えることのできない没落の気分」の中でサロメが唯一望んだであろうと推測したことであった。

トラークルの創作は、戯曲、抒情詩的散文、詩、そして評論という四つの方向で始まった。手紙は伝えられている限りではあまり特徴があるようには感じられない。ということは、直接的に伝えたいという彼の欲求はかなり限られていたと言えよう。将来性があると受け取られたのは「夢の国」(一九〇六年五月一二日発表)と「孤独」という二つの挿話風の散文テキストであった。「幻想・バラバス」という散文とプラトンの対話の場面に倣って作られた「マリア・マグダレーナ」は、『黄金の杯』と題した作品集の第一部として考えられていたらしい。この両方には、特に「マリア・マグダレーナ」にはオスカー・ワイルドの「サロメ」の影響が感じられる。この作品の対話の一方の人物であるマルセルスは遊女の踊りが「目に見えない、素晴らしい、秘密のものたち」で戦慄させる様子をディオニュソス的なエロティシズムと非常に暗示的な言葉で描いてみせる。この遊女、つまりマリア・マグダレーナは人を惹きつける官能的な魅力そのものであり、節度を知らず、ひたすら感覚的であるようだった。彼女がディオニュソスの彫像の「冷たい大理石」を抱くときは一層。「奇妙な預言者」が彼女の傍を通り過ぎ、彼女を「目で呼んだ」時初めて、彼女はすくんだように動かなくなった。

「イェルサレムの市門の前」でのこの対話では、女たちが謎めいていることが強調されている。彼女たちの美すら見抜くことはできない。同様に事物（「事物も　人間も　ぼくを混乱させる（…）事物は黙りこくっている」）や大胆きわまる直喩（「空は　ひとつの青い鐘のようだ」）にもアクセントが置かれている。トラークルはここで、たとえ非常に間接的ではあっても、彼の母が君臨していた領域の事物たちの世界を暗示しているということは考えられる。というのも彼女の収集した古美術品は「素晴らしく、秘密のものたち」であり、それらはたいてい「目に見えない」ままであり、だから母という女性自身と同様に一つの謎であった。それらはさらに「黙りこく」り、「混乱させ」た。

もっと重要なことをトラークルの大胆な散文の企ては明らかにしている。すなわち「夢の国」は、トラークルにとっては物語るとは空想することの中にすべて溶けていき、詩作品には構造を与える明瞭な輪郭はなくてもよいということを暗示する。外界から隔絶された谷にいる病気のマリアは、脆い美とうっとりさせる薔薇の香りと「肥沃な、重苦しい大地の発酵」でできている密閉された一つの世界の中でいわばただ漫然と死んでいく。物語ることを拒む語り手は、マリアの死もまた、ただ気分の中に溶けていく「謎」として描く。なぜならば試みに散文で自分の力を試しているトラークル、それは気分を生み出す者であったからだ。「夢の国」より後に書かれた「孤独」でも同じことが言える。そこには「死んだものたちであふれた」古い館が、「自身の死の眠り」の中に沈み込む庭園が、そして「死んだ女の小さな手のよう」に合図する「菖蒲」が描かれる。あたかもラファエル前派の絵画を見ているようだ。シュテファン・ゲオルゲの「死んだと言われている庭園」〔シュテファン・ゲオルゲの詩集『魂の一年』の冒頭の詩からの引用〕はここではまるで幻影の中から浮かび上がるようだ。それはまさに「孤独の沈黙」のせいで無言のままだ。「夢の国」にはまだ一人の「わたし」がいたとしたら、それはこの「孤独」では別れを告げてしまった。人としてはただ、生きている死者のような年老いた館の主人が登場するだけである。彼の「百年も生きてきたような疲れた魂のうえに　宿命がのしかかる」。

トラークルは「夢の国」を一つの「エピソード」と呼び、それは「孤独」にも当てはまるが、それによって初期のトラークルは、一八八〇年代初頭以降、写実主義的・自然主義的な物語から印象主義的なスケッチ風の散文作品への移行を特徴づけ、デトレフ・フォン・リーリエンクローンや後期のテーオドール・シュトルムや初期のアルトゥール・シュニッツラーの名前と結びつくあの文学の伝統に連なることを告げている。彼は古典的な短編小説のいう「途方もない出来事」にも、環境のきわめて精確な叙述にももはや関心はなかった。彼を惹きつけたのはある感情の瞬間であり、心理的なスケッチであり、現実の世界と強烈な気分の間の弁証法的な関係であった。

だが注目すべきことに、トラークルは遺されている彼の唯一の書評で、感情や気分の文学とははっきり対極的な立場を取っている。それはフランツ・カール・ギンツカイの長編小説『ヤーコプと女たち』(ライプツィヒ、一九〇八年)についての短いが的確な書評である。ギンツカイはこの小説でようやく第二作目を書きあげたところで、彼の文名が高まるのはもっと後になってからではあったにせよ、若いトラークルのこの批評は大胆なものであった。いずれにしてもトラークルが取り上げたこの作家は、この時点で功績のあった将校であり、一時はホーエンザルツブルク城の司令官ほどのポストに就いた人物であった。トラークルの書評はセンセーションを巻き起こした。「この本にあるのは気分である。残念ながら気分だけである。気分のなかにそれ自体お粗末な筋が溺れており、心理は曖昧で、愛らしいうわっつらでぴちゃぴちゃと音立てており、人物の描写は貧しく、ぼやけていて、支離滅裂である。」だがトラークルはさらに続けて言う。「こうしたすべての重大な欠陥を、気分を具体的にありありと伝える好ましい描写とか抒情性とかいったものが補うべきなのである。が、否!」「あまりに偏屈で、あまりに退屈で、あまりにくだらないものたちをけばけばしく誇張」する「荘重な文体」が言及される。そして「粗悪《モーヴェーズ》な音楽《ミュージック》!」と断じられる。もしかしたら文学サークル「ミネルヴァ」ではこのような調子で相互に批判し合っていたのだろうか。そうだとしても、トラークルの美的判断の基準ははっきりとした言葉で語っている。不十分な心理洞察、乏しい内容と文体、思い上がり、そしてギンツカイがここで散文で奏で始める「粗悪な音楽」と。

一九〇六年九月の戯曲の失敗によってトラークルは酷評され、翌年の夏まで彼は自分自身(と麻酔剤に一時的でも抵抗しようとしても容易にそれに成功しないこと）に対する絶望に苦しんだ。しかしこの書評には、そうした自分が受けた手厳しい批評に対する単なる復讐以上のものが聞こえる。ここには相当な自己批判が含まれている。それを補うのが最後のコメントであり、それはなぜトラークルは物語る散文をさらに書こうとはしなかったかを説明する。彼によれば、フランス人の（彼の言葉では「ガリア人の」）小説（「類のない形式文化の頂点」）や「ロシアの英雄叙事詩」といった手本が「精神革命の源泉」であるのに対して、「我々中央ヨーロッパの小説作品の大部分」はただの「印刷された紙」に過ぎない。それはそうと彼の愛する妹グレーテに彼はあの年（一九〇八年）に、ギュスタヴ・フロベールの『ボヴァリー夫人』を次のような献辞を付けて贈っている。「一〇〇一夜の比類なく甘く深いメルヘンから立ち昇ってきた、ぼくの愛する小さなデーモンに。記念として！」。

グスタフ・シュトライヒャーはすでに述べたようにトラークルの庇護者であったが、この作家について、トラークルは短い論評を書いている。それを読むとトラークルは文学史的状況を正しく把握していたことがよく分かる。彼はシュトライヒャーを「郷土芸術」的な「オーストリア地方文学」に属するとみなしているだけではない。彼はこの「オーストリア地方文学」を「自然主義の後続現象ないし付随現象の一つ」であると的確に捉えている。さらにトラークルは「自然主義が急激に衰退」し、その後にはまずは真空状態ができあがってしまったことを自覚している。だが今やそこに「未来を孕んだ芸術のための予期しなかった様々な可能性」が生まれることを指摘する。こうした展開は彼自身にとって重大なものとなるはずであったが、それを彼はここでシュトライヒャーを例にして概略することを試みる。トラークルによれば劇作家であるシュトライヒャーは自然主義から出発し、イプセンに影響を受けて「現代的な精神分析の手法」を用いた心理学的戯曲を試みた後、「新ロマン主義者」へと発展していった。新ロマン主義者となった彼はトラークルが言うところの「精神的悲劇」を創作したが、その効果は「情緒の力」を発揮することにかかっていた。

トラークルはシュトライヒャーがザルツブルクのミラベル宮殿のマルモーアザールで一九〇八年二月に行った一幕物の劇「死者たちの力」の朗読にも居合わせた。ルネッサンスを舞台としたこの韻文劇は「モナ・ヴィオランタ」という部分と「宮廷道化師と侯爵」という部分の二つから構成されており、トラークルは特にヴィオランタの内的独白に興味を惹かれた。トラークルがこの時期に重大な危機的状況に陥り、苦しみ、それが彼自身の詩人としての出発に影響を及ぼしたことを考えれば、この論評の中心部分が特に注目に値する。そこではトラークルがシュトライヒャーの朗読術を条件付きで評価しようとしていることが目を引く。彼の声はこの独白的な小劇が喚起する気分にぴったり合っていたわけではなかったようだ。

人は、冷たい影のように、夢のなかを歩むこの奇妙なヴィオランタを心に描き、夢みるのだ。彼女の身を震わせる悪寒を感じるのだ。ヴィオランタが、その若々しく、咲き匂うような身体を老いさらばえた倒錯で汚した死んだ夫のことを思い出すときに、その身を震わせる悪寒を。あるいは、死者が卑らしい、邪悪な身振りで、その妻に厭わしい触れ合いを求めながら、その傍を歩むのを彼女が見れば、その死者の亡霊が見えるような気がする。彼女が死者の恐ろしい力の下で叫び声を上げ、くずおれるのが聞こえる。そして人は知るのだ、死者から自由になるためには、彼女は生の野蛮な力を呼び寄せなければならないのだと。ヒステリックな痙攣で死なないためには、娼婦にならなければならないと。奇妙なほど、詩行はこの問題を貫いており、語の響きは言い知れない考えを表しており、そして束の間の気分をしっかりと掴まえている。この詩行には、何か甘美な、女らしい説得術があり、それが我々を誘って、語の音調に耳を傾けさせ、語の内容や重さには注意を払わせないようにする。言葉の短調の響きは感覚を物思いに沈ませ、血を夢みるようなけだるさで満たす。最後の場になってはじめて、コンドティィーレが登場すると、朗々とした、金属的な長調の響きが鳴り渡り、そして急激な高まりのうちに、劇は生の喜びを歌うディオニュソス的な歌のなかで解決を迎える。

トラークルの初期のテキストの中で、彼を突き動かすものをこれほどありありと示すものが他にあるだろうか。このような記述を読むと、トラークルがザルツブルクのユーデンガッセ［ザルツブルクの旧市街の中心にある通り。トラークルの住居のすぐ近くにあり、父の商会もこの通りにあった」の娼婦たちのもとにしばしば通ったのは、彼女たちを慰め、祝祭日ともなればお菓子を届けようとしたこともその理由の一つであったことを想像させる。性的な生々しさ、それは彼に嫌悪の情を催させると同時に彼を惹きつけたのだろう。彼、このサテュロスのようなサマリア人は、穏やかで控え目な欲動と辱められた女性への深い同情に左右されているようだ。だが彼はヴィオランタが身を売ることになるのは、彼女の死んだ「支配者」からの一種の解放でもあったことを彼女の独白において認めている。

このテキストの引用箇所でさらに重要なのは、トラークルが一つの心理状態から別の心理状態への推移を描き出す方法だ。それは純粋に美的な体験である。シュトライヒャーの作品は常套句で綴られたキッチュと言えなくもないが、それをトラークルは一つの言語芸術として描き出している。つまり彼は、まさにシュトライヒャーの作品とは反対に、理想的な推移の事例を生み出した。それは嫌悪を催させるようなものから「語の音調」へ、短調で奏でられる語の響きへ向かう推移だ。その響きは今、それはそれで、明らかにニーチェの『ディオニュソス頌歌集』のスタイルで演奏され、生の肯定の純粋な長調に転換する。

トラークルを取り巻く抒情詩的な雰囲気

トラークルは進んで他からの影響に身を開いた。彼はまさに様々に影響を与えられることを望んでいたようだった。というのも、友人のエアハルト・ブシュベックの言葉を借りれば、トラークルのように早くから「隠遁の欲求[8]」に憑りつかれた者は、死んでしまった者たちを生きている者たちよりも親しい仲間のように感じる。だからトラークルは、フョードル・ドストエフスキー、モーリス・メーテルランク、アルチュール・ランボー、ポール・ヴェルレーヌ、シャルル・ボードレール、ノヴァーリス、フリードリヒ・ヘルダーリン、そしてルター訳聖書と生き生きと交わった。つまりトラークルは十分に完成した者たちに、そして当然、ドイツ語圏に限らない全ヨーロッパの古典的なアウトサイダーたちに倣おうとした。ワイマールのイコンたちには感動しなかった。同様に写実主義者たちやグリルパルツァーやシュティフターが与するオーストリア文学の伝統にも、おそらくニーコラス・レーナウにも。

もっとも影響とは何を意味するのだろう。文献学的にははっきりと次のような見解が述べられる。「トラークルはしばしば別の作家たちのテキストから引用する。そして自身が以前に書いた詩からも引用し、あるいはその一部を新しく組み合わせることもある」。すでに名前を挙げた作家たちの作品から「トラークルは様々な様式要素だけでなく、語や形象、いや、それどころかその一部をそっくり借用することすらある。しかもそうした借用は量的に、あるいは少なくとも質的にあまりに目立つので、「採石場」と言えるほどだ[9]」。

一方にはいくつもの採石場がある。そして他方には気分領域が。それは詩的な感情地帯とも、精神的培養の領域とも呼べるかもしれない。それらがどのようにトラークルに働きかけたかを判断するのは難しい。特に彼自身がそのことについて言及した言葉は遺されていないからなおさらだ。このことからも、彼はそれらをかなり直接的に自分の中に受け入れ、取り込んだと考えられる。だから彼がK・L・アマーの訳でモーリス・メーテルランクの次の詩句を読んだ時にどう感じたのかは、ただぼんやりと推測することしかできない。「わたしは色のないくちびるを悲しんで泣く、そこには接吻が生まれることはなかった」。彼は同じ詩「冬の欲望」[10]の「病んだ、飢えた渇望」という表現を、あるいは「疲れた憂鬱の青いガラス」[11]をどのように受け取っただろう。「温室」や「釣鐘状のガラス器」への、つまり閉ざされた領域へのメーテルランクの偏愛について口にしたことはあったかもしれない。しかしまた、メーテルランクも翻訳している初期ロマン派の詩人、ノヴァーリスの長編小説『ハインリヒ・フォン・オフターディンゲン』の語り手が次のように主張したことについても言及したかもしれない。「夢のように、脈絡がなく、だが連想たちに満ちた物語がありうる。ただ響きが良く、美しい言葉にあふれた、しかしあらゆる意味と脈絡を持たない詩、せいぜいいくつかの詩節が理解できるだけで、非常に異なる事物たちの断片のようだ。せいぜいこの真のポエジーは全体として寓意的な意味と音楽のような間接的な作用しか持ちえない[12]」。

ボードレールの作品をトラークルはシュテファン・ゲオルゲの翻案で知った。[13]ゲオルゲは彼のこの翻案の序で「形式の純粋な喜び」に言及し、彼自身が行ったこの「ドイツ語化」はそれに基づいていると述べている。まさにゲオルゲの次の発言はトラークルをとりわけいらだたせたであろう。

多分今日ではもうほとんど次のことを指摘する必要はないであろう。つまりこの巨匠に彼より若い世代が大いなる尊敬を寄せたのは、彼をある時期誘惑したあのぞっとさせるようで不快な幾多のイメージのためではなく、彼が詩作の新しい領域を征服したあの熱意と最も扱いにくい素材さえもそれで満たしたあの燃えるような精神性によるのであったということは。(14)

だがもっと重大であったと考えられるのは次のことだ。つまり、初期のトラークルはゲオルゲによって、改作というもの自体が詩的な方法であることを知った。そしてそれによって抒情詩の素材をことさら無頓着に扱うことを見せつけられたのだ。トラークルは一方で様々な影響に対して身を開き、他方でそれらにこだまのように反応した。ボードレールの「孤独な男の葡萄酒」はゲオルゲ版で彼に次のように話しかけてきた。「はすっぱな女たちの奇妙な眼差し／それはわたしたちの上をすべる　月の／白い光が波打つ水面の上をすべるように／それは水浴びをしながら己の美しさを眺めようとしている」。(15)分かっている限りではトラークルはこれらの詩行から似たような詩行をつくり出してはいない。だがその代わりに様々なイメージや組み合わせ、すべるような動きや特殊な光を受け取り、それらは彼の詩作品に染み渡っている。同じことが詩「小さな老婆たち」にも言える。この場合にもまたトラークルが受けた影響が確認できるだろう。「そし

て井戸なのだ　彼女たちの目は。深く見究めがたい／るつぼには冷えた真鍮が打たれている。／そして秘密に満ちて　それらの目は　抵抗できないように縛りつける／恐ろしい苦痛によって育てられた者を(16)」

トラークルにとってもまた苦痛が教育者となったのではないか。そもそもトラークルが自身の中に受け入れた生の種々のイメージもまた、それらを彼は手本としたというよりも、むしろ創造的な衝動として呪いがかけられている血縁のものたちとして扱い、わがものとしたと言えるのではないだろうか。トラークルにとって最も重要なこのような生のイメージを生み出した作家は、少なくともヴェルレーヌとランボーに関しては、シュテファン・ツヴァイクという名であった。ツヴァイクがこの二人の人生について書き記したことはトラークルに直に強く響いただろう。ツヴァイクはヴェルレーヌが生きている状況を『艶なる宴』の詩的世界によって想像し、それは芸術的・遊戯的に『サチュルニアン詩集』と対極的に対をなしていると的確に評価している。

仮面とパントマイムから詩人の顔は痛ましく混乱して、現実の黒い鏡の中を凝視する…というのも当時、彼の人生に一つの邪悪な激しい力が押し入った、もしかしたら破滅的な力が。それは彼自身が告白したように「許し《レ　スル》がたい《ヴィス》唯一《アンパルドナーブル》の悪徳」であった。ヴェルレーヌは飲み始めた（…）彼はアブサンを呑む、あの甘い緑の飲み物を、猫の目のように不実で、病んだ娼婦のように陰険で残忍なそれを。ボードレールのハシッシュは理解できた。それは夢幻的な景色の魔術師、神経を落ち着かせるもの、詩人の詩人だ。ヴェルレーヌのアブサンはただ破壊的で、壊滅的な、ゆっくりと効く毒だ。それは殺しはしない。むしろそれは弱らせ、土台を掘り崩す。まるでボルジア家の人々の恐ろしい秘密の白い粉のようだ。(17)

ツヴァイクはヴェルレーヌを両極に引き裂かれた詩人として捉えた。つまり彼の描くヴェルレーヌの人生は、絶望と高揚から、カタストロフと浄化から、感情と冷笑主義から、無限に柔らかな感情ととりつくしまのない非情さから成り立っている。対比的な描写はツヴァイクに特有の方法であるが、この方法を用いて彼は、様々な矛盾を生きた人生を表す一つの例としてヴェルレーヌを描いた。彼によれば「卑俗な陶酔」がヴェルレーヌから「非情で、粗野で、残忍なものを引き出した(18)」。同時に彼は「くぐもった声を持ついくつもの歌」を書いた。ツヴァイクはここでヴェルレーヌの「カスパー・ハウザー」詩を特に際立たせる。ツヴァイクより六歳年下のトラークルは、ツヴァイクがハシッシュやアブサンの影響について述べる言葉を読みながら、自分自身のことを考えたかもしれない。だが非常に奇妙だ。後になってトラークルの詩もまた「痛ましく混乱して」彼の自画像の仮面を通して「現実の黒い鏡の中を」覗き込むことになるのではなかったか。

すでに述べたように、トラークルは家庭の中でフランス語を教えられ、フランス語の知識を十分備えていたにもかかわらず、フランスの詩人たちを翻訳で、つまり彼の時代の言葉で読んだ。

このことは特に興味深い。なぜならば彼自身の詩の言葉は、彼が受容した翻訳のいくつかに似た特徴を持っている。しかしまたそれらとも彼の詩の言葉は、その凝縮の度合やモチーフや語の組み合わせの催眠術をかけるような繰り返しにおいて区別される。例えばオットー・ハウザーの翻訳によるヴェルレーヌの詩「ネヴァーモア」の一節をここで挙げてみたい。この詩はこの詩でエドガー・A・ポーの詩の翻案である。

なぜ、思い出よ、なぜお前は再び生まれるのか――
秋めいて疲れた空中にツグミの歌たちが響き渡った、
太陽は黄色い木々の上へ弱弱しく光を投げおろした。
そして干からびて　そして秋によって葉も落ちていたのだった、柳はすでに　そしてリラたちは。

ぼくたちは夢心地で歩んだ、ひたすら孤独に森を抜けて、
そしてぼくたちの思いは、あのツグミの歌声のように飛んでいった
遠くへ、風の流れるなかを(…)[19]

秋めいて疲れた、落を落としたもの、夢見心地に歩むこと、総じて取り返しのつかないもの、

それがこの詩の中で感じ取られる。これらの気分形象をトラークルは様々に受容し、展開させた。しかし彼は何かを、この場合には「思い出」だが、それを問いながら直接的に呼び出すことはしない。

あるいはツェーザル・フライシュレンによるヴェルレーヌの『サチュルニアン詩集』の中の一篇「セレナード」のドイツ語訳を読んでみよう。

まるで一人の死者が墓のなかで疲れて、そして傷ついて、生に向かって叫んでいるかのように、
わたしの歌は、あなたに向かって、暗い深みから嘆く口をして探し求める。
(…)
そしてわたしはあなたの四肢の魅惑的な素晴らしい姿を歌う、
憧れに満ちた眠れぬ夜々のなかで、その姿の香気がわたしのまわりに再び立ち込める。[20]

ここでも詩的な個々の要素はトラークルの中に入り込んでいる。特に、詩の「わたし」を一人の死者にたとえることにそれが見て取れる。しかし、トラークルの「わたし」は、そもそもその「わたし」が現われるとして、生に向かって呼びかけるということから遠い。トラークルの「わたし」の唇には、愛する「四肢」の「魅惑的な素晴らしい姿」を歌う歌が浮かぶこともなかった。

さらにもう一つヴェルレーヌの詩を最後の例として挙げよう。それは詩集『艶なる宴』に収められている詩「月光」のツヴァイクによる翻訳である。

（…）それは、優しく悲しく、蒼ざめて、そしてきらきらと
鳥たちを木々の高みで夢みさせる
そして噴水たちを啜り泣きさせる、それらがすらりと
そしてわななきながら　大理石の皿のなかへと泡立つように。[21]

おそらくツヴァイクはこの翻訳の調子をC・F・マイヤーの詩「ローマの噴水」から借りてきたのだろう（マイヤーの一八八二年に出版されたこの詩の第七版には「立ち昇っていく　噴水は　そして落ちながら注ぐ／それは大理石の水盤の縁に満ちて（…）」とある）。そしてこの気分形象もまたトラークルの詩「ミラベル庭園の音楽」の中に入り込んだと考えられよう。

トラークルの心をもっと直接的に掻き乱したのはツヴァイクが描くアルチュール・ランボーの人生と作品であっただろう。ツヴァイクはランボーの「酔っぱらった船」を取り上げて「色彩の革命と熱狂する言葉の幻想的なシンフォニー」[22]について言及する。彼はランボーが「孤独な流星となって文化の中に」墜落するのを見る。それはまるで「自分がどこから来たのか覚えていず、もはや誰とも結ばれず、もはや誰にも属そうとしないカスパー・ハウザー〔一八二八年、突然ニュ

ルンベルクに現われた少年。その時は知力も低く、話すこともできなかった。後になって暗い部屋に監禁されていたらしいことが分かったが、何者かに二回襲われ、二回目の傷がもとで死んだ。一八三三年のことである。その出生はいまだに謎につつまれている。バーデン大公の子という説もある」のよう[23]」だ。この文をツヴァイクはヤーコプ・ヴァッサーマンがカスパー・ハウザーの小説を刊行する一年前に書いている！　トラークルは当然このランボーの肖像に、自らの先駆者となる一人の詩人の姿を見た。この詩人を特徴づけたのは、トラークルとは異なって、内的な自由であり、若くして豊かな世界体験であった。そのことをツヴァイクは描いて倦むことはない。だがトラークルはツヴァイクの文章を読みながら、ランボーの作品の特徴を見出す。それは彼自身の詩的な方法をやがて明らかにすることになる。つまり「一つの音が鳴り響きながら彼に近づいてくる、彼は同じ感情の価値を持つ一つの色を投げ返す[24]」。ただトラークルは決して「投げ」はしなかった。彼は彼の色彩語を慎重にこだまとして置いたのだった。興味深いことに、トラークルの友人であるカール・ボロメウス・ハインリヒは、まさにツヴァイクがランボーの詩作について主張するのと類似した説明をトラークルと世界との関係について述べている。「（…）彼に向かって世界は比喩で語る、彼の中から世界は比喩となって響き返す[25]」。そしてハインリヒによれば、それだからこそこの詩人は「人間の魂と目と耳を完全に補える[26]」。ここでさらにブレンナー・サークルの内にいた、少なくともそれと非常に近しかった作曲家であり、音楽理論家であったヨーゼフ・マティアス・ハウアー（一八八三―一九五九）によって、音色の描写をめぐる活発な議論が呼び起こされたことも思い出そう。ハウアーはあらゆる音色は和音として相互に結びついているという見解から出発する。後になってハウアーはこの見解を、彼と同様にブレンナー・サークルの一員であり、言語哲学者、詩人、警句家、日記作家であったフェルディナント・エープナー（一八八二―一九三二）との共著『音楽的なものの本質について』（一九一九頃）でさらに詳しく論述した。アルフレート・ドプラーは、トラークルの初期作品においてすでにはっきりと「色彩語による色彩領域全体の喚起」が「構成技法」の一つとして打ち出されていると指摘した。その例としてドプラーは一九一二年春に成立した詩「小協奏曲」を挙げ、「このようなケースがハウアーの言うところの音色のメロディーだ[27]」と述べている。トラークルは彼の詩作の出発点においてすでに、後の詩を組み立てる方法を試みていたのだった。

『一九〇九年集』あるいは「ぼくの幼い日々で消え去らないもの」

一九〇九年にサミュエル・ラブリンスキーは彼の試論「抒情詩について」で、詩には特別な予知能力があるという、一八九八年に若いライナー・マリーア・リルケが「現代の抒情詩」と題した講演で述べた見解を取り上げた。ラブリンスキーは「抒情詩という芸術」の基本は主観主義であるとする主張に反論し、むしろ、「文化的状況のどんな変化も」最も早く現われるのは抒情詩であるという意見を述べた。「抒情詩は常に真っ先に発酵する、つまり、内的不穏に陥る。ただしその場合、必ずしも新しい内容に対して新しい形を見出すことに成功するというわけではない」[28]。ラブリンスキーのこの言葉は若いゲオルク・トラークルの芸術が抱えていた問題も的確に捉えている。彼はすでにもう完全に「新しい内容」を意のままにできた。しかし新しい形式はそうはいかなかった。いや、それどころか、トラークルは彼の言語道断な内容を比較的伝統的な詩の形式を固守することで抑制しようとしたと、まずは大胆に主張することができる。彼自身の生き方はまもなく危険とまではいえなくとも、非常に脆いことがわかるのではあるが。

伝記的にはこの時期、彼はどのような状況にあったのだろうか。彼にとって一九〇八年という年は少なくとも外面的には首尾よく始まった。カール・ヒンターフーバーの薬局「ツム・ヴァイセン・エンゲル」での実習期間を終了する際には修了試験を受けねばならなかったが、彼はそれに予定よりも早く合格した。こうして彼は大学で四学期、薬学を勉ぶ資格を与えられ、兵役は志願兵として一年間勤めれば済むことになった。彼は一九一〇年一〇月一日から一九一一年九月三〇日までウィーンのオーストリア＝ハンガリー帝国衛生部門に勤務し、薬剤師伍長の肩書を得ることになる。

薬品倉庫が置かれたヒンターフーバーの薬局の裏側の部屋や、カタコンベのような地下室で何が行われたのかは、私たちには全く分からない。若いトラークルがザルツブルクの旧市街の娼家で実際に何をしたのかが分からないのと同じである。それについて推測をめぐらすことは無駄だ。

それよりも今なおはるかに恐ろしく、意味深長なのはドン・ファンの素材を扱った彼の初期の作品である。そこには例えば「プロローグ」と題されている断片が示すように、「ディオニュソスの顔」が現れる。そして「そのうしろには死と熱い狂気がひそんでいる／石の仮面たち」が、「苦しみから燃え上がる」運命が、「神々に愛された者たちの孫たち」が集結する。つまりここにはすでに、トラークルの最後の詩「グロデーク」において、再び生まれぬものの中に戻るように命じられるあの孫たちが現れるのだ。この「プロローグ」・断片を締めくくる次の像は、半ばドン・ファンのようであり、半ば若い詩人の自画像でもあるようだ。

暗い行いを通じて、お前の存在の分裂のなかで――
異郷に生まれた者　そして　苦悩に定められた者
敗北した勝者　自己を喪失した者、
人間には異郷の　氷の峯のうえで、
猟師が　神に向かって　矢を放つ。

孤独の激情、「氷の峯」、それらは『ツァラトゥストラ』の読者であったトラークルの姿を浮き彫りにする。だがこれらの詩行には、ニーチェと並んで何か非常に独特なものも現われている。例えばそれは心的な両極性といったものだ。神的な世界秩序に対する反抗、自己喪失と無益な自己主張の試み。それらは神を狩り立て、射る者の姿で表されている。

だがこの時代には、断片に終わった作品だけでなく、完成した詩も生まれた。その一つが十二部からなる連作詩「夜の歌」だ。トラークルはこの連作詩に取り組む中で、自身のそれまで書いたものを選んだり、捨てたりした。その結果生まれたのが詩集『一九〇九年集』である。トラークルはこれを友人のエアハルト・ブシュベックに渡した。これらの初期の詩作品には確かに「様々な影響」（ボードレール、ランボーの最初の痕跡、しかしまた後期ロマン派、特にメーリケ、そしてノヴァーリスも）が認められる。しかしだからといってこれらの作品を亜流として非難することは間違っていよう。様々な影響を彼は不安に駆られてはねつけたり、あるいはただそれらにあっさりと心服したのではない。むしろ彼はそうした影響と一緒に創作したのだ。トラークルは始めから形式に熟達していた。彼は自分自身の表現力を試してみたが、同時に、伝統的なソネットを確認した。そして瞬く間にこの形式を名人芸と言えるまでに使えるようになった。

すでにこの詩集の最初の詩が次のように後期ロマン派的な気分形象で始まる。「ぼくは夢に見ていたようだ、舞い落ちる葉を、／広がる森と　暗い湖を、／悲しい言葉がこだまするのを――／けれども　ぼくにはわからなかった　それらが何を意味していたのか」（「三つの夢」）。これらの詩行の音域はローベルト・シューマンやフーゴー・ヴォルフによって作曲されるだろう。だがこの詩の第二部の冒頭では早くも想像力はさらに高まり駆使される。「ぼくの魂の暗い鏡に／かつて見たことのない海の、／見捨てられた　悲しい幻の土地の映像がうつり、／青のなかへ　運命のなかへ溶けていく」。ここで重要なのは、詩的な論理があらゆる理性に逆らって主張していることだ。例えば「かつて見たことのない」ものが「ぼく」の内部に映し出される。つまりここにあるのは悲劇的な幻想に満ちた世界であり、それは不鮮明になる、あるいはならざるを得ない。だから第二部の最後は「始めもなく終わりもないいくつもの歌」について、つまり絶え間のないものについて歌う。終わることの中に始まりがあり、そしてその反対に、始まることの中に終わりがあるのだ。だがトラークルは、詩がひたすら表現豊かに変わろうとするところで、ソネットの形式を用いる。いわば驚愕させる幻想に直面して、最終的に文学的伝統にしっかりと固定されようとするかのようだ。

ぼくは見た、炎に略奪された町々を
そして時が　恐怖を重ねていくのを、
そしてまた　見た、多くの民族が　朽ち果て　塵となっていくのを、
そしてすべてが　忘却のなかへとすべり込んでいくのを。

ぼくは見た、神々が　夜　堕ちていくのを、
この上なく神聖ないくつもの竪琴《ハープ》が　なすすべもなく砕けていくのを、
そして　滅亡にあおられて、

ひとつの新しい生命が　真昼　ふくらんでいくのを。
真昼　ふくらみ　そして　再び消えていく、
永遠に変わらぬ悲劇、
ぼくたちが　わけもわからず演じている悲劇、

そして　その狂気の夜の苦しみを
美しい　優しい讃美歌《グロリア》が
とりまいている、微笑みながら　果てしなく広がる茨のように。

この詩は文学的な質からみれば重要とは言えないだろう。にもかかわらずこの詩はトラークルの詩作の出発点という意味では意義深い。そもそも彼の詩作が完成へと向かうことを理解するためには、この出発点が確認されなければならない。トラークルは確かにニーチェの「同じものの永遠の回帰」という命題を用いている。だが彼はそれを何か悲劇的なものと解釈する。ニーチェの「悲劇《インチピトゥ》が始まる《トラーゲーディア》」、それはニーチェの場合は一つの美的な認識の瞬間だが、それとトラークルの詩は「戯れる」。しかも「悲劇」を真に理解することはできない。

これらの初期の詩は、啄木鳥たちが槌打つ音が「死の夜のように響く」霊気に満ちた「遅い午後」について話す（「静かな日々」）。死に向かって「人気《ひとけ》のない部屋部屋を」通り抜けていく「ぼく」は、自身の幼年時代と青年時代の「消え去らないもの」を探し求める。それは結局、「鐘の音への静かな想い」からできている（「夕べの祈り」）。ニーチェの調子は決して完全に消え去りはしない。それは特にニーチェの詩「真夜中に」を真似た詩「深い歌」(29)に見て取れる。

深い夜からわたしは解き放たれた。
わたしの魂は　不滅の中で驚き、
わたしの魂は　空間と時間を越えて
永遠の調べに耳を澄ませる！
昼や快楽ではない、夜や苦悩ではないのだ
永遠の調べとは、
そして永遠に耳を澄ませてから
わたしはもはや　快楽も苦悩も感じはしない。

トラークルの詩をその「原型」であるニーチェのツァラトゥストラの詩「真夜中に」と比較すると、いくつかの相違が目につく。例えばニーチェの詩は対話の形式を取っているがトラークルはその形を取らない。またトラークルの詩では「魂」が取り入れられている。さらに「永遠」が調べとして聞こえ、それによって快楽も「嘆き」［原語はWeh］（トラークルの場合「苦悩」［原語はLeid］）も克服されることになる。その結果、当然、ニーチェの詩の意味が正反対のものに変えられる。ニーチェの詩は以下のとおりである。

おお　人間よ！　よく聞け！
深い真夜中は何を話すだろう。
「わたしは眠った、わたしは眠った――、
深い夢から、わたしは目覚めた！
世界は深い、
そしてもっと深いのだ、昼が考えたよりも。
深いのだ　世界の嘆きは――、
快楽は――心の苦悩よりもさらに深い！
嘆きが話す、「消え失せよ！」と。
だがすべての快楽は永遠を欲する――、
深い、深い永遠を欲する！

こうしてみると、トラークルの詩はむしろ手本であるニーチェの詩に対する返答として読める。

そしてその返答は返答でまた、真夜中の深さを測る一種の音響測深機であろうとしている。この頃、トラークルはニーチェのこの詩から離れようとしなかったようであり、真夜中というテーマは変奏されて三度繰り返され、彼の詩「夜の歌」を締めくくる。この詩は『一九〇九年集』の核をなしている。しかしまさにこの変奏が、トラークルとニーチェの詩的な方法の本質的な相違も明らかにする。その相違とは、ニーチェがまさに彼の抒情詩で目指したような遊戯的な軽やかさをトラークルは拒絶しているということだ。トラークルはすでに『一九〇九年集』で詩人としてディオニュソス的な音調で歌い始めた。つまり彼の詩の「わたし」は、「遊びと舞踏」の際に、酩酊させる「愛の葡萄酒」を飲む。だがその「遊びと舞踏」は生の肯定をもたらしはしない。それが導いていくのは煉獄だ。そしてそこでは彼の「デーモン」が泣きもしなければ、笑いもしない。そして「わたし」は「失われた庭のひとつの影」になり、「空っぽの真夜中の沈黙」はその「わたし」の「死のように暗い仲間」となる。そこから次のように引き出される苦い結論は、ニーチェのツァラトゥストラの歌とは全く対照的である。「お前は深い真夜中にいる／甘い膝に迎えられないものだ、／かつて存在したこともなく、存在もせず！　お前は　深い真夜中にいる。」

「迎えられない者」として、そして後には「生まれぬ者」として地上をさ迷わねばならない者。そうした者がそもそも存在するのであれば、それはただ自分自身の中にシャーマンのような矛盾を抱えた者としてだけだ。「わたし」は自然と肯定的な関係を結ぼうと努めているかのようだ。

多分「わたし」だけが自然をこの詩の「緑色の舞台」として、まさに「野外劇場」として認める。『一九〇九年集』をキーモチーフのように貫いているのは理解できないことの恐れだ。この詩集の詩の「わたし」は、自分自身をもはや理解しない。そしてまた世界も理解しない。その代わりに「わたし」は脅かすようなまぼろしたちによって取り巻かれ、占領されているのを感じる。「汚らわしく、病み、腐り果てて」いるような「神が奪い去られた、惨め」で「娼婦」へと歪められたあの世界は、それらのまぼろしの一つだ（詩「黄昏」）。

この詩集にはトラークルのその後の詩的綱領が簡約されて示されている。トラークル自身が何を「目論ん」でいたか論じるのは意味がない。この詩集には彼がこれ以降、詩を一つ一つ書きながら展開していくモチーフや組み合わせのほとんどすべてが、はっきりとであれ、まだその兆しにすぎないとしてであれ、現われているが、このことは彼自身は明確には認識していなかった。彼の最も有名な詩に数えられることになるいくつもの詩の初稿がこの詩集に収められているだけではない（例えば詩「夕暮れ、鐘が平和を鳴り告げるとき」や詩「ミラベル庭園の音楽」）。後の一連のモチーフのすべてを先取りする形象、例えば「数多の傷口のように血を流す歌」（「夜の歌」）や「夢に創られた楽園が　滅び」（「疲れ果てる」）といった詩句も見出せる。これらの詩を支配するのは世界に対する、そしてまた自分自身に対する嫌悪だ。しかしまた、美しいものを見抜くことのできる詩の「わたし」の能力も見まごうことはない。とはいえ、後の詩作品とは異なってここではしばしば「芝居」が詩の出来事に決定的役割を果たす。「英雄のいない人類の悲劇という

／惨劇が　墓場で　死体のうえで演じられている」（「我　告白する」）、あるいは「パンと葡萄酒をつかう　魂のない劇」（「死んだ教会」）。

そうはいっても、一九一〇年頃、トラークルの詩「死んだ教会」ほど典礼儀式を過激に批判したものは他にはない。トラークルが『一九〇九年集』をこの詩で締めくくろうとしたのは、この問題が彼にとってそれほどまでに重要であったからであろう。彼は宗教的な典礼儀式が空疎になったことを嘆く。教会の「領域」は価値を奪われ「苦しんで」いる。それ以上に批判の矛先が向けられるのは聖職者たちだ。彼らはこの詩で「こわばった心をもつ卑しい祈祷者たち」の前の「みじめな司祭」と呼ばれる。この詩のたった八年後にロマーノ・グアルディーニがその著書『典礼の精神について』において、「パンと葡萄酒を用いた魂のない劇」という問題について肯定的に新しい解釈を施すことになるのは興味深い。グアルディーニは目的にとらわれない「遊び」［原語 Spiel は「遊戯、ゲーム、遊び」という意味と同時に「芝居、劇」という意味も持つ］、すなわち子供の遊戯の意味で神の前で子供のようになることについて語る。つまり特定の目的にとらわれないことこそが神聖であるとみなすのだ(30)。ここではただ、トラークルが意味の空虚になった宗教的な儀式に対して詩で表した強い不快感はいかにこの時代の感情に即していたかを示唆するだけにとどめておこう。キリスト教の信仰そのものに対する批判をここから導き出すことはできない。

彼の詩作品には鐘がモチーフや象徴として最後まで消えない。だがそれが鳴ることはほんの稀であり、詩「夜の歌」が示すように、「鳴り響かない」ままであることもよくある。これらの詩の舞台に途切れることなく押し入ってくるのは死だ。例えば「死への憧れ」、「死の夜の茨の丘」（「十字架像」）として、あるいは死んだ女の声（「夕べの散歩」）となって。さらにトラークルはプロテスタントの洗礼を受けてはいたが、彼の故郷の町のバロック的・カトリック的な雰囲気の中で、聖母マリアに連願する。しかもよりにもよっておそらく彼の最も悪名高い初期の詩において。それはトラークルの詩作品の中で他のどれよりも近親相姦の疑いを増長させ、そしてまたその疑いを詩的に裏付けるような詩だ。その詩「血の罪」はトラークルを解釈するにあたり、彼の詩作を全体としてどのように（自）伝記的に評価するべきかという問題にとってまさに重大な試金石となる。

夜が　ぼくたちの口づけする臥所に迫っている。
どこかで囁く声、「誰がぼくたちの罪を贖ってくれるのだろう。」
未だ　不埒な快楽の甘さに震えながら
ぼくたちは祈る、「許して下さい、マリア様、あなたの恵みのなかで！」

花生けの水盤から　激しい欲情の香が立ち上り、
罪で蒼ざめた　ぼくたちの額を取り囲む。

重苦しい空気の息遣いの下に疲れ果て
ぼくたちは夢みる、「許して下さい、マリア様、あなたの恵みのなかで！」

けれど　セイレーンの泉は　いっそう音高くざわめき
スフィンクスは　ぼくたちの罪のまえに　ますます暗くそびえたつ、
ぼくたちの心臓が　より罪深く　繰り返し鳴るようにと、
ぼくたちは啜り泣く、「許して下さい、マリア様、あなたの恵みのなかで！」

この詩の解釈にあたっては一つの基本的な問いが浮かび上がる。それはこの詩の中に一つの経験を認めるか、それともこの詩自身を一つの経験とみなすのか、それともこの詩は一つの具体的な経験に基づいているという前提から出発するのか、という問いである。この場合、「経験」〔原語はErfahrung〕という語は「体験」〔原語はErlebnis〕という語に置き換えることができるだろう。さらにこの詩のタイトル「血の罪」は、明らかに挑発を、スキャンダルやセンセーションを、つまりは市民的なタブーの侵犯を目論んでいるように見える。彼の言葉はどのようにして過激さを増していったのだろうか。

この詩は明確な合図を送っている。ここでは近親相姦的な「罪Schuld」と、教会の教義によれば純潔なまま受胎したマリアの「恩寵Huld」が押韻し、三度、リフレインとはいえなくとも、まるでリフレインのように繰り返される。淫らなものと純潔なものがぶつかり合い、そして純粋に音響的に相殺し合う。まるで両方が相互に帳消しにされるかのようだ。特に目を引くのは第三詩節である。セイレーンたちは通常は「泉」と結び付けられない。スフィンクスは一つの文化を、すなわち古代エジプトの文化を示唆するが、その文化においては兄弟姉妹間で交わされる性愛は王者・神の特権であった。特に独特に響くのは最後から二番目の行だ。「ぼくたちの心臓が　より罪深く　繰り返し鳴るように」。つまり「啜り泣くこと」、すなわちマリアへの懇願は、キリスト教の道徳観念では非難すべき兄妹の結合の苦悶を救済しない。それはむしろ、その結合を認め、強める。このように神の母は、この感情豊かな罪人たちの近親相姦を承認するように求められている。というのも彼らの心は「より罪深く　繰り返し鳴ろ」うとしているから。これは快楽に満ちた冒涜行為だ。当然、詩の中においてではあるが。

だからこの詩「血の罪」は、後に一九一三年四月に、明らかに妹に向けて書かれた詩「ロザリオの歌」に継続されるのは納得がいく。(31)「ロザリオの歌」は「妹に」「死の近さ」「アーメン」の三つの詩から成り立つ短い連作詩であるが、ここで目立つのは、それらのうちの二つはもはや「響こ」うとはしていないことだ。つまり押韻詩となっているのは最初の詩だけだ。しかもその最初の詩の脚韻も不自然に思える（Abend と Abend、tönt と tönt、Bogen と Bogen）。実際にゲオルクと妹の間に近親相姦があったのかどうかについては、二人の間に肉体的な関係があったことを証明することはできないとするハンス・ヴァイクセルバウムの所見を覆す伝記的資料はない。

そうした関係を否定する決定的な証拠としてはエアハルト・ブシュベックの証言が挙げられる。ブシュベックは一時グレーテと非常に親密な関係にあったが、彼はトラークルの作品に詩的な痕跡を残した「罪深い考え」について的確に言及している。そしてトラークルの最初の全詩集を刊行したカール・レックに、その刊行の準備に際して一九三八年に一通の手紙を書き送った際、次のように述べている。「たとえ彼がこのことに関して黙っていたとしても、彼の妹のグレーテと私は非常に親しかったが、彼女は性愛的な事柄に関してはとても率直だったから、そのようなことを黙っているということは絶対になかっただろう」[32]。グレーテの妊娠、さらには彼女が一九一四年三月末にベルリンで死産したこと、これらの原因は兄との関係にあると憶測することは全く無意味だ。映画はトラークルと妹について想像をたくましくして、この問題を新たに再燃させているが、それは(この場合はタブーに関しての)脚本や演出に許される芸術的自由と言えよう。脚本や演出がどのようにそれを美的に書き換えるかは、ただ批評家たちが問題とすることであり、道徳を説こうとする人々を激昂させることにはならないだろう。

トラークルの場合の他のテーマと同様に、近親相姦というテーマにおいても、「脅迫観念の詩学」といったものが働いているのが見て取れる、それは彼の言語芸術を突き動かす駆動力であり、詩作には実りをもたらすが、自己を破壊することともなる[33]。孤独という宿命は『一九〇九年集』のテーマの一つだ(例えば詩「成就」では「けれど兄よ、ぼくたちを二人きりにしておいてくれ」)。そして「誰のせいでもない苦しみ」(「聖なる人」)というテーマもそうだ。それらと並んで近親相姦のモチーフはこれらの初期の詩で重大なメッセージを発している。それはすなわち、「生成するものが　お前の苦痛であるように！」（「夕べの散歩」）というメッセージだ。以後、トラークルの作品は「死ぬこと」を「死へと生成すること」として示すようになる。彼の詩作はすでにこれほど早くから死に向かうという方向を打ち出した。そこでは色彩との詩的な戯れはもしかしたら気分転換的な飾りであったのだろうか。それともこの戯れの背後にむしろ芸術家としての綱領的な発言が隠されていたのか。フーゴー・フリードリヒは、トラークルは、エルゼ・ラスカー＝シューラーや彼より若いガルシア・ロルカやポール・エリュアールのように、「非現実的な色彩」を用いることで客体からその凡庸さを取り去ったと指摘した。その際フリードリヒが例として挙げたのは「ヒアシンス色の沈黙」だった。(34)

トラークルの詩が一九一〇年と一九一一年に、「文学、音楽、絵画の統合」を標榜していた「デア・メルクーア」や「トーン・ウント・ヴォルト」といった雑誌に初めて登場したことは興味深い。ドプラーはこれらの雑誌の基本的な美的姿勢について、「事物は音となって鳴り響き、言葉は音楽的な振動に変えられた。絵画は音楽の具象的な表出とみなされ、マーラー、リヒャルト・シュトラウス、ドビュッシー、ラヴェルの楽曲は抒情詩のように物語られる作品として感じられた」と述べている。(35)

美的な（政治的ではない！）ヴァーグナー崇拝の余波と象徴主義の様々な見解が幾層にも重なり合った。さらにニーチェの名のもとに、不協和音が新しい音楽によって解放された。それはアルノルト・シェーンベルクによって決定的になった。シェーンベルクが音の領域において因習にとらわれない様々な組み合わせを試みた大胆な行為は、トラークルの妥協のない詩的な冒険心と呼応し合う。トラークルもまた、日常語の言葉の意味を越えたところで、それ自体の価値を持つ言葉の意味や響きの領域を拓こうとした。[36] もしこの時代にニーチェの一つの覚書が知られたならば、それはシェーンベルクやトラークルやココシュカにとって合言葉となっただろう。その覚書とは「音楽における不協和音と協和音（…）。苦痛は、矛盾は純粋な実在だ。快楽は、調和は仮象だ[37]」である。第一次世界大戦が勃発する前の十年間を特徴づけるのは何よりもこれらの種々の美的な過激さであった。トラークルはそれらが直接的に触れ合うただ中にいた。その際に、彼がこのような「仮象」を生み出そうとしたのか、それともその正体を暴こうとしたのかを突き止めることは、もしそれができるとしても、非常に難しい。なぜならば彼の「幻覚症的」と称されるような書き方を目の前にすると、彼が数多の校正を行っていることはむしろ意外に思える。しかしそれらは実際、言葉に対する彼の批判的な意識を表しているのである。

II 「酩酊のなかでお前はすべてを理解する」

トラークルの有毒な創作

ニーチェがその本質を批判的に見抜き、ボードレールから世紀転換期に至るまでの大抵の芸術家たちが体験し、あるいは追体験した芸術家の酩酊体験は、リヒャルト・ヴァーグナーの作品及びその世界と結びついていた。ザルツブルクの若き象徴主義者であり、そしてまたダンディーを気取る唯美主義者であったゲオルク・トラークルもまたその例外ではなかった。ボードレールは自身のパリにおける『タンホイザー』体験をアヘン体験にたとえ、ヴァーグナーの創造する芸術的な酩酊の楽園とその効果について次のように書いている。「熱と不安の発作によって引き裂かれた恍惚、常に新たに襲いかかり、どれほど約束されても、決して欲望を鎮めることのない快楽、心と官能の狂ったような痙攣、肉体の暴虐――響きによって愛のイメージを喚起するものすべてが、ここでは音になる」。トラークルもまたヴァーグナーの音楽に我を忘れたのだろうか。それともただもう「熱狂」し、ボードレールのように感覚を揺さぶられたのだろうか。それともすでに批判的な眼差しを向けたのだろうか。今となっては分からない。それ以上に分からないのは、トラークルは正確にはヴァーグナーの作品のどれを、そして特にどの上演形式によって知っていたのかということだ。彼が聴いたのは壮大なオペラドラマからのピアノ演奏であったと仮定してみることはできる。それが感受性の強い人間の中に何を引き起こすかは、若いニーチェが、そしてまたトーマス・マンの短編小説『トリスタン』の「風変わりな」主人公、デートレフ・シュピネルが伝えている。

「有毒な創作」というテーマに近づくための補足として、エルンスト・ブロッホとヴァルター・ベンヤミンが一九二八年に発表した「薬物の実験の記録」を取り上げてみたい。そこでは薬物の効果と言葉との関連について次のように書かれている。「それはまるで言葉が音として吹き込まれるかのようだ。まるで自動接続だ。色々な事どもが許可も求めないで発言を許される」[1]。ベンヤミンはこの観察を自分自身で、例えば次に示す例のように、多かれ少なかれコントロールされた特定の認知を連想的・分析的に描写するといった方法によって実行した。「カーテンは風の言葉のための通訳者だ。それらは風のどの息吹にも、女性的な姿の形と官能性を与える」[2]。さらにベンヤミンは、直接トラークルを想起させる一つの形象を次のように示す。「酩酊の中に入っていく雪に埋もれた一つの道が形づくられる、この道は死だ」[3]。

言葉の音の配置は聴覚を研ぎ澄まさせる。そのような基本的な配置の一つが一音節の語 Rausch（酩酊）だ。この語が暗示的なのは自然の中の「ざわめき Rauschen」と音が近いからだ。

「ざわめき」という語の中では音響と意味が溶け合う。「ざわめき」と「酩酊 Rausch」は何かはっきりしない、輪郭を持たない、どんな構造も持たないものを表す。酩酊は意識の混迷であり、回らぬ舌でしゃべる状態に戻ることだ。それはディオニュソス的な経験だ。「なんという息遣いが樅の木の中から、なんというざわめきが！　木々のざわめきはどんな音楽も要らなくするわ」とローベルト・ヴァルザーは長編小説『タンナー兄弟姉妹』（一九〇七）で書いたが、ここでは自然のざわめく音は女主人公の心的気分に転嫁されている。[4] トラークルはノヴァーリスを追悼するかのような詩「ノヴァーリスに」の第三稿（おそらく一九一三年九月以降成立）で「若者の（…）酩酊した弦楽器の調べ」に言及する。このことは、少なくともトラークルはノヴァーリスを自分と同じような問題を抱えた「兄」と認めたということを示唆している。実際のところトラークルがどの程度までノヴァーリスの作品を知っていたかは分からないが、次のことは断言できる。すなわち、ノヴァーリスもトラークルも麻酔剤を、酩酊の状態を体験し、そして酔いが醒めてはその効果に苦悶した。両者にとって自己コントロールが、つまり、ハシッシュ、メスカリン、アヘンによる酩酊の体験の実験をコントロールできるかどうかが問題であった。

「だが、ぼくは、こうした方法で自分を沈静させることに抵抗する」。前の章で引用した、友人のカール・フォン・カルマーに宛てたトラークルの手紙のこの言葉は、トラークルが早くも自分自身をコントロールしようと努力したことを裏付ける。だからトラークルは単に薬物に「より簡単に」近づくために、薬局の実習生となり、その後、ウイーンで薬学を学ぶことにしたと考えるのは正しくない。むしろ彼はこれらの養成期間の間には立派な成績を収めており、それは薬物の扱いや効果を理解し、学ぼうと努めた彼の努力を証明している。ノヴァーリスはその性格からしてトラークルよりもさらに思い切ったゆゆしい行動に出た。というのもノヴァーリスは明確にこの薬物による酩酊という問題を熟考し、『一般草稿』(一七九八/九九)の中で「医学」という項目において次のように細かく分析している。

強さからの酩酊と弱さからの酩酊。麻酔性の毒、葡萄酒などは弱さからの酩酊を引き起こす。それらは思考器官から何かを奪い去る。それらは思考器官を通常の刺激に対して無用にする。/情熱、固定観念はもしかしたらむしろ強さからの酩酊かもしれない(…)性的快楽もまた酩酊させる、葡萄酒のように。弱さからの酩酊の中で人ははるかに生き生きとした、鋭敏な感覚を持つ。冷静であればあるほど、感覚を失う。(5)

この区分はトラークルを考える場合に見逃すことはできない。というのも強迫観念のように、とまでは言わないが、反復して繰り返される種々のモチーフは、まさにエクトル・ベルリオーズの『幻想交響曲』やトーマス・ド・クインシーの『阿片常用者の告白』が示す「固定観念」のように凝固していく。ノヴァーリスはここで(ひそかに自己)分析的な立場を取っている。それはすでに四年前に書かれた八詩節からなる詩「はじまり」においても見て取ることができる。この詩でもノヴァーリスは酩酊という問題を分析しつつ観察しようとしている。詩は冒頭から次のように断言と修辞疑問の形でこの酩酊という体験に言及する。「酩酊はありえないのだ」、「酩酊は本当に道徳的に優美な／完成された意識なのだろうか」、「もし酩酊がそうであるならば、では生とは何なのだろう」(6)。ノヴァーリスは（少なくともこの詩においては）「もっと高い意識」に突き進もうとしている。彼によればそれはもはや「葡萄酒の靄」と取り換えることはできない。しかしそれゆえに彼は酩酊の経験をはっきりと非難するのではなく、自己を浄化するために必要な第一段階と受け止めている。

ノヴァーリスによるこの酩酊の経験の区別はその後ニーチェが初めて、文化理論的に「ディオニュソス的」と「アポロン的」という対比の枠組みの中でとことんまで推し進めた。『偶像の黄昏』の「ある反時代的人間の逍遥」の第八のアフォリズムがそれである。ここでもまたトラークルがこのニーチェの後期の作品も読んでいた可能性は否定できない。このアフォリズム（「芸術家の心理学のために」）は文学的モデルネにおける有毒な創作の創設の記録として解釈できるかもしれない。

芸術が存在するためには、何か美的な行為と観照が存在するためには、一つの生理学的な前提条件が不可欠です。それは酩酊です。酩酊はまずは機械全体の感受性を高めておかなければなりません。それより前に芸術は生じません。あらゆる酩酊は、どんなにそれらが異なる種類の条件に負うているとしても、そのための力を持っています。特に性的興奮による酩酊はそうです。それは酩酊の最も古く最も根源的な形です。同様に、あらゆる大きな渴望や、あらゆる激しい興奮の結果によって起こる酩酊もそうです。祭りの、競争の、妙技の、勝利の、あらゆる極端な運動の酩酊。残酷さの酩酊、破壊における酩酊、ある種の気象上の影響下の酩酊、例えば春の酩酊。あるいは麻酔剤の影響下の酩酊、最後に意志の酩酊、過剰なまでに積み上げられ、膨れ上がった意志の酩酊。――酩酊の本質は力を高めることと充溢の感情です。この感情から人は事物に分け与えるのです、人は事物に私たちから奪い取るように強いるのです、人は事物に暴力的に強制するのです。――このような過程が理想化と呼ばれるのです。(7)

ここでニーチェが言うには、芸術は酩酊（それが「破壊」におけるものであっても）によって生みだされた興奮が一つの形に激変するその転換点で成立する。したがって酩酊は一つの美的以前の状態である。その際ニーチェはこの移行は何から成り立っているかを明確に示す。それはつまり伝動であり、「暴力的な強制」ですらありうる。すなわち、自身の状態が「事物」へ、客体へ向けられる。もし酩酊が「わたし」をそれ自身を越えて外へと連れ出していったならば、つまり、今挙げた様々な種類の酩酊によって「わたし」が自己が最高に高められる状態へと連れて行かれるならば、「わたし」は自身の状態が事物に移された後に、再び自分自身をコントロールすることができる。「わたし」は知っている、「わたし」は何をするのかを。ここで「理想化」について言及されるが、それは純粋に皮肉で言っているとも考えられる。こうした性質は当然、トラークルの作品においては、ニーチェの場合と全く異なって、言うに値するほど重要ではない。

シャルル・ボードレール以降、モデルネには酩酊経験がつきものとなった。一九世紀から二〇世紀にかけての世紀転換期は麻薬が、つまりハシッシュ、コカイン、モルヒネが度を越すほどにテーマとして現われた。その一つの例がオスカー・A・H・シュミッツの散文『ハシッシュ』である。一九〇二年に刊行されたこの作品はすぐにシュテファン・ツヴァイクの目に留まった。(8) アルフレート・クービーンは一九一三年にシュミッツの散文作品に集中的に取り組んだ。彼はトラークルの散文詩にもそれと劣らぬ強い関心をもち、それを絵画に移し換えた。(9) トラークルがシュミッツの物語『ハシッシュ』を知っていたのかどうかは分からない。だがこの物語の第一部ではまさにその中心に薬物摂取のコントロールの問題が置かれていることは目を引く。語り手は自身について語る。「私は決めた（…）ほんの少量のハシッシュによって感覚を研ぎ澄ませよう。求めもしないのに働く知性によってイメージが抑制されることを排除しよう。つまりは、高められた生を享受しよう(10)」。

この「研ぎ澄まされた感覚」は今、ある古いイタリアの音楽を捉える。それは事物のように語り手をぐるりと取り囲み「染み透り、血で満たし、輝き渡った(11)」。語り手はボードレールの「人工楽園」にいるように、ただしもっとコントロールされてではあるが、自分の周りの世界を共感覚的に受け入れることができる。数多の言葉で、数多の姿で。

一目で私は様々な関連を見渡すことができた。それは通常であれば必死に考えをめぐらした挙句にようやくできる。言葉はあらゆる言語の異なる色できらきらと輝いていた。「Kirche」［ドイツ語で「教会」］という音節は、「église」［フランス語で「教会」］のように壮大で明るく、しかしまたchurchのように疑い深く、清教徒的に響いた。「Wort」［ドイツ語で「語、言葉」］という字母は、護符に似た「logos」を、ルーネ文字のような「waurd」を、尖ってばらばらの「mot」［フランス語で「語、単語」］を、いくらか重々しく飾り立てられた「parole」［フランス語で「言葉、発言」］を同時に含んでいる。どの音節でもその底にかすかに半ば吹き消されたような韻がともに響いている。私はどの語も嗅いで、見て、味わった。私はそれを絹や大理石のように感じた。私はもはやただ平面を見たのではなかった、そうではなくて立体全体をあらゆる面から同時に見た[12]。

ここからまさに酩酊の際の自己コントロールの問題に関して、認知心理学的に一つの重要な結論が次のように引き出される。すなわち「私には私が色つきのメガネをかけているかのように思えた。だがもし望むならば、見るともなしに見ることもできた、生というものはそもそもどんなに不確かで、もつれていて、埃にまみれているかを。私の意志を支配するのは私であり、気分のままに事物をそのままにでも色つきでも見ることができた」[13]。

さらに酩酊というテーマはほぼ同時代において、神話学的でポスト・ニーチェ風な観点も示す。フーゴー・フォン・ホーフマンスタールの初期の悲劇『アルケースティス』(一八九三・九四年に成立、一九一一年刊行)がそれである。ここではアルケースティスをハーデースから強奪するヘーラクレスは、行為はただ中毒した状態においてのみ成し遂げられると主張する。「酩酊の中でお前はすべてを掴む、死をもだ!/(…)醒めた人間たちは哀れな愚か者のようだ。/そして待ちきれずに皆、戻ることを願う/彼らの母なる奥底へ、陶酔へ!/神的な陶酔とはもしかしたら、我々が死んでいるとみなすものであるのかもしれない!」[14]

こうして少なくとも薬物や酩酊状態とトラークルの関係を評価するための一つの大枠ができあがった。ここで伝記的な事実に触れねばなるまい。トラークルは一九〇八年から一九一〇年までウィーンで薬学を学んだが、特にうまくいかなかった様子もない。ザルツブルクの薬局における実習ではトラークルは明らかに満足すべき成績を収め、大学で勉強するための準備も十分整えていたようであった。ウィーンでは、叱責を受けたとか、勉学の規則に違反したとかいった記録は残されていない。彼は住居を転々としたが、それは学生にとっては全く普通のことだった。唯一目を引くのが卒業試験の評点である。トラークルは確かに全体的には「可」という評価に甘んじなければならなかったが、実験の際の物質の処理について評価する実践的な化学の試験では唯一「優」をもらっている[15]。

「酩酊の中で掴む」ためには麻薬についての精緻な知識が必要となるが、明らかにトラークルはそれに精通していたようだ。そしてそれはニーチェがテーマとした酩酊経験の生理学的な面にまで及んでいた。後に一九一三年の『詩集』に入れられることになる一つの詩には、飾り気のない、心を和ませるような一連のシーンが描き出されているが、それはこうした関連を象徴するものと捉えてよい。それは詩「夕べにぼくの心は」の中の次の一節である。「さすらう者の途上に小さな居酒屋が現われる。／素晴らしくおいしい　新しい葡萄酒と胡桃。／素晴らしい、酔いしれて　暮れていく森を　よろけながら歩むのは」。この詩行は二番目の「素晴らしい」の後のコロン［原文はコロンが置かれているが、日本語にはこの記号はないので読点にして訳した］を除けば、注釈の必要はない。このコロンによって言葉の流れは一時的にせき止められ、その後、本当の酩酊の経験の中で放出される。気分が脅かすように激変することが次の行で暗示される。「黒い枝々を抜けて　悲痛な鐘の音が響く」。だが酔いは相変わらず醒めないままだ。「顔のうえに　露がしたたる」。さすらう者は酔いしれて葡萄酒と胡桃を味わいながら、自然の諸元素と一つになるようだ。もしかしたら彼は倒れ、だから露が顔を濡らすのかもしれない。もしかしたら「悲痛な鐘の音」は酔いが醒め始めることを告げ知らせて鳴るのかもしれない。しかしトラークルの創作は言語的な明晰さを前提とするという事実は揺るがない。彼は詩で回らぬ舌で話すことはない。薬の毒が彼の言葉を崩壊させることはない。いずれにしてもこの言葉は、文学的モデルネにとってあれほど核心となった言語危機の経験からは遠く離れているように思える。たとえ彼が詩作品の中で言語危機の経験を暗示するとしても、言葉はコントロールされたままだ。その一例として、いわゆる後期の詩「眠り」を見てみよう。この詩は一九一四年から一九一五年にかけて「ブレンナー」誌に発表されたほとんどの詩と同様に、もはや押韻しない。むしろ酒神賛歌のように悪夢を見ている。

忌まわしい　お前たち　暗い毒よ、
白い眠りよ！
暮れなずむ木々でつくられた
この　これほど奇妙な庭は
蛇、蛾、
蜘蛛、蝙蝠たちで　いっぱいだ。
（…）
白い鳥たちは　舞い上がる　夜の縁で
倒壊していく
いくつもの鋼鉄の町のうえに。

けれどもここまで至ってもなお、トラークルの作品において「有毒な創作」とは何を意味しているのかは十分に説明できてはいない。それに示唆を与えてくれるのはトラークルがウィーンから書き送った何通かの手紙だ。そのまず一つは姉のヘルミーネに宛てた一九〇八年一〇月五日の手紙である。この手紙には両義的な気分が、すなわち無関心さと精神の集中が、周りの世界の醒めた観察と薬の毒による脅威が言及されている。

ここ数日間に、ぼくの身に起こったことを観察するのは、ぼく自身にとって、大変興味深いものでした。というのも、もし、ぼくが、ぼくのあらゆる素質というものを考慮に入れるなら、この起こったことというものは、ぼくにとって普通のことでもないし、それにもかかわらず、また逆に、異常なこととも思えないのです。ぼくがここ（ウィーン）へ来た時に、あたかもぼくには、初めて生というものが、あるがままにはっきりと、どんな個人的相貌も持たず、むき出しのまま、無条件に見えたかのように、そして、あたかもぼくには、現実の話すそのあらゆる声が、ものすごく不愉快なその声が聞こえたように思えたのです。そして一瞬、ぼくには、人間のうえに普通は課せられる何か抑圧というものが、そして、運命の促しというものが感じられたのです。

「ぼくにはまるで見えたかのように思えた」。全くロマン主義的ではない状況にもかかわらず、世界を見ることさら醒めた眼差しは、ロマン派に特有の接続法（アイヒェンドルフの詩「月夜」には「まるで天は地に静かに口づけしたようだった」と書かれている）を必要とした。澄み切った目が虚構の状況を見通す。現実を認知することこそがまさに想像を促す。この手紙では急激な変化が二重に起こっている。というのは、自己を観察することは、現代の都市の生活を眺望することに変わる。そして分析的に見える現実関連の非現実性は魔力を奪われ、興醒めなものになる。さらにホーフマンスタールの『アルケースティス』の中でアドメートスがハーデースから強奪した花嫁を見て次のように言う場面が自然と思い出される。「私の苦痛と感覚のすべては私から落ちる！／そしてヴェールのように音もなく剥がれるのだ／裸の私から色とりどりの運命の衣装が」[16]。

だがトラークルはアルケースティスを意のままにすることはできない。彼が意のままにできるのはただ自分だけだ。そして彼の中で脅かすようなものを空想が解き放つ。

ぼくは思うのです、生を時間の中で転がしていくあらゆる動物的本能というものを、完全に自覚して、こうしてずっと生きていくことは、恐ろしいことにちがいないと。ぼくは自分がどんなに恐ろしい可能性を秘めているか感じました、嗅ぎ付けてきました、手で探ってきました、そして血の中でデーモンたちが吠え立てるのを聞きました。肉を狂わせる棘を持った何千もの悪魔たちを。何という恐ろしい悪夢でしょう！

感覚は常軌を逸したものに向けられる。内的な緊張は、言葉の上でも、いくつもの度合いに達し、そして新たな急変を指し示す。今やそれはアポロン的なものに変わる。

それも過ぎ去りました！ 幻となって現われたこの現実は、今日再び霧散しました。そういうものたちはぼくから遠ざかり、それらの声はさらに遠くなり、そしてぼくは耳を澄ませます。生気にあふれた耳を、ぼくの中に流れているメロディーに、そしてぼくの生き生きとした目は、あらゆる現実より美しく映る像たちを再び夢見ています！ ぼくは正気に戻り、ぼくの世界にいるのです！ 無限の甘美な調べに満ちたこのうえもなく美しいぼくの世界。

このように急激に美しいものへと変わるのは、姉を安心させたいからなのか。あるいはトラークルはここで、彼がこの恐怖のただ中にいて言葉の快音を、つまり韻の協和音を詩的に守ることができるための基本的な条件を描いているのか。これらの対照的な、そして最も広い意味で言えば美的な経験は、まさにニーチェが「ある反時代的人間の逍遥」の第一〇のアフォリズムで示したものを説明している。

私が美学に導入したアポロン的とディオニュソス的という対立概念は、両方とも酩酊の二つの種類と捉えた場合、何を意味するだろう。――アポロン的な酩酊はとりわけ目を刺激し、その結果、目は幻視の力を持つことになる。画家、彫刻家、叙事詩人は特にすぐれた幻視者である。これに対してディオニュソス的な状態においては、情動組織の全体が刺激され、高められる。その結果、その組織はあらゆる表現手段を一度に解き放ち、描写、模倣、変容、変形の力を、あらゆる種類の物真似やお芝居を同時に外に向かって駆動させることになる。(17)

アポロン的な酩酊の意味での幻視は、単に見ることを越えたものであり、トラークルが世界や生を見たと想像したようなものだ。トラークルはこの状態を自分自身でも的確に、まさに「幻となって現われたこの現実」と呼んでいる。そうであれば彼の場合にそこから生まれるものは、つまり少なくともこの手紙で言えば、より美しく映る夢の像たちは、内的な甘美な調べは、(まずは)アポロン的なものの領域の中にとどまる。だが彼はすでに、ニーチェが同じアフォリズムでディオニュソス的に変形へと高まっていくこととして描いた側面も知っていた。トラークルはまた「呪われた詩人《ポエット・モディ》」の役割も見事に演じ、身振りやしぐさや詩的な様式においてボードレール、ランボー、ヴェルレーヌの役にするりと入り込んだ。ニーチェはさらに言う。

本質的な点はメタモルフォーゼが容易になされることだ。つまり、反応しないではいられないことだ(——それはある種のヒステリー患者たちに似ている。彼らはどんな合図にも応じてどんな役割にでも入っていく)。何かある暗示を受けてそれを理解しないということはディオニュソス的な人間にはできない。彼は情動のどんな徴も見逃さない。彼は理解し、察知する

最高度の本能を持っている。同様に彼は最高度の伝達技術を有している。(18)

ここにはしかしトラークルとの相違も見て取れる。「メタモルフォーゼが容易になされること」をトラークルに見つけるのは難しい。彼の「伝達技術」、すなわち彼の抒情詩は暗示的であることは明らかだ。それは「情動の徴」に満ちているがしかし、解明するというよりもむしろ謎にする。

一九一〇年年七月に、「優」の成績で実践化学の試験に通ったばかりのトラークルは、ウィーンからエアハルト・ブシュベックに宛てて書いた、「ぼくは全く一人ぼっちでウィーンにいる。しかもそれに耐えている！（…）」と。だが彼は「大きな不安と類のないあきらめ！」を口にする。そして告白する、「ぼくは自分自身をすっぽり包み込んでしまい、どこか別の所へ行って、見えなくなりたい」と。それに続く短いコメントは、彼の場合にはきわめて稀なことだが、言語危機について少なくとも暗示的に述べている。「だがいつも言葉だけだ、もっと適切な言い方をすれば、恐ろしい無力感しかない！　君にこれ以上、こうした文体で書くべきだろうか。何というナンセンス！」。

ニーチェが言うところの「ヒステリー患者たちに似た」ものをトラークルは完全に理解していたようだ。彼はそれを彼の時代の一つの特徴とみており、「この世紀に共通している神経衰弱」（一九一〇年八月二十九日付の手紙）について言及している。彼は創作のプロセスやその「有毒な」

面について、一九一〇年の後半の数か月において二度、全く異なる意見を述べている。宛先人はどちらも同じブシュベックであった。この時トラークルは自身の作品がウィーンで活動している編集者でもある一人の詩人によって剽窃されたことを知った。剽窃という非難はトラークルの没後、彼自身にも浴びせられることになる。それはともかくとして彼はこの剽窃事件に際して自分の創作の秘密を公然と表した。それは「四つの詩行において、四つの別々のイメージがつき合わされてただ一つの印象を作り上げるという具体的方法」(一九一〇年七月後半の手紙)であった。これは行列様式と呼ばれる、むしろ冷静に考えて計算しながら行う方法と言えるが、トラークルはこの創作方法を「必死に努力して自分のものとした手法」、つまり熱心に習得した形式であると語っている。

同時期に書かれた次のもう一つの手紙でトラークルはやはりブシュベックに次のように告白する。

(…)ぼくは今、あまりに多くのものに(何というリズムと像の混沌か)攻め立てられている。これをほんのわずか形にすること以外他のことをする時間もなく、それも結局のところ、打ち負かすことのできぬものの前で、ぼく自身を、どんなわずかな外的刺激にすら痙攣し、錯乱してしまう笑われるべき愚か者として眺めることに終わるのだ。

(一九一〇年七月後半の手紙)

ここには「有毒な創作」とはどのような状態なのかが書き表されていると言ってよいだろう。ここに見て取れるのは自己に対する批判、いやむしろ、劣等感である。さらにニーチェが「ディオニュソス的な人間」について書いたことが、若干変更されて書きつけられている。だがその変更は重要だ。ニーチェは「情動のどんな徴も」見逃さないと書いていた。トラークルはまるでこの言葉に答えるかのようにこう簡潔に述べる。「どんなわずかな外的刺激」にも、つまりほんの小さな「徴」によってすら、コントロールできない状態、いや、錯乱の状態にまで陥ってしまう。

詩の言葉は完全に語義通りに、けれども同時に比喩的な意味で理解しなければならない。当然、一人の詩人の自己についての発言は、トラークルもその例外ではないが、違う目で眺めたり、相対化して解釈しなければならない。おそらくこの場合もそうだろう。トラークルの薬による中毒症状に対する苦悩がどんなに本物であったとしても、彼には自己を脚色する傾向が見受けられる。彼は紛れもなく役者であった。というのも、姉のヘルミーネに宛てた手紙の中ではまだ世界を想像し、認知することを詩的に賛美していたのに、その同じ彼が、一九一一年年五月にはブシュベックに宛てて次のように書くのだ。「もし世界を揺るがすような事件が起こったら、知らせてくれ給え。なにしろぼくはすっかり穴ぐらにもぐりこんでしまい、耳も目もふさいでいるのだから」。

ここでこの頃トラークルが直接見聞きしたと考えられるいくつかの出来事を挙げておきたい。

ドレスデンではリヒャルト・シュトラウスの『バラの騎士』が初演された。ベルリンのレッシング劇場はゲールハルト・ハウプトマンの『鼠たち』を上演した。フランツ・マルクとワシリー・カンディンスキーが「青騎士」を創設した。ドイツがモロッコの西海岸のアガディールに軍艦を派遣し、国際紛争の火種を蒔いた。そしてイタリアはオスマン帝国に宣戦布告した。

一九一二年秋にブシュベックはウィーンでトラークルから二通の手紙を受け取った。その中でトラークルは簡潔かつ的確に自己を描写しているが、薬の中毒症状と創作能力の関連についてはそれぞれの手紙で異なった見解を述べている。とはいえどちらの手紙でも自己風刺が目を引く。それは彼にしてはきわめて珍しく、また下卑ている。まず一九一二年一〇月半ばに書かれた手紙から引こう。

フォンヴィラー、それは笑っている哲学者！　おお　眠り！　葡萄酒は素敵、煙草は格別、気分はディオニュソス的、そして道中は全くいまいましかった。朝は恥知らずで、熱が失せ、頭は苦痛と、呪詛と、悲しみに満ちたペテンでいっぱいだ！
あまりに寒くて　ぼくの臓腑は凍えている。暖房つきの部屋などという嘘をつき、尻の痔を増長させる快適さ。それどころか！　葡萄酒、三杯、つまり葡萄酒、それがオーストリア・ハンガリー帝国の役人を幾夜も通して、褐色の、赤褐色のパーンのように騒がせる。

まずいくつかの名前を説明しなければならない。「フォンヴィラー」とはトラークルのザルツブルクの同級生だったオスカー・フォンヴィラー（一八八六―一九三六）を指す。トラークルより一歳年長のフォンヴィラーはその頃「ブレンナー」誌にいくつかの短いテキストを発表していた。特に「教会と文化」に関する試論において、彼は「信仰という原理」を攻撃し、仏教における宗教と哲学の、崇敬の意識と科学の共生を比較考察することを推奨していた。[19]トラークルはフォンヴィラーにニーチェの言う「笑う」思想家の姿を見た（トラークルはフォンヴィラーが書いたあまり出来のよくない詩「預言者」や「嵐の歌」も知っていただろう。それらの詩やアフォリズムのような「注釈」も「ブレンナー」誌に続いて掲載された）かと思うと、急に皮肉の混じった「ディオニュソス体験」に向かう。

もう一つの手紙は何か自慢気にも聞こえる。

冬が来て、寒くなるということを、夜毎、葡萄酒で暖まりながら感じている。一昨日、ぼくは、四分の一リットル入りの赤葡萄酒を十（なんと！　十）本も飲んだ。朝の四時に、露台で、月と露を浴びていた。そして、明け方、結局、素敵な詩を一つ書いた。寒さにガタガタ震えながら。

（一九一二年、一〇月末または一一月初めの手紙）

これは「有毒な創作」のもう一つ別のヴァリエーションではないだろうか。こけおどし的な態度が全くないわけではない。だがここでもまたトラークルが自己コントロールや自己観察を強調していることが目を引く。

これらの手紙が書かれた時期に、詩も活発に生み出されていた。だが当時成立した詩のどれも寒さで凍てついてはいない。この点で、「ブレンナー」誌に発表されたマックス・フォン・エステルレによるあのカリカチュア[20]をトラークルが「残念ながら全く似ていない」（一九一二年一一月初めの手紙）と評したことは興味深い。自分自身をどのように見るのか、それもまさに自嘲的に戯画化する視線でもってどのように見るのかは、常に彼自身の問題であった。言ってみれば、彼は自分自身のイメージを手放そうとはしなかった。夜を「騒ぎながら」通り抜けていく「赤褐色のパーン」となってなお、トラークルは自分自身は何者であるのかを決めるのはただ自分だけであろうとした。

Ⅲ　境界を越える試み

ウィーン・インスブルック・ヴェニス・ベルリン　それとも至る所がザルツブルクなのか

「ぼくは途方に暮れている――ぼくは大都市の様々な事情に慣れていない（…）」。一九〇五年九月、友人のカール・フォン・カルマーからウィーンに招待された時に、「イェルク」〔四四頁参照〕・トラークルはこのようにザルツブルクで感じた。彼がその頃よりも成熟した詩人ゲオルク・トラークルとなってもこの思いは変わらなかった。ウィーン、インスブルック、ベルリン、ほんの短期間のヴェニス、そして最後にはクラクフ。都市は彼には向いていないようだった。オーストリア・ハンガリー二重帝国の保養地も彼を惹きつけはしなかった。

トラークルがバート・イシュルやカールスバートやウィーン近郊のバーデンといった保養地の散歩道をそぞろ歩いている様子を想像するのは難しい。彼の「有毒な創作」の場としては居酒屋や酒場こそふさわしかった。暗ければ暗いほど、地獄のようであればあるほど似つかわしかった。例えばウィーンの第一区（アム・ホーフ広場）のウルバニ・ケラーや市庁舎の地下レストラン。

あるいはザルツブルクの諸々のビール酒場やローター・クレープス・ホテル。そしてまたインスブルックの金鷲亭やカフェ・マクシミーリアン。そこはブレンナーの同人たちの溜り場で、トラークルが初めてルートヴィヒ・フォン・フィッカーと出会ったのもそこだった。カール・クラウスと同席したのはウィーンのカフェ・フラウエンフーバーだった。そしてインスブルックの北方のイーグルス近郊のランスにあるトラウベ亭では、じきに軍の薬剤師としてアルバニアに赴任することを夢見た。

定まった住居を持たず、料理店兼宿屋に居続ける者。友人たちに囲まれながら孤独な者。友人たちは彼が求める物質的な援助のすべてを差し出すことはできなかったが、それでも最後まで彼にとって不可欠の存在であり、彼を見捨てはしなかった。

しかしどこにいても重要なテーマは芸術だった。例えば、カール・レックが伝えるところによれば、一九一二年六月の末頃、インスブルックの大通りマルクトグラーベンのビールスタンドでトラークルは、ゲーテの『親和力』をあまりに皮相だと非難した。ドストエフスキーの愛読者であった彼は芸術に対して、そしてまた抒情詩に対しても、福音書の言葉を反証として持ち出した。(1)彼は『詩集』と題した詩集で文壇に出ることになるが、その前の一年間、抒情詩によって本当に伝えることができるのかどうか疑っていた。それでも彼は結局のところ、言葉と取り組む以外、つまりはそれらの詩を修正し、選別し、整理する以外、方法を知らなかった。

本来的な意味での「ウィーン詩」や「インスブルック詩」や「ベルリン詩」をトラークルは分

かっている限りでは書いていない。彼の詩の空間を占領しているのは「ザルツブルク詩」だ。アニフ［ザルツブルク近郊の村］やイーグルスのホーエンブルクの館はそれに次いで大切な場所として詩の中に現われる。トラークルは手紙の中で自分が住んでいる都市や地域の雰囲気を記すことは稀であったし、たとえ記すことがあったとしてもその叙述は最小限に限られていた。そもそも彼は詳細な手紙は書かなかった。あたかも広大な領域をできるだけ簡潔な報告で征服しようとするかのようだった。明らかに彼は言葉にかかわるエネルギーのすべてを詩作のためにとっておいた。だがそれにもかかわらず、彼の数少ない手紙が示す証拠は、まさにそれらが独特なコミュニケーションの方法を取るがゆえに、真意を汲み取るのが非常に難しいこの人物に近づくためには不可欠な資料となる。この人物の内側にあるコンパスは、その生涯に渡って常にザルツブルクに向けられていた。

このアルプスに囲まれた真珠の他に、詩の（手紙の、ではない！）道連れとなったのはヴェニスだけだった。その名も「ヴェニスにて」という詩で、詩の「わたし」は自身にとってこのラグーンの町は永遠に続く世紀末《ファン ド シエクル》の首都であることをほのめかしている。一つの町の姿となった、この絵のように美しい滅亡の中で、政治的権力が芸術の力に取って代わられたその中心において、メランコリックで現代的な「わたし」は美的に興奮させられると同時に鎮められて、自分自身を取り戻すようだ。

ヴェニスにて

夜の部屋のなかの静けさ。
銀色に　燭台がゆらめく
孤独な者の
歌うような呼吸を受けて、
不思議な　薔薇の叢雲。

黒ずんだ蠅の群れが
石の空間を　暗く翳らせ
黄金の昼の悲しみに
故郷を失った者の
頭は　こわばる。

静まりかえって　海は暮れていく。
星と　黒ずんだ航路は
運河に消えていった。

子供よ、お前の病み衰えた微笑みが
眠りのなかで　そっと　わたしについてきた。(2)

「説明できない不安」がトラークルをすでに出立の前に襲った。(3)だが彼はまずはブシュベックに宛てて挨拶の言葉を書き送り、おおはしゃぎとも言える言葉を書きつけている。「君！　世界は丸い。土曜日ぼくはヴェニスに落ちていく。どんどんと――星にとどくまで」（一九一三年八月一五日付の葉書）。この葉書はウィーンのウルバニ・ケラーを写した絵葉書であることも指摘しておこう。書かれたのもおそらくこの地下酒場であったのだろう。そこにはカタコンベのような、あるいは地下牢のような部屋がいくつも並び、気の弱い者たちならば、閉所恐怖症的な不安に襲われるか、少なくとも外の広い世界へ出ていきたい衝動に駆られるだろう。

こうして一九一三年八月、トラークルはヴェニスを訪れた。それはシーズンの最盛期であり、彼は友人たちとともに、夏の観光客や水浴する者たちでごったがえす雑踏の真っただ中に身を置いた。友人たちとはアドルフ・ロース夫妻、ペーター・アルテンベルク、カール・クラウス、フィッカー夫妻であった。アメリカ人のロース夫人ベシーは元ダンサーであり、社交的で芸術家気質の女性であったが、彼女にトラークルは詩「カスパー・ハウザーの歌」を、つまりよりによってコミュニケーション能力に欠け、それに苦悩する人物を描いた詩を献じた。このような喧騒の中で生まれた詩「ヴェニスにて」はだが、孤独を生のままに蒸留する。この詩の特徴として

「魔術的な抒情性」を挙げることは間違っていないだろう。詩の主人公は故郷喪失者であり、孤独な者だ。そしてそれは第三詩節でそっと一人の控え目な「わたし」になる。「わたし」の呼吸は歌い、夜の静けさの中に穏やかな動きをもたらす。明らかに苦痛を与えるヴェニスの美しさは「石の空間」へと還元される。[4] 第三詩節はこの空間を広げるようにみえるが、その先に続くのはただ消滅だ。運河がすべてを吸い込んでしまう。けれどもそこで一つの変化が起こることに気づかされる。孤独で、故郷を失った者は、誰かにあとをつけられることになる。つまりその者の他に一人の子供が、あるいは子供のようなものへの思い出が現われる。それはもしかしたらタドゥツィオの縁者かもしれない(トラークルがトーマス・マンの『ヴェニスに死す』を読んだかどうかは立証することはできないが、それを否定することもできない!)。そのひ弱さを「わたし」の眠りは受け入れる。それに先立って運河が「星と黒ずんだ航路」を受け入れたのと同じ様に。この表現は完全にゲーテの詩「海上の凪」と「順調な航海」の真面目なパロディーとして読める。

同時期に、リド島のホテル・デ・バンにS・フィッシャー夫妻[サミュエル・フィッシャーはドイツを代表する文芸出版社であるフィッシャー社の創設者]がリヒャルト・ベーア＝ホフマンとアルトゥール・シュニッツラーとともに滞在していた。アルテンベルクはこの一行とトラークルたち一行の間を行ったり来たりしていたらしい。そこにフィッシャーの一九才の息子、ゲールハルト・フィッシャーが運び込まれた。彼は、ハウプトマンによれば際立った音楽の才能の持ち主であったが、チフスに罹り、重篤に陥っていた。これがきっかけとなり、フィッシャー夫妻は休暇を打ち切り、ベルリンに戻ることになった。ゲールハルトの妹のブリギッテ・フィッシャーは彼女の回想録で、危篤状態の兄がヴェネツィア・サンタ・ルチーア駅に運ばれていく様子を次のように記している。「重篤の兄とともにゴンドラに揺られながらヴェニスに向かう夜の船路は私には果てしなく思えた。黒ずんだ夜にきらめく灯火、ぴちゃぴちゃ音立てて水の中に沈む長い櫂、ゴンドラ漕ぎの薄気味の悪い、長く伸ばした呼び声、両親の顔に浮かぶ不安、それらすべてがこの不気味な夜、私の心に深く刻み込まれた」[5]。この出来事をアルテンベルクがロース・クラウス・トラークル・グループの友人たちに報告したことは想像できる。だからトラークルの詩に描かれた「子供」の「病み衰えた微笑み」がこの出来事と無関係だと言い切ることはできないだろう（非常に不思議なことに、翌年の八月にゲールハルト・フィッシャーのピアノ曲の一つにリヒャルト・デーメルが、死者への思い出として「異郷の者たちだ　ぼくたちは」の言葉で始まる歌詞を付けている）[6]。

トーマス・マンがヴェニスの犠牲者として描いたグスタフ・フォン・アシェンバハや、ホーフマンスタールの主人公、アンドレーアス・フォン・フェルシェンゲルダー[7]はヴェニスを迷宮として経験した。しかしトラークルの「孤独な者」は彼らとは違った。トラークルの「孤独な者」はヴェニスを今まさに暗く翳ろうとする石でできたただ一つの空間として経験する。その空間を暗く翳らすのは自然現象であり、つまり蝿たちの群れだ。それは腐敗や滅亡をただ暗示するだけだ。この故郷喪失者はヴェニスで、病み衰えた微笑みを思い描きながら眠る。感染の危険は比喩的に迫っていた。灯火の明滅、おずおずとした歌声、暗くなること、そして消え失せること、それらは曖昧さという印象を醸し出すが、ある点だけははっきりとしている。それは、ヴェニスは、陽気さを失ったが官能性は失っていない退廃の文化として、あとはもう終わりに向かって出発する場所でしかありえないということだ。それは崩壊しつつある迷宮のような記念物だ。そこでは人はひしめき合う観光客たちのただ中で、完全に孤独になることができる。

さらに黒い水着を着て海岸に佇むトラークルの写真を思い出してみよう。海に背を向け、自分自身の秘密をその海の果てしなさの中に求めようとしない者。右手はだらりと背中にまわし、左手で弁じ立てているように見えるが、口はほとんど閉じている。半ば懐疑的で、半ば不機嫌そうで、スポーツマンのようではないとしても、たくましい体つきをしている。のんびりくつろいでいるが、ぼんやりとしているわけではない。ここには海辺に立つ孤独な詩人の姿が認められる。確かにこれはある一瞬を切り取った一枚のスナップショットではあるが、彼の持続的な状態を写し出している。ここに認められるのはヴェニスで迷う者、あるいはヴェニスの高級売春婦たちに惑う者ではない。そしてまた、彼自身が言うようにこちらへ「落ちて」来ることができる者でもない。ここには大地につながれ、落ち着いて、集中している者の姿が見える。

この「ヴェニス詩」に対してザルツブルク的なモチーフをはっきりと示している詩は全部で九篇ある。それらの詩は特に取り上げて論じる必要がある。(8) この九篇の詩にはザルツブルクを美化する追憶がキーモチーフのように輝いている。その追憶はトラークルがウィーンから書き送った一通の手紙に最も端的に書き表されているが、これほどトラークルがどこかある場所の雰囲気を長々と詳細に手紙で書き記した例は他にはない。この手紙は姉のマリアに宛てて書かれているが、その時（一九〇八年初秋）トラークルはまだザルツブルクを離れて数週間しか経っていなかった。彼は新しい事柄、すなわちウイーンに全く関心を惹かれていない。それより二年前にはウイーン滞在は彼の「長年の」望みであったと主張していたのだが（一九〇六年九月三〇日付けの手紙）。

カプツィーナーベルクはもう秋の燃えるような赤につつまれて、ガイスベルクはその優しい輪郭に一番よく似合う柔らかな衣をまとっているのでしょう。教会の鐘は厳かな、それでいて親しげな夕暮れのなかで『最後の薔薇』を奏で、それはとても甘く心を打つから、空は無限のなかへとアーチ状に身をそらすのです！　そして噴水はレジデンツ広場であんなに美しく歌い、そして大聖堂は王者のような影を投げかけるのです。そして静けさが昇ってくるのです、いくつもの広場や街路のうえに。ぼくがあなた方のもとで、このあらゆる素晴らしさのただ中にいられたら、はるかに素敵なのに。この町の魔法を、幸福があまりに大きいので心を悲しくさせるそんな魔法を、ぼくほど感じられる者がいるでしょうか！　ぼくは幸せな時はいつも悲しい！　不思議なことではないでしょうか！　（一九〇八年一〇月末の手紙）

これと対照的な曲を奏でるのがウィーンである。

ぼくは、ウィーン人が全く好きになれません。彼らは非常に愚かで馬鹿で低俗な性質を、不快な温厚さの背後に隠している人たちです。居心地の良さを無理強いして誇張するほどいやらしいことはありません。市電に乗れば、車掌が馴れ馴れしくします。レストランでは給仕が、等々。あらゆる所でこの恥知らずなやり方に出会うのです。そしてこの企ての目的はすべて――チップなのです！　ウィーンではあらゆるものにチップ税がかかっていることを、ぼくは知らなければならなかったのです。悪魔がこの厚かましい南京虫たちを連れ去ってくれればよいのに！

（同手紙）

「ウィーン人」。この手紙で語っているのは西部オーストリア出身の人間であり、彼にとってはウィーン人の強情さや首都であるというううぬぼれはくだらなく感じられる。逆にウィーン人はザルツブルクをせいぜいのところ辺境あるいはフォーアアルルベルク［オーストリア最西端の州、州都はブレーゲンツ］であり、もはや外国とみなしている。それとも若いトラークルはここでまたもや対立の技法を試みているのだろうか。つまり美化対論駁を。その後、一九〇九年の復活祭に再びザルツブルクの「素晴らしさ」に身を置いた時、トラークルはウィーンにいるザルツブルク時代の友人に宛てて電報のような挨拶を送っている。「復活祭おめでとう楽しい町から喜ばしくあればと思っている者より」（一九〇九年四月八日）。

一九一三年一一月の時点では、ウィーンはトラークルにとってまだまぎれもなく「汚れた町」

だった。それは明らかに彼の個人的な生活状況を映し出していたのだが。一九一〇年秋、ヨーゼフシュテター通りの、「トイレの大きさしかない小さな部屋」に下宿した時、彼は次のように書いている。「ぼくはこの中で馬鹿になっていくのではないかとひそかに恐れている。見渡せるのは暗く、小さなガラス天窓の中庭。もし誰かが窓越しに中を覗いたら、あまりのみすぼらしさに立ちすくんでしまうだろう」。その後のインスブルックも似たり寄ったりだった。一九一二年年四月に彼はブシュベックに次のように書いている。

ぼくは、元来困難なこの時を、この罪を負わされ、呪われている世界に存在している、どこよりも野蛮で、卑俗なこの町で過ごす羽目になるとは思ってもみなかったのに。その上、おそらく十年間、何か見知らぬ意志により、ぼくはここで苦しむことになるだろうと思うと、どうしようもなく絶望的な涙にくれながらあがくしかない。

そしてこの記述の後に、トラークルが自分自身について述べたあの最も有名な言葉が書き記される。「何のための難儀か。ぼくは結局、いつも、哀れなカスパー・ハウザーであり続けるのだろう」。いわば都市の叢林や暗い苦悩の森林の中に放り出されたカスパー・ハウザー。

カスパー・ハウザーという人物については、四年前に刊行されていたヤーコプ・ヴァッサーマンの小説『カスパー・ハウザーあるいは心の不活発』が詳細に伝えていた。トラークルの詩「カスパー・ハウザーの歌」は何よりも沈黙の森の中へ放り出されたこの人物の完全な孤独の姿を詩的に描いている。そしてこの詩ではカスパー・ハウザーのモチーフ[9]と関連して、生まれぬ者が言及されている。この詩は、この愛されたことがない、捨てられた者が抹殺されることを暗示した後に、「銀色に　生まれぬ者の頭が　沈んでいった」という詩句で終わるのだ。それによってこの詩は、生み出されなかった生を送った、あるいはただ、自分自身の誕生を取り戻すためだけに生きた、そういう孤独な者たちがいることを主張する。反社会的な、だが美的な空間でただ漠然と生きるというイメージは事実、一九一二年頃のトラークルの手紙に何度も現われる。それは感情の問題においては慣性の法則に従い、情緒的に全く動かされず、言葉に関してはほとんど自閉症的に一定の言語形象のストックでやりくりせざるを得ないというイメージだ。トラークルの詩作品の特徴の一つは、まさに一定の基礎語やモチーフの在庫でやりくりしていながら、それらの語やモチーフは何度も繰り返し用いられてもなお魅力を放つほどに、統語的に、含意的に、そして擬音的に変奏され、微妙な差異をつけられていることにある。

トラークルがインスブルックに対して話す音域や声域も同じだった。「ぼくはここで、誰か、ぼくの気に入るような人間に出会えるとは思わないし、町も、そのまわりも、ぼくに反感を抱かせるのは確実だ」(一九一二年四月二四日の手紙)。彼はここで「むしろウィーンに赴きたい」という希望すら抱く。そしてまたボルネオに行くという幻想とも言える願望もインスブルックで生まれる。彼が察知していたものは「自身の中に集積し」、やがて放電するであろう「雷雨」だった。

「ぼくはそれでも全くかまわない、病気やメランコリーとなってそれは爆発するだろう」と、彼は一九一二年年四月二四日にまたもやブシュベックに宛てて書いている。インスブルックのミューラウ［インスブルックの北にある市区。トラークルの墓もルートヴィヒ・フォン・フィッカーの墓と並んでこの市区の共同墓地にある］やホーエンブルクの館も手紙の中で言葉に出して賛美されることはない。まるで彼はどこにいても自分からザルツブルクの美がだまし取られたと感じているかのようだ。

トラークルの「ザルツブルク詩」

トラークルはザルツブルクのモチーフを持つ詩の大半をウィーンやインスブルックの視点から書いた。それらは思い出して書いているというよりも、今まさにありありと目の前に見ながら書いているようだ。何よりもそれらの「ザルツブルク詩(10)」では現在形が用いられていることが目を引く。つまりこれらの詩に現われる印象やイメージは疑いもなく、今、ここにあるのだ。いくつかの詩に顕著なのは繰り返しの構造であろう。例えばそれは抱擁韻の姿を取る。詩「美しい町」はその一例だ。しかもそこでは押韻するのは同一の語でありながら、その一つの語が時に動詞の形で、時に名詞の形となることで微妙な変化が生みだされている（「いくつもの古い広場は　陽を浴びて　黙している」Alte Plätze sonnig schweigen、そして「樵の木の重苦しい沈黙の下を」Unter schwüler Buchen Schweigen。）このような繰り返しは現在という時制の印象をさらに強める。そしてまた一つの印象が捕えられるという印象も強まる。詩「ヘルブルン［ザルツブルクの町の南のはずれにある広大な庭園に囲まれた宮殿。一七世紀にザルツブルクの大司教によって造られた］における三つの沼」の第二稿では繰り返しの原則が特に目立って現われる。それに対して初稿では第一詩節のみが「行ってしまえ！」という呼びかけを二度繰り返すにとどまる。トラークルが明らかに最終稿とみなした第二稿でも、繰り返しはほとんど句読点の置かれていない第一詩節に集中しているとはいえ、最初の沼について描くこの第一詩節における繰り返しは初稿よりもはっきりと複雑な形になっている。

夕べの黒い塀に沿ってさ迷いつつ、
銀色に　オルフェウスの竪琴は
暗い池を鳴り続けていく
けれど　春が驟雨《しゅうう》となって
枝からしたたり　夜風のあらあらしい驟雨となって
過ぎるとき　銀色に
オルフェウスの竪琴は　暗い池を　鳴り続けていく
緑になった塀に沿って　死んでいきながら。

ここでは何が起きているのか。それは一つの逆説的な変身だ。つまり死んだものを示す「黒い」「夕べの塀」の傍をさすらっていくことが、生命の兆候を示す「緑になった」塀の傍で死んでいくことに変わるという変身だ。この変身はオルフェウスの竪琴によって促されたのかもしれない。だがそれが鳴り響き始めるのは「暗い池」の中だ。ここでは韻の構造が、いくつかの名詞が、銀色の響きが、オルフェウスという名前が繰り返される。ただ「驟雨」だけは「あらあらしい驟雨」へと高められる。「塀」は一層詳しく説明される。つまり「夕べ」が柵とみなされている。次に「塀」は「緑になること」が言及される。しかしそれはオルフェウスの竪琴とその響きが絶えていくことと引き替えに起こる。けれどもこの詩におけるオルフェウス的なものの死は、変身という原則をも一時的に停止する。いずれにせよこの変身という原則にトラークルの詩の多くは打ち消しがたい懐疑的態度を取っている。

この詩は個人的なものを消そうとしている。詩の「わたし」はこの出来事を見つめ、それに耳を傾けているが、それもただ身を隠したままでしかない。トラークルは最後から三番目の行の「銀色に」の前にコンマを打たないことによって、冒頭の構文を繰り返すことを非常に巧みに避けている。

なぜこの詩はこの構造を与えられているのか。この構造は何を伝えようとしているのか。繰り返される語は同じままなのか、それとも変えられているのか。竪琴は二度目も同じ調べで「銀色に」響くのか。繰り返される「暗い池」は同じ暗さなのか。それは同じ池なのか。あるいはそれは文字通り「暗闇で」行われるオルフェウス的な変身なのか。

すでに述べたように、トラークルが詩を献じた町はザルツブルク以外はヴェニスだけであった。このことは特に詩「メンヒスベルクにて」の場合に様々な関連を浮かび上がらせる。というのもこの詩をトラークルは一九一三年秋に、ヴェニスから戻ったところで書いているのだ。そして彼はこの詩の初稿を建築家のアドルフ・ロースに献呈したが、トラークルのヴェニス旅行を可能にしてくれたのはロースだった。この詩は第二稿が一九一三年一一月一日に「ブレンナー」誌に掲載されたが、その際ロース宛の献辞は消されている。初稿と第二稿の主たる相違は表現にある。例えば第三詩節の第一行は初稿が「柔らかく　わずかな緑が　異郷者の膝に媚びるようにまつわりつく」であったのが、第二稿では「そして　わずかな緑が　異郷者の膝に触れる」に変えられている。続く「一人の優しい神が　ひどく疲れた額に」は「石となった頭に」に変わる。非常に印象的なのは第二詩節の第三行の「より優しく語る　病むもの　そして　狂気につつまれて耳を傾けながら」から「より優しく語る　病むもの　そして　兄のあらあらしい嘆き」への変更だ。後者では感覚を方向づける動詞がない。対立は直接的に働きかけようとする。すなわち一方には「優しい病んだもの」が、他方には「狂気」あるいは「あらあらしい嘆き」がある。それは詩「ヘルブルンにおける三つの沼」の春の「あらあらしい驟雨」と同種のものだろう。

だが本当は詩「メンヒスベルクにて」と詩「ヴェニスにて」を比較すべきだろう。ここでは詩

「メンヒスベルクにて」の詩人が公表した第二稿を引こう。

秋の楡の木陰で　朽ちた小径が沈んでいくところ、
木の葉葺きの小屋から、眠っている羊飼たちから遠く、
いつも　さすらう者のあとを　冷たい　暗い姿が追う

骨でできた小橋のうえを、少年のヒヤシンスの声、
それは　そっと　森の忘れられた伝説を語っている、
より優しく語る　病むもの　そして　兄のあらあらしい嘆き。

そして　わずかな緑が　異郷者の膝に
石となった頭に　触れる、
より近くに　青い泉は　女たちの嘆く声となり　ざわめきを寄せる。

「ヴェニス」詩と異なって、散文を思わせるこの詩のモチーフは外界から来ている。だがその謎めいた自然にもまた内的生活があるように思われる。いつもここに「住む」者はさすらい続ける、途上にいる、自然の神話の中に入っていく。けれどもその行く道は今にも崩れそうだ。

この世界を取り巻く雰囲気、つまり秋の「冷気」は「秋の楡の木々の影」、あるいは「暗い姿」というはっきりとした形になる。「朽ちた小径」が続く「メンヒスベルク」は視界から消え去ったように感じられる。たとえ「木の葉葺きの小屋から遠く」と位置付けられ、地形的にはこの町の中心部に置かれるとしても。「眠っている羊飼たち」を示すことで、(見せかけの) 田園風景が演出される。だが「木の葉葺きの小屋」は別の解釈の可能性も開く。つまりそれは推測にすぎないといえなくもないが、ユダヤ人が四〇年間に渡る砂漠の遍歴の終わったことを祝った仮庵祭《かりいお》を暗示しているとも考えられよう。この出来事については旧約聖書のレビ記第二三章第三三節から三六節に書かれている。このような暗示はプロテスタントであったトラークルが聖書について十分な知識を有していたことを考えれば決して不思議ではないだろう。もしそうだとしたら、このザルツブルクの丘を示す「メンヒスベルク」というキリスト教的な意味を持つ名前［原語 Mönchsberg は直訳すれば「修道士の山」。この名はこの丘の麓に近接するベネディクト修道院の聖ペーター教会の修道士たちに因んでつけられた］にユダヤ教の習わしを結び付けるのはトラークルの場合、あまりないことだ。ともあれこの詩の「異郷者」のさすらいは、『レビ記』に描かれるそれとは異なって、一つの終わりに到達しない。なぜならばこの「異郷者」は追われる。季節や場所の雰囲気によって駆り立てられる。もしこの詩で仮庵祭が暗示されているとしても、そのことによってトラークルの、生まれ育った環境から明らかに影響を受けたと思われる反・ユダヤ主義的なルサンチマンが免責される(11)とは主張できないし、また主張するつもりもない。とはいえ彼は少なくともこのユダヤ教の歴史のモチーフを詩的に省察することはできただろう。

「朽ちた小径」は「骨でできた小橋」と対をなす。後者はその硬さからみてどうやら歩いても安全であるらしい。このことはさすらう者の道は一様ではないことを意味する。なぜならばその道のいくつかの区域は「沈んでいき」、足元をおぼつかなくさせるが、また別の区域では確かな歩みを許す。

「少年のヒヤシンスの声」。この表現にはギリシャ神話の響きが聞こえてくる。美しいヒュアキントスは西風の神ゼピュロスとアポロンに愛され、伝承によって異なるが、故意にか誤ってかアポロンが投げた円盤によって死んだ。悲しんだアポロンはその血から一輪の花、すなわちヒヤシンスの花を咲き出でさせた。その花弁は「ああ」という嘆きの声の形となった。トラークルにとってこのモチーフは最後まで重要であった。詩集『夢のなかのセバスティアン』の詩「少年エーリスに」にもこの喩えが見い出せる。「お前の身体は　ひとつのヒヤシンスだ」。

だからそっと語られることによって再び思い出させられる（呼ばれるのではない！）自分自身の「忘れられた伝説」を持つのは、「森」だけではない。「少年の声」もまたそれを持つのだ。そしてその声は「ヒヤシンスの」という形容詞が示す神話的な出自によって、すでに嘆きへと音を合わせられている。さらに「少年のヒヤシンスの声」はもう一つ別の意味にも変奏される。それはザルツブルクの「少年」、ヴォルフガング・アマデーウス・モーツァルトが一七六七年に書いた最初のオペラ『アポロンとヒュアキントス』も想起させるのだ。その場合にはしかし、トラークルがこのオペラを知っていたかどうかは定かではない。モーツァルトの音楽は彼にはむしろ縁遠いものだった。

「より優しく語る　病むもの　そして兄のあらあらしい嘆き」。この表現は省略されているがゆえに統語的に捉えるのが難しい。「さすらう者」の後を追うものに連なるのだから、この「病むもの」もその一人なのかもしれない。だがそれは際立たされており、さすらう者を追いかける他の姿たちよりももっと自立しているように見える。この詩の初稿のこの箇所はもう少し分かりやすい。そこでは「より優しく語る　病むもの　そして　狂気につつまれて耳を傾けながら」と書かれており、この詩行はその直前にセミコロンが置かれることにより、それより前の部分と区切られている。「兄のあらあらしい嘆き」は、初稿ではむしろ一般的なもの（「狂気につつまれて」）を具体化し、強めている。「あらあらしい嘆き」はそれはそれで「ヒヤシンスの声」のもつ嘆きの要素を強め、「より優しく　病むもの」という語句とくっきりとコントラストをなす。

最後の光景は第二稿と初稿でさらに著しく異なっている。もう一度、第二稿を見てみよう。「そして　わずかな緑が　異郷者の膝に／石となった頭に　触れる、／より近くに　青い泉は女たちの嘆く声となり　ざわめきを寄せる」。初稿ではこの部分は「柔らかく　わずかな緑が異郷者の膝に媚びるようにまつわりつく、／一人の優しい神が　ひどく疲れた額に、／手探りしながら　銀色に　歩みは　静けさのなかへかえっていく」と書かれている。「わずかな緑が異郷者の膝に」という語句だけが同じだ。そしてそれによって緑という色とさすらう者が歩むために重要な身体の関節の部分である膝が近づく。この緑と同じく、「一人の優しい神」もまた身体の一部、つまり「額」に柔らかく触れる。その額はそれが示すことのできないものを示す。すなわち思い出を。町の中へであれ、森の中へであれ、あるいはメンヒスベルクの中にであれ、道を戻ることは静寂の中に戻っていくことになる。だがまさにこの静寂を第二稿は否定する。第二稿はあたかも論理的に述べているかのように「そして」と始まるが、それは純粋に詩的な論理性の表れだ。「骨でできた小橋」にいま、「石となった頭」が呼応する。そして「青い泉」の中を通り抜けて「女たちの嘆く声」が現われる。それはあの「ヒヤシンスの声」の中に隠れている神話的な根源的な嘆きが最終的に形を変えたものだ。その嘆きはもともと「少年」のものであり、それから狂気を帯びながら(「あらあらしい」)「兄」のものとされたのだが、今それは「女たち」に委ねられるようだ。それによってそれは新たに自然に近づくのだ、まぎれもなく泉のざわめきによって。

「ヴェニス」詩の「孤独な者」は「異郷者」となった。「石の空間」は「頭」が石になることに書き換えられた。「病み衰えた微笑み」は「より優しく　病むもの」という語句につながるだろう。だが空間は、つまりヴェニスにおける部屋は、この「メンヒスベルク」詩では境界を取り除かれている。この詩のザルツブルクとの現実的な関連を示すのはタイトルだけである。この詩はザルツブルクという町を抽象的に捉えているが、「ヴェニス」詩はそうではなかった。そこでは詩が対象としている町との関連は特に第三詩節においてモチーフによって保持されていた。

モチーフから見て本来的に「ザルツブルク詩」と言えるのは、この詩「メンヒスベルク」の他に「美しい町」「聖ペーター墓地」「ミラベル庭園の音楽」「南風《フェーン》の吹いている郊外」が挙げられる。これらの詩より後に成立した詩「アニフ」はテーマが独特だ。ただしすでに言及したように、ザルツブルク詩の大部分はザルツブルクではない別の所で、いわば思い出の詩的な聖像として生まれたということが重要だ。それらの聖像は当然、異質さを、故郷の地において異質であることを、死のモチーフを共有している。この町の美しさは脅かす（「褐色に明るくなった教会から／見つめている　死の清らかな像たちが、／偉大な君主たちの美しい徽章が。／王冠が　教会で鈍い光を放っている」（「美しい町」）。だがこの脅かすものは自然とかかわりがある。そこでは（ネプチューンの噴水の）人工性と自然から迫りくる予期せぬ危険がまさに自明のように補い合う（「幾頭もの馬が　泉水から浮かび上がる。／木々の花爪が　脅かすように迫っている。」）さらに青の中に「オルガンの音」が聞き取られる。それは「女たちの嘆き」ではない。そしてまた死の像たちに「明るい楽器」が対峙する。トラークルの「ザルツブルク詩」は、あらゆる感覚を生き生きとさせる（「ひそやかに　花の咲き乱れた窓べに放たれる／薫香、タール、リラの香。／疲れ果てた瞼が　銀色にきらめく」。）なぜならば町自身もまた（部分的に）活気づけられているようなのだ。「おののきながら　鐘の音が漂う、／行進の歩調が響き　衛兵の呼び声。／異郷者たちが　階段で耳を澄ます」。

この詩「美しい町」には、これより後に書かれた詩「メンヒスベルクにて」と異なって、目を引くような変奏や統語的な実験はない。文の構造はがっちりと組立てられている。すべてのものはその概観できる文構造の中に納まっている。それはまるでどんなものもこの町の概観できる構造の中に納まっているのと完全に合致するかのようだ。大胆なのはむしろ詩的な比喩法、つまりこの詩の中でしばしば関連を持たないものが生み出す関連だ。

「ザルツブルクについて言語的に最も緊密に詩的に省察している詩が「聖ペーター墓地」だ。この詩は一九〇九年にウィーンで成立し、同年七月一〇日に「ザルツブルガー・フォルクスブラット」誌に掲載された。

あたりは　岩のような寂しさだ。
死の蒼い花々が身を震わせている
暗がりで悲しんでいる墓石の上で――
けれど　この悲しみには　苦しみがない。

天は静かに　下方へ微笑みかける
この夢に閉ざされた庭のなかへ、
そこでは　静かな巡礼者たちが　天を待っている。
それぞれの墓で　十字架が目覚めている。

教会が　祈りのようにそびえ立つ
永遠の恩恵であるひとつの像の前で。
数多の蝋燭の火が　アーチの下で燃えている、
それは押し黙り　哀れな魂のために祈っているのだ――

その間　木々は夜に咲きほころぶ、
あの死の面《おもて》が　木々のほのかに光るあふれる美しさのなかに
つつまれるようにと、
死んだ女に　より深く夢みさせるようにと。

すでに第一行でトラークルはロマン派の一つの中心的なトポスの評価を改める。つまり彼は「森の孤独」を「岩の孤独」に変える。ルートヴィヒ・ティークの同名の詩が描くのと同様に、トラークルの孤独もまた「苦しみ」を知らない。けれどもそれは控えめな「悲しみ」を知っている。(12)

トラークルの詩は聖ペーター墓地［ザルツブルクの旧市街の中心にある墓地。メンヒスベルクの岩壁に接しており、その岩壁にはカタコンベがくり抜かれている。墓地には鉄細工や花で美しく飾られた墓碑が立ち並び、礼拝堂にはザルツブルクの貴族たちが何代にもわたって眠っている」を一つの密閉された領域として、つまり「夢に閉ざされた庭」として認知する。詩「美しい町」で言及した「清らかな死の像たち」はこの墓地では死の顔あるいは「面《おもて》」に結晶化する。それは夜の小さな花たちに取り巻かれるとも読めるだろう。その場合には、死のこの姿の美しさが死者の眠りを豊かな比喩によって一層強める。

この詩はすでに述べたように、詩「ヘルブルンにおける三つの沼」と並んで「ザルツブルガー・フォルクスブラット」誌の一九〇九年春・夏号に掲載されたトラークルの二番めの詩である。この新聞社の編集部はヴァーク広場に面したトラークルの住居の向かいにあったことを考えると、まるで若い詩人は彼の好きな二つの場所を描いたこれらの詩を発表することで、自分自身に文字通り「我が家」を思い起こさせようとしたかのように思われる。

詩「聖ペーター墓地」の場合は草稿は一つしか残されていない。トラークルは後になってもっと大きなまとまりの一部として発表した、あるいは改めて発表しようと思った場合には大抵それらの詩に部分的に変更を加えている。そうした変更は正式な意味での「異稿」だけではない。それらはむしろ、ある印象を、時には一層精確さを求めながら、時には明確さを放棄しながら、詩的に把握し直そうとする、つまり、その印象を別な方法で確認しようとする詩人の試みを証する。例えば、詩「色づいた秋」と題された詩では「その泉が歌う」と書かれていたのが、「ミラベル庭園の音楽」とタイトルを変えられた第二稿では「ひとつの泉が歌う」に変えられる。同様に

「暗い火につつまれて　部屋は燃え立つ、／そのなかで　影たち、亡霊のよう。」は「火の輝きが部屋のなかで燃え立ち／暗い　不安の亡霊を描く。」に変更されている。しばしば詩のまさに最後の詩節をトラークルがどれほど徹底的に変えたかは目を引く。

オパール色の靄が　草のうえに漂う、
衰えた、色褪せた香気の影が、
泉では　ほのかに光っている、緑のガラスのように
凍りつく大気のなかで　三日月が。
（「色づいた秋」）

ひとりの白い異郷者が　家のなかに入ってくる、
犬が　崩れた廊下を走ってくる。
女中が　ランプを消す、
耳は　夜　ソナタの響きを聞いている。
（「ミラベル庭園の音楽」）

まるでトラークルは詩の冒頭で展開した素材をそのまま持ったまま、どこか別の場所に行き着

くかのようだ。確かにどちらの最終詩節も何か命題を示すようだ。だが初稿では別々の四つのことが示されてはいない。つまりそれぞれが一つの動詞を持つ完成された四つの文にはなっていない。第二稿はそれぞれ動詞を持つ四つの文から成り立っているが、それらはまたもや相互に関連を持たないように思える。「白い異郷者」とは「不安の亡霊」の一つなのか。「家」とはどんな家なのか。それはミラベル庭園［ザルツブルクの市内にある宮殿の庭園。噴水やバラ園で飾られたその庭はバロック様式の華麗な面影を残しており、様々な古代の神話の立像や彫刻も置かれている］の近くにあるのか。そこから「ソナタの響き」が鳴り始めるのか。それはどのような「ソナタ」なのか。古典的なソナタか、それとも現代的なソナタか。そして「耳」とは。どんな個人的なものもこの詩からは消え去っている。だがそれにもかかわらず、認知する方法はまぎれもなく主観的で、局所的で、取捨選択されているという印象を受ける。だから一つ一つの詩行で四つのことがばらばらに確認され、それらはただことさら単純な韻によってのみ相互に結びつけられている。そして「耳」。まるでこの詩は、身体の他の部分と関係せずに孤立して、自立している一つの感覚器官で終わっているかのようだ。それが詩の冒頭の歌う泉と呼応することで、もっぱら視覚的な印象によって特徴づけられているこの詩において聴覚が特権を認められることになる。

この詩でも当然のように不気味なものが感じられる。さらにこの詩には、おそらく一九一三年末か一九一四年の前半に成立したトラークルの自画像を薄気味悪く予告するかのように読める箇所がある。それは「ファウン［ローマの古い森の神。ギリシャのパーンと同一視されることもある］

が　死んだ目をして　眺めている／暗がりにすべり込んでいく　いくつもの影を」という詩行だ。
これについては第六章でさらに詳しく検討しよう。ここでは、もっと狭い意味での「ザルツブルク詩」の関連で「南風《フェーン》の吹いている郊外」と「アニフ」を考察するにとどめよう。このどちらも六つの詩節からなる二つの詩には、他の「ザルツブルク詩」や一九〇九年以降に生まれた詩の多くと同様に、一人の（詩の）「わたし」が欠けている。主観的なものはすべて（郊外の）町やその町の事物に向ける視線の中に集められて、その時々に色を与えられたり、雰囲気を変えられて現われる。だから個人的ではなく見えても、それは潜在的に主観的と言えるだろう。そうしたものがいわゆる「トラークル・トーン」のうちに現われる。トラークル自身、それを意識していたことは注目される。そのことはブシュベックに宛てた次の手紙からわかる。彼はブシュベックと詩「南風《フェーン》の吹いている郊外」の（現在は遺されていない）初稿を綿密に討議していたらしい[13]。

　書き換えた詩を同封する。個人的でないだけ、もとのよりずっといい、動きと幻影にあふれている。

　最初の草稿にあるような限定された個人的な形態や方法よりも、このような一般的な形態や方法のほうが、より多くのことを君に告げ知らせるだろうとぼくは確信している。

　君は信じてくれるかもしれないが、表現されるべきものに無条件に従うことは、ぼくにとってたやすいことではないし、これからもたやすいこととはならないであろう。そしてぼくは、絶えず繰り返し、真実であるものを真実に与えるように、自分の誤りを正していかなければならないだろう。

（一九一一年晩秋（？））

文学的モデルネにおいて、この個人性を消す動きは大抵、むしろリルケの事物詩に関連づけられたり、あるいはT・S・エリオットと彼の「客観的相関物」のテーゼに、すなわち経験と事物の間に「客観的な関係」を生み出そうとする努力に結びつけられるが、この動きはヘルマン・バールの一八九〇年の試論「新しい心理学」に始まった。そこでバールは「芸術作品の非個人性」を要求してこう述べる。「芸術作品の中に、その背後に、それを通り抜けて、芸術家は消えるべきだ」[14]。だからトラークルは詩「南風《フェーン》の吹いている郊外」においても、きわめて個人的な印象を普遍的に妥当であるように表現することに努めた。先に引用した手紙で、彼は何よりも詩においての「一般的な形態や方法」を見つける必要性について言及している。それはフリードリヒ・シュレーゲルの言葉を引用すれば「普遍詩」を見つけることだ。だがこの詩の場合には明らかにそれは特殊な一つの状況や場所に、つまりバロック様式の町の美しさのただ中にある屠殺場に関連づけられている。これ以上強烈で、劇的なコントラストはありえないだろう。しかしまさにこのセンセーショナルな対照がこの詩の現実性を保証している。

先に引用した手紙の後半は、この（言語・）芸術において個人性を消すという厳しい要請に対して付されたいわば脚注であり、創作する詩人の心の内を明かしている。そして彼がこれらの修正に要した努力を証している。このことを彼の詩を読む私たちは、そして何よりもその解釈に取り組む文献学者たちは念頭に置く必要があるだろう。なぜならば種々の草稿を引用し、比較することと、それらの草稿の中に隠されている言葉との格闘を、いや、それどころか苦痛を感じ取ることは別のことだからだ。この点で、トラークルがこの手紙でマタイ福音書第二二章第二一節に書かれている言葉を要約して引用していることは目を引く。トラークルはそれを「真実」に関連させる。つまり「現実」とその現実の詩的な表現の真実。ここで暗示されている「カイザルのものはカイザルに、神のものは神に」は、パリサイ人たちを前にイエスが喩え話で述べた言葉だ。イエスのもとに遣わされたパリサイ人たちは偽善的といえるほどにイエスにおもねりながら言う。「(…)私たちは、あなたが真実な方で、真理に基づいて神の道を教え、誰をもはばからない方だと存じています(…)」。トラークルは、プロテスタント・ルター派の考えの核心となるこの箇所のイエスの言葉を自身の詩論的な根拠とすることによって、まさに彼自身の重要な関心事を神聖なものにする。ではここで詩そのものを取り上げよう。この詩は「ブレンナー」誌に最初に掲載された詩である。

南風《フェーン》の吹いている郊外

夕べ　このあたりは　荒れ果て　褐色に横たわっている、
大気は　灰色がかった悪臭に　浸されている。
列車の轟きが　鉄橋から――
そして雀たちが　藪や垣のうえに　舞い上がる。

身をかがめている小屋、小径が乱れて、散らばって、
庭々には　混乱と興奮、
時おり　よく聞き取れない動揺が　咆哮へと高まる、
子供たちの群れのなかを　一枚の服が　赤く　飛んでいく。

塵芥のあいだでは　鼠たちのさかりのついた合唱の声が上がる。
女たちが　臓物を　籠に入れて運ぶ、
汚れや疥癬でいっぱいの　吐き気を催すような行列、
それらが　夕暮れから　姿を現わす。

そして　運河が　不意に　血の塊を吐き出す
屠殺場から　静かな川へと。

南風《フェーン》が　貧しい草を　彩かに色づける
そして　ゆっくりと　赤が　流れを這っていく。

囁く声、それが　濁った眠りのなかで溺れる。
いくつもの形が　溝から　ひらひら現われ、
おそらく　昔の生活の思い出、
それが　温かい風にのって　浮いたり　沈んだりする。

雲の間から　またたく並木道が浮かび上がる、
美しい馬車、勇ましい騎士たちであふれて。
それから見える、一隻の船が　岩礁にのりあげて　砕けるのが
そして時おり　薔薇色のモスクが。

この詩の動きは「苦難の道を経て栄光の道へ」［原語は per aspera ad astra、ラテン語の格言］向かう。つまりそれは嫌悪すべきものから美しいものの中へ入っていく道であり、血まみれの現実は一段と高められた仮象へと「薔薇色」に変容する。その「薔薇色」の変容にはなおも緑がかった川の流れを「這う」血の赤さのいくばくかが反映している。この詩は確かにボードレール

を、しかしまたある種のE・A・ポー的な不気味な何かを想起させる。だとしてもこの詩は他とは取り替えることのできない、独特な輪郭を有している。そしてこの独自性は純粋に様式的に、色彩を表す形容詞の副詞的使用にあり、この色彩の用法は次第にトラークルの詩作を特徴づけるものとなっていく(「子供たちの群れのなかを　一枚の服が　赤く　飛んでいく。」)。

トラークルは、この詩はいまや「動きと幻影に」、つまり錯覚、幻覚、虚構に「あふれている」と強調している。様々な動きは南風《フェーン》そのものが生み出す。「温かい風」が舞い上がり、舞い落ちる。血を吐き出す(町の中心部はまるで汚染されているようだ)。そして水と血の赤さが入り混じる。動きは雀たちの羽ばたきや鼠たちの一団の中にもある。(詩「鼠たち」にも同様の詩句が書かれている。「そのとき、かすかに　鼠たちの姿が浮かび上がる。／／そして　鳴き声を上げながら　ここかしこを　走り回る／そして　灰色がかった悪臭が／厠から　かれらのあとを嗅ぎ付ける、／その厠は不気味に　月の光に身を震わせている。」)

このようにいくつものモチーフが絡み合わされることによって、これらの詩では個々の現象が省察されているのではなく、一つの意味関連が全体として形成されているとはっきりと感じられる。この意味関連には、つまりこの全体像には、恐怖の痕跡が様々に混じり込んでいる。たとえそれらの痕跡はこの詩の場合には一つの蜃気楼に帰するにしてもだ。前述したように、トラークルは自身の創作の正当化を、少なくともこの詩の新しい草稿の正当化をキリスト教の教会用語を用いて試みたが(「(詩的に)真実であるものを真実に与えるように」)、彼の作品では他に例のない

「モスク」という幻想でこの詩を終える。雲に覆われた空はどこか別の陸地や別の海となり、吐き気を催すようなものの美学から視線をそらす。「幻影」は第五詩節で（「いくつもの形が　溝から　ひらひら現われ」）別の存在のまぼろしとして際立たされて示される。

これらの特にザルツブルクと関連している詩は、それらを書いた者は「出立」し、他のどこかを探索しようと望んでいるのかどうかは明らかにしない。境界を越えること。それは詩「南風《フェーン》の吹いている郊外」のあの最終詩節のように、幻想において起こる。むしろこれらの詩は大抵は自分自身の中で循環している。美しくぞっとするものと、ぞっとする美しいものは己に満足しているように見える。これらの詩はどんなに不穏に響いても、自身の中で安らいでおり、見たところ自己充足している。細部まで精確に描写されていると同時に超現実的であり、自分自身の中に閉じこもりつつ、あらゆる幻想に対して開かれている。これらの詩は精神的および感情的な瘴気を培養する土壌に似ている。詩「南風《フェーン》の吹いている郊外」は確実にそうだ。これらの詩を読む、あるいは聴く者は、伝染のゆゆしい危険にさらされる。その危険とは何よりもこのような詩作に対して批判的に抵抗する力がだんだんと麻痺していくことだ。そしてそうした麻痺状態はこれらの詩が発する催眠作用によってさらに進んでいく。トラークルはこのような詩で自己催眠をかけたと仮定すれば、それはあまりに乱暴だろう。なぜならば詩人がどれほど創作の過程を意図し、緻密に熟考したかはトラークルの場合実証することはできない。だがそれでもここには効力を発する何かがあり、それは探り出す価値がある。例えばザルツブルクをモチーフとした詩としては最後に書かれた詩「アニフ」を見てみよう。

思い出、それは鷗たち、男性的な憂鬱の
暗い空をすべっていきながら。
静かに　お前は　秋のとねりこの木陰に住まっている、
木々は　正しい大きさの丘に沈んでいく、

いつも　お前は　緑の流れを下っていく、
夕暮れになると、
響きだす愛、おだやかに現われる　暗い獣が、

薔薇色の人間が。青みを帯びた匂いに酔って
額は　死んでいく葉に触れ
母の厳しい顔を想う。
おお、何と　すべてが　暗闇へ沈んでいくことか、

父たちの

いかめしい部屋部屋と古い調度。
これが　異郷者の胸を震わせる。
おお、お前たち　徴表と星。

何と大きいことか　生まれた者の罪は。ああ、お前たち
死の金色の戦慄、
魂が　さらに冷たい花を夢みるときに。

いつも　裸の枝々の間で　夜の鳥が叫んでいる
月のようなものの歩みのうえで、
氷のような風が　村の塀のところで鳴っている。

この詩もまた一九一三年の秋から冬にかけて一部はウィーンで、一部はインスブルックで成立した。後にトラークルはこの詩を詩集『夢のなかのセバスティアン』に入れることを計画したが、この詩集が刊行されたのは詩人の没後の一九一五年であった。この詩はその成立の条件を、冒頭の語でもって他の詩たちよりもはっきりと明かしている。つまりすべては「思い出」から出発し、「思い出」へと戻っていく。

トラークルの記憶詩学的な、つまり記憶に基づく方法がここでは典型的に示されている。なぜならば思い出とは過去時制を持たず、厳密な意味における歴史的現在時制すらなく、むしろ思い出されるものが強烈に今、ここに存在することだからだ。この詩の種々の記憶の価値を決定するのは「暗さ」だ。憂鬱は「男性的な」という語で説明されることで、その女性性を奪われることが目を引く。「男性」はメランコリーという女性的な特質に異議を申し立てるのだ。「厳しい顔」をした「母」は単数形で具体的に示されるのに対して、顔を持たない「父たち」は先祖の意味合いを強調する複数形で現われることも興味深い。「響きだす愛」は「氷のような風」の音に変わる。死と「生まれた者の罪」がこれらの思い出の形象に沁みわたる。この詩の独特の表現は「月のようなものの歩みのうえで」だ。月光につつまれて行く者、おそらく異郷者が月のように「原語 monden は「月」Mond を形容詞の形にしたトラークルの造語である」なる。つまり、自身を暗く照らすものになる。

「氷のような風が　村の塀のところで鳴っている」。この詩行はヘルダーリンの詩「生の半ば」の「壁は立っている／言葉もなく　そして冷たく、／風のなかでガチャガチャといくつもの風見が軋む。」という詩行のヴァリエーションのように響く。その前の「ああ、お前たち／死の金色の戦慄、／魂が　さらに冷たい花を夢みるときに。」という詩行もまた、ヘルダーリンの同じ詩の一節「悲しいことだ！　どこで摘もう　わたしは、もし／冬であれば、花たちを、そしてどこで／陽の光を、／そして地上の影を。[15]」を想起させる。ヘルダーリンのこの詩句もトラークルの場合と同様に詩の最終詩節の前に置かれている。もっともヘルダーリンと違ってトラークルの詩は「わたし」に関連づけられてはいない。

しかしトラークルの詩にはまさに「ガチャガチャと軋む」音がしない。この詩でも、これ以外のどの作品でも。たとえどれほど不協和になろうとも、彼は「鳴り響く」ことに固執する。母音たちの豊かに響く音。それは呼びかけるような「おお」Oも例外ではない。この「おお」には確かに長く伸ばすためのHは一度も付加されない。しかし朗読される時には、パロディーに陥らない程度にできるだけ長く伸ばされる。トラークルの詩の中に響き渡るこの音は、彼の時代に甲高い音を立てて加速するものに抵抗しようとしているかのようだ。

境界を越えようとするトラークルの試みは、このように繰り返し、彼の初期の詩作で特徴的な風景や雰囲気を想起させ、それを境界で囲むことになった。彼は転居を繰り返しながら、このただ一つの場所、つまりザルツブルクを詩の中で次々と変身させた。フランツ・カフカはあくまでプラハの人間であり、シャルル・ボードレールはパリジャンであり、そしてチャールズ・ディケンズがロンドンっ子であったのと全く同じに。けれども体験された、そしてまた想起されたザルツブルクには翳りゆく危険が、そしてまた「真の状況」を隠蔽する危険が支配していた。だがその暗さはただ脅かすだけではなかった。それはむき出しにさらされることから守ってくれた。自分自身の最も内奥にあるものが、他の者たちはもとより、自分自身にむき出しにさらされることからも守ってくれた。

この暗さの根源的な原因や深淵を感知するためには鋭い心理的洞察力はほとんど必要ではない。そしてまたトラークルの詩作のこの中心的なモチーフはごく幼い頃の体験に由来することは否定できない。ここですでに言及したローベルト・ヴァルザーの長編小説『タンナー兄弟姉妹』（一九〇七）から再び引用してみたい。かなり長い引用は本論から脱線するように思えるかもしれないが、理論的な熟考を重ねるよりももっと多くのことを解明しよう。

両親は子供たちに暗闇に対する不安を叩き込み、それから言うことを聞かない者たちを罰として静かで陰鬱な部屋部屋の中に行かせる。そこで今、その子は暗闇の中で、濃密な暗闇の中で手探りする。そしてただ暗闇にしか突き当らない。その子の不安と暗闇は互いに全くうまくやっていける。けれども子供は不安とはうまくやってはいけない。子供は不安に駆られる天才だから、不安はますます大きくなる。不安は小さな子供を襲う。というのも不安は何かあんなに大きくて、濃密で、重い息を吐くものだから。子供はたとえば叫ぼうとする。でもそうする勇気がない。このそうする勇気がないということがさらに子供の不安を増大させる。というのも何か恐ろしいものがそこにあるに違いないから、もしも不安のあまり不安の叫びを上げることすらできないのだとしたら。誰かが暗闇で耳をそばだてていると子供は信じる。そんな哀れな子供を想像するとどんなに気持ちが落ち込むことか。その哀れな小さな両耳が、物音を聞き取ろうと何とぴんとそば立つことか。それもただほんの小さな物音の千分の一を聞き取ろうと。暗闇の中に一度立ち、じっと耳を澄ましたならば、何も聞こえないことは何かが聞こえることよりもずっと不安に満ちている。そもそも、耳を澄ませると、聞こえるのはほとんど自身が耳を澄ませていることだけなのだ。子供は聞くことをやめない。時に耳をそばだて、時にただ聞く。というのも子供は彼自身の言いようのない不安の中で区別するすべを心得ているから。（…）耳をそばだてることは、悪いことをして罰として暗い部屋に閉じ込められた子供がすることだ。今考えてごらん、誰かが近づいてくる、そっと、恐ろしいほどそっと。（…）それを考える者は恐怖のあまり子供と一緒に死んでしまう。[16]

たとえトラークル家で行われた教育はこのヴァルザーの小説に描かれたようなものとは異なっていた（トラークルの父は善良で寛大だったと伝えられている。むしろ母は、トラークルが後に「石のよう」と表現するように、彼女自身と古美術品の収集にかまけていた）としても、トラークルの（最初の）家や、その路地や、その雰囲気の暗さは彼から消えることはなかった。知覚的な、何よりも聴覚的なニュアンスの豊かさもまた同様だった。それは初期の散文作品に特に多いが、似たような箇所がいくつか見つけられる。リルケの作品にも暗さをテーマとした『マルテの手記』にもなお見出せる。あるいは例えば『神様の話』には次のように書かれている。「あなたのまわりをまず小さな暗闇がつつむでしょう、それから大きな暗闇が、その名は幼年時代と言います」。だがリルケと（そしてまたローベルト・ヴァルザーとも）異なって、トラークルの場合にはこの暗さからの出口はない。「生まれた者の罪」のように、トラークルの詩の世界はこの暗闇に捕えられたままだ。トラークルにとって幼年時代はこうだった。しかしザルツブルク自体もまた、境界を越えようとする幾多の試みに仕掛けられた落とし穴であったのだ。これらの詩で認知される故郷は極度に二義的であった。故郷はここでは、宿命的に親しいものを絶えずよそよそしいものとして体験することであった。確かに「秋のとねりこの木陰に」静かに「住」み、そして「正しい大きさの丘」に沈むことは可能だ。確かにこの故郷で、「薔薇色のモスク」の中に夢を見ながら入っていった「薔薇色の人間」になることはできる。しかし故郷の見せかけの正しさは結局、異郷者となってそこをさ迷う者をただ「震わせる」ことしかできない。彼はもはや一度も自分自身を一人の「わたし」と呼ぶことはできない。なぜならば故郷は彼を名前のない匿名の「人間」にするからだ。

トラークルの様々な場所との出会いはトラウマを与えるほど深刻なものとなった。彼が一九一三年一月四日にインスブルックから書いた手紙ほど、ある特定の場所に関する記述として、読む者の心をかき乱す文章は他のどの作家や詩人たちにも見つけることはできないだろう。「ぼくは死者のようにハル［インスブルックの東方、イン川の左岸の町。中世の面影を残す］の傍を通り過ぎた、黒い町の傍を、その町はぼくの中を突き進んだ、呪われた者の中を行く地獄のように」。これより少し後、一九一三年年二月半ばには、この気分はザルツブルクにも転嫁される。

（…）私は今、故郷で、気楽とはとても言えない毎日を過ごしており、陽向の部屋で、熱情と人事不省の境をさ迷いながら漫然と暮らしています。ここは、言いようもなく寒いのです。変化するという奇妙な戦慄、それは肉体的に耐えがたい程に感じられ、暗黒のいくつもの幻覚に、もはや死んでしまっているかのような気すらします。そして恍惚状態が高まれば、石のような硬直状態に陥るのです。そしてさらに悲しい夢を見続けています。教会や死の像たちであふれたこの朽ち果てた町は何と暗いことでしょう。

そうこうする間もトラークルは間断なく詩作には取り組んでいたらしい。この頃生まれたいくつもの詩は、この「変化するという奇妙な戦慄」のうちにある状態を詩的に言い換えている。つまり遺稿として残された詩はその状態を「古い水の縁で」歌われる詩的な「錯乱」と呼んでいる。詩をつくることがトラークをさすらわせる。彼に安定した場所を放棄させる。転地と詩の異稿は相互に作用しているように思われる。彼が「ヘーリアン」詩に取り組み始める。するとおそらく何よりもそのために、彼は一九一二年年一二月一日にウィーンの労働省に就職するはずだったのに、すでにもうそれを四週間先にしてほしいと願い出るのだ。

これに先立つ半年間もの間、彼は規則正しい勤務を履行することができることを立証していた。それも一つ所でだ。つまり彼は一九一二年四月一日から九月末まで国土防備軍薬剤師試補としてインスブルックの第十駐屯病院の薬局に勤務した。そしてそれによって軍隊で任務を遂行する見込みは大いにあると再度認められることとなった。しかしそこで働くうちに彼の閉所恐怖症は著しく悪化した。拘束され、もはや自由に動くことができないという感情が募っていった。この時期に生まれたのが詩「トランペット」である。初稿には「行進の拍子が　塵芥と降り注ぐ鋼鉄のなかを　突き進む」という一行が見出せる。この詩の最後の詩行について彼はブシュベックに宛てて、それは「自分自身の声すらかき消してしまう程大きな声で鳴り響く狂気の批判」だと書いている。最終草稿ではこの最終行は次のようになった。「緋色の旗、哄笑、狂気、トランペット」(一九一二年一一月前半の手紙)。この詩行に一九一二年一一月にインスブルックで書かれた叫び声が呼応する。「ぼくは勤務に就いている。仕事、仕事——時間がない——戦争万歳!」(一九一二年一一月初めの手紙)。

いまやますますヘルダーリンが彼に同伴する詩人となる。ヘルダーリンの落ち着きのない道行はトラークル自身の中に映し出される。それゆえ彼が一九一二年の大晦日に、まるまる二時間ウイーンの労働省で働いた後、年が明けた翌日の元旦に辞職願を書いたのは不思議ではない。

彼の詩が息を吹き返すことができたのは、そして彼自身が束の間でもかくまわれていると感じた場所は、雑誌「デア・ブレンナー」だった。この雑誌の編集発行者、すなわちルートヴィヒ・フォン・フィッカーに宛ててトラークルは一九一三年二月二三日に書いている。「ますます心の奥深く、私にとって「ブレンナー」が意味するものを、それが高貴な人々の集りのなかにある故郷であること、避難所であることを、私は感じています」。さらに彼は続ける。「言いようのないおののきに襲われながら、それがぼくを破壊しようとしているのか、それとも、完成しようとしているのか、ぼくには分からないのですが、そして自分の行為に疑いを抱きながら、そしてまた、ひどく不確かな将来に向き合いながら、ぼくは口に出して言えない程、心の奥深くに、寛大さと好意をあなたから頂く幸せを、あなたの友情が許してくださる理解を感じています」。いまや彼はザルツブルクすら彼の詩作品の刊行の場所となったこの地、インスブルックと天秤にかけてみる。故郷の町にあっては自分自身に対して「この頃では説明しがたい憎悪」が膨れ上がり、「そして日々の生活のほんの小さな出来事の中にも、歪んだ形でそれが現われるということなのです」。彼は告白する。「前進することを決心するために力を奮い起こすことなしにとどまることは、もう飽き飽きする程嫌になりました。」(同手紙)。つまりまだ彼がかろうじて腰を落ち着けるとしたら、それはただ無気力ゆえにだった。表現主義の文学者として活動したローベルト・ミュラーはトラークルと似た気質を持ち、短い間であったがトラークルとも親交を結び、彼の支援者ともなった。アメリカ滞在の経験もあるミュラーは、一九一三年八月二一日にブシュベックに宛てて書いた手紙で、トラークルは「もしかしたらそのうちに南米行きのロイド病院船で見習いをしているかもしれない」と推測している。そしてそれは「きっととてても彼のためになるだろう」、なぜならば彼はまさに「だらしないがゆえに」健康ではないのだとも述べている。

自己の境界を越えるためにはもっと大きな都市が、地方都市から脱出することが必要だとトラークルは明らかに気づいていたようだ。同時に彼は「あの土地」なしには、つまりザルツブルクなしには、インスブルック近郊なしには、生きていけないようだった。というのもトラークルの詩作品にはザルツブルクやインスブルックよりも大きな都市はごくごく稀にしか姿を現わさない。もし姿を現わすとしても、それはただ辛辣な大都市批判の形でしかない。そうした詩の一つが詩「黙している者たちに」である。一九一三年一一月から一二月に成立したこの詩はウィーンとインスブルックでの様々な経験に基づいて書かれた。この詩の内容はあまりに深刻であるから、もはや調和させる脚韻はありえない。いくつもの実験室を備えた大都市という精神病院は、結びつけ、拘束するものも、しかしまた意想外なものも使い果たしてしまった。大都市の恐怖を語と語が押韻する瞬間だけ忘れさせる脚韻はもはや許されない。韻は偶然を生み出す、と今日ではクルト・ドラーヴェルトが述べている。(17) だがこの詩では偶然の余地はない。形象は徹底的に首尾一貫しており、ずれや逸脱はない。

おお、大都会の狂気、夕べ
黒い塀の傍で　いじけた木々が　こわばり、
銀色の仮面からは　悪の霊がのぞく、
蠱惑的な　鞭のようにしなう光が　石の夜を押しのける。
おお、夕べの鐘の沈んだ響き。

娼婦、氷のようなおののきにつつまれて　死んだ子供を産む。
荒れ狂いながら　神の怒りが　憑かれた者の額を鞭打つ、
深紅の疫病、緑の両目を砕く飢餓。
おお、金の　震えあがらせる哄笑。

けれど　暗い洞穴のなかで　一層黙り込んでいく人間が　静かに血を流し、
硬い金属を組み合わせ　救済の頭をつくっている。

狂気のような出来事や言葉のあまりにも途方もないイメージは、第一節では動詞を、この詩節は主文構造で書かれているにもかかわらず、端へと追いやる。「おお」が動詞を三度消滅させ、その代わりに無力さが母音となって発せられる。生の状況は破壊されている。しかしイメージは破壊されていない。それは疾病にすら色を与える。黙したものはただもう「静かに血を流す」ことしかできない。つまりただ出血多量で死んでいくしかない。それも普通ならば傷つけられた獣が死ぬために引き籠る「暗い洞穴」の中でだ。

絶え間なく明るく照らされた、つまりは当時普及し始めたネオンサインで輝く都市は、夜から暗闇を奪う。「蠱惑的な　鞭のようにしなう光が　石の夜を押しのける」。この詩行ほどトラークルの都市に対する批判が明確に表されている形象はない。邪悪なものは自分をカムフラージュして、「銀色の仮面」をかぶって現われる。霊的なもの、すなわち「夕べの鐘の響き」は、都市の卑俗さに直面して「沈んで」しまった。襲いかかる光、激しく鞭打つ神の怒り、それは旧約聖書の形象であるが、それに聖母マリアの姿が過激に反転されて結びつけられる。なぜならばマリアは一人の娼婦になる。彼女は冷たい冬の夜の中でただもう死んだものをこの世に産み出すことしかできない。そこへマンモン［富と強欲の神］が「震えあがらせる哄笑」の声を上げる。意味のない豊かさが、しかしまた文明が獲得した物たちが（照明装置のように）完全な落魄と対峙する。「人間」は製造の場となる洞穴の中に這い込んだ。「一層黙りこんで」（比較の対象を持たないこの不条理な比較級はこの状況の激化した不条理さを表す）。人類は製造する、つくり上げる、組み立てる。しかし何をだろう。「硬い金属」、鋼鉄から、かつては救済であったものの一つの記念物を、すなわちこの時代の原料でできた一つのキリストの頭を。言葉の響きにおいても、金属的な硬い響きとメロディアスに発音される語 erlösen（「救済の」）の間の極端な対立が際立つ。ここで「つくら」れる、あるいは合成されるものは、適合し合わないもの、相互に相入れないもの、まさに大都市に日々生じる不協和だ。

政治的なトラークルとは

トラークルと政治とのかかわりは、彼の生涯の未解決のまま残されている数多くの問題の一つだ。概略的にだけでもこの問題に答えるためには、政治の明らかに拡大された概念を踏まえる必要があるだろう。というのも、政治や社会哲学に関しては、「ブレンナー」の周辺にいたトラークルは、様々な見解が相互に対立し合う奇妙な雰囲気の中に巻き込まれていた。つまり第一次世界大戦前のインスブルックの知識人たちの世界は、ヨーロッパの様々な精神思潮からなる文化の縮図、あるいはビオトープであった。トラークルと一時親しかったカール・レックは、インスブルックは当時、いくつもの世界都市のある種の「辺鄙な郊外」であったと述べているが[18]、それはある程度正しかった。そして雑誌「デア・ブレンナー」は、この文化の縮図あるいは社会政治的な生物圏の真っただ中で、完全に時代の趨勢を集めて映す一つの集光鏡であった[19]。そのスペクトルは分離派から社会ダーヴィニズムや生物学主義まで、親ユダヤ主義や反ユダヤ主義、極東の神秘主義から北方の、つまりゲルマン中心主義的な唯美主義や地域的な、つまりこの場合はチロルの文学にまで及ぶ。したがってこの一派には色とりどりの鳥たちや梟たちが欠けていなかった。カール・ダラーゴやカール・レックといった名前を挙げるだけでも十分だろう。例えばレックはダラーゴ夫人に「雄々しいブロンドの美しいゲルマン女性」というお墨付きを与えた[20]。トラークルとレックの間で結ばれた友情には何度か皮肉な瞬間が訪れた。一九一二年九月三〇日もその一つだっただろう。その日、トラークルはレックにデトレフ・フォン・リーリエンクローンのひどく滑稽な作品『ポックフレート』を贈った[21]。それは副題が示すように「二十九の歌からなる雑多な叙事詩」であり、トラークルの好みとはおよそ結びつかないような作品だった。とはいえ彼はこの詩を詳しく知っていたに違いない。そうでなければ友人のレックにこれほどぴったりのものは贈れなかったはずだから。最初の「歌」は「望楼」からの眺めで始まる。「これは英雄がいて、そしていない一つの叙事詩だ、／君たちは始めから読んでも後ろから読んでもかまわない、／真ん中からだって、もしそうしたいのだったら」。この叙事詩の「ぞっとする長さ」は「アヘンに等しい」と言われる。レックの頭の中もこの詩同様に混沌としている。明らかにこの本を贈り物とすることでトラークルはそう言おうとしたのだろう。その中では様々な矛盾や奇妙な対立が跳ねまわっている。極端なものが集結し、何もかもが並はずれて重要であるように見えるのだが、総体としては些末なものでしかない。『ポックフレート』はいわゆるモデルネの時代精神や様々な思潮に対する最も機知にとんだ風刺の一つである。

いくつもの問いが生まれる。トラークルがブレンナー同人たちのグループに足を踏み入れた時、彼はいったいどこに迷い込んでしまったのか。この風変わりで、極端で、もっとくだけて言えば、いかがわしいところもある同人たちの種々の見解は、彼に本当に感銘を与えたのだろうか。それとも彼にとって大事だったのは信頼できる友情の世界、つまり、ルートヴィヒ・フォン・フィッカーとの友情の世界であり、そのためには若干のことには目をつむろうとしたのだろうか。それともただ単に「デア・ブレンナー」誌がほとんど無条件で彼の詩作品を掲載してくれることが重要だったのだろうか。これらの問いのどれもがいくらかは当たっていただろう。とはいえトラークルはこのグループの中でも、実に御しがたく、頑固に振る舞ったかと思えばまた、宥和的な態度に出た。例えばゲーテが話題に上ると、トラークルはことさら好戦的になるのが常であり、ゲーテに対する憤懣を隠さなかった。おそらくワイマール古典主義が、そしてつまりはドイツ文化が持ち出す崇高さの要求を彼は攻撃しようとしたのであろう。

ブレンナー同人たちが示す見解の中にはトラークルが関心を持ったものもあった。例えばここでもレックの名前が挙げられる。レックの考えによれば、「セクシュアリティは頭を性器にすることによって、精神的に斬首する。性愛は女性の顔の中にすでにその身体のあらゆる部分を再発見する。身体とは拡大された巨大な神秘的な顔だ」。トラークルはこの考えを「非常に興味をそそる」と感じた。[22] ブレンナー・サークルでは裸体のスポーツ運動やモンテ・ヴェリータでの神秘主義的な裸体主義も議論のテーマに上がっていたが、それにはトラークルは憤慨していたことをレックが証言している（例えばカフカとは違って！）。

彼（トラークル）はこの運動をひどくけなした。彼はこの運動にただ恥知らずで浅薄な男性の女性化および女性の男性化しか認めなかった。その結果、隠されて薄暗くされてのみその力を維持できるものが、明るい、ぎらぎらとした日の光のもとに引きずり出されるのだ（そしてそれによって魔力は失われる）。こんなにも大切で豊穣な人間の感情領域をこのように干上がらせることを、彼は禁酒主義と同等に見た。禁酒主義はキリストがパンを割り、弟子たちに自身の血として飲ませたその葡萄酒をも完全に害をもたらすとして根絶しようとしているのだから。だから彼はアメリカ人を嫌悪した。自分たちの工業技術を誇る彼らの不遜さ、そしてあくどいやり方で利益や金を作り出すその現世的キリスト教。彼にはアメリカ人は世界中でもっとも滑稽で、もっとも救いがたく、もっとも精神の欠如した国民と思えた。(23)

だがレック自身はあくまで裸体に固執した。裸でいることは彼にはある種の自由の感情の表現に思えた。たとえそれは空想上のものにすぎないとしても。このことは非常に支離滅裂ではあるが、彼の頌歌から読み取ることができる。神秘主義的に粉飾された裸体に捧げられたこの頌歌ははっきりと性的な色合いを帯びつつ、政治的・人種主義的な頌歌に転化する。ここでこの頌歌に言及するのは、トラークルが迷い込んだこの厄介な世界を説明するためである。しかし同時にトラークル自身はこうした見解から逃れることができたと断言しよう。もう一度レックの言葉を引こう。

私は(…)当時まだ、このような北方的な、スウェーデン的と私は言いたいが、清らかさに一層強く引かれていた。一方では真のモデルネの芸術、例えばシンディング(24)ゆえに。私にとってそれはグリーグ的な世界であったのか。そして私はフィドゥス(25)を愛した。風景や彼の少女たちを。そして分離派の「神秘主義」は裸の人間の姿を実在とすることを目指していたのだ。「分離派的」な線は本質的に、裸の人間の身体の線で、つまり男性の身体と女性の身体の線で成り立っている。裸の人間たちがいる風景は、私にはあの第三の、あの地上の此岸の国とその国の緑の草地で輪舞やダンスを繰り広げる祭式が実現した一つの形に思えた。そして私はこうも思った。無垢な裸体の、性的なものから逃れた、純粋に「美的な」裸体がだんだんに習慣になっていけば、私の目のフェティシズムのような恐ろしい魂の病も完全に治るにちがいないだろうと。このフェティシズムに私は（私の肉欲をとことん育て、享受したにもかかわらず）なおも責め立てられ、苦しんだ。[26]

「デア・ブレンナー」はゲオルゲ・クライスの代用品ではなかった。たとえフィッカーのイーグルス近郊のホーエンブルクの館がアルプス山脈の中の一種のアルカディアであったとしても、ブレンナー・サークルの本拠地であったカフェ・マクシミーリアンは高貴なグラールではなかった。もしレックの言葉が信用できるのであれば、ここでもまた友人たちを惹きつけたのはトラークルの「魔力」であり、彼らはそれを彼と交わした会話や彼の詩に感じた。「トラークルの魔力」もしくは「ザルツブルクのカリアティード［Karyatide。ギリシャ建築などの梁を支える女像柱］のようなトラークル」と書きとどめたレックは、「ザルツブルク」という語の後ろに括弧に入れて「バロックの君主制」というキーワードを添えている。[27] レックは何を言おうとしたのか。トラークルはバロックの君主制の思想を堅持する者であると、つまりは王権神授説を擁護する者であったというのか。それともレックにはトラークルの魔力はバロックの支配者の身振りが表出するもののように思えたのか。一九一四年八月一〇日の月曜日、レックは日記に次のように記した。

午後、マックス（インスブルックのカフェ・マクシミーリアン）でトラークルと一緒になる。その後、市庁舎の前で彼にはっきり言う、ぼくは戦争が続く間はもう君とは付き合えないと。君のロシアびいきには今は耐えられないと。彼は優しかった。[28]

レックは当時、人種主義的なドイツ・オーストリア・ナショナリズムを信奉することを明言していた。「ユダヤ人」や「黒人」は彼にはますます胡散臭くなっていった。「ルートヴィヒ・フォン・フィッカーのユダヤ的なところ」すら「発見した」と主張した。[29]彼はフィッカーやフィッカーの仲間たちがカール・クラウスをあれほど優遇するのを苦々しく思っていたが、それも納得できる。だがレックの人種主義的な主張に対してトラークルは「非常に慎重」に振る舞ったようだ。それに失望したレックは、トラークルにとって「人種の相違」はまさに「どうでもよいことなのだ[30]」と記している。

一九一四年九月九日の日記によれば、レックは「ドイツとオーストリアの統合、つまりは、ザルツブルクの（教皇）司教をかかげるドイツ・ゲルマン的カトリック主義」を夢見た。この考えはかなり突飛に思われる。けれどもこのレックの覚書は、まさに第一次世界大戦勃発前夜にトラークルが肌で感じていた政治的雰囲気をくっきりと浮かび上がらせる。

トラークルの「ロシアびいき」は一九一四年春のベルリン滞在によって一層強められたかもしれない。というのはこの当時、世界都市ベルリンの芸術サークルでは多くのロシア人が活動していた。当時の知識人たちはロシア的なものであれば何であれ大いに歓迎する傾向にあった。リルケやトーマス・マンに始まり、「青騎士」の芸術家たちや若いプラハの詩人たちに至るまで、ロシアのシンパの波は広がっていた。トラークルより一〇歳弱年下のヨハネス・ウルツィディルは、戦争勃発前の時代を次のように回想している。「私たちはロシア人たちを、イプセンと偉大なフランス人たちを、初期のハウプトマンやピカソやムンクを崇拝していた」[31]。

トラークルのロシアびいきの姿勢は、彼がごく若い頃にロシア小説について述べたいくつかの発言にすでに表れている。そしてそれはレックの日記に記されているように、徹底的な反アメリカ主義と合致する。しかしそこで言及されているトラークルのアメリカ、つまりは西欧文明に対する批判は、彼もまた政治的事柄に関しては一般的で粗雑で型通りの主張を述べるにとどまっていることを裏付ける。このことはカール・ボロメウス・ハインリヒの回想からもうかがえる。彼はトラークルとの最初の出会いを振り返って、次のように述べている。「トラークルはローゼンハイムで法外に値を吊り上げられたひどい赤葡萄酒を買わされた（「莫大な金額で」）旅についてぶつぶつと言い、「ドイツ人たちの」とひとくくりにして彼らの「小商人根性」を非難した」[32]。しかし詩作品にはこういったことは一言も、痕跡すら見出すことはできない。

レックは日記で、トラークルは時とともにますますはっきりと自身の「信奉するところを表す」ようになっていったと主張している。つまりゲーテに対しては憤激を、ドストエフスキーに対しては支持を露わにしたと。インスブルックのビールスタンドに姿を現したトラークルは、「粗暴で原始的で、スラヴ風のキリスト教徒のようで、倒錯した聖なる金髪の野獣のように超人的な感じがした。まるで彼は、つまりはこの上なく穏やかでありながら、しかし竜のような、大蛇のような心を持ったこの乱暴者は、いわば形而上の霊界を逍遥しているようだった[33]」。

だが北チロルの中心におけるリーリエンクローンの『ポックフレート』とその「雑多さ」の何かがトラークルに伝染した。それは乖離したものを、粗暴で繊細なものを、不快で美しいものを、残酷で荘厳なものをつなぎ合わせることであった。そのことを裏付けるために、最後にもう一度レックの日記を引こう。

その日のことだったろう。彼が、ランス（インスブルックの北）の旅亭イッサーヴィルトからホーエンブルクへ向かう道で、突然、子供のように小さく甲高く（私は心の中で「ヒステリックだ」と言った）金切り声で叫んだのは。黄昏の中、一匹の蟇蛙が私たちの前の野道を不格好に（ぴょんぴょん）跳ねていったのだ。この動物に対する彼の嫌悪や恐怖、あるいは不安によって、私はいわばその生き物の不格好さをまざまざと感じた。あるいはまるでそれはただうずくまる姿勢を取ることによって平らに跳んで前進する、しかしそのつど失敗する、そういう人間であるかのようだと思い知らされた。けれども彼は蟇蛙の美しい目について、星のような目について話した。
トラークルがイッサーヴィルトで私に子牛の頭について物語ったのもあの時だったかもしれない。その地の農夫たちがその頭をある祭りの日曜日に「福引のくじ壺」の「一等賞」で手に入れたのだ。それは彼に激しい（他の人だったら「ヒステリックな」と言うかもしれない）嫌悪や恐怖の発作を引き起こした。そして血まみれのその頭を指し示しながら、彼は農夫たちに向かって言った、「ぼくたちの主イエス！」と。農夫たちの即物的で強固な心には当然理解できない言葉だった。だから彼らにはただ冒涜的としか思えないこの恐ろしい言葉を聞いて、彼らは彼を放り出そうとしたのだろう。(34)

この「拒絶された者」は放り出されようとしていた。彼は「優しい」かと思えば、すぐにまた人と交わることができないベルゼルケル［熊の皮をかぶった凶暴な戦士］になった。一貫した政治的関心は持ちえなかったが、信仰の問題に関しては狂信的にもなれた。ザルツブルクの市民階級の息子であったが、インスブルックの友人たちにとってはその町の魔神だった。これまでもこの詩人の性格を一つの姿にまとめ上げようとしてはならないと言われてきたが、それは正しい。なぜならば彼の短い生涯は伝記に納められたり、筋道を立てて叙述されるのを阻む事柄にあまりに満ちているのだ。

Ⅳ　一九一三年『詩集』

前置き

　一九一三年という年の色調。それはカタストロフに先立つ何という一年か。この年の夏、ライプツィヒのクルト・ヴォルフ社からトラークルの詩集が刊行された。これが結局、彼の生前に刊行される唯一の詩集となった。「今世紀の夏」と言われるこの年には一冊の伝記まで捧げられた。[1]その本で私たちは、当時エクスタシーを製造する素材に特許が与えられたことを知る。そしてまたミラノでプラダが最初のブティックを開いたことや、三十四歳のヨシフ・ジュガシビリが一月の末にウィーンで初めてスターリンという名前で署名して、二月のある日、フランツ・ヨーゼフ皇帝やヒトラーと同じようにシェーンブルンの庭を散歩したことを知る。一九一三年に、マルセル・プルーストは大長編小説『失われた時を求めて』の第一巻を刊行した。そしてコンスタンチノープルでは愛国主義の若いトルコ人たちが、過激なトルコ国粋主義を導入するために、オスマン帝国史上最も自由主義的であった政府を倒した。バルカン半島では、一年後には旧いヨーロッパが血を流して滅亡へと進んでいくのがぼんやりと予感された。ベルリンではエルゼ・ラスカー＝シューラーとゴットフリート・ベンが熱烈な恋に落ちた。ウィーンではジークムント・フロイトとカルル・グスタフ・ユングが仲たがいをした。そしてオスカー・ココシュカが繰り返し「彼の」（そしてヴァルター・グロピウスの）アルマ・マーラーを描いていた間、フランツ・カフカが、ちょうどプラハの労働者傷害保険協会の副支配人に昇進して、復活祭や聖霊降臨祭には、ベルリンのフェリーツェ・バウアーに求愛の手紙をたくさん書いていた。そしてエルンスト・ルートヴィヒ・キルヒャーがベルリンでことさら色鮮やかに描かれた娼婦たちのいる街角の風景を完成させた。

ではトラークルはどうしていただろう。一九一三年の初頭、詩「ヘーリアン」はなかなか完成しなかったが、ようやく二月一日、「ブレンナー」誌に掲載され、手漉き紙の別刷りも出された。この詩はトラークルの主要な作品となる。整理する、多数の詩を整理する。分類する、捨てる、新たに挿入する、つまり一揃いの原稿にまとめる。それはミュンヘンのアルベルト・ランゲン社に届けられる手筈となっていた。ランゲン社ではカール・ボロメウス・ハインリヒが（まだ）原稿審査担当者として働いていた。彼は一九一二年一二月に初めて「ブレンナー」誌の同人の一人としてインスブルックでトラークルと知り合い、親交を結ぶようになる。そしてすぐにトラークルの詩の本質について確信したようだった。当時ハインリヒとランゲン社との関係は悪化していたので、トラークルの詩をランゲン社に送るように、ただし自分の名前は出さないようにとブシュベックに手紙で助言している。その際彼はトラークルの「詩」は「しかるべき刊行物」となる権利があると述べている。

この詩集のタイトルは『薄明と滅び』となるはずだった。ルートヴィヒ・フォン・フィッカーはそれを「ブレンナー」出版社から出すことを検討した。非常に苦労した挙句にようやくほぼ十分な数の予約注文者が見つかったが、それはフィッカーが「ブレンナー」誌に、そしてクラウスが「ファッケル」誌に呼びかけのような広告を手配したからだった。

(もはや) 人生に秩序は考えられないのなら、自身の創作には秩序をもたらすこと。「詩は整理し終え次第君に送る」とトラークルは一九一二年一一月初めにブシュベックに書いている。だがすぐに、整理しようと努力する気はいくらか失せてしまう。「どれを選ぶか、また、どう選べるかは君に任せるが、その結果は知らせてくれたまえ」(一九一二年一一月初めの手紙)。一か月経ち、トラークルは詩の整理という一番の関心事において決心がつかないようだ。またもや彼の懸念を打ち明ける相手はブシュベックだ。

原稿は、今日、君宛に発送した。ぼくは、二日間、それにいそしんだが、特別な視点から配列することはせずに、君に送ったところだ (この後、詩「途上」と詩「ヘルブルンにおける三つの沼」のそれぞれ一か所の訂正の指示が続く)。

もし君がこれらの詩の配列を変更した方がよいと思うなら、どうか、年代順にだけはしないでくれたまえ。(…)
もしかしたら、「ヘルブルンにおける三つの沼」は除けるかもしれない。その方がよいのではないだろうか？　もしかしたら「滅び」も。

(ザルツブルク、一九一二年一二月初めの手紙)

詩の配置をどうしたらよいか、とことんまで考えてみた結果が一つの大きな「もしかしたら」になる。別の手紙ではまた、新しい提案もなされる。「(…)詩「一二月のソネット」を、おそらく詩「ヘルブルンにおける三つの沼」のかわりに」(一九一二年一二月前半)。まるでトラークルは自分が生み出した詩と距離を置くかのようだ。まるでそれらの詩の順序はもはや彼の管轄内にはなく、それらが明確に構成された詩集の中でどのように相互に作用し合うかはもはや自分にはかかわりがないかのようだ。彼はこの『薄明と滅び』と題されるはずだった詩集の、そのタイトルの詩、つまり「滅び」をもう一度外すことまで検討した。トラークルの詩には「権利がある」というハインリヒの言葉を先に引用したが、この言葉は友人であるハインリヒがわかっていた以上に的を得ていた。自分で配置するという権利。トラークルにとって確かなことは一つだけだった。それは作品の年代順の配置は考えられないということだった。なぜならば彼にとって最も重要な詩の時制は現在であり、時間的な順序は必要なかった。それにもかかわらず、彼は整理するという場合にだけは、それを述べるために未来完了という非常に複雑な文法的な時制を必要としたことは目を引く。この時制を彼は通常は用いていない。この形は未来においてある行動が完結することを表す。「詩を整理し終え次第」。こう書く者は、そうはなりえないだろうということをすでに予感しているのだ。

アルベルト・ランゲン社は一九一三年三月にトラークルの原稿を断りの手紙とともに送り返したが、その一か月後にはもう、カール・クラウスの仲介によって詩集『薄明と滅び』はライプツィヒのクルト・ヴォルフ社から出版される見込みとなった。ただし表題は『詩集』に変更することが求められた。トラークルはヴォルフ社と、というのはつまりヴォルフ社の若い原稿審査担当者のフランツ・ヴェルフェルと何度も手紙をやり取りすることになる。それらの手紙のやり取りは、またしても決然としたゲオルク・トラークルの姿を浮かび上がらせる。もしかしたらフォン・フィッカーが彼に筆を執らせたのかもしれない。特にヴォルフ社に宛てた一九一三年四月二七日の手紙はそう思わせる。ヴォルフ社は、おそらくヴェルフェルと彼の同僚のマックス・ブロートに押されて、トラークルの詩の選集を『最後の審判』という新しい叢書の一つとして出版することを提案していた。この表現主義の主要な機関の一つとなった叢書がはっきりと綱領的な性格を有していたことは、ヴェルフェルが書いた次のような宣伝用パンフレットからも明らかである。「この新しい詩人は前提を持たない。彼は前方から始め、彼にとって追憶は存在しない。なぜならば彼は文学を回顧することはいかに空虚であるかを誰よりも感じているから(2)」。そしてこのことはまた当然、なぜトラークル自身が自分はこの叢書になじまないと感じたかを説明するだろう。というのも彼にとってはまさに詩作の創造的な「追憶」は重要であったからだ。つまり象徴主義に連なり、ヘルダーリンやデカダンス文学と結びつくことは。彼の詩作の方法は「前方から始め」るのとは対極にあった。彼の詩作は伝統に基づいていた。そして別のものであることに基づいていた。そしてその別のものを自分自身のものとして生み出そうとした。しかしヴェルフェルは、おそらく完全に間違っているとは言えないが、彼のやり方でトラークルの詩をもっと広めることができると信じていた。トラークルの返答は無愛想で、とりつくしまがなかった。「このことに対しては無論、私は決して同意できませんし、私の「詩集」の完全版が、つまりそれだけが私たちの取り決めの対象であったはずですが、それが出版される前に何か抄詩集のようなものが出版されることは拒絶いたします（…）」（一九一三年四月二七日）。彼は自身の決定を「くつがえすことができないもの」と呼び、ついにはすでに提示されていた、一五〇クローネという当時の状況では相当の額の原稿料の受け取りも拒絶するに至った。彼の財政状況がこの頃非常に逼迫していたことを考えれば、トラークルはきわめて勇敢に振る舞ったと言えよう。

一九一三年初春、トラークルはもう一度決然とした態度を示した。カール・ショスライトナーがウィーンで「ザルツブルクの作家たちの夕べ」を企画しようとした時、友人のブシュベックもその企画に参加していたが、彼に頼んでいる。「もしぼくの詩が読まれるとしても、ぼくはそれを少しも望んでいないと、伝えてくれ給え。ひっそりとしておいて欲しいというぼくの望みを、彼に尊重してもらいたいのだ」(一九一三年二月二八日の手紙)。さらにトラークルは「若きウィーン派」の抒情詩のアンソロジー『門』[3]に協力するよう求められていたが、そしてそれはおそらくローベルト・ミュラーが間に立っていたと考えられるが、「突然」それへの協力を撤回する意向を表明した。このことはミュラーならびにミュラーの知人であり、雑誌「デア・ルーフ」の共同編集者、そしてまたこのアンソロジーの責任者でもあったルートヴィヒ・ウルマンを激昂させた。このことに関してミュラーがブシュベックに宛てて書いた一九一三年九月四日の手紙は、当時の文学界の状況を浮き彫りにする。同時に、後に小説『熱帯』を書いたこの作家の反ユダヤ主義的なルサンティマンを裏付ける。

(ルートヴィヒ・)ウルマンから、トラークルが突然、彼の詩をザトゥルン社のアンソロジーから引っ込めるという意向を表明したと聞かされた。ぼくは、ぼくに恥をかかせず、この意向をあくまで通そうとしないだけの分別が彼に十分あることを望む。ぼくはこのアンソロジーには本来ウィーンの若者たちだけを考えていたにもかかわらず、特に彼に肩入れしたのだ。いやむしろそもそもこのことはすべて、トラークルと(テーオドール・)ドイプラーを入れるために考えたのだ。(…)一体どうしたら一人の人間がこれほど惨めな気骨しか示すことができないのか。そして背中の曲がったユダヤ人、つまりあのクラウスのいいなりになるのか。

ウルマンはトラークルにひどく傷つけられた。それはあんまりだ。文学者としてウルマンをどう考えるかは自由だが、クラウス一味全体の中にはウルマンほど立派な人間は一人もいないと君もぼくと同じように考えるだろう。ほかならぬウルマンこそが、以前からトラークルを認め、常に人間としても芸術家としても、ぼくの反対にも屈せず、つねに弁護してきたのに。あのクラウスのこうした仕打ちをぼくは決して忘れない、身体も心もねじくれた奴め。もしトラークルが「ルーフ」（雑誌名）には書かないつもりならば、その理由もまたクラウスが彼にそれを禁じたからというのであれば、それは個人的理由からも、また芸術的な理由からも遺憾なことだ。ぼくはこのことで編集者として侮辱されたと感じていると、君から彼に直接言ってくれ給え。

ミュラーの手紙は、カール・レックの場合と同様に、ミュラー自身の反ユダヤ主義に起因するカール・クラウスに対する憎悪を裏付ける。そしてまたこの時点ですでにウィーンのいくつかのサークルではトラークルはクラウスの子分として認められるようになっていたことも裏付ける。さらに明らかにクラウスがトラークルにこのアンソロジーへの協力を思いとどまるように助言したのは、トラークルがこのような方法でウィーン作家という烙印を押されることを危惧したことがその理由であると考えられることも興味深い。トラークルはクラウスを支持するということを、それはつまりクラウスを反ユダヤ主義的に誹謗する者たちを非難するということを、クラウスに自身の詩「詩篇」を献ずるということで公然と表明した。クラウスという驚くべき言葉の支配者は、彼の時代にあって他にほとんど類をみないほど見事に批判と創造性を結びつけるすべを心得ていた。トラークルが一九一二年一一月にクラウスに進呈した一行のメッセージもまた、彼への心服をはっきりと表している。「あまりにも痛ましい程に明るい瞬間を感謝いたします。最も深い尊敬のうちに。」(一九一二年一一月九日の手紙)

「あまりにも痛ましい程の明るさ」。それは何を意味するのだろう。彼自身の創作への批判的な洞察か。自分自身についての、絶えず「苦痛を覚える」究明か。

それはおそらく、宗教的なものと自分自身との間に走る深い裂け目が彼の中に引き起こすあの苦痛でもあっただろう。「明るさ」という言葉は、信仰の問題についてクラウスが容赦なく解明しようとしたこともまた意味しているのかもしれない。

『詩集』あるいは鳥たちや鼠たちのいるロマンツェ

烏たちが腐肉の臭いを嗅ぎ付け、飛ぶ向きを変える。それから、死体の行列のように、叫び声を上げながらそこから飛び去る。そしてそれが「快楽に身を震わせている空気」の中の出来事であれば、私たちは確かにトラークルの詩の中にいる。色彩は黒色と褐色に保たれている。それは音の世界にも移される。静寂は褐色だ。そして気分はもっと暗く、色を持たない。この『詩集』

の巻頭の詩「鳥たち」は、続く詩は何を取り上げ、何を取り上げないのかを疑わせない。つまりそれらの詩は「わたし」については話さない。けれども致死的なものに満ちている。もしもここでファン・ゴッホの絵『鳥のいる麦畑』（一八九〇）が思い浮かぶとしたら、そこにあるのは刈り入れを終え、鋤き返された畑の姿であろう。トラークルの詩の「畑」は「褐色の静寂」ゆえに「恍惚としている」。人間の感情の動きは人間のいなくなった自然に移される。韻はひそやかなままで、メランコリックな感情に襲われることは（まだ）制御されている。

天に向かう視線は、大抵は詩の終わりで、次のように深淵の中に向かう視線を補完する。「生暖かな空から　雀たちが飛び込む／腐敗に満ちた緑色の穴のなかへ」（「赤い葉叢に　ギターの音があふれ…」）や「天では　動く気配がする、／一群の野鳥が渡っていく／あの国々へ、美しい、よその国々へ。／葦が　身を起こしたり　沈めたりしている。」（「夕べのメランコリー」）。

トラークルの一九一三年に出された『詩集』では、哺乳類としては鳥の代わりに鼠たちが現われる。彼らのチューチュー鳴く声、叫び声、甲高いののしり声は鐘の音や色調と対照的に、だが同等の権利を有して、ロマンツェや田園詩の言葉となる。鼠たちのすばやい動きは、いくつもの影がかすめていくことに符合する。これらの詩では幽霊めいて不気味なものが鼠たちによって体現される。

すでに詩「夜の歌」を始めとして、トラークルの最初期の詩作品には長い形式で書かれた詩があった。だがそれはまだ一つの試みにすぎなかったのが、この詩集ではそれが本格的に取り組まれることになった。概して長詩の伝統とトラークルは結びつけられない[4]。けれどもまだバラーデ的ではあるが、詩「若い女中」、とりわけ詩「デ・プロフンディス」と「詩篇」、そして何よりも詩「ヘーリアン」ははっきりと叙事詩に向かう傾向を示している。詩「若い女中」はまさに一つの話を、つまりおそらく「下男」に凌辱されたある女性の話を物語る。彼女は仕事に没頭しようとするが、次第に不安な幻想に取り巻かれ、熱にうかされた夢に惑い、見る見るうちに衰弱し、ついに「彼女の髪は裸の枝で」なびく。絶望のうちにあって、彼女は生きている死者に等しい（「煌々と　赤く　下男が槌をふるう／すると女は　麻痺したように　向こうを見る。」）。その口は「傷口のようだ」。この詩句が何を意味しているかを想像するのは難しくない。この詩にはあからさまなほどの性的暗示がいくつも見出せる。詩を全体として見ると、第一詩行と第三詩行でそれぞれ同一の語が押韻していることが目立つ。この単純な韻は不出来とも言えるが、この詩を朗読してみると、それが普通ではない効果を生み出すことがよく分かる。「銀色に、鏡に映る女の眼差しが／女を見知らぬもののように　薄明りのなかで見る。／そして　鏡のなかは　色褪せて　暮れていく／そして女は　鏡の清澄さを恐れている。」［原語では Silbern schaut ihr Blick im Spiegel/Fremd sie an im Zwielichtscheine/Und verdämmert faul im Spiegel/Und ihr graut vor seiner Reine と、Spiegel-Spiegel, Scheine-Reine と押韻している］。押韻した語の繰り返しは、休止もしくは抑制を強いる。まるで語たちは、ほんのわずかに変えられた文脈においてもう一度浮かび上がることで、自分自身まで驚かせるようだ。例えば続く詩節ではこう書かれている、「夢の

ように　ひとりの下男が　暗がりで歌う／すると　女は　痛みに震えながら　身を固くする。／赤が　暗がりをしたたる。／不意に　南風が　戸口をゆさぶる。」［原語は Traumhaft singt ein Knecht im Dunkel/Und sie starrt von Schmerz geschüttelt./Röte träufelt durch das Dunkel./Jäh am Tor der Südwind rüttelt. であり、Dunkel-Dunkel, geschüttelt-rüttelt と押韻している］。このように押韻した語が繰り返されることによって、そのつど詩節の進行は明らかに引きとどめられ、詩が滞りなく流れていくことが阻止される。

この詩集の他の長い詩はこれとは違っている。それらの詩においてはまず韻が放棄される。行末でカデンツァを奏するようなリズムが生み出されるが、それもまた定型の韻律には即していない。さらにこれらの長い詩はひそかにバラーデ風に語ろうとするのではなく、様々な詩的イメージを生み出すことに専心する。詩「デ・プロフンディス」を見てみよう。初めは「詩篇」として構想されたこの詩は、ランボーの詩「子供のころ」の定立的な「〜がある」［原語は Il y a］という語句の構造に倣っている。(5) トラークルはランボーの詩をK・L・アマーの翻訳を通じて知った。トラークルは確かにこの構造を踏襲したが、「〜がある」と示される個々の内容は踏襲していない。例えばランボーの場合、列挙されるのは、時を打たない一つの時計、あるいは降りてくる一つのカテドラル、そしてまた上ってゆく一つの湖だ。トラークルの場合はこうだ。「刈り株だらけの畑がある、そこに　黒い雨が降る。」トラークルはカール・クラウスに献じた詩「詩篇」でも同様に、次のように始める。「光がある、それを　風が吹き消してしまった。」

しかしトラークルの「デ・プロフンディス」では何か別のことが目を引く。

刈り株だらけの畑がある、そこに　黒い雨が降る。
褐色の木がある、それは　ひとりぼっちでたたずんでいる。
囁く風がある、それは　人気《ひとけ》のない小屋のまわりを吹きめぐる。
何と悲しいことか、この夕暮れは。

村の傍を通り過ぎ
優しいみなしごが　わずかな落穂を　まだ拾い集めている。
その眼は　夕暮れのなかで　丸く金色に見開かれ
その懐は　天の花婿を　待ちわびている。

家路を辿るとき
羊飼たちは　その甘美な身体が
茨の茂みで　朽ち果てているのを見つけた。

ひとつの影となって　わたしは　暗い村々からは遠い。

神の沈黙を
わたしは　杜の泉から飲んだ。

わたしの額を　冷たい金属が踏みしめる
蜘蛛たちが　わたしの心臓を探る。
ひとつの光がある、それは　わたしの口のなかで消える。

夜わたしは　ヒースの荒野にいるわたしを見つけた。
塵と星屑に満たされて。
榛の茂みで
もう一度　水晶の天使たちが　鳴っていた。

「家路を辿るとき／羊飼たちは　その甘美な身体が／茨の茂みで　朽ち果てているのを見つけた」と書かれているこの箇所が、初稿では詩節に分けずに「犬たちはその甘美な身体を引き裂いた」と書かれていた。死んだ孤児は今、一人の「わたし」となって話す。つまり、死んで初めてそれは人格的なアイデンティティを獲得した。それは自分が死んでいることを体験する。つまり普通、人は自分自身については死んでいるとは言えないと考えるが、この詩はこうした従来の考え方を逆転させる。

「～がある」［原語は Es ist あるいは Es sind］という構造は、とりわけこの詩の後に書かれた詩「詩篇」も特徴づける。その冒頭は聖書の「詩篇」一三〇の変奏として読むことができる。(6)

光がある、それを　風が吹き消してしまった。
荒れ野に　居酒屋がある、そこを　昼下がり　ひとりの酔っ払いが立ち去る。
葡萄畑がある、日に灼かれ、黒々と蜘蛛たちでいっぱいの　穴だらけの。
部屋がある、その壁は　乳で塗られた。
狂った者が死んだ。南洋の島がある、
太陽神を迎えるための。太鼓が打ち鳴らされる。
男たちが　戦の踊りをはじめる。
女たちが　蔓草や火の花で飾った腰を揺する、
海が歌うと。おお　ぼくたちの失われた楽園。

ニンフたちは　金色の森を立ち去った。
あの異郷者が埋葬される。それから　ちらちら雨が降り始める。
パーンの息子が　土工の姿となって現われて、

真昼を熱くなっていくアスファルトで眠り過ごす。
中庭に　心が張り裂けるような貧しさに満ちた服をまとった小さな少女たちがいる！
いくつもの部屋がある、和音とソナタに満たされた。
影たちがいる、盲目の鏡の前で　抱き合っている。
病院の窓べで　癒えていく人々の身体が温まる。
白い汽船が一隻　運河を昇って　血まみれの疫病を運んでくる。

あの見知らぬ妹が　もう一度　誰かの邪悪な夢に現われる。

榛の茂みで安らぎながら　妹は　その男の星たちと戯れる。

学生、もしかしたら生き霊が　妹をじっと窓から見つめている。

そのうしろにかれの死んだ兄が立っている、あるいは古びた螺旋階段を降りていく。

褐色の栗の木立の暗がりでは若い修道士の姿が蒼ざめていく。

庭は　夕暮れのなかにある。回廊で　蝙蝠たちが飛びまわっている。

門番の子供たちが遊びをやめて　天の黄金を探している。

四重奏の終和音。盲目の少女が　震えながら　並木道を駆け抜けていく、
やがて　彼女の影は　冷たい塀を手探りしていく、おとぎ話や聖なる伝説につつまれながら。

一艘の空っぽの小舟がある。それは　夕べ　黒い運河を下っていく。
古ぼけた施設の陰鬱さのなかで　人間の廃墟が崩れていく。
死んだ孤児たちが　庭の塀のところに横たわっている。
灰色の部屋部屋から　汚物にまみれた翼をして　天使たちが歩み出る。
虫たちが　その黄ばんだ瞼から　ぽとり　ぽとりと落ちる。
教会の前の広場は暗く押し黙っていて、幼年時代の日々のようだ。
銀色の足をして　以前の生活がすべり過ぎていき
呪われた者たちの影が　吐息をつく水へと下ってくる。
墓のなかで　白い魔術師が　かれの蛇たちと戯れている。

黙したまま　しゃれこうべの刑場のうえで　神の金色の目が開く。

「詩篇」Psalmという語はユダヤ教・キリスト教の典礼に属する宗教的内容をもった抒情詩的テキストを意味する。ギリシャ語ではψαλμός（psalmós）は弦楽器演奏のみを意味する。この詩で演奏しているのはいくつもの断言だ。すなわち、いくつもの事実が並列の、あるいは類似の文構造で主張されている。それらはことさら単純であり、あらゆる注意を詩行が喚起する種々のイメージに向けさせる。これらの文は大抵、一つの文が一つの行となっていて、声に出すにせよ、あるいは目で読むにせよ、まるで振動させせられようとしている弦のようだ。宗教的なモチーフとしては、自然宗教（第六行の「太陽神」や第十二行の「パーンの息子」）を示すものもあれば、「汚物にまみれた翼をした天使たち」（第三十一行）やゴルゴタの丘のうえで開く神の「金色の目」といったキリスト教の異化されたモチーフもある。

第一詩節は漸層法のように進んでいく。居酒屋（「荒れ野の居酒屋」）や「葡萄畑」が象徴しているようなよく知った世界は、次第に空想上のポリネシアの世界へと変わっていく。この変化を促す触媒は二つある。一つは部屋に水漆喰のように乳が塗られること（第四行）、つまり、その部屋に創造性が与えられることであり、もう一つは一人の「狂った者」の、すなわち狂気の中に唯一の意味を認めた一人の「異郷者」の死だ。彼の妄想をこの「詩篇」はさらに次々と呼び出す。それらはポール・ゴーギャンの絵に似ている。

カール・モルは一九〇七年春にウィーンのギャラリー・ミートケで開催した展覧会でゴーギャンの絵画世界をウィーンのモデルネに紹介し、それはあとあとまで残る強い影響を与えた(7)。とはいえトラークルが直接それを知っていたのか、そしてまた彼がこうしたポリネシア文化について当時何を受け止めたのかは、具体的に証明することはできない。しかしこれらの詩行は、彼がこうした方向に刺激を求めていたことをうかがわせる。それはすでに述べたような、むしろ幻想によって境界を越えたいという彼の欲求に適っていた。たとえここではっきりと述べられているのは「失われた」楽園的な原始状態への憧憬であるとしても。

この詩の第二部で特に目を引くのは、内的空間と外的空間の相関関係である。ここでは神々しい「金色の森」から神話は「ニンフたち」の姿となって立ち去り、かわりに都市という文明世界が現われる。そこにはパーンが「土工」となって姿を現わす。この「時刻」、彼は、たとえ神話のように婉曲的に表現されているとしても、労働者たちの眠っている世界を表す者になる。「金属」を示唆することと一緒になってこの箇所は、詩「南風《フェーン》の吹いている郊外」に指し示される屠殺場と並んで、トラークルの詩作品の中で最もはっきりと工業的な労働世界を指し示している。開いた空間は「中庭」（第十四行）に狭められていく。それから音楽に満たされた内部空間が、病院の内部が現われる。そこに、トラークルの場合珍しいことに「癒えていく人々」の姿が見える。だがそれも結局のところ、口に出されるやいなや、疾病の脅威にさらされていると訂正される（第十八行）。

続く詩節も依然として内部空間と外部空間の相関関係によって特徴づけられている。自然の領域（「榛の茂みで」、栗の木立の下、庭の中）と宗教的な領域が入り混じる。それらを生き生きとさせるのは、影たちやまぼろしたち、互いに見知らぬ者となった兄妹だ。彼らの兄はすでに死んでいる。けれども「起こ（らなか）ったこと」の目撃者の背後に「立っている」（第二十四行）。「戯れる」［原語 spielen は「遊ぶ、戯れる」という意味の他に、「演奏する」、あるいは「勝負や賭け事をする」、そしてまた「演技をする」といった様々な意味を持つ］という行為がここで重要になる。それはつまり介入することであり（「見知らぬ妹」は夢見る者の星たちと戯れる）、そしてまた、完全に「詩篇」という語のもつ「弦楽器の演奏」という意味において、音楽を演奏することでもある。「ソナタ」は「四重奏」になり、それは今、子供たちが遊ぶことをやめたので、次第に消えていく。この詩節は「おとぎ話や聖なる伝説」を指し示すことで保持されているように見える。またもやこの抒情詩で語られるエピソードは宗教的な色彩を帯びるのだ。それは最後の詩節でもう一度、それも目立つ箇所でなされる。「墓のなかで　白い魔術師が　かれの蛇たちと戯れている」（第三十八行）。この「白い魔術師」をシャーマンのような者と捉えることはできよう。それは冒頭に現われる（しかしその後はもはや言及されない！）ポリネシアの文化との関連を。そしてまた死んだ「狂った者」との関連も納得させる。(8) だが、シャーマンに特有の恍惚状態ははっきりと限定されているように思われる。つまりそれはまさに「戯れている」と。だがそれは弦を「弾くこと」ではなく、生きた弦、つまり「蛇たち」が「身をくねらせること」だ。この箇所では、シャーマンさながらに（死んで・生き生きとしている）魔術師が無意識的なものの中に突き進んでいくことも表現されているのかもしれない。あてもなく「黒い運河」の上を漂う「空っぽの小舟」、あるいはここで新たに現われる影の世界がそれを象徴する。ここに描かれるのは、遠くダンテを想起させ、そしてまたツェランの詩「死のフーガ」を先取りする（「ひとりの男が家に住みかれは蛇たちと戯れる（…）」）一つの死の世界だ。次の詩行ほど劇的に、しかし同時に繊細に、滅亡について語るものは他にはない。「古ぼけた施設の陰鬱さのなかで　人間の廃墟が崩れていく」（第三十一行）。これに対立する形象を詩人はそれを示す前に空白行を一行置くことでことさら際立たせている。「黙したまま　しゃれこうべの刑場のうえで　神の金色の目が開く」。この詩句は、この詩の宗教的な暗示のすべてを一つにまとめて一つの新しい形象に変える、そういう超越を指し示していると解釈できる。トラークルは次のヴァージョンも検討していた。「絶えず　しゃれこうべの刑場のうえで　磁石のような（あるいは「にやにや笑う」）月たちが踊っている」。後の詩集『夢のなかのセバスティアン』に収められることになる詩「黙している者たちに」の最終行には「硬い金属を」組み合わせた「救済の頭」が示される。「磁石のような」ものはこれを先取りするものとして読めるかもしれない。詩「黙している者たちに」は後でさらに詳しく取り上げて論じたい。いずれにせよ、トラークルが「磁石のような」という表現の可能性も検討したことは、これらの詩の暗示的・催眠作用的な傾向を彼自身いかに強く感じていたかを裏付ける。

詩「詩篇」についてはまだ献辞の問題が残っている。「白い魔術師」とは献辞を捧げた人物、つまりカール・クラウスと関係があるのか。この詩では何度も光が言及されることも目を引く。光は（詩の冒頭の）慣れ親しんだ世界では消えているようだ。けれどもそれは南洋では輝いている。眠っている労働者、すなわちパーンの時刻には失われていない。「天の黄金」として隠されている光を「子供たち」は探し求める。しかし最後に突然、あらゆる「陰鬱さ」の中から「神の金色の目」となって現われる。トラークルがクラウスとの出会いの後に書いた手紙の最初の言葉が思い出される。クラウスは彼に「あまりに痛ましい程に明るい瞬間」を与えてくれたと書いていた。それは解明の瞬間、不意に晴れ渡る瞬間だ。クラウスをトラークルは言葉の「白い魔術師」として神のように崇めていたのか。この問いには答えることはできない。なぜならば諾否を決定するのは、トラークルの場合しばしばそうであるように、容易ではないからだ。

トラークルの『詩集』は死者たちや死の活動を証する。それは「ぼくたちが死に絶えていく時間」(「アーメン」)の詩作だ。「死の近さ」とは一つの詩のタイトルであるだけではない。「死の近さ」がこれらの言語芸術作品を生み出すのだ。他方、それらの詩作品はまた、死の有する権力を確認するにとどまらず、それを増強させる。死は「腐れ果てたもの」(「ロザリオの歌」)がそっと通り抜けていく部屋を「宥める」(「村の中」)。トーマス・マンは一九一二年に長編小説『魔の山』を執筆し始めたが、この小説の中でハンス・カストルプが雪の中で見る夢の最後とは異なって、トラークルは、そしてますます隠されたものとなって行動する彼の詩的主体は、ただ死が思考に全権を振るうのを認めることしかできない。これらの詩では、文字通りすべては死から離れることはできず、死に向かって突き進む。至るところに様々な死の標章が遍在する。「窓べで身じろぎをする」「死者の顔」(「人間の悲惨」)に始まり、「朽ちた門」に止められている「馬のしゃれこうべ」(「村の中」)に至るまで。

『魔の山』は滅亡の一つのパノラマを展開する。けれども所々で現実の生の意欲が信ずべきものとして表明されている。それに対してトラークルの詩は滅亡の未曾有の完璧さを証する。それは社会や個人の根幹にまで及ぶ滅亡、いやそれどころか、それらの根幹の正真正銘の腐敗を示す滅亡だ。これらの詩でトラークルは徹頭徹尾、もう一度逆説的に言うならば、肯定された否定性の詩学というものを追求する。この詩学は、彼がそれまで意のままにしてきたあらゆる色彩隠喩や言葉の響きの総索引を作る。トラークルが生前に完成したものの、没後になって初めて刊行されることになる彼の最後の詩集『夢のなかのセバスティアン』では、この詩としての吸引力をもった詩的な否定性はさらにどれくらい強められただろうか。あるいはどれくらい高められもしたであろうか。これについてはこの詩集を論じる第七章で明らかにしていくつもりである。

トラークルにとって一九一三年という年は、最初で唯一の公開の朗読会で、つまり、彼には不慣れな公衆を前にする活動の形で終わった。この朗読会は雑誌「デア・ブレンナー」が主催し、一九一三年一二月一〇日にインスブルックのムゼーウム通りの音楽協会ホールで開催された。トラークルの朗読の前後ではローベルト・ミヒェルとかいう者が散文を朗読した。トラークルの朗読は彼が敢えて声を抑えて朗読したためにうまくいかなかった。トラークルは声が出なくなったわけではなかった。彼が朗読したのは「若い女中」、「夢のなかのセバスティアン」、「夕べのミューズ」、「エーリス」、「ソーニャ」、「アーフラ」、「カスパー・ハウザーの歌」、「ヘーリアン」の八篇だった。それらは彼の詩作品の頂点となるものであったが、朗読する際、彼はむしろ効果的に声を変えることを拒んだのだ。朗読会の四日後には「インスブルッカー・イルストリエルテン・ノイエステン・ナハリヒテン」誌に、トラークルの「朗読の仕方」は「大きなホールよりもむしろ親密なサークル」に合っており、「非常に低い声で読んだこと」が、少なからず朗読を「だめにし」[原語 untergehen は本来「滅亡する、死ぬ」という意味を持つ]たという論評が掲載された。しかし明らかに彼はこれらの詩を滅亡させ、詩が音声的に逝くとはどういうことかを示そうとしたのだろう。それともただ単に気おくれや神経過敏のせいで彼の声はそれほど小さくなってしまったのかもしれない。一二月一三日、「アルゲマイネ・ティロラー・アンツァイガー」誌は、このトラークルの朗読について非常に理解のある論評を載せた。この記事はこの朗読会の批評にとどまらず、トラークルとその作品の特徴を的確に表しており、トラークルに関する同時代の資料としては、繰り返しの引用に十二分に耐える貴重な論評である。

（トラークルの朗読からは）独特な個性をもった精神の有無を言わせぬ力が語りかけてきた。朗読する詩人の声は残念ながらあまりに弱く、まるで身を隠そうとしているかのようだった。過去から、あるいは未来から来るかのようだった。そして後になってようやく、この外見からして非常に独特な人間の、何かと何かの間で話すような［原語はZwischensprache］（この表現を筆者は後に「自身の中に話すような」［原語はInsichsprechen］と変えた）祈りのような単調な響きの中にある、未来派を思わせるようなその詩作品を作り上げている語や文を、さらには形象やリズムを認識することができた。彼の中ではすべてが形象や比喩になり、彼の魂の中で別の表現に取り替えられる。それらの表現はまだ今日の人々には向いていない。けれどもその可能性を信じさせるに十分な説得力をもっている。とはいえこの詩人の時代はいつやって来るだろう。――なぜならば、この静かで、すべてを自分自身に替える人間は確かに一人の詩人であり、まさに啓示のような彼の詩のどれもがそのことを納得させるが、しかし、今日の、そして明日の公衆が彼を理解する日はまだ遠い。そして誰よりも理解しないのは、あれほど大声で騒いださくらたちであった。

トラークル。まるでどこかに、時代と時代の間に、言葉と言葉の間に、身を隠しているかのような一人の詩人。連祷のように自作の詩を朗読している。まさに自分自身の中へ話している。この批評家には、未来派すら思わせるような言語形象を用いている、つまり昨日から現われ、明後日のために存在すると感じられた抒情詩人。そして忘れてはならないのはトラークルの詩作の方法について述べられた「すべては彼の魂の中で別の表現に取り替えられる」という指摘である。つまり、取り替えられるのであって、変化するのではない。詩作はここでメタモルフォーゼとしてではなく、物々交換として、あるいは転換として理解される。現実の世界の価値がそっくり詩的な貨幣に両替されるのだ。トラークルの人物と作品の特徴を描き出したこの短評は、一〇〇年経った今もなお正鵠を射たものと言えよう。

V　詩的な色彩世界あるいは（詩の）「わたし」の問題[1]

この章を一つの付説で始めよう。一九一三年一一月に一つのキーワードが発せられた。それはトラークルの心理的かつ詩的な素因を想起させる。しかしこの言葉が出世することになるのはトーマス・マンの作品においてだった。その言葉とは「死との共感」である。この言葉は、マンがある心的な危機的状態を兄のハインリヒに宛てて書き送った手紙に初めて登場する。マンは自分には「死との共感」が生まれつき深く備わっており、それは「ますます強まっていく」と書く。「ぼくの関心のすべては絶えず滅亡に向かう、そして多分ぼくが本当のところ進歩というものに関心を持てないのはそのせいだ[2]」。これらの言葉は、当時マンより一二歳年少のゲオルク・トラークルの口から告白されても不思議はなかっただろう。

トーマス・マンはその五年後、『非政治的人間の考察』で、この死の共感にはどんな意義があるのかをさらに詳しく述べている。彼はいまやこの表現を進歩の否定と民主主義的なものへの反

論と類義で用いる。それらはこの頃の彼にとって芸術に敵対する政治や音楽の終焉と同義であった。(3)

しかしこの「死との共感」は何を意味するのだろう? 共感するとは、「同情すること」と理解することができる。それはトーマス・マンの場合には受動的には考えられていない。むしろ常に創造的であれ、あるいは新たになれ、という自分自身に対する要求であった。(4) このような共感は「死とかかわり合うこと」を、まさに逆説的に「死に対して深く感じること」を意味する。詩人はいわば死に加勢せんと駆けつけ、死のために力を尽くす。なぜならば彼は、目を開き、文明の恐ろしい運命を見つめながら、いわゆる進歩とはもはや手を組むことはできないと信じるから。これはまさに文化に対する保守的姿勢であり、それゆえ前衛主義とは、美的な意味においても手を切る。ところがまたそれは、巧みに体をかわして「保守主義」も玉虫色に光らせる。なぜならばトーマス・マンによれば、保守主義とは「精神のエロス的なアイロニー」(5) なのだ。

これに対してトラークルの「死との共感」からはアイロニーは消えている。エロスが消えているのではない。それは確かにエーゴン・シーレ風の憔悴したエロスではあるが。死ぬほどに愛して書く者たちへの共感は失われない。トーマス・マンの「精神のエロス的なアイロニー」は造形芸術において別の名前を名乗る。すなわちルートヴィヒ・フォン・ホフマンの絵画『泉』だ。マン自身の言葉によれば、彼はこの絵に「惚れ込んだ」。裸の三人の若者たちが岩間の泉のまわりに集う神話の光景を描いたこのプレ印象派的な絵は、芸術性に関してはむしろ疑わしい。(6) インスピレーションの源は世俗的な三位一体であり、それは後にマンがカリフォルニアに亡命することになってもなお彼に付き添っていくことになる。

この「死との共感」はトラークルの場合、あくまで詩的に陰鬱に色づけられて表現されたと主張してもよいかもしれない。だから当然、トラークルの言語的な比喩や色の使用に関する種々の研究もここ数十年、彼の詩作における色彩隠喩を問題としてきた。トラークルの詩の褐色は何を意味するのか。青は何であるのか。トラークルの黄色は現実に黄色なのか。赤は疑いもなく赤なのか。黒はトラークルの詩では総じて死の色なのか。

こうした色彩的に編曲されたトラークルの詩的な世界の解釈にとって、アンリ・ポアンカレ(一八五四―一九一二)の所見は示唆に富んでいると思われる。ポアンカレは科学哲学的な論文『科学の価値』(一九〇五)で、人は、自分以外の者がどのように認知するのか、そして自分以外の者がそもそも認知するのかどうかを実証する手段を持っていないと強調している。(7) 客観的で間主観的であるものは、常に言語固有の意思疎通の対象となる。詩作もまたその一つだ。ポーランドの科学哲学者であるルドヴィック・フレックはポアンカレを高く評価し、一九三七年に寄稿した「認識の理論」と題する論文でポアンカレの考えを次のように引用している。これはトラークルの詩の色彩の特質を分かりやすく解き明かすものとして読むことができる。

ポアンカレは言う、「仮に罌粟と桜が私にAという印象を喚起するとしよう。だが他の者にはそれはBという印象を喚起するのだ。木の葉は私にはBという印象を生み出すが、他の者にはAという印象を生み出す。もし私がAという印象を赤と名づけ、そしてBという印象を緑と名づけ、それに対して他の者は前者を緑と、後者を赤と名づけるとしたら、それらはどんな印象であるのか我々には何も分からないことは明らかだ。私に断言できるのは、彼にとって罌粟と桜は、もし彼がそれらを表すために両方の場合とも同じ表現を使うならば、たとえ私にはどの色とは分からなくとも、同じ色を持っているということだ。意思疎通されうるもの、すなわち、間主観的に認識されるものは、対象の特質ではなく、関係や構造的な特性なのだ。(8)

これをトラークルの色彩の問題に当てはめてみたらどうだろう。この問いを具体化してみよう。例えば彼の詩「カスパー・ハウザーの歌」の冒頭で目立つ次のような配色は何を意味しているのだろう。「彼は　本当に　愛していた、深紅に　丘を下っていく太陽を、／森の道を、歌うくろどりを／緑の喜びを」。ポアンカレの言葉を借りればこういうことだ。つまり、「太陽が深紅に」とは、一つの命名する現象であり、色彩の質を絶対そうでしかないと固定することではない。「緑」と「喜び」はある一定の状況において一緒にされているのであり、この発言は普遍的に絶対だと主張することはできない。このことはまさにここに例として挙げた詩の場合、特に焦眉の問題だ。なぜならばこの詩はカスパー・ハウザーという人物をテーマとするからだ。この人物は完全に社会的に孤立した状態で成長したために、意思疎通を可能にする語彙を持たず、ただ自分自身の「原初の自然のままの」表現やイメージしか持たない。

もう一つ別の理論的な手掛かりを最近のエクフラシスの論究に求めることができる。[9] ある想像上の芸術作品を（物語的・抒情詩的に）描写する、あるいはある実際に存在する芸術作品を言葉によって描写する。このことは言葉では表現できない何かを言語化しなければならないという特殊な問題を持っているが、[10] トラークルの詩の多くが絵画的な構造を持つのであれば、逆転させて次のように言うことができるだろう。つまり詩は一つの絵を生じさせ、その絵の詩的な色価こそが最も目立つ特徴となると。このような具象性や色彩に富んだトラークルの詩を読む者や聴く者は、言葉で絵を描くプロセスに参加することになる。[11] だとすれば、トラークルの詩作品もまた、造形芸術作品を文学的に描写するのに倣って、つまりエクフラシスに準じて解釈できるテキストであると言えよう。なぜならばそれらの詩作品はしばしばそれ自身が絵画であるのだから。

すでに確認したように、トラークルにとって重要な都市の形象の一つはザルツブルクであった。つまりそれは一つの詩的で象徴的な場所であり、かつて存在した、そして今もなお存在するように見えるものとの関連が生み出される場所なのだ。この場所が消えることをトラークルは何よりも恐れただろう。だから彼はこの場所をまさに無理矢理にでも詩的でメランコリックなイメージへと呼び起こした。そのイメージから彼は様々な色や音や影からなる、うっとりさせる詩作品を精製し、その様々な色や音や影を独自の振り付けや内的な言葉の劇的緊張に変えた。

ハイデガーのトラークルを想う言葉とゴットフリート・ケラーとオスヴァルト・シュペングラーの色彩詩学

この詩人は自分自身のために「無限の快音に満ちた一つの美しい世界」[12]を要求した。けれどもその目的はただ、シラーの詩を作曲したシューベルトのリートが歌うように、その世界は現実にはいったいどこに残っているのかと問うためだけであった。詩の一つ一つで彼はこの崩壊しかかった夢の世界を呼び起こそうと試みた。その世界の危うい言葉の美しさを守り、凝縮して高め、一つまた一つとよりよい詩を書こうと試みた。これらの詩はまるで、恐ろしいほどに美しいものが消えていくことを食い止めることしか望んでいないかのように思える。あるいはまたトラークルは、ジョルジョ・アガンベンの言葉を借りれば、醜悪さに満ちた世界の中で美しいものを例外的な状態として永続させようとしたと主張できるかもしれない。だがその言葉の美しさは完全にアンビバレンスのうちにあるということは強調しておきたい。

トラークルの響きの独自性。ランボーによって霊感を与えられたこの魅惑的な母音たちのダンス[13]。人を惑わすこの滅亡の魔法。これらは表現主義的というカテゴリーでは十分に言い表すことのできない言語美学的現象である。もっともそれも表現主義的というカテゴリー自体がお墨付きとされた場合の話ではあるが。トラークルの音程がどれほど暗示的であろうとも、その言語的・

比喩的な転調がどれほど抗いがたく魅力的であろうとも、その核は、存在が絡み取られているという厄介な状況、詩作によって自分自身の中に絡み入れられてしまいそうな状況を証する。次のことはどれだけ繰り返し述べても十分ではない。すなわち、この中毒患者となった詩人が書いた抒情詩は、それはそれで特定の心情の持ち主たちを中毒にし、狂気を一つの美的な現象として自覚する。トラークルには自身の存在はただ狂気のような詩作としてしか正当化されえないと思えた。

彼の時代のまさに典型的な補足記号、つまり神経過敏、性急さ、スピード、それらをこの詩人の作品に探しても無駄だ。トラークルの詩の動きは何よりも減速されている。時にほとんどアンチ動的である。それは確かに不安に満ちているが、神経過敏とは正反対だ。にもかかわらず言葉の劇的緊張を秘めた固有の価値と美的な固有の意味を有している。それは自分自身を、疑いもなく醜悪になっていく世界の中で、美しいものを記録する一つの覚書《プロメモリア》であると理解していた。だがこの美しいものは独特な問題領域であった。それは美化し、そして破壊する。それは言葉の音響性や比喩性を予測できないほど徹底的に推し進め（「ルビー色をした葉脈が葉の中を這った」（「季節」））、それによって同時に自身の忌まわしい状態を認識することを（「おお、呪われた種族よ」（「夢と錯乱」））束の間忘れようとしているようにも思える。

種々の感覚器官はこの詩人の中で夢を見はじめる。そしてそうすることで少なくともある一定期間は、あくまでも詩の「わたし」、しかし知っていることを意識しているこの「わたし」は

「正気で」いられる。そこで生まれる詩は「感覚の敷居」(ベルント・ヴァルデンフェルス)の上で書かれたように、あるいは「感覚の敷居」の中に書き入れられたように思われる。

このように考えると、トラークルが生み出す言語形象は、生の単純な事物に投げかけられる最後の一条の光を証するのだとも言える。[14] 詩「冬の夕べ」に書かれているように、「恩寵の樹」が金色に花咲く中で、最後になってやはり「パンと葡萄酒」は「清らかな明るさ」につつまれてきらめく。神の顕現となる、そしてさながら宗教的な契機となる詩。だがそれは常に今にもはねつけられ、呪われそうになりながら光を放つ。トラークルは詩をテキストとなった話す身体として扱う。それは感覚を備えている。そしてまずは金色の輝きに満たされ、それから再び血管が黒く透けて見える。ハイデガーは哲学的な詩論「言葉」の中で、トラークルのこの詩「冬の夕べ」を解釈した。それは概念的・連想的な独創性において卓越した解釈である。彼は次のように述べている。「黄金の輝き」は「すべての現前しているものを隠すことなく出現させる」[15]。同じことが黒にも言える。黒は例えば詩「悪の変容」において決定的な印象を残す色だ。黒が吸収するものはすべての現前しているものにとって沈黙の話法だ。デリダは『精神について　ハイデガーと問い』において、ここで言及しているハイデガーのトラークル論とそこから引き出された言語解釈をハイデガーの最も重要なテキストの一つとして詳しい評価を下している。「(…) 微妙で、重層決定されており、かつてないほど翻訳不可能なのである。そしてもちろん、最も問題を孕んだ物の一つだ[16]」[港道隆訳]。問題を孕んでいるとはどの点においてだろう。それはもしかしたら次の点かもしれない。すなわち、ハイデガーはトラークルの詩作において非人称表現の主語となる代名詞 Es に発言させないし、それが働いていると考えなかった。つまり彼はこの Es に、例えば「稲光が走る」［原語は Es blitzt］という言い回しが示すようには、出来事が活動として遂行される確固とした主体を認めなかった。初期のニーチェはそれを認めたのであったが。ハイデガーがトラークルの詩作から導き出すまさにアンチ心理学的な命題「言葉が話す」［原語は Die Sprache spricht］はそれゆえに、トーマス・マンの小説『選ばれし人』の冒頭の陳述と似通っていよう。そこでは言葉が語り手に指名される。だがそうであればまたこうも言えよう。トラークルの詩作においてこれほど目立つ色調は純粋な言葉の音程を生み出すのであり、だから場合によってはアンビバレントな感覚性を生み出すと。それについてはハイデガーもデリダも何も述べていない。

金色、黒色、褐色は、他の色たちと同様、トラークルの詩作においてほとんどあらゆるものと結びつく。特に彼が金色を用いた場合に生じさせるものについては、すでに一八五五年にゴットフリート・ケラーが短いエッセイ「ゲーテとシラーの場合の金色の緑」で次のように述べている。「植物と太陽、緑と金、活動すること、それらは互いに入り乱れる。そしてこのように入り乱れることこそが、（…）意図された感覚的な魅力を生み出すものなのだ。というのも人はただ直接的にだけでなく、間接的にも描くのだから。そして特に聴覚を通じて見ざるをえない絵画の場合には、それに頼らざるをえないのだから」(17)。種々の感覚的な印象の暗示的な混乱、実際にそれはトラークルの詩的な方法の一部でもあったのだろう。青い静寂であろうと金色の静寂であろうと、池の中で歌っている緑の水晶であろうと、心の赤い金色であろうと、つねに詩人が意図していたのは色の音程を彼の言葉のスコアに当てはめることだった。そしてその言葉のスコアは普通ではないものをありふれたものに変えるのだった。「金色が　茂みから　どんよりとくすんで　したたる」(「憂鬱」)。トラークルが金色に動きを与えることはかなり珍しい。その場合には思い出の形になる。「流れ去った、昼の金色が」(「ロンデル」)。たいていの場合彼は金色に静的な印象を持っていた。その静的なものは自分自身の中から光を放ち、触れるものすべてを劇的に、逆説的に言うならば、翳らせつつ明るくする。

トラークルの色彩の使用は際立っており、表現主義という背景を考慮してもなお独特である。オスヴァルト・シュペングラーの文化形態学的な壮大な試論『西洋の没落』は、トラークルの色彩の独自性の意味を具体的に説明するために、目を向ける価値が十分ある。シュペングラーがこの大著に取りかかったのは一九一二年頃であったが、その中で彼は一つの類型学的な色彩学を起案している。私の知る限りでは今までこれはトラークルの詩的な色彩の用法と関連づけられてこなかった。シュペングラーは金褐色を「ファウスト的で無意識的」なものの色、褐色を「魂の真の色」とみなす(18)。彼は褐色をさらに「歴史の色」と見ている。しかしこの色は逆説的に未来を指し示す形象空間を彩る。つまりシュペングラーによれば、褐色という色の特殊性は、自然の様々な可能性の外において純粋に現われることにある。というのもこの色は「虹にはない」。しかしこの色は黄と赤から生まれる。黄と赤は伝統的な目立つ色であり、シュペングラーは「古代の色調」と呼んでいる。そして彼が言うには、この二色が混合されることで褐色はその深さを得る。[19]シュペングラーはここでトラークルが抒情詩で示す色彩宇宙論、あるいは詩的な色彩学に類似したことを考えているようだ。その色彩学は言葉の響きの混合比によって詩を一つの共感覚的な出来事にした。

「祝福された女の口は　深紅に砕けた。丸い目は／映す、春の午後の暗い黄金を、／森の緑と黒色を、緑のなかの夕べの不安を」と詩「時祷歌」には書かれている。「深紅」であるのはまた色づいた秋の木の葉だ。そしてさらに「影となった地下室での音楽やダンス」も。トラークルは彼の詩をあまりに豊壌にするので、彼の詩を聴きながら読む者は、あるいは読みながら聴く者は、それらの詩はなおも押韻しているのかどうかを忘れてしまう。これらのテキストには何か限度を超えてあふれる、きわめて豪奢な、末期のバロック的なものがある。当然それらは滅亡の徴の中にある。ハイデガーは、この言葉は「静寂の響きとして[20]」話すと述べている。まさにトラークルが言葉で達成するものを非常に的確に言い当てている。それは現存在のうえに垂れ込める静寂から最後の（動かし）動くものを誘い出し、それが言葉によって色づけられ、もう一度響きになる。

トラークルの言葉にどのように向き合うか

このように考えている間にもいくつもの問いが繰り返し執拗に浮かんでくる。このトラークルの言葉を解釈しようとするならば、どのようにそれと向き合うべきなのか。[21] トラークルの言葉はどのような伝記的な説明を必要とするのか。そもその言葉は伝記的な説明をどこまで許すのか。本書ではこれまでトラークルのまさに抗いがたい豊かな想像の兆候を様々に取り上げながら彼の詩作品を解釈してきた。そして彼の想像力が抑圧されるかと思えばまた酔ったように、ついには狂ったように高まる様子を考察することで、創造の一つの本質的な衝動を見出そうとしてきた。[22] だがここで強調しておかねばならないのは、トラークルの場合に何よりも重要なのは言葉との、そして言葉の可能性との脅迫観念に憑りつかれたような関係であったということだ。言葉は彼にとって（も）一種の麻酔剤に、昏睡状態に至るための手段に、そして自己暗示の一つの形になった。この最後のものはしかし、彼のアイデンティティとは相反するように思える。というのは、トラークルの場合には「わたしは」と話す詩はきわめて稀だからだ。「わたしは」と話す詩は潜在的に主観的である。例えば詩「途上」はそうだ。そこでは潜在的な「わたし」が隣室で「シューベルトのソナタ」を弾く妹に呼びかける。すでに述べたように「わたしは」と話す詩は遺稿にはあるが、生前に発表された作品にはほんの稀にしか見出せない。このことはまさにトラークルの詩の一つの特徴だ。一人の「わたし」ではなく、「一つの金色のもの」が消えていく。あるいは「一つの鐘の音」が響く。トラークルは確かに不定冠詞の名手だ。不定冠詞とはある普遍的で定義できないものを指し示すのであり、視線や見る者をいわば中立化する。

トラークルは、すでに本書の冒頭で言及したように、彼自身ピアノを弾くことに熟達していたが、言葉をピアノの鍵盤のように用いた。Oという母音を、様々な子音を、妹が白鍵や黒鍵を叩くように打ち出した。この直喩は的を外していない。むしろきわめて的に近い。いわば彼がすぐ隣の部屋から、当然、一人ぼっちで、書いたように。

いくつもの窓、色とりどりの花壇、
オルガンの音が流れ込む。
いくつもの影が　壁掛けで踊る、
不思議な様で　狂った輪舞。

(…)

誰の　息吹が　ぼくを愛撫しにやって来るのだろう。
燕が　乱れた図形を描く。
静かに　果てしなく流れる
あそこで　金色の森林地帯が。
(「人気《ひとけ》のない部屋で」)

響きが具象化される。記号は音立てて、鳴り響くようだ。この詩「人気《ひとけ》のない部屋で」にある美しいもの、それは一人の人間がその部屋の中に置き去りにした思い出やイメージや投影かもしれない。この詩より少し後に「窓の外では　緑と赤が鳴り響く」とトラークルは書く（「農夫たち」）。そして「悪の夢」の初稿は「次第次第に　銅鑼の金褐色の響きは消えていき――」という詩行で始まる。トラークルのこの言語音楽的な試みと同時期にアレクサンドル・N・スクリャビンが『法悦の詩』を創作したことを思い浮かべてほしい。そして『プロメテウス、または火の詩』を、つまり音と色のスコアとして考えられたその作品を創作したことを。スクリャビンは一つの「神秘和音」を作り出すために、倍音［振動数が基本音の整数倍の上音］からなる新しい音階を構築した。彼の掲げた理想の本質は、ピアノで奏でられる音を、それと呼応する色彩でもってカンバス上に投影することにあった――音響の多彩な影として。

トラークルが喚起しようとするものもまた、この響きと色と言葉の異常に圧縮された世界だ。「赤い葉叢に　ギターの音があふれ／少女たちの黄色い髪が　風になびく／向日葵の並んでいる垣根に。／雲を抜けて　黄金の車がいく。」（「赤い葉叢に　ギターの音があふれ…」）。これらの詩は繰り返し垣根の向日葵について（右記の詩の他にも例えば詩「秋に」）、つまり、境界で咲きながら（あるいは枯れていきながら）輝くものについて語る。その輝きはまた、より包括的な響きの形象によって、つまりここでは「ギターの音にあふれた赤い葉叢」によってさらに彩色される。遺稿の詩「静かに」や詩「メランコリー」においてもなお、これらの言語形象の組み合わせが見出せる。「垣根に　死に果てたアスターが／そして向日葵が　黒々と　風にさらされた身をもたせかけている。」（「メランコリー」第二稿）

これは何だろう。ファン・ゴッホを補足するのか。あるいはゴットフリート・ベンを先取りしているのか。いずれにしてもこれは一つの柵・境界体験だ。それは終局という感情を惹起し、「暗い目」に見つめられ、それでも絶えず、超越する音楽的な一瞬を期待している。その一瞬は「優しく秋の道連れとなっている」ギターの響きであろうと、木犀草を震わせる「不可思議な鐘の響き」であろうとも。肝心な点は、すべてがトラークルの詩においては音楽に、あるいは音楽の対象になりうるということだ。そしてすべてが色と共生できるということだ。トラークルの色たちはいわば視覚的に詩的な音程を作り出す。これらの詩の色たちはゲーテの言うところの光の「行為や苦悩」である。しかしその光とはまさに内的な輝きである。それをトラークルは言葉で捉えるのだ。ゲーテにとって色とは自然が種々の感覚に向かって視覚的に話しかけることであった。目とは光のおかげをこうむっている発展の産物であった。[23] おそらくトラークルの場合には、これらの詩的な色たちが効果を発揮するためには一つの夢の器官が必要なのだろう。色たちは暗い明るさの顕現であり苦痛であり、それはまさに聴かれようと望んでもいる。

トラークルの一連の抒情詩における音楽的なものについて問うた場合、当然、それにはただ象徴的・共感覚的だけではなく、具体的にも答えねばならない。ハンス＝ゲオルク・ケンパーがトラークルの音響性に表現主義との近さを見たことは正しい。[24] ケンパーは、トラークルがシェーンベルクならびにシェーンベルクが三度に合わせた伝統的な音程構造とは異なり、「四度を即位」させて和音を形成したことに関心を寄せたことを指摘する。このことはまさにスクリャビンにも該当する。周知のごとく、トラークルもまた「ばらばらに分解される行列様式」に専心した。詩「悪の夢」の韻の接合にこのことは特にはっきりと見て取れる。すなわちトラークルはこの詩ではKlänge（「響き」）という語をStränge（「ロープ」）という語とまず押韻させ、同じ音の押韻がこの後も次々と鎖のように連ねられていく。

フィナーレ［原語はAusklang］、ユニゾン［原語はEinklang］、そして一つの反響、それは「影のように、まるで枯葉が／秋の夜の人気《ひとけ》ない墓の上に　降りしきるように。」（「フィナーレ」）。トラークルの詩の言葉の響きは過剰ともいえると非難されるかもしれない。シェーンベルクやモデルネの意味における還元主義を示すようなものは何もない。言葉が濃縮されたり、圧縮されているとも感じられないし、もし感じられるとしてもそれはほんの稀でしかない。トラークルはむしろ非常に遅れてやってきたバロック詩人のように感じられる。だがその詩人は彼自身が用いる過剰なまでに魔術的で誘惑的な素材に刺激され、錯乱する。「夢に創られたいくつもの楽園が　滅び／この悲しみに満ちた　疲れた心を　吹き倒す」（「疲れ果てる」）。すでに一九〇八年にトラークルが用いた「夢みるようなけだるさ」という表現[25]は、非常に多くのトラークルの詩の音域や感情の領域を正確に言い当てている。彼は今にも崩壊していくバロック的なものを詩的に幻想的に取り入れていくが、そこにはヴェルレーヌにおいてはなおもその詩的なロココ様式のアナクロニズムを、すなわち『艶なる宴』を際立たせたような軽やかさが欠けている。トラークルにはヴェルレーヌのモチーフとの類似がはっきりと指摘できるとしてもだ。

まさに音楽に挫折したことから詩作が生まれることもある。そしてトラークルの詩を耳にすると、ヨーハン・ヴィルヘルム・リッターが『一人の若い物理学者の遺稿からの断片』で展開した非常にロマン主義的な音楽観が想起される。何よりもそこでは次のように書かれている。「音たちは、我々がそれを理解するように、互いに理解し合うものなのだ。どの和音も数ある音の理解の一つであり、そしてすでに一つにまとまったものとして我々のところに来るのかもしれない。[26]」このことをトラークルの音楽的な言葉に当てはめてみれば、トラークルの詩の言葉は、私たちがそれらの言葉の響きの本質を捉える前に、互いに理解し合っていると言えるだろう。リッターが一八一〇年に描いた若い物理学者はどの音にも光にも「意識」があると見なした。トラークルは音と言葉にむしろ無意識的な結合を認めたのだろう。彼の胸におのずと湧き上がってきた言葉の響きはむしろ、やはり何か押し隠された不穏な騒ぎの共鳴のように聞こえる。そしてそれは精神病的な唯美主義にまで高まっていく可能性があった。

それでも生前に発表されたトラークルの作品には繰り返し、ことさらバランスよく繋ぎ合わされた言葉が現われる。それは困惑させるものが言及されているときですらそうなのだ。それゆえこの詩人がこのように故意に提示する言葉の美しさは、何か仮面のように感じられる。このことは遺稿として残されている最後のいくつもの草稿にもなおも確かに確認できるが、しかしそこではそれがまさに破られようともしている。トラークルが取り上げる自然は、決して自然のままとは思われない。むしろ詩的な仮面の世界の中に引き入れられ、そこでは向日葵すらまるで「化粧や矢車菊の青さに溶かされて」いるようだ（「静かに」）。だから不自然なものもまた不毛だと非難されるほど人工的には思えない。こうしたトラークルの自然の中では超現実的なものが増殖していく。「おお、銀色の魚たち、畸形の木々から落ちた果実。かれの歩みの和音が　かれを誇りと　人間への軽蔑で満たした。家路を辿りながら　かれは　人気のない城に出会った。朽ちた神々の像が　庭に立ち、夕暮れに　悲しみに沈んでいた。」（「夢と錯乱」）

トラークルの「野外劇場」と詩的な配色の問題

トラークルの遺稿に「野外劇場」と題された詩がある。その詩の冒頭の二つの（この詩の最も重要な！）詩節は次の通りだ。

今　わたしは狭い門をくぐり抜ける！
並木道を乱れて進む歩みは
風に吹き消され、言葉のかすかな息遣いは

行き過ぎる人々のものだ。

わたしは　緑色の舞台の前に立つ！
始めよ、もう一度始めよ、お前
罪も　また贖いもない　失われた日々の芝居は
今はもうまぼろしのように、よそよそしく　冷く！

ここではどうしてもカフカが未刊の小説『失踪者』のあの最後の章で描いた「オクラホマの野外劇場」が想起される。たとえカフカの場合には自然に向ける視線を文字通り狂わせるのは機械化や官僚主義化であり、そうしたものはトラークルとは無縁の出来事であったと言えるにしてもだ。

カフカのテキストでは、奇妙に轟くトランペットが野外劇場を予告する。これもまたトラークルの詩「トランペット」を思い出させる。この詩「野外劇場」では、野外劇場は「言葉の」抑えられた「かすかな息遣い」に委ねられる。「過ぎた日々の調べに」合わせてこの詩の「わたし」は自分自身をじっと見ている、この「舞台」を歩いた子供の頃の「わたし」を。この詩はまたエドゥアルト・メーリケの悲歌的な詩「アイオロスの竪琴に寄せて」（一八三七）を若干変えて引用しているのも目を引く。トラークルは次のように書いている。「わたしは　緑色の舞台の前に立つ！／始めよ、もう一度始めよ、お前／罪も　また贖いもない　失われた日々の芝居は／今はもうまぼろしのように、よそよそしく　冷く！」。これに該当するメーリケの箇所は次のとおりである。「秘密に満ちた弦の演奏よ、／始めよ、／もう一度始めよ／お前のメロディアスな嘆きを！」[27]。トラークルの詩では竪琴の弦と戯れるのは風ではない。「失われた日々」そのものがこの野外劇場の舞台の上で演じられる。別の詩「黄昏」の中では「弦の切れた竪琴」が言及される。それはただもう「不協和音」しか生み出せない。それらの日々は「失われた」のだ。なぜならばそれらの日々は道徳的な問題（ここにもまた別の暗示が、つまりドストエフスキーの小説『罪と罰』の暗示が見出せる）について何も知らないから。トラークルはメーリケの「メロディアスな嘆き」を次の詩節でさらに独自に変容させる。「わたし」は自分自身を子供として体験し、その子の「かすかな、忘れられた嘆き」が啜り泣くのを見ている、「わけもわからずに」。

しかしトラークルのこの詩節が興味深いのは、さらにもう一つ別の理由がある。この詩の冒頭では境界あるいは敷居が踏み越えられた。だがその結果、歩みは混乱状態に陥る。ここで上演されているのは、かつてあった、しかし決してそのようにはなかった無垢という奇術だ。みせかけのものの中へ歩んでいく先にはただ「幽霊のようなもの」が、疎外と「冷たさ」が、つまり隔たりだけが待ち受けている。この野外劇場の「緑色の舞台」で実演されるのは自己の身元を確認する芝居ではなく、せいぜい自己を欺く劇でしかない。

この詩は思い切って主観的に書かれている。詩の「わたし」は自分自身に対する信頼を見出したかに見える。「わたしは　緑色の舞台の前に立つ！」と。この詩は、ここには一人の「わたし」が立っていると言う。そして同時に問うているのだ、その「わたし」はそうではないということもありうるのかと。結局、自分自身を泣かせるのはこの「わたし」だ。「わたし」の心は暗闇の中でわずかに高揚する。その暗闇を示すのは、かろうじて「お前」と呼ばれる別の者のいまだ終わらぬ身振りだ。その嘆きのしぐさは「わたし」を圧倒する。芝居がかった気分は消える。野外劇場の舞台には暗闇が迫りつつある。

トラークルの詩には、一人の「わたし」が、一人の「お前」が、一人の誰かが登場する。ただそれゆえに彼の詩は主観的と言えると主張するならば、それは当然見当はずれであろう。トラークルの詩の主観性は暗示的であり、例えば特殊な言葉の響き方や見方から説明する必要がある。例えば、どのように語の色がそれが話される言葉のパレットの上で混ぜ合わされるのか、そしてどのように文化や文化を表す様々な証の滅亡が美的な出来事として自己崩壊や夢への耽溺を伴奏するのか、といったことが説明されなくてはならない。

すでにトラークルの詩的な配色はファン・ゴッホの補足のようだと表現したが、そのことをもう一度取り上げてみたい。ファン・ゴッホは弟のテオに宛てた一八八八年夏の手紙で、色彩と麻酔剤の関係について自身の見解を述べ、「赤、青、黄、オレンジ、菫色、緑という六つの基調色を安定させる知的な労苦」について言及する。さらにこの手紙ではこれらの色の相互の比率を「計算する」ためには「心的な力のすべてを極度に傾注しなければなら」ず、その後で緊張を解きほぐすために麻酔剤を摂取することも必要だ、しかしむろん、「酔っぱらった画家がカンパスに向かっているのを想像する」ことはできないと書いている。[28] エルンスト・H・ゴンブリッチはこの箇所を取り上げて、まさにこの「計算し、そして曲芸をする」ことは、絵を観賞する者には追体験できないと論評している。ではランボーやトラークルの場合はどうだろうか。彼らの詩的な色彩の使い方の根底にあるのもまた「詩的な計算」なのだろうか。言葉が問題なのだから、彼らの詩には当然彼らの色彩・語・詩学を解く一つの「鍵」を見つけることができるだろう。

ここでどうしてももう一度ニーチェに、つまりニーチェの著作の中でトラークルが知っていた可能性のある箇所について言及する必要がある。それはニーチェの哲学的散文詩『ツァラトゥストラはこう言った』の第三部の次の箇所だ。「深い黄色と烈しい赤。それが私の趣味が欲するものだ。——私の趣味はすべての色に血を混ぜる。けれども自分の家にきれいに白く漆喰を塗る者は、私にはきれいに白く漆喰を塗った魂を見せてしまうことになる」。[29] ニーチェはこのように力をこめて色彩に呼びかけるが、この呼びかけをニーチェは、思想家は（特定の色彩に対して）盲目であるという二つの主張で枠取る。その一つは『曙光』に書かれている。そこではニーチェは誰一人として思想家は、特に古代ギリシャの思想家は、「彼の世界やあらゆる事物を、実際よりも乏しい色彩で」描く[30]が、しかしこの部分的な色盲は、後になってそれだけ一層「豊かに見ることや識別すること」を可能にすると主張する。[31]

もう一方の枠となるのは『善悪の彼岸』を締めくくるアフォリズムだ。トラークルはこのアフォリズムを自分自身の詩作を先取りする評釈として読んだかもしれない。

ああ、ではお前たちは何なのか、お前たち、書かれ、そして描かれた私の思想よ！（…）どのような事柄を私たちは書き写し、そして描き写したのか、私たち、筆を手にした中国の官人たち、私たち、書かれうるものを永遠のものにする者たち、私たちは何をいったい描き写すことができるのだろうか。ああ、常にただ、まさに枯れようとして、そして香りを失い始めているものだけなのだ！　ああ、常にただ、立ち去っていく、そして疲れ果ててしまった雷雨と黄色くなった末期の感情だけなのだ！　ああ、常にただ、飛び疲れ、そして方角を失った鳥たちだけなのだ（…）私たちは、もはや長くは生きられず、飛ぶことのできないものを、疲れてぼろぼろになったものたちだけを永遠にする！　そしてお前たち、書かれ、そして描かれた私の思想よ、ただお前たちの午後だけなのだ、そのために私が色を持つのは、もしかしたらたくさんの色を、五十もの黄と茶と緑と赤のたくさんの多彩な優しさを（…）。[32]

枯れて、末期の、疲れて、ぼろぼろのものが、まるでトラークルの詩的な気分を先取りするかのように特別な語の配色で響く。トラークルの場合も、黄色と、そして特に褐色が熟成と滅亡の色だからだ。[33]

一つの手掛かりとなるのが共感覚という現象だ。その場合も、トラークルは様々な現象を共感覚的に知覚したのか、それとも共感覚的な効果をもつ言語形象を創造したのかは区別しなければならない。

ピアニストのエレーヌ・グリモーはこれに関してある時、次のように話している。彼女は音を色として知覚するが、「それは調と厳格に結びついている。ハ短調は常に黒く、ニ短調は青、ト長調は緑で、ヘ長調は常に赤い」。彼女は子供の頃のある体験を思い出して語る。「(…)私はちょうどバッハのプレリュードを練習していました。すると突然、とても生き生きとした赤みがかったオレンジ色が見えました。それは斑点のようで、輪郭も定かではないまま、私の目の前をあちこち飛びまわりました」[34]。トラークルも幼年時代にちょうどピアノを弾いていた時に同じような共感覚的な体験をしたのではないだろうか。そうした体験はその後さらに詩的な色彩神秘主義へと高まった。エアハルト・ブシュベックはトラークルの没後間もなく発表した論評で、トラークルにとっては当初から色や香りや音が事物よりも主要であったと指摘している[35]。トラークルはいくつもの主文を並列させる構造に固執したが、それもまた彼が自身の感覚的な知覚を根本的にどれも同等であるとみなしていたことを示す。それは共感覚的な経験のための基本的前提だ。

ヘルマン・ブロッホの次の発言もまた、トラークルの詩的な配色が何を意味するのかを解明するにあたって大いに助けとなろう。

絵画の言語は(…)音楽の言語と文学の言語の一種の中間の位置を占める。というのは音楽においては象徴の層と音楽的な現実の層が、つまり「意味するもの」の層と「意味されるもの」の層が明らかに重なる。それに対して、語の象徴や、ましてや文学的象徴へ導くプロセスは、疑いもなく多くの別の媒体層を通過しなければならない。つまりいくつもの象徴の中の象徴といった様に理解されねばならない（…）[36]

つまり、ここで言われている「文学的」なものとは、言語芸術家の内部にある多くの媒体層の通過の結果として生まれるのだろう。その際ブロッホは、印象主義の画家は神秘主義者ではなく、「光や色彩現象のテクニシャンである[37]」と強調する。この意見はファン・ゴッホの主張するところとも合致する。すなわちゴッホは色を、つまり色の比率を（そしてそれによって絵を観る者たちに及ぼすその効果を）「計算する」と言った。このことはトラークルにも当てはまるのではないだろうか。そしてそれゆえに彼は言葉の効果のテクニシャンとみなされるのではないだろうか。

同様にこの相互に絡み合った一連のテーマは、芸術の創造において「想像力」とは何であるのかを考えることにつながろう。[38]この点で、「イメージを創造する能力[39]」という表現は特に的を得ている。このような能力をトラークルは十分すぎるほど備えていた。

一八二七年一月一八日付でヨーハン・ペーター・エッカーマンはゲーテとの対話について書きとどめた際、ゲーテの『遍歴時代』の構成に関してゲーテは彼自身の方法を画家のそれにたとえたと記している。つまりどの短編小説も、どの戯曲もそれぞれ異なる特徴を持った色を有する。

しかしここでも構成全体の色の調整が重要だ。それはファン・ゴッホが考えたことと全く同じである。トラークルの場合には、たった二つの詩行でこの上もない色の混合の比率を生み出すことができる。例えば「暗い藪のうしろでは　子供たちが青や赤の球で遊んでいる。／多くの人々が褐色の身体の腐敗した額や両手を取り交わす」(「夕べに」)。この詩がこの後展開されていく中で支配色となるのは青と赤から生まれる褐色だ。

だがホーフマンスタールやリルケの場合とは異なって、トラークルの場合には正真正銘の「色に対する熱狂」について論じることはできない。世紀転換期に見られるそうした「色に対する熱狂」の本質は何であるのかは、ホーフマンスタールの書簡体物語『帰国者の手紙』(一九〇七)を読むとよくわかる。ホーフマンスタールはこの作品を「色。帰国者の手紙から」というタイトルに変えて一九一一年に新たに刊行した。その中では「見るという体験」が描かれるが、それはファン・ゴッホの絵画によって引き起こされた体験であり、「わたし」という語り手はファン・ゴッホの色彩に圧倒される。[40] このファン・ゴッホ、あるいは色彩の支配する力の体験は次のように書かれている。

この色、灰色であり、褪せた褐色であり、暗黒であり、そして泡であったこの色、この色の中に深淵があった、そして突進が、死と生が、戦慄と恍惚が――なぜ私の見ているこの目の前で、私のうっとりとした胸の前で、私の全生涯が私に向かってしゃにむに近寄ってきたのだろう、過去が、未来が、汲み尽くされない現在の中で泡立ちながら、そしてなぜこの途方もない瞬間が、私自身とそして同時に、まるで私にその胸の内を打ち明けるかのように私の前に開けた世界のこの神聖な享受が、なぜこの二重のものが、この絡み合うものが、この外と内が、この互いに重なり合う「お前」が、私の見ることに結びついたのか。なぜなのか、もしも色たちが一つの言葉でないならば、その中で無言のもの、永遠のもの、途方もないものが生み出される一つの言葉でないならば、永遠の炎のように、黙した存在から直接こちらへ吹き出て、私たちの魂を新たにするがゆえに、音たちよりも崇高である一つの言葉でないならば。私にはこれに比べれば音楽は、太陽の激烈な生と比べた際の月のくすんだ生のように思える。[41]

この箇所を長々と引用したのは、ここにはホーフマンスタールとトラークルとの相違がきわめて具体的に示されているからである。トラークルの詩作にはこのような色彩に対する恍惚感は見出せない（ホーフマンスタールのこの手紙の書き手である帰国者は、ファン・ゴッホの色彩の強烈に支配する力に対して、なぜよりにもよってこの芸術家にとってはむしろ典型的ではないこのような反応を選んだのかという疑問が生じるが、この点についてはここでは触れないでおこう！）。トラークルの場合、色彩芸術に接し、時間が「うっとりとし」たり、泡立つことはない。そしてまたトラークルには自分自身を「神聖に享受」する能力が欠けている。しかしホーフマンスタールがここで述べているることとトラークルの気質との間の決定的な相違は、両者のそれぞれの詩論を明らかにしている。すなわちトラークルは色に言葉を話させるのであり、色を無言とは考えない。それと同時にトラークルの場合、色彩が最高の地位につき、音楽はそれより劣る（「月のくすんだ生のような」）といった優劣はない。トラークルにとっては「赤」も「青」も、ホーフマンスタールの帰国者が集団概念として「色」と呼ぶ「みすぼらしい語」ではない。トラークルは「色」という語を全く用いていないことは目を引く。トラークルは様々な色を個々に区別して示すが、しかしそれらにさらに形容詞を付け加えて詳細に特徴づけることはしない。

しかしまた、ホーフマンスタールの帰国者が持ち出す次のような最後の問いは、トラークルの詩の色の使い方とホーフマンスタールのテキストには一つの共通点があることを示唆する。「そしてなぜ色と苦痛が兄弟でないはずがあろうか。苦痛は色と同様に、私たちを永遠のものの中に引き入れるのだから。[42]」。ここにはトラークルとの類似性が指摘できよう。そうした類似性は『夢のなかのセバスティアン』でより重要なものとして前面に押し出されてくるだろう。

そうであれば、トラークルの色彩神秘主義について考えることは本当のところ重要なのだろうか。あるいはリルケがポール・セザンヌの芸術との出会いに刺激され、発展させたような「客観的に話すこと」について考えることは重要なのだろうか。ブロッホは大著『ホーフマンスタールとその時代』で、ホーフマンスタールが一つの認識抒情詩というものへと突き進んだのは、まさに彼には「自我と表現と事物の神秘的な直観的な統一が一挙に失われ」たからだと書いた。[43] そしてここで言う神秘主義とは、「認識論的な主体・客体という二分法や言葉と事物の間の記号論的な裂け目」を克服する統一経験として理解されると述べる。(44) こうした裂け目が突如現われ出たことがモデルネの特徴だ。トラークルはもちろん自我と世界経験の統一の解体は回避したが、そのためにはもはや「わたし」を登場させるのではなく、種々の特定の客体に主観的に色彩を配置するという方法を用いることでただ間接的にのみ「わたし」に「話さ」せた。実際、この色彩の主観性は、この本の冒頭でヴァルター・ムシュクの言葉を引用したように、トラークルを「青騎士」やフランツ・マルクの絵画世界に近づけた。トラークルの詩学は「神秘的な」印象を与える。なぜならば彼の詩からは呪文で呼び出すような、いわば「神秘的な」トーンは消えないからだ。だがそれと交互に、ことさら客観的な断言が現れる。「神秘的な」トーンはつねに色彩と結びつくわけではないが、それが結びついている限りでは、そうした例を根拠として（そしてそうした例を根拠としてのみ！）トラークルの色彩神秘主義について言及することができよう。

VI　死に向かって詩作する。一つの自画像と「死んでいく者たちとの出会い」

造形芸術家のような自画像を描いた詩人は珍しいが、トラークルはそうした数少ない詩人の一人だ。彼の自画像は、ハンス・ベルティングが始めたイメージ人類学(1)の文脈で読むことができるだろう。ペーター・スローターダイクは「自画像」を特徴づける非常に意味深長な概念を見つけた。つまり、彼は自画像を「自家移植形成術的(2)」と名付け、自画像は「わたし」が自分自身を見る見方を表すのであり、だから自画像において、あるいは自画像を通して自己は形成されると指摘する。

トラークルは同時代の様々な芸術の世界や傾向と、短くはあったが、しかし濃密な出会いを繰り返す中で、自画像を描くようになった(3)。トラークルが彼の時代の華やかな芸術世界を実際どのように捉え、それと向き合おうとしたのかは定かではないが、ここではまず手始めにトラークルが自画像を描くに至るまでの過程を辿ってみたい。

一九一二年二月一日、インスブルックの雑誌「デア・ブレンナー」にトラークルの詩「ヘーリアン」が掲載された。以後、彼はブレンナー・サークルに対して終生変わらず。強い親近感や深い恩義の念を抱くようになる。同年一〇月一五日、この雑誌に画家のマックス・フォン・エステルレ（一八七〇―一九四七）の手によるトラークルのカリカチュア（二一七頁参照）が載った。エステルレの作品は「ブレンナー」誌に一九一〇年以降、度々掲載されていた。例えば読書するカール・クラウスを描いた素描もその一つである。

エステルレのカリカチュアはどちらかと言えばかなり穏やかと言えるが、すでに述べたようにトラークルはこの絵を気に入らず、そのことを露骨に示した。一九一二年一一月初めにエアハルト・ブシュベックに宛てた手紙では「君は「ブレンナー」誌の一つにカリカチュアを見つけるだろう。それは残念ながら僕にはまるで似ていないが」と書いている。あるいはトラークルはこの線画があまりに見事に自分のことを捉えていると感じたのかもしれない。そこにはずんぐりとした、いくらか前かがみの、目立って重たい頭をした、仮面のような目鼻立ちの男性が描かれている。目の部分はまさに面のようになっている。白内障の奇妙な人物の姿。身体を傾けたまま、この絵を観る者を黙殺している。あるいはこの人物の輪郭がこの絵の枠となっているが、どっしりとした頭はその枠から今にも落ちそうにも見える。この絵と目立つほどに符号する一枚の写真（二一八頁参照）がある。それはこの絵の半年後に、砂州に立つトラークルを写したものだが、この写真の彼もまた鈍重そうに見えよう。

トラークルがこのカリカチュアを気に入らなかったことをエステルレは知っていたらしいが、彼はもう一度この詩人を画家の目で捉え、『蔵書票ゲオルク・トラークル』（二一九頁参照）を作成した。この作品も一九一三年七月一五日に「ブレンナー」誌に掲載された。この木版画のような線画には、テーブルにほとんど水平にかぶさるように身をかがめている一人の人物が描かれている。彼の手は頭を支えているというよりも、絶望でその頭を覆うようだ。皺のよった顔には苦悩が刻まれており、憂鬱質の人間の身振りを示している。

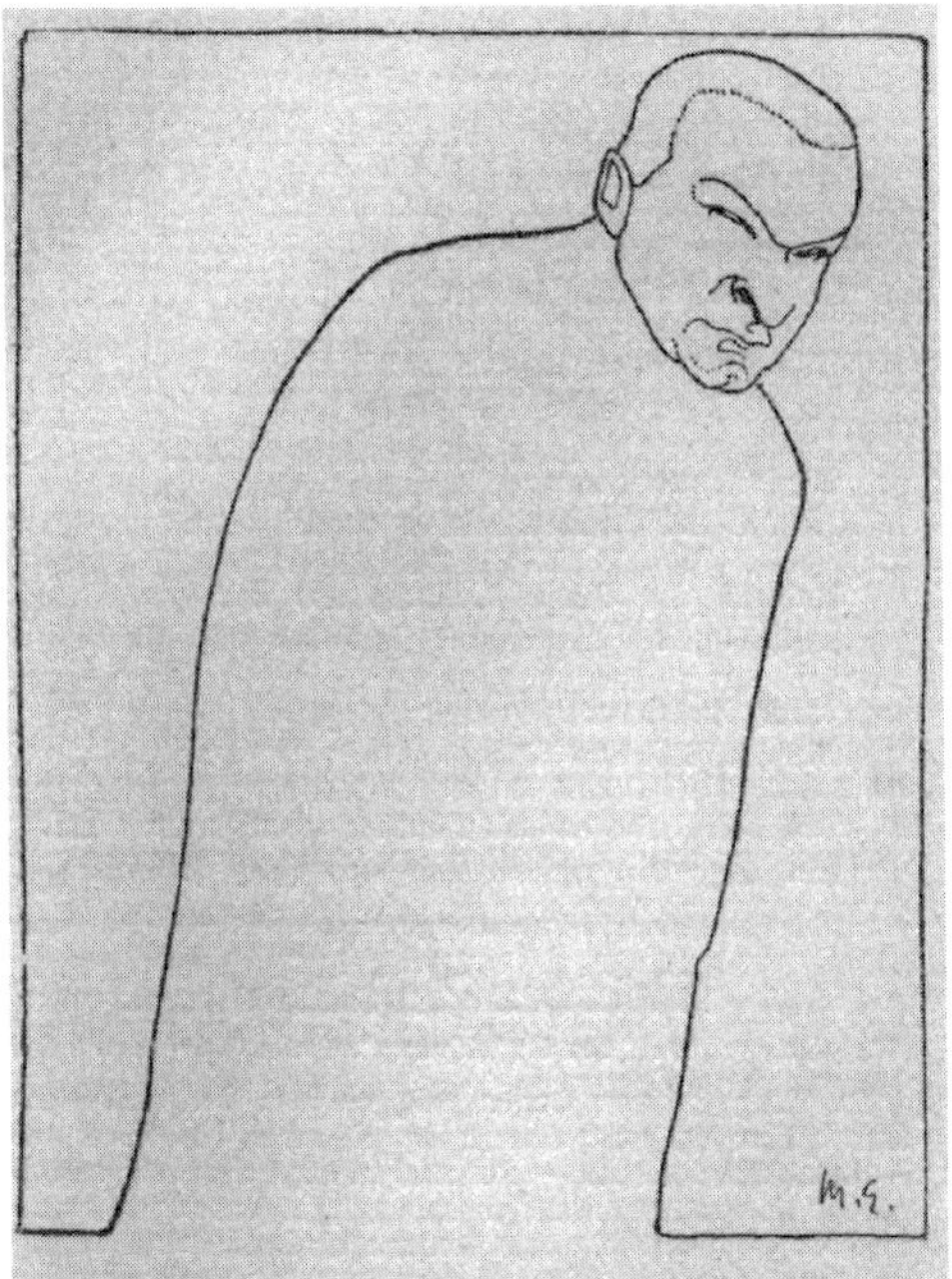

Georg Trakl

この蔵書票ではテーブルの上に本が開いて置かれていないことが目を引く。その代わりにテーブルに置かれているのは男の左手だ。彼は彼自身の手の甲を「読み」ふけっているように見える。おそらく絶望のあまりか。この線画をトラークルが気に入ったことは、彼が「ブレンナー」誌の刊行者のフォン・フィッカーにはっきりと、この絵は彼に「とても深い喜び」をもたらしたと手紙［一九一三年七月一六日から一八日頃の手紙］で告げていることから分かる。

ジャック・ラカンは「抒情詩は無意識のものを知ることだ」と語ったと伝えられている。[4] この言葉をトラークルに当てはめてみれば、彼の詩の具象性は意識的なものと無意識的なものの間の

217　VI　死に向かって詩作する。一つの自画像と「死んでいく者たちとの出会い」

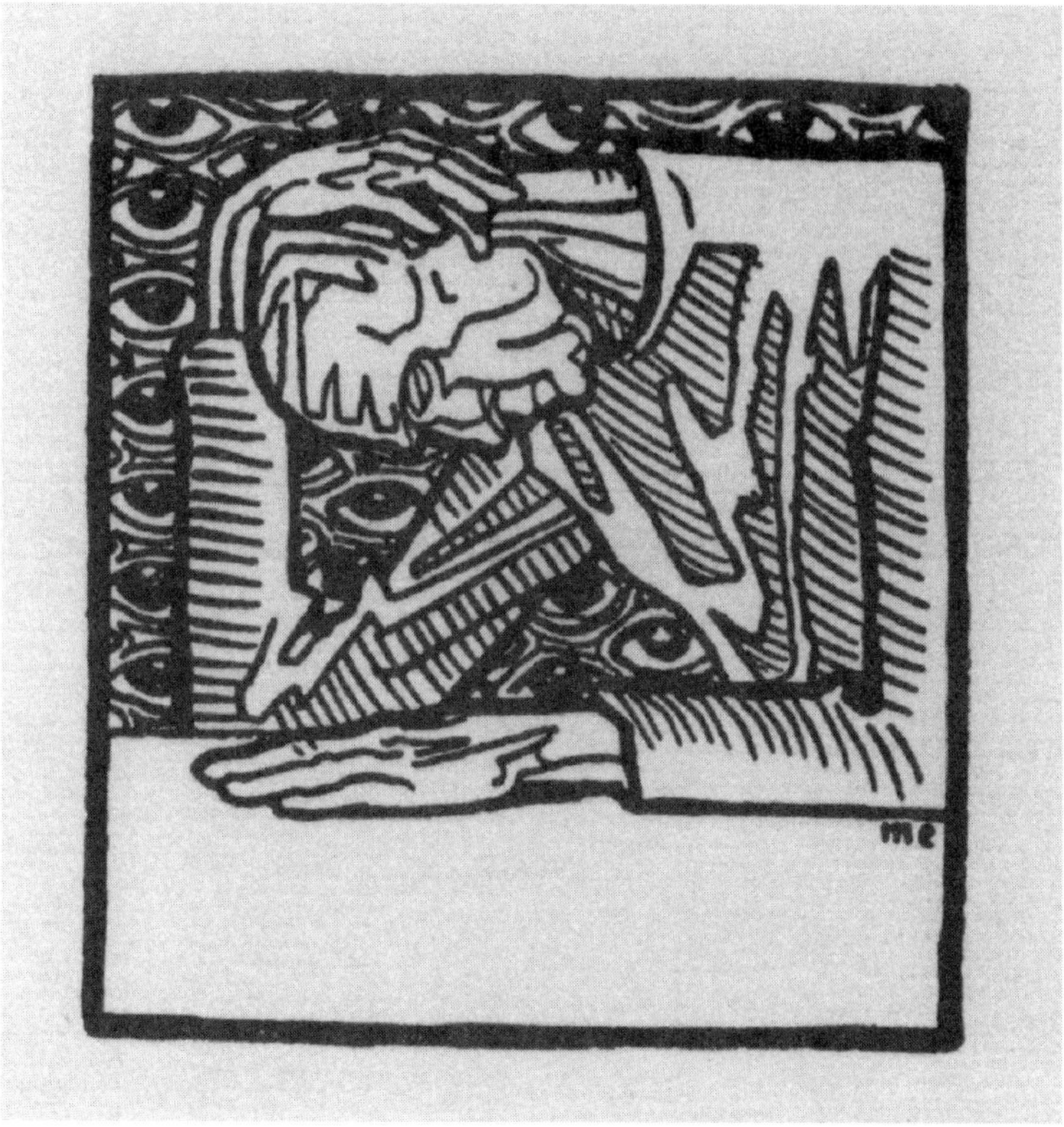

境界領域において絵画的に知ることだと言えよう。トラークルの形象との関係は、どのように彼が詩的な形象を構想したのか、もっと正確に言えば、どのように言葉を用いて詩的な形象を具象的に形成したのかを検討することで推し量ることができる。すでに説明したように、彼の詩のほとんどは過剰なまでに色彩語を用いている。それに種々の幻像や幻影が加わり、それが彼の創造の糧となった。そこでは死の詩的な様々な形象が生まれた。なぜならば彼自身にはそうした死の形象が、他の人々にとっては最も美しい瞬間に見えたのだ。ザルツブルクを描いた詩「美しい町」にある次の言い回しはその一例にすぎない。「褐色に明るくなった教会から／見つめている死の清らかな像たちが」。詩人の目には美しいものが死に委ねられて見える。それをトラークルはことさら詩作のテーマとした。ブシュベックに献じた詩「一つのオパールを三度のぞく」もその一つだ。九つの詩節からなるこの詩は、オパールという宝石をまず視覚的知覚のための枠として捉える。宝石の中でもオパールを選んだことは目を引く。この石は本質的に非晶質の含水珪酸鉱物であり、「乳白光を発する」と言われるように、しばしば光線の具合で次々と色が変わって見える。つまり三度、それぞれ三つの詩節の長さの間、見つめられるこの石自体が様々な形象を産み出すようだ。あるいはこの石は詩人の助手を務めているとも言えるかもしれない。

トラークルはこの詩を一九一三年に刊行した『詩集』に入れた。彼自身はっきりと形象の重要性を意識したのはこの時期だ。この詩は死の縁で、つまり死に至る疾病の領域で受け取られた様々な詩的な形象を相互に関連させる。これらの九つの詩節は、死んでいく有様を映し出す画面の一部と呼べるかもしれない。
第一の視線が生み出す形象は次のとおりだ。

1

オパールをのぞく。村は　枯れた葡萄と、
灰色の雲、黄色い岩山の静寂と
夕べの泉の冷たさに飾られている、双子の鏡が
影と　ねばねばした岩石に　取り囲まれている。

秋の道と十字架が　夕べのなかへと歩み入る、
歌う巡礼と　血の染んだ麻布。
孤独な者の姿が　そうして内へとかえり
そして行く、ひとりの蒼い天使が　虚ろな杜を。

黒いものから　南風《フェーン》が吹き込む。サテュロスと一緒に
しなやかな少女たち、　僧たち　欲情に蒼ざめる司祭たち、

かれらの狂気は　百合の花で　美しく　そして陰鬱に飾られ
そして両手を　神の金色の厨子へと上げる。

ここでは不定冠詞が放棄されていることを指摘したい。タイトルはまだ「一つのオパールをのぞく」とあるのが、この第一部では「オパールをのぞく」と「オパール」は無冠詞で示されている。だとすれば、この第一部は「オパールをのぞく」と解釈するのではなく、「オパールの中にすでに捕えられている視線」と読むこともできる。「葡萄」と「影」が二重に縁取り、囲み込むのはかなりに伝統的な風景だ。それを目立たせるのは「黄色い岩山」だけである。しかしまた「ねばねばした岩石」という指摘も目を引く。それは粘液によって覆われた石とも受け取れるし、あるいは水和する前のオパールの一番始めのゲル状態を指しているとも受け取れる。

目はさらに何を見るのだろう。それは百合で飾られた夕べの巡礼の一団だ。彼らは狂気の縁にいる。なぜならば意味の空虚になった「杜」を抜ける迷路を行く彼らには聖域が付き添う。彼らは神聖なものと世俗的なものの間の境界を行くのだ。

第二の「視線」は表面的な信仰の背後にひそむ恐怖を暴く。

2

濡らしながら、一滴の露が　薔薇色にかかっている
ローズマリーのなかに。流れ来る　墓地の匂いが一吹き、
熱にうかされた叫びや　呪いの声が　もつれながら満ちて　養老院に住む者たちの息が。
骸骨が　灰色に　朽ちた先祖の墓から　たち現われる。

青い粘膜と　紗をまとって　老人の妻が踊る、
汚れでこわばる髪は　黒い涙にまみれる、
少年たちは　枯れた柳のしだれるなかで　錯乱しながら夢を見る、
かれらの額は　癩のために毛が抜け落ち　でこぼこしている。

弓張り窓を通って　夕暮れが　優しく　生暖かく沈む。
ひとりの聖者が　かれの黒い傷口から歩み出る。
紫かたつむりが　砕けた殻から　這い出し、
固い　茨の環のなかに　血を吐く。

トラークルはここでいくつもの対照を弄んでいるのではない。彼はそれらを命題と反対命題のように対立させる。ローズマリーの中に露が一滴、薔薇色にかかるという具象的な印象が、死や死んでいく者たちの「匂い」という嗅覚的なものに対抗し、そこにさらに「濡らす」というもう一つ別の感覚的な特質が重ねられる。第一部の最後にある「黒いもの」、つまり明らかに死んでいるものから吹いてくる「南風《フェーン》」も呼び起こされる。だがこの南風《フェーン》という予期せぬ暖かな風の中に包まれて、普通であればただ冷気しか発しない死んだものが生気を帯びる。

続く詩節では、嫌悪を表す一つの形象が見せかけだけの神聖さと対照をなす。ここでは紫かたつむりが重要な機能を果たしている。紫かたつむりは本来黄色い粘液を分泌し、この粘液によって獲物や敵を麻痺させる。だがそれは光の加減で青色や紫がかった濃紅色や血のような緋色に変色する。まるでこの詩節の詩的な配色のようだ。つまり、オパールという宝石と同じことが紫かたつむりにも言えるのだ。トラークルが博物学に通じていたことは間違いない。彼の知識は明らかに薬学の分野にとどまらない。彼は有機物の腐敗が進んでいく過程について専門的に正確に知っていた。確かに彼の有していた専門的知識は、同時代のゴットフリート・ベンの抒情詩に見出されるそれには及ばないが、しかしそれは明らかに、微細にわたる知識を詩的に表現し、かつ生き生きとさせるような具象的な一連の抒情詩を生み出すには十分であった。

第三の視線は、きわめて逆説的に、消えた視力に向けられる。

3

盲人たちが　膿んだ傷口に　薫香をふりまく。
赤金色の衣、松明、讃美歌の歌声、
そして　毒のように　主の身体にまとわりつく少女たち。
いくつもの姿が　蒼白にこわばって　熾火と煙のなかを歩んでいく。

癩患者たちの真夜中の踊りを　ひとりの愚か者が先導する、
やせて骨だらけの。不思議な冒険の庭、
歪んでいるもの、花たちの渋面、哄笑、怪物
黒い茨のなかの　転がる星座。

おお　貧しさ、施しのスープ、パンと甘い葱、
森の前の小屋の生の夢想。
灰色に　天は　黄色の野のうえで硬化し
夕べの鐘が　昔ながらのしきたりどおりに歌っている。

ここに並べられる形象がどんなに濃密で、どんなに詩的に高められていると感じられるとしても、何か議事録を読むような感を覚える。ここでは出来事が列挙されているが、それぞれの切れ目にセミコロンが繰り返し用いられていることにもその原因がある。膿んだ傷口に薫香をふりまいたらどうなるのだろう。傷口は治癒するのだろうか、それともむしろさらに苦痛を引き起こすのだろうか。少女たちが「主の身体に毒のようにまとわりつく」とはどんな意味なのか。彼女たちの身体は病的なほど欲望を抱いているのか。彼女たちはその欲望によって殺されることを願い、そしてついに殺されるのか。キリスト論的［原語はChristologie。キリストの人格性についての神学理論］なモチーフは「茨の環」から主の「身体」にいたるまで明らかだ。だが奇跡を起こす力はくじかれているように思われる。癩病［この病気は現在我国ではハンセン病と称することが普通であるがトラークルの時代においてはハンセン病という言葉は一般的ではなかったので、あえてこの訳語を用いることにした］に罹った者たちは罹病したままであり、治癒されはしない。たとえ一人の「愚か者」が彼らを踊りへ誘っても、その踊りはただ不気味でしかない。

こうした出来事を縁取る配色は首尾一貫している。すなわち灰色の天、黄色の丘あるいは野。この灰色が「硬化する」としても、灰色と黄色という組み合わせはやはり陰影をつけられたコントラストの一つであり、この組み合わせによって、この詩のこれまで三つの視線を特徴づけてきた様々な対立が和らげられる。この三つの視線や種々の形象はただ一つの響きの中で、慣習の中で、つまり夕べの鐘が歌う中で溶け合う。

トラークルの詩作の絵画的な方法について、ここでさらにもう一つ別の例を挙げて説明しよう。それは彼の詩の多くが持つ肖像画のような性格を裏付けるだけでなく、彼が詩に色を置く方法やそうした色彩が死の魅力を具象化することを明らかにする。その例とはソネットで書かれた詩「アーフラ」の第二稿である。ハイデガーはこの詩の手書きの草稿を所有していたことも書き添えておきたい(5)。

褐色の髪をした子供。祈りと　アーメンが
静かに　夕べの冷気を翳らせ
アーフラの微笑みは　赤く
向日葵の黄色い枠と不安と灰色の重苦しさのなかに。

青いマントにつつまれているのを見たのだ　かつて
修道士は　彼女がつつましく　教会の窓に描かれているのを、
それが　苦しみのなかで親しげに　なおもついてこようとする、
彼女の星たちが　かれの血のなかを　幽霊のようにさ迷うときに。

秋の没落、そして　にわとこの沈黙。

額は　水の青い動きに触れる、
一枚の毛織の布が　棺のうえにかけられて。

腐った果実が　枝々から落ちる、
言いようがないのだ　鳥たちの飛翔は　死んでいく者たちとの
出会いは、そのあとには　暗い歳月が続く。

この詩に描かれている聖アーフラはキプロス王の娘であり、伝説によれば、母のヒラリアによってローマで愛の女神のヴィーナスに捧げられた。その後アウクスブルクの王妃になるという夢を見たアーフラはアウクスブルクに娼家を開いたが、司教のナルシススによって改宗し、店を閉じた。このことはアウクスブルクの市民たちを激昂させた。キリスト教徒への迫害が激しくなる中で、三〇四年、彼女は木に縛りつけられ、斬首された。一四九三年に刊行されたシェーデルの『年代記』では、アーフラの斬首された状況について、彼女は樹幹に縛られたまま火刑に処せられたとより正確に書き改められている。トラークルの詩でも暗示されているアーフラ像が描かれた教会の窓は、この記述にもとづいて制作されたと考えられる。トラークルの詩に登場する修道士は、九世紀に一人の修道士がアーフラの回心の話を書きとどめたことと関連しているのかもしれない。聖なる娼婦。死者の家である売春宿。こうしたモチーフにトラークルはドストエフスキーを通じて、しかしまた彼自身のザルツブルクやおそらくウィーンでの体験を通じて親しんでいた。さてこの詩ではアーフラは、ステンドグラスに彩色されて描かれるという美的な行為によって神聖にされる。ステンドグラスを通してアーフラの色は、彼女の口の色や彼女を縁取る色は、それに働きかける自然の光によってさらに際立たされる。

アーフラは詩の冒頭ですぐに「子供」と呼びかけられる。それは一人の無垢な、逆説的に言えば、純粋なものへと成長していく娼婦だ。アーフラを絵に描いたり、書きとどめたり、あるいはただもう瞑想的に眺めるしかない修道士が耐えねばならない苦痛がここでは示される。あるいは彼の「血のなかを」アーフラの星たちが幽霊のようにさ迷うことも描かれる。それでもこの詩の前半の二つの詩節ではアーフラは概して安らかに想起されているように感じられる。続く第三詩節になって初めて、つまり「秋の没落」という冒頭の語によって、急激な転換が、あるいは気分の激変が起こる。秋という季節が難破する。まるでこの詩が書かれたのと同じ頃に沈没したタイタニック号のように。この船の名前以上に破滅を呼び起こす響きはないだろう。

この時代の抒情詩では多くのものが滅亡する。例えばヤーコプ・ファン・ホッディスの詩「世界の終末」では、様々な超現実的な形象（「市民の尖った頭から帽子が飛ぶ／（…）列車が何台も橋から墜落する」）は、ただもう脚韻という救命浮き輪によってのみかろうじて水面に浮かんでいる。この没落のシナリオの一つをシュペングラーは一九一二年頃に描き始めた。彼の大著『西欧の没落』はこのヨーロッパの没落を文化理論的に根拠づけたが、すでに一九〇〇年以来、精神病理学と芸術を相互に関連させる一つの気分が没落を示す前兆のように広がっていた。もはや芸術を生み出すのは、あるいは芸術を受容するよう促すのは崇高なものへの信仰ではない。それは病気についての知識だ。チェザーレ・ロンブローソーははやくも一八六四年に『天才と狂気』を著し、コードを公式化した。到底ありそうもない状態やもの同士の間であっても韻によって詩的に生み出すことができる類似関係。そこから全く思いがけない新しいイメージが生まれる。それらは韻によって揺るぎなく存在していると言えるかもしれない。フリードリヒ・A．キットラーは一九〇〇年以降のこうした状況を次のように評釈している。「韻は実験室や精神病院の中で浮かび上がって初めて、印刷された紙から消えなければならない。詩人は精神病患者だという烙印を押さされないのであれば[6]」。

トラークルの作品では韻がまさにだんだんと消えていく。このことはこの詩人にとって特に重要だ。彼の初期の作品は周知の如く、過剰なほどに押韻していたのだから。キットラーの言う「実験室」はトラークルにとっては薬局の裏側の部屋であり、薬物倉庫であり、居酒屋やカフェハウスであった。そして「精神病院」は彼を取り巻く世界であり、彼自身が生きている状況であった。

さてトラークルの詩「アーフラ」で没落するのは、伝説そのものと伝説を信じる思いである。アーフラは詩の後半ではもはや姿を現わさない。「わたし」は詩の中に敢えて登場しようとしないとはいえ、その「わたし」が出会うのは聖人たちではなく、「死んでいく者」たちだ。経帷子、鳥の飛翔（トラークルはここでリルケが好んだ「言いようがない」という言葉を同じ様に用いている）、「腐った果実」、すなわち収穫されずに残されたもの、それらはこの世の終わりの到来を暗く指し示すものとして理解される。詩の後半の二つの詩節の二箇所で、特殊な語の組み合わせ（「秋の没落」と「死んでいく者たちとの／出会い」）がリズムを中断し、それによってこの詩的な瞬間の特異さがさらに強まる。

色彩が生み出す具象性は詩の後半よりも前半で際立つ。それは青色に集中しているが、この色によって詩の前半と後半が結びつけられる。前半の（修道士の）「青いマント」と後半の（水の）「青い動き」のように。だがこの青という色もこの後に続く歳月の暗さに吸い込まれてしまう。トラークルはこの時期、以前にもましてヘルダーリンに取り組むようになった。ヘルダーリンにおいては青はまだ「愛らしい青さ」と言われた。だがトラークルの場合は青にそれ以上の特質を期待することはできない。青は青であり青なのだ。「そのあとには　暗い歳月が続く」。この言い回しからは当然、ヘルダーリンの残響が直に聞こえてくる。たとえそれがトラークルによって独特に変奏されているとしてもだ。ヘルダーリンは頌歌「パトモス」を「その後をドイツの歌がついていく」という展望で締めくくった。彼はこの歌は「しっかりとした文字」が育成されることに、そして持続するものが「十分に解き明かされること」に続くと言おうとしたのだ。トラークルの場合には文字通りすべてが「死んでいく者たちとの」、死との「出会い」から「続く」のが見える。それがこの詩人の最終的帰結だ。トラークルの後期の詩では「わたし」はほんの稀にしか現われない。だがそれでも、教会の窓に描かれたアーフラも、彼女を描き、伝承し、彼女に想いを巡らす修道士も、そして死んでいく者たちも、すべてこの「わたし」の姿なのだ。それらは似姿や反映ではない。それらは「鳥の飛翔」のように「言いようがない」ものとなったまさに己自身の姿なのだ。

ヘリダーリンのもう一つ別の変奏は第二の手稿に見出せる。そこでは「腐った果実が　枝々から落ちる」の代わりに「黄色くなった梨が枝々で腐っていく」と書かれている。この表現はヘルダーリンの詩「生の半ば」の冒頭の「黄色い梨の重みにしなり（…）」を想起させる。この手稿ではまた、第一詩節の第三行と第四行が決定稿とは次のように異なる。「黒ずんだ金色の向日葵に枠取られて、／そして不安と緑とアーフラの赤い褥」。この二行は色に関しては先に挙げたシェーデルの『年代記』の記述に近い。「赤い褥」はアーフラのまわりで燃え上がる炎だ。そして緑は彼女が縛られている樹幹であり、そしてまた彼女を取り巻く後光だ。だがこの希望を担う色である緑色にトラークルは不安が混ざっているのを見ている。おそらく一九一三年夏に成立したと思われる初稿ではアーフラは一匹の「しなやかな獣」にもたとえられ、それは「赤い褥」に身を沈め、その赤い口は「謎に満ちた封印」と描かれる。

トラークルは一九一三年から一九一四年にかけて自身の自画像を創作した時、それまでほとんど絵筆を持ったことがなかったにもかかわらず、自分自身を徹底的に具象的に描こうとしたらしい。この自画像がいつ描かれたのかははっきりとは分からないが、一九一四年の三月より後ではなかったことは確かだ。[7] 知られているように、トラークルは幼少期から成人にいたるまで数多くの肖像写真を残している。[8] トラークルと画家たちとの関係で最も重要な地位を占めるのはマックス・フォン・エステルレの他にはオスカー・ココシュカを挙げねばならない。トラークルとココシュカとの間には短くはあったが親密な友情関係が結ばれた。すでに一九〇九年、ブシュベックはトラークルに次のような手紙を書き、ココシュカへの注意を促している。「ぜひともクンストシャウ［一九〇九年夏にウィーンで開催された国際的な芸術展示会］に行き給え。君たちはきっと馬鹿げた入場料を払う代わりに、少なくとも芸術的創造のための強い刺激をココシュカから受けるに違いないからね！」

この手紙が書かれた頃はまだ到底予測できなかったことだが、やがてトラークルは頻繁にココシュカのアトリエを訪れるようになる。その頃ココシュカはまだヴァルター・グロピウスの恋人であったアルマ・マーラーと恋愛関係に陥り、それが最高潮に高まる中で『風の花嫁』の創作に取り組んでいた。だからココシュカのアトリエでアルマとトラークルが出会ったことは想像に難くない。アルマは毎日そのアトリエにいたのだから。ココシュカのこの絵のタイトルがトラークルに由来するのかどうかは明らかではない。

トラークルの酒神賛歌風の詩「夜」が成立したのは、その一年後の一九一四年の七月であった。この詩の第二部は次のとおりである。「金色に　炎となって／あたりでは　民族の火が　燃えている。／黒ずんだ絶壁を越えて／落下する　死に酔って／灼熱する突風［原語 Windsbraut は「つむじ風」や「旋風」を意味するが、直訳すると「風の花嫁」となる。これはもともと民間信仰ではつむじ風は女性的存在と考えられていたことに拠る」が、氷河の青い波浪が／そして　轟くのだ／力強く　鐘が　谷間で、／炎、呪い／暗い／欲情の戯れ、／天に　突き進んでいく／ひとつの石と化した頭。」

トラークルがココシュカのチョークで描いた素描『子どもと死とともにいるアルマ』（一九一三）を知っていたかどうかもまた不明である。

この絵には一九一二年一〇月に堕胎したココシュカとの子供を連れたアルマの姿が描かれている。死が指先で母親アルマの頭に触れている。この絵はトラークルにとって、二年後の三月、妹のグレーテがベルリンで死産し、危篤状態に陥ることの不気味な予兆であったかもしれない。

他にもトラークルとココシュカの関係を示唆するトラークルの手紙が一通ある。それは一九一三年初めにブシュベックに宛てて書かれた手紙だ。彼はインスブルックのミューラウで「ただもう美しい太陽の中を」歩き、いまだにひどくめまいがしているが、「ヴェロナールは、ココシュカのフランツィスカの下でいくらかの眠りを恵んでくれた」と書いている。この「フランツィスカ」はココシュカの素描のどれかを指すのかもしれないし、あるいはフォン・フィッカー家にあり、トラークルやフォン・フィッカー家の人々がそう呼んでいた一枚の絵を指すのかもしれない。しかしまた、それは前年にフランク・ヴェーデキントの劇『フランツィスカ　一つの現代的な神秘劇』のためにウィーンで制作されたポスターを指すのかもしれない。それはチョークで描かれたリトグラフで「文学と音楽のためのウィーン学生連盟」によって発行された。[9] トラークルはココシュカの芸術に親しんだあまり、眠りの中にまでそれが入り込んできたほどだった。彼はまたアルノルト・シェーンベルクやリヒャルト・ゲルストルの肖像画も知っていたらしい。少なくともそれらもまた二〇世紀初めのウィーンの、感嘆に値するものは歪曲しなければならないという自画像文化の一端をなす。ゲルストルは一九〇四年から一九〇五年に制作した自画像で、紺色をバックにして、うっすらと後光が射す裸のラザルスとして自分自身を描いている。シェーンベルクが一九〇八年から一九一〇年にかけて試みたいくつかの自画像は彼の反骨精神を証すると同時に、そこに表されている絶望は観る者をたじろがせる。一九一〇年の自画像には仮死状態の霊長類の顔が描かれている。

トラークルは雑誌「デア・ルーフ」のタイトルページを知っていただろう。この雑誌は彼の詩「トランペット」を掲載したことがあったのだから。そこには獰猛な戦士の憔悴した顔が描かれている。それはトラークルの詩「「黙している者たちに」」の言葉を借りれば「金属の頭」と言ってもよいかもしれない。だがそれは救済されないままだ。ウィーンやインスブルックで彼は彼の身近で自画像が次々と創作されるのを「覗き込んだ」。それらを集中的に自分のものとして取り入れた結果、彼自身もまた自画像を試みようとしたのかもしれない。それはエステルレの描いた彼のカリカチュアと対をなす一つの肖像画となった。

一九一三年一二月、インスブルックのエステルレのアトリエで生まれたこの自画像は彼の本質を描くものであった。つまりそこにはトラークルの存在状況が描き出されることとなった。それは半ば身の毛がよだつような顔であり、半ば仮面である。それは死を待ち受け、苦悩する者の肖像画である。そしてこの者の中から死がこの絵を観る者を凝視する。これは一人の生きている死者が、あるいは死んでいる生者が、自分自身の姿を描いた絵だ。思い出してほしい、詩「ミラベル庭園の音楽」で、あの（ザルツブルクの町の）美にどこまでも向かおうとする中で、ことさら「美しい」枠からこぼれ落ち、不吉に響く二つの行が示されていたことを。「ファウンが　死んだ目をして　眺めている／暗がりにすべり込んでいく　いくつもの影を」。ここにはトラークルの自画像が呼び起こすのと同じものが響いている。

散文詩「夢と錯乱」については次の章で考察するが、この散文詩にもまた自画像との関連が見て取れる。なぜならばそこではこう書かれているのだ。「夜　かれの口は　赤い果実のように開き　星たちはかれの物言わぬ悲しみのうえで　輝いていた。」

トラークルは絵を観る者の前に自分自身の姿を驚愕そのものの現われとして示す。身にまとっているのは修道服のようだ。まるでスルバランが描く聖フランシスコのよう。スルバランの絵とは異なり、頭巾はかぶらず、じっと目を凝らした無言の横顔ではなく、正面を向いているが。恐ろしい出来事に言葉もなく直面している、英語で言えばto face samethingといった風に。それにしてもこの絵はかなりに熟達した手腕や驚くほどの技法を証明している。このような自分自身の肖像画をトラークルはどのようにして創作することができたのだろうか。この絵の他にもト

ラークルは数は少ないが自分自身をスケッチしたり、戯画化した絵を残している。だがそれらはみなこの絵ほどの芸術的水準は示していない。確かにトラークルはココシュカのアトリエでその画法を見て取ることができた。そしてトラークルの自画像はその構造や出発点や激しさにおいてココシュカを想起させる。だから、様々な形の芸術に対してきわめて敏感であったトラークルは、実際に絵画の技法を見て、習得し、自画像を描きたいと欲した時にそれを実践したと考えることはできよう。二重の天分が別々に燃え上がった稀なケースと言えよう。その結果、一風変わった、

まさにココシュカのような配色の作品が生まれた。最新の調査の結果、この絵は部分的に修正されていることが明らかになった[10]。というのは、この絵はルートヴィヒ・フォン・フィッカーによって、彼と親交のあった女流詩人であり画家であったヒルデガルド・ジョーン（一八九一―一九六三）に、「彼女の夫の彫刻家のヨーゼフ・フンプリクが一九二五年にインスブルックのミューラウのトラークルの墓地のために墓標板を制作したことへの感謝として」贈られ、その後、彼女はこの絵に部分的に修正を加え、上塗りした[11]。死者に対する崇敬の念から彼女はそうしなかったと考えるのは疑わしい。もしトラークルが自分自身でこの自画像を部分的に上塗りあるいは修正したのであれば、そこには詩作の際の彼自身の修正や補筆の方法が見て取れるはずである。例えばシュテファン・ゲオルゲが改作した場合のように。

フォン・フィッカーは数十年後、次のような記憶を呼び起こしている。

彼がある夜に、眠りからはっと飛び起きて、鏡の中を見ると。目、口、鼻は暗い窩だった。顔は朽ち果ててしまったようで、大部分は青緑色で、頬には緋色の斑点が。口は声もなく叫んでいるように引き裂かれていた。茶赤色の筆のタッチが額に。髪の毛と修道服のような衣服は褐色がかっている、黄緑色の背景の前で[12]。

これより前に書かれたある思い出の中でも、フォン・フィッカーは「三つの穴、すなわち両目と口を持った蒼白の仮面」について触れているが、そこでは色に関しては言及していない。[13] この自画像の前身は、おそらく何か月か前にスケッチされた（聖職者の）剃髪した頭をした自己描写であろう。それはホーエンブルクのフォン・フィッカーの弟のルードルフの館で仕上げられた。[14] 詩「心臓」の原稿用紙には自身のひどく歪んだカリカチュアが二つ描かれており、そのうちの一つはどくろの標章を付けているが[15]、それらはこの絵には関連していない。剃髪した頭をした自己描写も、本来の自画像も、トラークルの自分自身に向けた鋭い眼差しを暴露する。そのことは、彼がカール・ボロメウス・ハインリヒに向かって自分自身について語ったことと矛盾している。ハインリヒによればトラークルは「自身がかかわる」人々を「本当のところ全く見ていない」と述べた。だから彼にはまた「人間の人相の知識が完全に欠けている」[16] と。しかしトラークルは鏡に映る自分の人相と向き合い、明らかにそこに修道士めいたものも思い浮かべただろう。そしてそのこともまた、これらの自己描写の試みは確かに表している。これまですでに修道士的なものはトラークルの様々な「わたし」の「形状」の一つだという指摘がなされてきているが[17]、それは当然正しい。散文詩「夢と錯乱」の題はもともと「カスパー・ミュンヒ［原語は Kaspar Münch］の没落」となるはずだった。つまりそれはカスパー・ハウザーと修道士［原語は Mönch］の二重の異化であった。さらに彼は詩「心臓」にも同様に「ミュンヒ」というタイトルを考えていた。これらのことは非常に重要である。だがすでに述べたように、この詩「心臓」の原稿用紙に描かれたかなり辛辣な自分自身のカリカチュアからは、あらゆる修道士的な特徴が失われている。メンヒスベルク［原語はMönchsberg。直訳すれば「修道士の丘」。一二〇頁の訳注参照］の永遠の住人であるトラークル。その丘は現実のザルツブルクにあるが、しかしトラークルがいるところにはどこでも存在する。トラークルは修道士という像と「隔絶した存在のイメージを、つまり存在の罪や欲望からの解放のイメージを結びつけた[18]」と考えるヴァイクセルバウムは正しい。ここでもまたカール・ボロメウス・ハインリヒの発言を引きたい。それは「ゲオルク・トラークルという人物」と題した短い文からの引用である。この文は「隔絶された場所からの手紙」と題された一連の手紙の第二の手紙であり、それらの手紙は一九一三年に発表されたにもかかわらず、一貫して過去形で書かれている。それゆえこの文も、まるですでにトラークルの生前に書いておかれた彼への追悼文のように読める。

（…）彼の独白のような話し方は、修道士のような奇妙な孤独にぴったり合っていた。彼は厳格かつ徹底的に心の内で境界線を引いていた。その境界線は彼がどこにいようと、多くの人間たちと共にいる時でさえ、彼についてまわった。だから彼の声も隣人に向けられているのではなく、どこか遠くから来るように聞こえた。それは鈍く轟くような響きを持っていた[19]。

トラークル。（不）幸せにワインを飲み交わしている時ですら、孤高に物思いに耽り、周りの世界に目もくれない一人の詩人修道士。それは詩に吸収された一つの生涯の伝説となった見方だ。けれども写真の彼は、すでに述べたように、しっかりと目を開けて世界と向き合っていた。「剃髪した修道士のスケッチ」と自画像との一つの主要な相違は、前者は顔の下半分が顎にむかってむしろ尖っていくように描かれているのに対して、後者は目立って丸いことだ。この肖像画が部分的に後から修正されているとしても、それでもことさら丸みをおびた首の部分はもともとそうであったに違いない。

ところでこの顔の丸みはトラークルの詩作においてあれほど明確に発音される「おお」Oを思い出させる。例えば詩「夢と錯乱」では「おお、銀色の魚たち、畸形の木々から落ちた果実（…）。おお　呪われた種族の。（…）おお　外が　春で　花咲いている木で　愛らしい鳥が鳴いているのならば（…）。おお　滅んだ者たちの（…）。おお、お前たち　村々よ　苔むした階段よ」。この「おお」はトラークルの詩作に神のように偏在する響きとなる。それは詩「詩編」の「おおぼくたちの失われた楽園」に始まり、「おお！　うつし世はつらく悲しく、悲しさはもの狂おしく、狂おしさうつし世に似て！」［一九一二年一〇月末又は一一月初めの手紙］といったヴァーグナーのラインの娘たちのパロディーまである。

詩「死の近さ」はどの詩節も一つの「おお」で始まる。「おお　夕暮れよ」、「おお　森よ」、「おお　死の近さよ」。さらに彼の詩作品から無作為にとってみよう。「おお　何と　すべてが暗闇へ沈んでいくことか」、「おお　兄さん　ぼくたち　盲目の針が　真夜中に向かってよじ登る」、

「おお、黒い天使はそっと木の内側から歩み出た」、「おお、血、鳴っているものの咽喉から流れる血」、「おお　魂の夜の羽ばたき」、そしてついに「おお　人間の腐敗した姿」。これらの「おお」は、特にそれがどんな句読点も置かれない場合には、トラークルの詩作品を朗読する場合、そしてまたトラークルの詩の発音を理解する場合に一つのテストケースになる。それは伸ばすこともできるし、むしろさりげなく言うこともできる。あるいは驚いたようにも、唖然としたようにも、放心したようにも。詩人のクルト・ドラーヴェルトはこのOという母音を発音する際に口が取る形を「驚きを漏らす門[20]」と表現している。どのようにこの母音を読もうと、あるいは読みながら音にしようとも、どうしてもそれはトラークルの自己・像に関連づけられ、その顔や口の目立つほどの丸さを指摘せざるをえない。それは図形記号としてのOだ。それは一つのオメガであり、その暗さの中にアルファは消えていった。

ココシュカもトラークルもそれぞれの表現手段において、具体的な現実の恐ろしさから逃れるために、例えばワシリー・カンディンスキーのようには抽象化への道を進もうとはしなかった。フランツ・マルクはこの現実に対して、「恣意的な色彩[21]」とも呼ばれる普通ではない色彩を事物に与え、事物を過激に異質なものにすることで答えた。トラークルも「没落」をカンディンスキーと同様に見た。だがトラークルは直接的に理解できる言葉で、当然色を特殊に用いてではあるが、その「没落」を捉えることに固執した。それは捉えるのであって追い払うのではない。言語芸術による意志の疎通の手段として語を抽象化しようとは敢えてしなかった。もっとも絶対的に見える「おお」において彼は、言葉のコミュニケーション的な価値を音響的に抽象化することが意味しうるものを暗示した。それは彼の特殊な色彩語も同様である。存在を精神的なものにする。それはトラークルにとって没落について、彼自身の没落について話すことでもあった。それを証言するのが彼の自画像だ。彼の自画像は、たとえ弧と円と異質にする色彩を用いているとしても、具体性を失っていない。

Ⅶ 『夢のなかのセバスティアン』あるいは「悪の変容」

「そしてどんな夢も」と彼はそっと溜息をついた。「完全に夢ではない」。

アルトゥール・シュニッツラー『夢小説』

一九一四年一〇月二五日、トラークルは彼の詩集の発行人であるクルト・ヴォルフに次のような電報を打った。「ワタシノアタラシイホン　ユメノナカノセバスティアンヲ　イチブオオクリクダサルト　タイヘンウレシイノデスガ。ココクラクフノヤセンビョウインデビョウショウニフシテイマス＝ゲオルク・トラークル」。第一次世界大戦が勃発した一か月後に、クルト・ヴォルフ社（ヴォルフ氏自身は「すでに」西部戦線の「戦場にいた」）はトラークルに、出来上がった本は「もし状況がいくらかまた収まったならば」「数週間後に」ようやく店頭に出回ることになるだろうと伝えた。出版社はこの「美しい本」をすぐに店頭に卸すことは「間違い」であるどころか、むしろこうした状況にあっては「冷酷で、無慈悲だ」と考えた。クルト・ヴォルフ社の社長を代行していたゲオルク・ハインリヒ・マイヤーはさらに言葉を補って次のように述べた。「最近ベルリンで、あなたの義兄からあなたがインドに行こうと考えていらっしゃると聞きました。どうか戦争には一つの利点がありますように。つまりそうしたことにはならないで、あなたが私たちのもとに、そしてチロル地方にとどまることになりますように」。

残されているのは、むなしいいくつかの希望と満たされない夢だけだった。トラークルを地上で助けることはもはやできなかった。それでももしかしたらひと時、本が刊行され、それを手に取ることを思うことで救われたかもしれない。詩集は、棒組みゲラ刷りとなり、読み合わされ、校正され、詩人と出版社のやり取りは戦争勃発まで続いた。ヴォルフ社は一九一四年七月末にトラークルから切羽詰った頼みを受け取った。「私の本の中のあの全く意味をこわしてしまうようないくつかのミスプリントですが、あれを訂正していただけたかどうか知らせていただけると大変ありがたいのですが」。本のことが心配で、トラークルは居ても立ってもいられなかった。彼がいかに細部にまでこだわり、それを出版社に書かずにはいられなかったかは、次の手紙が示している。この手紙が書かれた数日後に、致命的な連鎖反応の結果、第一次大戦が引き起こされた。「テキストの最終ページと目次の間に何も書いていない白紙を挟むことは非常に重要だと思います」。ここでトラークルは「何も書いていない」という語をわざわざ強調している。この詩集の最後の詩「夢と錯乱」はドイツ語で書かれた散文詩として他の追随を許さない。その詩の後には、総休止として何も書いていない紙が挟み込まれなければならない。すなわち、その詩作品の後に沈黙が来る。まずは困惑した静寂が、それから空っぽの空間が、その中でその前に言われた途方もないことがゆっくりとこだまとなって広がっていく。挟み込まれるこの何も書いていない紙とは、沈思するための区域だ。この詩集を読む者が意識を集中させ、そしてもう一度落ち着きを取り戻すための領域だ。

本書ではすでにこれまで詩集『夢のなかのセバスティアン』の中から幾篇かを取り上げてきたが、この詩集の全体の構成について、そしてまたこの詩集の中でも厳密な意味で特に際立つ作品についてはまだ触れていない。構成について言えば、この詩集は「夢のなかのセバスティアン」、「孤独な者の秋」、「死の七つの歌」、「訣別した者の歌」、「夢と錯乱」という五つの部から成り立っている。これを詩の形で書かれた五幕からなる一つの悲劇とみなすことは見当はずれではないだろう。だがまず、すでにタイトルによってあらかじめ与えられている徴を、すなわち、夢・のなかの・セバスティアンを解釈する必要がある。

伝説によれば、セバスティアンは皇帝ディオクレティアヌスの率いる近衛隊の隊長であったが、キリスト教を信じることを公然と告白したため、弓による射殺刑に処せられた。しかし瀕死の状態にあった彼を、敬虔な一人の未亡人が看護し、傷を癒されたセバスティアンは再び皇帝のもとに名乗り出て、キリスト教を信奉することを死をも恐れずに大胆に表明した。その結果、皇帝は彼を円形競技場で棍棒で打ち殺させ、その遺骸をクロアカ・マクシマ、すなわちローマの下水道に投げ込ませた。彼はキリスト教徒たちの夢の中に（!）現われ、自身の遺骸のある場所を教えた。彼の遺骸は救い出され、殉教者として葬られ、崇められることとなった。[1] ここには仮死と死の狭間にいる一人の聖人の姿を見て取ることができる。彼は死に瀕しても一つの信仰を守った。彼は自分自身の生命を賭して弾圧されたキリスト教徒たちを助け、死に、下水道に投げ込まれ、殉教者となった。トラークルは当然、この人物と自己を同一視したであろう。詩集のタイトルとされた詩、つまり詩「夢のなかのセバスティアン」はこうした見方を許す。さらにこの詩がこの詩集の第一部のまさに真ん中に置かれていることもそれを裏付ける。この詩の冒頭に示される形象は、中世後期にしばしば描かれた「薔薇の垣根の中のマリア」という聖母マリアの図像学に由来するものとして読むこともできる。三部からなるこの詩は以下の通りである。

夢のなかのセバスティアン

アドルフ・ロースのために

1

母は　白い月影のなかで　幼な児を抱いていた、
胡桃の樹や、とても古いにわとこの樹の影のなかで、

罌粟の汁や、つぐみの嘆きに酔って、
そして　静かに
憐れみながら　その母のうえに　ひとつの髭のある顔がかがみ込んでいた
ひっそりと　窓の暗がりのなかで。そして父祖たちの
古びた調度は
腐朽のなかにあった。愛と秋の夢想。

このように　暗いのだ　その年のその日は、悲しい幼年時代は、
少年が　そっと　冷たい水や銀色の魚たちのところへ下りていったその日、
安らぎと顔容《かんばせ》、
かれが　荒れ狂う黒馬たちのまえに　石のように　身を投げ出したその日、
灰色の夜には　かれの星が　かれのうえにやって来た。

あるいは　かれが　母の凍りつくような手に縋り
夕べ　秋めく聖ペーター墓地をゆくと
脆い亡骸がひとつ　静かに　室の暗がりのなかに横たわり

その冷たい瞼を　かれのうえに上げた。

かれは　けれども　裸の枝々の間の小さな鳥だった、
鐘の響きは　長々と　夕暮れの一一月に、
父の静寂、かれが　眠りのなかで　暮れていく螺旋階段を下っていったそのとき。

2

魂の平安。孤独な冬の夕べ、
羊飼たちの暗い姿が　古い池のほとりに、
幼な児が　藁葺きの小屋に。おお　何とひそやかに
黒い熱を帯びながら　その顔容《かんばせ》は　沈んでいったことか。
聖なる夜。

あるいは　かれが　父の固い手に縋り
暗く沈んだカリヴァリ山を　静かに上っていったとき
そして　暮れていく岩の壁龕《へきがん》に

あの人の青い姿が　伝説のなかを通って歩んでいったとき、
心臓の下の傷口からは　深紅に　血が流れていた。
おお　何とひそやかに　暗い魂のなかに　十字架が立っていたことだろう。

愛、黒い隅で　雪は溶け、
一陣の青い微風は　晴れやかに　古いにわとこの樹の間に、
胡桃の樹の黒々とした穹窿に　淀み、
そして　少年に　そっと　かれの薔薇色の天使が現われたとき。

喜び、冷たい部屋部屋で　夕べのソナタが響きわたり、
褐色の木の梁の間で、
一羽の青い蝶が　銀色の蛹から這い出てきたとき。

おお　死の近さよ。石の壁のなかで
黄色い頭部が傾き、子供は　黙したまま、
あの三月　月が衰えていったとき。

3

薔薇色の復活祭の鐘が　夜の墓所に
そして　星たちの銀色の声、
すると　おののきながら　暗い狂気が　眠る者の額を離れて沈んでいった。

おお　何と静かに　歩みは　青い流れを下っていったことか
忘れられたものを想いながら、緑の枝の間で
つぐみが　異郷のものを　没落のなかへと誘ったとき。

あるいは　かれが　老人の骨ばった手に縋り
夕べ　町の朽ちた壁の前に歩み寄り
そして　あの人が　黒いマントをはおり　薔薇色の幼な児を抱いていたとき、
胡桃の樹の影のなかには　悪の霊が現われたとき。

夏の緑の階段を　手探りしていくこと。おお　何とひそやかに
庭は　秋の褐色の静けさのなかで　朽ちていったことか、

古いにわとこの樹の香りと憂鬱、
セバスティアンの影のなか　天使の銀色の声が　死に絶えていったとき。

すでに「夢のなかのセバスティアン」というタイトルからわかるように、この詩の空間的な状況のすべてを支配している前置詞は、「…（の中）に」を表す in だ。種々の動きは内的なもの、内側のものへと向かう。冒頭の二つの行ですぐに「白い月影のなか」、そして「胡桃の樹の影のなかで」と二度言われる。古い「調度」は簡単には崩れ落ちず、それは「腐朽のなかに」ある（第九行）。第一部を締めくくる動きもまた内的なものの中を、つまり眠りの中を指し示し、それから下方の部屋部屋の中を降りていく（第二十一行）。この下降の動きはこの第一部の真ん中でも示されていた（第十一行）[2]。

ここでは何が話しているのだろう。幼年時代の体験か、それとも（さながらシューマンの）「トロイメライ」によって準備された幼年時代から生まれた幻想だろうか。深く悲しみに沈んだ「子供の情景」をトラークルは私たちの前で演じてみせる。「銀色の魚たち」（第十一行）のところへ行った少年は、硬直した身体を黒い夢魔たちの前に、「黒馬たち」の前に投げる。ザルツブルクの聖ペーター墓地の近くに現われる「脆い亡骸」（第十七行）はこの少年なのか。それとも彼は「小さな鳥」に姿を変えたのか（第十九行）。けれども「母」は酔いしれている、自然の二つの力、つまり「月」の力と一羽の鳥の嘆きの声の力によって。もし月光の白さを狂気の色とみなしてよいのであれば、この少年がこのような狂った状況にさらされ、それに陥ることになるのは「母」のせいである。

詩の第二部は「青いもの」を呼び出す。この色はいわば「灰色の夜」(第十四行)の反対色として、人間の姿(第三十一行)や愛や喜びといった基本的な感情と結びつく。そうした感情によって詩人は生へと呼ばれる。けれども「死の近さ」はあまりに確かであったから、それも長くは続かない。

第一部の「胡桃の樹の影」(第二行)はこの第二部では「黒々とした穹窿」になる。それは外の自然の中の一つの内部空間だ。冬の世界は春の気分に変わったようだ。「青い微風」が「晴れやかに」(トラークルとしては珍しい語)「古いにわとこの樹の間」に吹く。「にわとこの樹」はすでに詩の冒頭にも登場していた。ここに示される冬のエピソードには死の予感が感じられない。けれども三月という月はこの予感に満ちている。

「沈む」・「朽ちる」・「死に絶える」。この三つの動詞の結合が続く第三部を特徴づける。他には「銀色の声」と「暗い狂気」という極端な対照が際立つ。前者は超越的な存在(「星」、「天使」)を、そして後者は今また「胡桃の樹の影のなか」でうかがっている「悪の霊」(第五十四行)を指し示している。この詩では影が様々な形で暗示されているが、それらの暗示すべてが最後の行で「セバスティアンの影」の中に流れ込む。この影の中で超越的な存在の音、つまり「銀色の声」も消える。けれどもこの詩は「夢」に見たものを描いているのかもしれない。「眠る者」がその夢を見た。そしてまた、つぐみという自然の使者が「異郷のものを没落」の中へと呼び入れるのを（第五十行）。こうして冒頭の「つぐみの嘆き」は誘い掛ける危険なおとりの呼び声に変わる。

この詩もまた感覚的な具象性と抽象化によって特徴づけられている。ここでは忘れられたもの、つまり幼年時代の様々な光景に思いが馳せられる。しかしこの詩はまた、意志の完全な喪失も証する。ここに現われる影のような者たちは抗うこととは無縁な者たちだ。特に詩の主体は。なぜならば詩の主体は執拗に身を隠したままだ。誰がここで想起しようとも、その者はとうに自分自身を放棄しており、死に向かう状況に身を委ねている。

詩集『夢のなかのセバスティアン』の第一部で重要な役割を果たしているのはいくつもの「伝説」だ。例えばこの詩集の最初の詩「幼年時代」にあるように、想起され、（たとえ内容がなくとも！）物語られる伝説。セバスティアンといった聖人の伝説だけではなく、エーリスやカスパー・ハウザーの伝説も。しかしまたザルツブルクの「メンヒスベルク」やチロルの「ホーエンブルク」やその地の「ランス」［インスブルック近郊の村］といった地域や場所の伝説も。そしてまた「悪の変容」も伝説だ。それは何が悪であるのか、そして悪は何になりうるのかを解き明かす。これらの詩の多くはどんなに静的に思えても、もしそこではっきりと「遍歴」が「悪」という具体的に説明された道徳的な範疇で言及されるならば、詩人は変容の可能性を、つまりは一つの動きを感知しているようだ。だが何が何に変容するのだろう。鳥の飛翔が「蒼ざめた和音に満ちた」ソナタのような一つの秋の場面が、「暗い伝説」に変容するのだろうか。あるいはいつまでも続く「鉛のような黒」に変容するのだろうか。

こうした点を解釈しようとして、世紀転換期の文化における悪について概観すること[3]はあまり意味がないように思える。とはいえ通例のごとく『悪の華』を指摘するだけではトラークルの詩を理解するには十分とは言えない。トラークルが幼い頃から親しんできたプロテスタントの教義はもっと重要であるかもしれない。悪を良心の問題と捉えるプロテスタントの教義は、バッハのカンタータ『イエスよ、汝はわが魂を[4]』において見事に表現されている。バッハはこの七部からなるカンタータを一七二四年九月に制作したが、この宗教的なカンタータの持つ構造と内的な劇的緊張にふさわしく、散文詩とも呼べる二つの大きなレチタティーヴォでは震撼させる重大な出来事が起こる。「わたし」が姿を表し、繰り返し自分自身を大声で呼び、恥ずべき行いを次々と挙げていくのだ。「わたしは罪の子だ」、「わたしははるか遠くにさ迷う」、「わたしの意志はただ悪のみを追い求める」と。「わたし」が悪に、そして誘惑する否定的なものの世界に向かうこの絶対的な意志に抵抗することはほとんど不可能だ。「わたし」は告白する、「(…)善を遂行することは、わたしの力の限界を超えている」と。

けれどもこのレチタティーヴォはまさに自己探求の場でもある。そしてこれまでの自分が無恥であったことを誠実に認めることは結局、ただの洞察に終わるのではなく、内的な改心に向かう力となることが明らかになる。この改心は第一のレチタティーヴォを鏡のように映す次の第二のレチタティーヴォにおいて実行に移される。

このカンタータの劇的効果は、この明らかに罪人である者が無条件にイエスに身をまかせて、つまりルターの言葉で言えばüberantworten（「身を委ね」）て、改心を告白することにある。überantworten（「身を委ねる」）とはここで文字通りに理解できる。すなわち、罪人は誰か別の者が彼に尋ねる前に、自分自身に「ついて」über「答える」antwortenのだ。それは当然、自分自身の良心の問いへの答えだ。そしてこれこそがきわめてプロテスタント的であると言えよう。このカンタータは良心を、イエスによって人間は内的に満足を得ることを、永遠を感得することによって心的な病気が癒されることを褒め称える。

では一体良心とは何を意味するのだろう。魂について心の内で知ること。私たちが次の一歩を、寛容な振る舞いと受け止められるような一歩を踏み出す理由について心の内で知ること。しかしその一歩は危惧や躊躇ゆえの退歩でもありうる。良心は心的な気分と関係がある。それは、自身の弱さが「わたし」というものの徴であると捉え、それに悩むことに気づき、知ることだ。しかしそれはまた、そのような洞察から生まれる力を自覚することでもある。良心とは最高審であり、倫理と理性が一体となったものだ。それは心で知ることだ。

バッハのカンカータにおけるまさにこの「わたし」との関連が、トラークルの詩作には欠けている。トラークルの場合には「わたし」は現われない。だから良心的な自己探求も起こらない。「わたし」は現われないのだから、「わたし」の責任は問われない。トラークルの詩作品は悪を名指ししながら、それを「わたし」の良心と結びつけない、そうした「わたし」のいない詩作品

（それは彼の詩作品のほとんどであるが）は、結局のところ、そのように名指しする悪をただ追い立てていくだけだ。「わたし」はトラークルの詩作においては隠されたままであり、（プロテスタント的に）良心を探求したり、自分自身の内なる悪を仮借なく露呈したりすることから逃れる、あるいはそれを拒絶する。

だがトラークルの散文詩「悪の変容」において「悪」とは厳密には何を意味するのだろう。それは一匹の「大きな黒い魚」を、「残虐さと狂気に満ちた顔」を引き上げる漁師の視線か。（例えば今にも凌辱されようとしている）「娘の恐怖」を凝視する視線か。詩「時祷歌」は「緑のなかの夕べの不安」について話す。おしなべてトラークルの詩には生の不安があふれている。散文詩「悪の変容」は、形式的には詩集『夢のなかのセバスティアン』の第五部として置かれており、この詩集の最後にある散文詩「夢と錯乱」の前奏と捉えることができる。この悪は詩の空間でなされる一つの主張だ。もしかしたらそれはその中で悪が芽生える「眠りの地獄」か。サタン的な悪を暗示する「天使の炎をあげる墜落」か。（悪の変容でもある）変容を指し示す、繰り返される「お前」という呼びかけか。（「お前、青い獣、それはそっと身を震わせる、お前、蒼ざめた司祭（…）お前、緑の金属であるもの、そして内的には焔の顔であるもの（…）」）。この何度も繰り返される「お前」はヤヌスの頭のようだ。「言い難いもの」がこの散文詩のテーマになる。テキストの様式が詩から散文に変ったことも、何か語るべきものがあり、それが一つの物語に発展することを暗示している。

とはいえこの散文詩を構成する文や節の多くは詩行として捉えることもできよう。例えば冒頭の「秋、黒い歩みが　森の縁に沿って、黙している崩壊の瞬間、癲に罹った者の額は裸の木の下で　耳を澄ませている。はるか過ぎ去った夕暮れ、それが　今　苔の階段を沈んでいく。一一月」という部分を取り上げてみよう。この一連の場面は例えば次のように詩の形に（戻して）変えて読むことができる。

秋、黒い歩みが
森の縁に沿って、黙している崩壊の瞬間、
癲に罹った者の額は
裸の木の下で　耳を澄ませている。
はるか過ぎ去った夕暮れ、
それが　今　苔の階段を
沈んでいく。一一月。

こうしてみると、このように詩行に分けない方がこのテキストは淀みなく読めることに気づく。つまりイメージが次々と移り変わる。そしてそれがこの詩の場合には重要であった。詩行に分けると別のアクセントが生まれ、それぞれの詩行の最後がより際立たされ、よりリズミカルになる。

この散文詩は物語のようだ。「鐘の音がひとつ　鳴り響き、羊飼が黒い馬　赤い馬の群れを村へと率いていく」。だが今挙げた文は何らかの帰結をみない。あるいは筋の展開もみられない。ただ様々な印象が並べられるだけだ。いくつもの問いがなされる。けれどもそれに対する答えはただ一度しか与えられない。「何が　お前を　朽ちた階段のうえに、お前の先祖たちの家のなかに静かに立たせるのだろう。鉛のような黒。」詩的な論理の方が勝っているのだ。「おお　暗闇のなかのお前の微笑み、悲しげに　そして邪悪に、そのために　子供はひとり　眠りながら蒼ざめる」あるいは「赤い炎が　お前の手から躍り出て　一羽の蛾が　そのために焼け死んだ。」「悲しげに　そして邪悪に」。普通は一つにはなりえない二つの特質が合わされる。このこともまた、この散文は日常の散文的なものを拒むことを示している。この詩では実践的な活動についてはほんのわずかしか言及されない。だがそのわずかなものに光が当てられることで、それらはほとんど超現実的に見える。

　この散文詩で何よりも不気味なのは「お前」だ。詩を構成している五つの部のうち四つの部が「お前」に向けられている。その不気味さは「お前」とは現実的な関連を築くことができないことからきている。「お前」は、ただ詩が呼びかけることによってのみ存在するのだが、その「お前」は、激しく呼びかけられれば呼びかけられるほど逃げていく。いやむしろ、「お前」は変容する。例えば「青い獣」は「緑の金属」や「深紅の月」にまでなる。この「お前」は悪の担い手ではない。むしろそれはいくつもの変容を耐え抜く。悪の変容すらも。

一人の死んでいない者のための墓標[5]――少年エーリス

トラークルが一九一三年に刊行した『詩集』の詩の中から、ただ一つの句読点も変えずに詩集『夢のなかのセバスティアン』に再録した詩は一つしかない。それが悲歌的な歌「少年エーリスに」だ。ただし新しい詩集にはそれと並んで、ただあっさりと「エーリス」と題されたもう一つの詩も収められている。この詩には短い初稿と三部に拡大された第二稿の二つの稿が遺稿として残されており、この（少年のような）姿にトラークルが執拗に取り組んだことは明らかだ。この姿は彼の心を揺り動かしたに違いない。同様のことが若いクラウス・マンにも見て取れる。それと同時にマンの手紙や日記は彼がトラークルにも強い関心を持ち続けていたことを証する。一九二四年二月に「ヴェルトビューネ」に発表した短い、しかし卓越したエッセイ「ゲオルク・トラークルについて」で、クラウス・マンはこれらの「エーリス」詩を「トラークルの最も美しい詩」であると強調している[6]。当時トラークルに強く惹かれ、彼の作品を愛読していたマンは、この詩人を「他の誰よりも憂鬱な詩人」と呼んだ。そしてさらに次のように述べている。「彼が書いたどの詩行にも誰よりも深く、誰よりも絶望的で、誰よりも甘いあのメランコリーが漂っている。それはあまりに穏やかで、あまりに重いゆえに、本来の言葉で話すことはできない。それは音楽へと、そして色彩へと溶けていく[7]」。こうした評価は特に「エーリス」詩に当てはまる。そしてそのことはまた、一九一九年にアントン・フォン・ヴェーベルンがトラークルの詩群を作曲した作品第一四番によって音楽的に裏付けたと言えよう。ヴェーベルンの曲の中でエーリスは音の響きへと溶けていく。フランツ・シュレーカーが一九一五年から一九一八年にかけて制作し、一九二〇年にフランクフルト・アム・マインで初めて上演したオペラ『宝を掘る人』にもエーリスという人物が現われる。ただしこの人物がトラークルの詩に依拠するのか、それとも作曲家自身の創造なのかは判断するのは難しい(8)。

トラークルの「エーリス」詩は一つの幻像に向けられる。だがその幻像は発展していくことができる。すなわち、死んだ少年から死なずに詩人と同じ時代を生きている者へと。ここではいくつもの「エーリス」稿の中で、トラークルが発表した、あるいは発表するつもりであったものだけを取り上げ、検討しよう。最初の詩「少年エーリスに」は、呼びかけで始まる。「エーリス、くろうたどりが　黒い森で呼ぶとき、／それが　お前の没落だ。／お前のくちびるは　岩間の青い泉の冷たさを飲む。」鳥の呼ぶ声は、おびき寄せるための死のおとりの呼び声だ。この鳥、すなわちくろうたどりの黒さは森全体を染める。「くちびる」が「飲む」ことができるのはもはや雰囲気だけだ。

この詩はテルツィーネ［イタリア渡来の詩形。一詩節が三行からなる形式。本来はabaと韻を踏む］のように展開されるが、最後の二つの詩節だけは詩節の区切りを越えてつながる。第二詩節は「そっとしておくがよい、お前の額が　静かに血を流すとき／太古の伝説を／そして鳥の飛翔の暗い意味を。」と書かれている。第四詩節で初めてエーリスははるか昔に死んでしまったと説明されるが、それに先立ってここでもうすでにどんな解釈も拒絶されている。続く第三詩節でエーリスの姿が新たに確認される。「けれど　お前は　柔らかな足取りで　夜のなかへと入っていく、／そこには　たわわに　深紅の葡萄の房が垂れていて、／お前は　両腕を　ますます美しく　青のなかで　動かすのだ。」第一詩節の「岩間の泉」の色である青という色は消えない。だがそれは今、ただ「青」と抽象化され、この色自体が雰囲気の中に溶けていく。

「茨の茂みが鳴っている、／そこに　お前の月のような両目がある。／おお、何とはるかな昔、エーリス、お前は死んでしまったのか。」若いクラウス・マンを魅了したのは第四詩節に現われるこの「月のような両目」だ。マンはすでに挙げたエッセイにこの語句をはっきりと書き記している。それと並んでこの「少年」の声にもまた注意を向け、その声を「ヒヤシンスのよう」と特徴づけている。(9) トラークル自身が「ヒヤシンス」と呼ぶのはエーリスの声ではなく、その「身体」だ。「お前の身体は　ひとつのヒヤシンスだ、／ひとりの修道士が　蝋のような指を　そのなかに浸す。／黒い洞穴だ　ぼくたちの沈黙は、／／そこから　時おり　一匹の優しい獣が歩み出て／ゆっくりと　重い瞼を伏せる。／お前のこめかみに　黒い露がしたたる、／／衰えていった星たちの　最後の黄金。」

「月のような両目」は茨の茂みを燃やすことはできなくとも、響かせることはできる。その両目は一つの青い花の身体の一部だが、そこではつねに自明のように現われる不気味なものはこの聖なる者の代行者に委ねられている。これらの詩行はソット・ヴォーチェに、つまり声を抑えて話されねばならない。それはまた、もし「沈黙」が被造物に備わるのならば、それも夢魔となってではなく、一匹の「優しい獣」の姿となってであれば、なおさらそうだ。星のようなものは「月のような両目」に残っているだけだ。「衰えていった」星たちである「黒い露」は、否定の象徴、いやむしろ、万有の関連や物質的な価値（「最後の黄金」）が内側から崩れていくことを表す象徴でしかありえない。

すでに述べたように、トラークルは詩集『夢のなかのセバスティアン』の中で詩「少年エーリスに」の次に詩「エーリス」第三稿を配置することによって、詩「エーリス」は一つの発展の結果であることを示している。詩「エーリス」自体も二つの草稿を経て完成稿に至っている（ただし詩「エーリス」の第二稿は、詩「少年エーリスに」と詩「エーリス」の草稿すべてを合わせて一つの詩となっている。そうだとすると、発展という印象は拭い去られるかもしれない）。

詩「エーリス」は「完全」という語で始まる。この語は普通トラークルにはなじまない。とはいえ彼の詩の多くはそう言われるにふさわしいし、何よりもこの二つの「エーリス」詩がそうだ。「完全なのだ　この金色の日の静けさは。／古い柏の樹々の下に／お前は現われる、エーリス、丸い目をして　安らいでいる者よ。(10)」この詩でもエーリスは自然と直接結びついたままだ。まさにこの自然との関連によって、彼は自身がスラヴォイ・ジジェクのいう「死んでいない」者であることを示している。

「その目の青さが　恋人たちのまどろみを映す。／お前の口に触れて／かれらの薔薇色の吐息が消えた。」エーリスは恋人たちにとって招かれざる天使であり、生きながら死んでいる彼の口は恋人たちを沈黙させる。

エーリスは至る所に存在している。次のような時も。「夕べ　漁師は　重い網を引き揚げた。／善き羊飼が／かれの羊の群れを　森の縁に沿って　率いていく。／おお！　何と正しいことだろう、エーリス、お前の日々のすべては。」ここでテルツィーネの型は崩れ、この後はそれはもはや散発的にしか現れない。ここまでの三行詩節においても、本来のテルツィーネが持つ韻は放棄されていたが、この後優勢になる二行詩節でも韻は踏まれない。この詩節の最後の叫びは驚かせる。というのもここでエーリスを介して「正しさ」というテーマが持ち出されるのは唐突に感じられるからだ。

「そっと　沈む／むき出しの塀のところで　オリーブの樹の青い静寂が、／老人の暗い歌声は絶える。」塀のところで起こる出来事。そう言えるかもしれない。この詩は「たえず　鳴り続けている／黒い塀では　神の孤独な風が。」という表現で終わるのだから。この「塀」は読者の想像を阻まない。むしろここでは成し遂げられることを予測しなければならない。つまり死に絶えていく歌を「神の孤独な風が鳴る」ことと捉え直さなければならない。そうであるならば、私たちが頼らなければならないのは私たちの想像力だ。詩「少年エーリスに」では少年の「月のような両目」が茨の茂みを鳴り響かせた。今、響きを誘発する要因はもはや必要ではない。ここで鳴りながら吹く風は、ロダンとリルケがカテドラルの周りで感知したあの風に似ていよう。それは世俗的な時代において（今一度吹く）神性の風だ。それは一人の修道士の「蝋のような指」よりもさらに象徴的な、宗教的で霊的なものの名残である。

人間の歌は「絶える」。しかし「柔らかな鐘の音が　エーリスの胸に響く／夕べ、／そのときかれの頭は　黒い褥に沈む。」エーリスの身体は共鳴体となる。それに先立って「心」が「孤独な天」で揺れる「金色の小舟」となったように。この「死んでいない者」は奇異に感じられる。彼は一つの楽器にたとえられる。自分自身の意志を持たず、ただ彼とともに、あるいは彼を介して起こることによってのみ生きている。彼はもはや他者に働きかけることはできない。様々な状況の中に、様々な小さな出来事の中に身を置くが、一度も供述する能力を備えた証人とはならない。彼はあくまでも台詞のない端役でしかない。

一匹の青い獣が
そっと　茨の茂みで　血を流す。

褐色の木が　他から切り離されたように　あそこに立っている、
青い果実が　木から落ちた。

黴と星たちが
そっと夕べの池に沈む。

丘のうしろは　冬になった。

青い鳩たちが
夜　氷のように冷たい汗を飲む、
エーリスの水晶の額から流れる汗を。

この死んでいく者の姿をこうして読んでくると、その最後の姿には驚かされる。それは聖杯を想起させつつ、それを新しく解釈し直している。つまりキリストの血を受け止めた水晶の杯はエーリスの額になった。その額はそれはそれで死んだような生命を、つまり「氷のように冷たい汗」を差し出す。「獣」と同じ色をした「青い鳩たち」はその「汗」を「飲む」ことで、はっきりと死に定められるのかもしれない。

トラークルはエーリスに自己を投影したのだろうか。当然この問いが起こるだろう。だがそれを問うことは無意味でもある。エーリスは詩に現われる人物であり、一人の「死んでいない者」だ。時の中からこぼれ落ちてしまった者だ。詩人はそれに詩という墓標を与えた。それ以上のことは何も言えまい。

トラークルの夢の世界たち――様々な背景

第一世界大戦を目前にした時代は、息切れしそうなほどの活気にあふれ、商工業は爆発的な勢いで成長し、次々と軍拡競争が続く一方で、無気力や倦怠感や過度の疲労が蔓延するといった両極的な状況の間で揺れていた。前衛派はかわるがわる夢見ることに向かった。そしてまた単純な形を用いた実験に取り組み始めた。「青騎士」の画家たちもその一角を担う。マルクの馬は夢を疾駆した。超現実的なものが実在の生の状況を評釈した。夢が現実を変質させ、満たし、徐々に突き崩していき、そしてすっかり変えた。

ジークムント・フロイトは『夢判断』(一九〇〇)で、夢は神経症の症状であり、それを通して抑圧されたものが意識に入ってくると考えた。フロイトによれば「顕在的な」夢の内容、つまり覚醒した後で思い出される内容を分析することで、「潜在的な」内容へと突き進み、それを解読することができる。アルトゥール・シュニッツラーに至っては、夢がテキストになった。彼が一八七五年から一九三一年の間に書き記した夢日記[11]では、夢は無意識の中に降りていく意識として捉えられている。『グストゥル少尉』(一九〇〇)や『令嬢エルゼ』(一九二四)では、夢と内的独白が相互に支えあう。そしてついに『夢小説』(一九二六)では夢はジャンルの名称に昇格する。この短編小説を支える詩学は夢を見ることだ。第五章ではアルベルティーネは彼女の夫である医者のフリドリンが拷問の犠牲者となるという残酷な夢を見る。フリドリンは、ある患者に致死的な病気をうつされたと想像し、自分自身も病気になるが、後になって次のように考える、「そしてどんな夢も完全に夢ではない(12)」と。つねに現実のいくばくかが残るのだ。シュニッツラー自身、もっと病的な夢を見ていた。彼は自分自身の埋葬の時に自分の遺骸が失われてしまうという夢を見たのだ。

『夢小説』の一年後に、ヴァルター・ベンヤミンは「ノイエ・ルントシャウ」誌にシュルレアリスムについての短評を「夢のキッチュ」というタイトルで発表した。この短評はモデルネにおける夢の歴史の要約された注釈として読める(13)。ここでベンヤミンは仮借ない意見を述べている。「もはや青い花はまともに夢に見られはしない。今日、ハインリヒ・フォン・オフターディンゲンとなって目覚める者は、寝過ごしてしまったに違いない（…）夢はもはや青い遠方を開かない。夢は灰色になった。（…）夢たちはいまは凡庸なものに入っていく近道」であり、その「凡庸なもの」の「最後の仮面」がキッチュだ(14)。シュニッツラーは彼の『夢小説』の幻想性を物語的な様式手段によって異化することで、キッチュな小説を書いたという非難から逃れることができた。ただしこの小説をアメリカの監督スタンリー・キューブリックが映像化し、キューブリックの遺作となった作品『アイズ・ワイド・シャット』（一九九九）はキッチュと言われて当然であろう。ところでベンヤミンの省察は時代とその時代の文化産業の核心をついていた。トラークルの夢の世界への執着は、すでに見たように、詩集『一九〇九年集』の最初の詩「三つの夢」にその兆しを見て取ることができる。しかし夢の世界へのトラークルの拘泥は、夢の世界が今にもキッチュになり果てようとしていることへの異議申し立てであった。それによって彼は自身が危ない綱渡りに身を乗り出したことにおおよそ気づいていたようだ。この綱渡りが成功したと取るか、それとも失敗したと取るかは、美的なセンスの問題だろう。いずれにしてもトラークルは最後の最後まで夢の比喩と抒情詩による表現を融合しようとした。それは悪夢のような幻覚と色彩語による回顧を一つにすることであった。

ホーフマンスタールが若い頃に書いた一つの散文詩は、彼の大抵の散文詩と同様に生前に発表されることはなかったが、「夢の死」をもたらす条件となる気分を呼び覚ます。この散文詩では名詞はすべて冠詞が付されていないために、言葉の流れが不意にせき止められ、奇異な感じを抱かせる。

蝋燭を吹き消す。部屋は夜の中に沈む。外では雪をかぶった白い園亭がきらめく。そこに十字型の桟がくっきりと浮かび上がる。
夢。それは目を開くこと。同じベットに横たわる。窓は船のハッチを思わせる。外では木々が沈み込んでいくようだ。部屋はゆっくりと音もなく上っていく、上へと。部屋の中にいて、同時に床を透かして見ることができるという夢の能力。下には眠っている町。限りなく重要な場所たち、現実とは全く違う。わたしが一度も見たことがない、だがわたしが知っている、あれやこれやの地域。テラスの上に庭園。（モデーナ庭園［ウィーンにある広大な公園］）、小さな郊外の街路――父の家。

窓から走り出る、抑えきれずに。身を乗り出す、墜落。(15)

ホーフマンスタールとトラークルの詩との主要な相違は次の点にある。すなわちホーフマンスタールは彼の他の散文詩と同様にこの作品でも、彼の抒情詩作品とは異なり、言葉を真に暗示的に働かせようとしない。この散文詩はトラークルの散文詩よりも物語に近い。様式的にはホーフマンスタールはツルゲーネフの散文詩から影響を受けていると思われるが、それに対してトラークルにとってきわめて重要だったのはランボーの散文詩であった。

散文詩「悪の変容」でトラークルはランボーの過激さをわがものとしようとするほどにどこまでも追及した。ランボーは「わたしは」と言う。地獄の深さを測る。会話的な調子を散文詩に導入する。例えば進歩をはっきりと批判する散文詩「悪い血」には次のように書かれている「科学、新しい貴族、進歩！　世界は前進する！　それはなぜ振り向こうとしないのか(16)［ドイツ語訳からの翻訳］」。」トラークルはこのような論証的な具体性を放棄する。その代わりに内容的な重みは気分や予期しない言い回しに置かれる（「一人の死者がお前を訪ねる。」）。

トラークルは論証を雰囲気に変えるのだ。雰囲気によって覚醒状態と夢の世界の区別がつかなくなる。[17] 詩が始まる前にすでに始まっていたようであり、そして詩とともに終わらないものとは、それはまさに夢を見るということだ。詩はまるであの大きな夢から、つまりあらゆる創作の母から取り出されているように思える。にもかかわらず詩を生み出すのはあくまでも言葉だ。トラークルの場合ですら、ゴットフリート・ベンが言うところの「作られている」という言葉が当てはまる。ただ、いくつものヴァリアントを考慮しなければ、もはやこれらの詩に苦労して取り組んだ痕跡を見て取ることはできない。

トラークルの散文詩「悪の変容」に現われる「魚」、「水晶のようなもの」といったモチーフはまた、テーオドール・ドイプラーが一九一六年に書いた詩「まぼろし」に姿を変えている。この詩は次の詩行で始まる。「夢たちは魚たちによって運び去られる。／ぼくたちは眠りながら水晶の隠れ家へ流れ込む。」ドイプラーは夢を見ることそれ自体を強調するために、「夢を見ながら呼び起こすこと」[原語は herträumen であり、ドイプラーの造語である]と「夢を見ながら沈むこと」[原語は unterträumen であり、ドイプラーの造語である]について言及する。そして目が覚めそうになると、自分自身に呼びかける、「夢へ戻れ」と。[18]

ここでドイプラーを引き合いに出すのは意味がなくはない。なぜならばこの生気論を唱える神秘主義者はトラークルのすぐ身近にいて、ブレンナー・サークルで高く評価されていた。[19] 彼はエアハルト・ブシュベックとも非常に親しかった。[20] トラークルとドイプラーは少なくとも二回、いずれもインスブルックで会っていると考えられる。二回目に会ったのは一九一四年春であり、その頃トラークルはベルリンで妹グレーテを何とか救おうとむなしい努力を重ねたあげく、彼自身も深刻な生の危機に陥っていた。(21) 妹の状態はいきおいトラークルを夢の中から引きずり出し、目の前に「悪」を全く「変容」させずに見せつけた。

「孤独な者の秋」と「死の七つの歌」

『夢のなかのセバスティアン』の第二部「孤独な者の秋」にはただ八篇の詩だけが収められている。最初の詩「公園で」は、シュテファン・ゲオルゲの詩集『魂の一年』(一八九七)の冒頭の詩「死んだと言われている公園に来て 見よ」(22) をかすかに呼び起す。ゲオルゲは豊かな色彩の引き出しを開けて見せる、(「予期せぬ」)青、「深い黄」、「柔らかな」灰色、深紅、そして「緑の生」と。それに対してトラークルのこの詩に「色とりどりの小道」を見つけようとしても無駄だ。彼が稀にしか「色とりどりの」という語は用いないからではない。そうではなくて彼は色を一つ一つ正確に名指しするからだ。トラークルの場合、いくつもの色が合わさって何か多色なものになることはない。色たちはあくまでもそれぞれ個々の特徴なのだ。

ゲオルゲの詩の中は秋になる。まさにトラークルが秋に特権を与えるのと同じように。秋は何かあるもの、すなわちホーフマンスタールが「詩についての対話」(一九〇三)で述べているように「秋以上のもの」(23)だ。それはある「別のもの」を、なじみのないものを担う。トラークルの詩「公園で」は、その前の第一部の最後に置かれた詩「悪の変容」が差し出した形象をまずはすべて捨て去る。そしてこの第二部に収められている詩では、ことさら飾り気のない表現が試みられている。

公園で

再び　古びた公園をさ迷うとき、
おお！　黄や赤の花たちの静寂。
お前たちもまた　悲しんでいる、お前たち　優しい神々、
そして　楡の樹々の秋めく黄金。
身じろぎもせず　青みを帯びた池のほとりに
葦は　丈高く立ち、夕暮れに　つぐみは　口を閉ざす。
おお！　それならば　お前もまた　額を傾けよ
先祖たちの朽ちた大理石の前に。

この詩ではもう一度、ホーフマンスタールが「詩についての対話」で述べた、詩作の本性を解

き明かす言葉が確認される。この言葉は、すでにゴットフリート・ケラーの言葉を引きながらトラークルの「金色」について述べたことを補足する。

詩が何かをするとしたら、それはこういうことだ。つまり詩は世界や夢のどんな形象からもそれらの最も固有なものを、最も本質的なものを貪欲に吸い出すのだ。至る所で黄金を舐め取るあのメルヘンの中の鬼火のように。そして詩がそうするのも同じ理由からだ。つまり詩は事物の神髄を糧として生きているからなのだ。詩はもし糧となるこの黄金を隙間という隙間から、裂け目という裂け目から自分の中に吸い込むことがなければ、みじめに消え去ってしまうからなのだ。(24)

さらにこの詩的な対話の相手であるガブリエルは、詩は「つねに物事それ自体」を置くのであり、つまりまずは言葉どおりなのだ、つまり、言葉どおりに取るべきなのだと主張する。この主張をじっくりと考えてみれば、トラークルの詩において輝き始める「楡の樹々の秋めく黄金」もまた別の意味を持つようになる。つまりそれは目に見える事物の精髄であり、だから詩の実体なのだ。

トラークルがここでもまた持ち出すのは、これまで彼の詩で繰り返し実証してきたあの言語素材だけだ。トラークルのこれらの言葉のどれも彼の作品を読む者にはなじみがある。にもかかわらずこの詩は、たとえ新しくはなくとも何か独特なものを生み出している。それは確かに「再び さ迷う」wieder wandelnd や「身じろぎもせず 丈高く立ち」ragt reglos という、トラークル の場合には頭韻として聞こえない頭韻によってもたらされる。最後の「先祖たちの朽ちた大理石 の前に」という表現は「ミラベル庭園の音楽」にあった詩行「先祖たちの大理石は 灰色に褪せ ている」を想起させる。しかしこの詩ではこの形象はさらに徹底されて独特なものになっている。「ミラベル庭園の音楽」ではただ退色という現象にすぎなかったことが、崩壊へと推し進められ ているのだ。それは時間の推移も示唆する。なぜならば「大理石」が灰色に古びることと、本当 に「崩壊」してしまう、つまり石か砂になってしまうのとでは著しく違う。

詩「呪われた者たち」と詩「ソーニャ」で、トラークルはこれまでの詩ではほとんど見られな かったやり方を試みる。というのは、彼はまず一方の詩「呪われた者たち」で「焼け付くような 思い／悪の」と、以前から彼が取り組んできたテーマをさらに徹底した形で取り上げる。そして この詩の最後の詩行で次の詩、つまり詩「ソーニャ」のキーワードである「ソーニャ」という名 前を持ち出す。これによってトラークルはドストエフスキーの小説『罪と罰』において叙事詩的 に展開されるソーニャ・マルメラードワとラスコーリニコフの関係を、抒情詩として短く表そう としていると考えられる。ソーニャは、逆説的に言えば、穢れを知らない娼婦だ。すでに詩「呪 われた者たち」の第二詩節が示しているように、彼女は光を担い、彼女の中で邪悪なものは変容 したようにみえる。「光輪が あの少女のうえに 降り注ぐ、／硝子戸の前で 柔らかく 白く待っている少女のうえに。」

これらの詩は「呪われた者たち」について物語っているようだ。だがそれらは誰なのか。詩「呪われた者たち」の第一詩節が描き出すのは一つの気分だ。

暮れていく。泉へ　年取った女たちが行く。
栗の木立の暗がりで　赤がひとつ　笑っている。
とある店から　パンの香りが流れ
向日葵が　垣根のうえに沈む。

一つの色が年取った女たちを嘲笑する、そして香りが流れる。淫らな重苦しさに自然も感染する。向日葵は境界を無視する。文字通り様々な印象にあふれて、続く二行がこの詩の響きを歌い始める。「流れのほとりで　酒場が　なおも生温かく　かすかに鳴っている。／ギターが口ずさむ、貨幣のちゃりんと鳴る音。」この響きをこの後で補うのはただもう「鐘の音」と、暗示される風の、つまりは南風《フェーン》のざわめきだけだ。

この詩の主要な動詞は「沈む」だ。向日葵と並んで楓や子供の瞼が沈む、「死に絶えたもの」が沈む、そしてさらに「林檎が　鈍く　柔らかく　落ちる。」読者もまた自分自身が沈むように感じる。なぜならば読者は、トラークルの他の多くの詩を読む時と同様に、大きな渦巻に巻き込まれるようにこの詩の中に吸い込まれるからだ。吸い込むこと、そして恍惚とさせること、それがこの詩の精髄だ。それは一連の光景によって引き起こされるが、それらの光景は全く自明で、そうでしかありえないものとして示される。まさに「死んだ女の手が」少年の口を「つかむ」のだ。そこには「魔王」［ゲーテのバラーデ］にみなぎる劇的な緊張はない。ここにいるのは父のいない子供であり、その子は一人きりで不気味なものにさらされている。だがその子はその不気味なものを親しげに受け入れる。最後の詩行に至って初めて、この恐ろしい出来事には一人の証人の女が、つまりソーニャがいることがわかる。次の詩「ソーニャ」は、彼女の白い眉だけが、抑制されていない野性のものを表していることを告げる。

この詩のもう一つ別の主要な動詞は「すべり落ちる」だ。大きな渦巻に巻き込まれてしまえば、もはやしっかりとつかまっていることはできない。だがその反対もありうる。なぜならば「夕暮れは　意味と形象を変化させる」（「秋の魂」）のだから。この詩集の同じく第二部に収められている、今引用した別の詩「秋の魂」では「パンと葡萄酒」はしっかりと立っている食卓の上に置かれている。宗教性を帯びた静物画のように描かれるこの光景は、この部の二番目に置かれている詩「冬の夕べ」も想起させる。詩「秋の魂」は次のように終わる。「正しい生のパンと葡萄酒、／神よ　あなたの優しい両手に／人は　暗い終末と／すべての罪と　赤い痛みをおきます。」パウル・ゲールハルトを思い起こさせるこの最終詩節には、疑いもなく宗教的な響きが聞こえる。詩人は神への素直な信頼を、明白にではないにしても、少なくとも引用の形で表明している。

ここには「人」が登場する。もっともそれは「わたし」という個人的な誰かではない。この「人」は、一方で人間の「孤独」や孤立の体験に呼応し、他方である一つの体験が普遍妥当な体験であることを明らかにしようとする詩人の努力に呼応する。第二部の最後の詩「孤独な者の秋」では音響については繰り返し「かすかに」と表され、さらには「ほんのかすかに」とまで言われる。タイトルに挙げられている「孤独な者[25]」は詩の中には姿を全く現わさない。その代わりに現われるのは例えば「暗い秋」であり、「清らかな青」であり、そして「恋人たちの青い目から」出てくる天使たちである。

この秋の孤独に通奏低音のように響くのは楽器の音色ではなく、自然の音だ。葦がざわめき、露が「黒々と」したたる。そしてまた「鳥たちの飛翔」が「古い説話」を響かせる。さらにここには物語の要素も暗示されている。「古い説話」や伝説が自然の中に隠されている。詩の中に姿を現わさない孤独な者は様々な事物や出来事を見ているが、それらは彼を一層孤独に見せる。なぜならば彼はそれらの仲間になることもできないし、それらと関連を持つこともできないからだ。彼ができるのはただそれらを列挙することだけ。そして列挙されたものたちは彼のことを気にかけない。

そもそも個人と周りの世界とは本質的にどのように相互に作用し合うことができるのだろうか。特にこの詩集の「死の七つの歌」と名付けられた第三部の最初の詩「安息と沈黙」が描くように、個人が「蒼ざめた」姿となって、完全に周りの世界から遮断されて「青い水晶のなかに／住んでいる」ならば。この周りの世界を構成しているのはもはや詩人と同時代の人々ではない。それははなはだしく超現実的な世界だ。「羊飼たちは　太陽を　裸の森に埋葬した。／ひとりの漁師が月を引き上げた／毛織りの網で　凍りつく池から。」(同詩)

一九一三年七月八日の手紙でトラークルが詩「時祷歌」について書いたのと同じことがこの詩集の他の詩にも当てはまった。というのは彼は自分の詩に繰り返し手を入れるたびに、「新しい稿」によってただもう「暗闇と絶望」に陥るだけだった。「彼」、つまり詩の中に現われる彼の分身が「真夜中過ぎて　深紅の葡萄酒に酔いしれて　人々の暗い領域を」立ち去る時、「黒い寒気」が彼を取り巻き、「黒い眠り」が彼を襲う。第三部を締めくくる散文詩「冬の夜」にはそう書かれている。トラークルは友人のカール・ボロメウス・ハインリヒに宛てて一九一四年一月に次のような手紙を書いた。

ぼく自身の具合は最上とは言えません。憂鬱と酩酊の間で途方に暮れ、日々ますます不吉な形となっていく状況を変える力も気もなく、ただもう雷雨がやって来てぼくを清め、あるいは破壊してくれることを望むばかりです。おお　神様、一体どんな罪と暗黒のなかをぼくたちは歩んでいかなければならないのでしょう。結局のところぼくたちは打ち負かされたくないのです。

彼は「ぼくの状況」ではなく、ただ「状況」と言う。けれどもこの手紙の最後にはかすかな希望が漂っている。その希望は第三部のいくつかの詩の最後にも見て取れる。それらを順番に挙げてみよう。「雪、それはそっと　深紅の雲から沈む。」（「誕生」）。「さすらっていくのだ　親しく語らいながら　楡の樹の下を　緑の流れを下って。」（「夭折した者に」）。ただしここでは語らう相手となるためにやって来る者は死者だ。）「いつも　妹の月のような声が　鳴り響く／霊気に満ちた夜を抜けて。」（「霊気に満ちた黄昏」）。「薫香が　薔薇色の褥から流れる／そして　蘇った者たちの甘い歌声。」（「夕暮れの国の歌」）。「銀色の雲からは　罌粟。」（「死の七つの歌」）。そして最後に「目覚めると　村の鐘が　鳴り響いていた。東の門から銀色に　薔薇色の日が現われた。」（「冬の夜」）。これらの言葉はトラークルの詩作品の中で最も希望に満ちて詩を締めくくる。石になることや金属のように硬化すること（詩「カール・クラウス」の「戦士の青い甲冑」）がそれらに対峙して描かれている。あるいは「子供の骸骨」が「銀色に裸の塀のところで砕ける」（「南風《フェーン》」）ことが。

この詩集にはエキゾチックな響きは稀にしか聞こえてこない。「星たち」は何度も現われ、それによって治外法権的な存在が示されていることは分かるが、決してそれ以上詳しく説明はされない。それゆえに詩「変容」の「一羽の小鳥が　タマリンドの木で歌う」という詩行は特に目を引く。「タマリンド」はインド産のナツメヤシであるが、この語の前には「夕暮れになると」という伝統的な言い回しが、そして後には「死に果てた両手を」組み合わせる「優しい修道士」とマリアを訪れる「白い天使」が置かれている。天使が何をマリアに告げるのかは分からない。それに対してエキゾチックな木で歌う鳥の歌は「変容」を引き起こす。そして詩の最後でまたもやロマン派の象徴そのものである「青い花」が言及される。この象徴はこの部の他の詩ですでに「鳴っているものの咽喉」の「流れる血」と結びつけられていた（「夭折した者に」）。とはいえこの象徴は変容をせいぜい暗示するにとどまる。なぜならばこの「花」はただ「黄ばんだ岩の間で」鳴るだけで、その岩を変えることはできない。

詩集『夢のなかのセバスティアン』に収められている第二の散文詩「冬の夜」は、これまで大抵の解釈において他の二つの散文詩の陰に置かれてきたが、独自に評価されるべき作品である。

冬の夜

雪が降った。真夜中すぎて　お前は　深紅の葡萄酒に酔いしれて　人々の暗い領域を、その赤々と炎の燃える炉を立ち去る。おお　暗黒！

黒い寒気。大地は固く、空気は　にがい味がする。お前の星たちは　悪い徴と結ばれている。

石となった足取りで　お前は　線路の堤を踏みしめていく、丸い目をして、黒い堡塁に突撃する兵士のように。進め《アヴァンティ》！

にがい雪と月！

一匹の赤い狼、天使がその咽喉をしめる。お前の脚は　青い氷のように歩みながら軋み、悲しみと高慢に満ちた微笑みが　お前の顔を石と化した　そして額は　寒気の欲情で　蒼ざめる。
あるいは、その額は　木の小屋で倒れた番人の眠りのうえに　黙したままかがみこむ。寒気と煙。白い星のシャツが　それをまとっている肩を焼き、神の禿鷹は　お前の金属の心臓を　ずたずたに引き裂く。
おお　石の丘。静かに　そして忘れられたまま　この冷い身体は　銀色の雪につつまれて溶けていく。
何と黒いことか　眠りは。耳は　氷のなかの星たちの小径を　長々と辿っていく。
目覚めると　村の鐘が　鳴り響いていた。東の門から銀色に　薔薇色の日が現われた。

この散文詩は「雪が降った」と、物語のように始まる。これから一つの話が展開されることが期待される。そしてそのことはテキストで様々に暗示されている。しかしもっと重要なのは、このテキストは「わたし」という主体をひとりの「お前」と呼んでいることだろう。まるで冬の夜とその冬の夜のさながら兵士のように示される犠牲者の間には何か信頼関係が結ばれているかのようだ。
「冬の夜」は、すでに言及した詩「冬の夕べ」で喚起されていた気分をさらに高める。もっとも詩「冬の夕べ」にはこの散文詩を際立たせている内的な劇的緊張は欠けている。もう少し詳しく見てみよう。この散文詩「冬の夜」は恐怖の一つのパノラマを展開する。このパノラマはすでに詩「冬の夕べ」の初稿で、つまりその最終詩行で暗示されていた。そしてそれには宗教的な希望の徴が与えられていた。すなわち「おお！　人間のむき出しの痛み。／物言わず　天使たちと戦ったものが／聖なる苦痛に押しつぶされて　手を差し伸べる／静かに　神のパンと葡萄酒に。」と。恐怖が宗教的な希望と重なり合うことは第一行の最後の「痛み」Pein という語と第四行の「葡萄酒」Wein という語が押韻することによっても表現されている。トラークルはこの草稿を一九一三年の一二月前半にインスブルックの旅館兼料理店ゴルデネ・ローゼの備え付けの用紙に書き記し、カール・クラウスに宛てて送っている。彼はそれに次のように書き添えている。「荒れ狂う酩酊と恐ろしい犯罪をしかねない憂鬱に満ちたここ数日のうちにいくつかの詩行が生まれました。これをどうか、世界で類をみない一人の人間に対する尊敬の表われとしてお受け下さい」。

クラウスに対するこの尊敬は「酩酊」しているように聞こえる。しかし詩自体はそうではない。この詩もまた、沈着さや、冷静さや、精神の集中を響かせる。詩「秋の魂」では一つの命題が詩の形となった。それは「夕暮れは　意味と形象を変化させる。」いう命題だ。これを補って、この詩「冬の夜」では「意味と形象」が相争おうとしている、待ち伏せし合おうとしている、競い合おうとしていると言いたい。では意味と形象が「変化する」とはいったいどういうことだろう。

その二つは互いに交換できるということだろうか。あるいはその二つを薄明の中でよくよく見れば、それらは夕べの光の中で姿を変えるということだろうか。少なくともこの表現が言おうとしているのは、意味と形象は区別されている、あるいは区別されることができるということだ。

詩「冬の夜」はこの印象を強める。「星たち」はトラークルのこれまでの詩作品では、詩「死の七つの歌」に描かれるように「落下する」ことはあるとしても、それほど威嚇的ではなかった。それが今、「星たち」は「悪い徴」に凝固する。雪のただ中にあってすら「黒い」とは極端なコントラストを放つ比喩的な表現だ。「黒さ」は散文詩「悪の変容」ではまだ活力を奪うように働きかけた。「鉛のような黒」が誰かを「朽ちた階段のうえに、先祖たちの家のなかに」静かに立たせた、というように。それが今、「線路の堤」は、「黒い堡塁」となって、彼に突撃するようにそそのかす。こうした動きの要素はトラークルにはあまり例がない。それを強調するかのようにトラークルはここに、まるで未来派が用いる軍隊の闘争の叫びのような「進め！《アヴァンティ》」という語を書き加える。だがこの行動主義はあくまで幻想であることが露呈される。いくつもの極端なコントラストが、このような見せかけの行動への意欲を完全に粉砕する。「悲しみと高慢」が一つの微笑になる。「欲情」は「寒気」と一つになる。そして黒いものもまた雪や眠りと同じになる。だとすれば、宗教的なモチーフからどんな神聖さも失われてしまったとしても、それは驚くべきことだろうか。それらのモチーフは暴力そのものと結びつけられる。天使は一匹の「赤い狼」の「咽喉をしめる」。そして「神の禿鷹はお前の金属の心臓をずたずたに引き裂く」。まるでプロメテウスの肝臓のように。

だがこの散文詩で独特なのは次の表現だ。「耳は　氷のなかの星たちの小径を　長々と辿っていく。」この「小径」は星たちから生まれた「悪い徴」と同じなのか。明らかにそれらは耳に聞こえるのだ。この耳という感覚器官は、眠りの中へ続く道で独り立ちして、足取りと顔が「石になる」事態に直面する。この耳は「脚が」「青い氷のように歩きながら軋む」のも聞く。そして「目覚めると」「村の鐘」も聞く。この「冬の夜」に起こった出来事は幻覚にすぎない。それは一人の酔いしれた者の妄想が生み出したものだ。その酔いしれた者が成し遂げたことはただ一つ、それは新しい歌、つまりは「訣別した者」の歌を歌い始めるために「死の七つの歌」を乗り越えたことだ。

「訣別した者の歌」と題された、詩集『夢のなかのセバスティアン』の次の部、すなわち第四部は、孤独な、あるいは訣別した者の道をなぞる。これらの詩のどれにもその姿が現われる。ある時は故郷喪失者として、ある時は孤独な孫として、そしてまたある時は異郷者として。そしてその者は、詩「魂の春」が描くように、「わたし」になることさえある。そしてただ自分だけを除き、他の者たちには出会うことができる。詩「魂の春」の場合では出会う相手は「妹」であり、出会いの場所は「寂しい森の空き地」だ。そしてこの第四部の詩もまた色たちを徹底的に変化させる。金色を鳴り響かせ、青の中に「メルヘンを手探り」させる（「煉獄」）。小舟を青くし、夏を緑にする。孤独な者は「夜の魂のこめられた青さ」の中に住むことができる（「訣別した者の歌」)、そして彼は「大きな町々で」姿を消していく。それらの町で詩人は「嵐の群がる雲」を見る。そして「死んでいく諸民族」が「蒼ざめた波」となって「夜の岸辺」で砕け散るのを。ここで言われているのはベルリンであり、そして総じて「夕暮れの国」、つまり西欧だ(「夕暮れの国」)。(26)この部ではどんな動きも「塀」に向かって、境界に向かって、「石と化した敷居」に向かって、あるいは移っていく先の別の場所に向かって「死んでいきながら」弱まっていく。エルゼ・ラスカー゠シューラーに「敬意をこめて」献じられたこの詩「夕暮れの国」においてもそれは同じだ。「月、あたかも　死んだものが/青い洞穴から歩み出るよう、/そして　たくさんの花が/岩の小径に降る。/銀色に　病んだものが/夕暮れの池のほとりで　泣いている、/黒い小舟のうえでは/恋する者たちが　彼方へと死んでいった。」この詩は第四稿が完成稿となったが、初稿としては二種類の草稿が遺されている。

おそらくトラークルは一九一四年三月半ばに妹が死産した後、彼女を支えるためにベルリンへ向かった時、この詩の草稿を携えて行ったのだろう。ベルリンに滞在したこの時期にトラークルはラスカー゠シューラーとも知り合った。ラスカー゠シューラーはその前年にヘルヴァルト・ヴァルデンと離婚し、フランツ・マルクと、そしてゴットフリート・ベンと恋に落ちた。トラークルと知り合った当時、彼女自身は病気で、アフルレート・デーブリーン［ドイツのユダヤ系小説家］の診察を受けることもあった。ヴッパータール・エルバーフェルト出身のこの女流詩人は落魄の縁にありながらも、ハインリヒ・ハイネ流の「褥の墓穴」［原語はMatratzengruft。ハイネは亡命先のパリで貧困と断続的な病苦にあえぎ、五九歳で亡くなるまでの晩年のほぼ二〇年を彼自身の言葉で言う「褥の墓穴」の中に閉じ込められながら創作活動を続けた」の中に宮殿を築き、自身にユスフ王子という東洋風の称号を授けた。塵芥と詩的な黄金の輝きが彼女の「宮殿」を、シュプレー川のほとりのテーベを際立たせた。彼女もまたルートヴィヒ・フォン・フィッカーと交流があり、「ブレンナー」誌に作品を寄せていた。チロルから遠いヴィルマースドルフ［ベルリンの一市区］で孤独に身を寄せあうブレンナーの二人の詩人。ともにアルコールと「にがい罌粟」に侵されていた。『ヘブライのバラード』を書いたこの女流詩人は、トラークルが逝去した数か月後に、彼に二篇の詩を追悼として捧げた。その一つの中で、彼女はこの弟のような恋人に一人の詩人となった「マルティン・ルター」の姿を見たと書いた。[27] それは本当だったのだろうか。トラークルは彼女の代わりに「ユスフ王子」の役を引き受けたのだろうか。すでに述べたように、詩「夕暮れの国」の最終稿である第四稿とそれより前に成立した第二稿は「敬意をこめて」という献辞を付されて彼女に捧げられた。第三稿にも「エルゼ・ラスカー＝シューラーに」という献辞が添えられている。詩の最終稿の冒頭部ではすでに引用したように、「恋する者たち」は「彼方へと死んでいった」と表されている。この恋人たちはトラークルとエルゼ・ラスカー＝シューラーの二人であったのだろうか。

彼が「何度も行った修正や改作は彼の自叙伝」である。なぜならばトラークルはただ詩によってのみ自分自身を表わすことができたのだから。[28] もしこうした主張を立証する一群のヴァリアントがあるとすれば、それはまさにこの詩「夕暮れの国」のヴァリアントであろう。トラークルはこの詩以外にはエルゼ・ラスカー＝シューラーとの出会いに関しては何も書き残していないからだ。それに対してラスカー＝シューラーの方からは二通の短い手紙と一本の電報がトラークルに宛てて送られていたことが分かっている。彼女がトラークルの死後、彼に捧げる追悼詩を書いたことはすでに述べたが、それらについては後でもう一度詳しく検討してみたい。

詩「夕暮れの国」の第二稿は五部からなる長大なテキストである。これはその前の二通りに起草された初稿を融合させただけでなく、著しく拡大している。次の第三稿ならびに詩人自身が明らかに最終稿とみなして詩集『夢のなかのセバスティアン』に入れた第四稿では、表現は一層研ぎ澄まされ、凝縮されている。第三稿の最終詩節にはまだ個人的な呼びかけが残っていた（「おお　愛よ、触れているのだ／青い茨の茂みが／冷たいこめかみに、／堕ちていく星たちを伴って／雪のような夜。」）。一体これまでトラークルが敢えて「おお　愛よ」と書くことがあっただろうか！）が、それは最終稿では完全に消えている。

最も自叙伝のように話すのは第二稿だ。ここには詩の脈絡から非常に意味深長に切り離されて、並列的に置かれている箇所がいくつか見出せる。それは次の通りだ。「そして　鳴っているのだ／暗闇で　青い泉が、／優しいものがひとつ／ひとりの子供が　生まれるように」（…）「ぼくの兄弟。／石となった口は　黙り込む／苦痛の暗い歌は。／／再び死んだものが　現われる／白い麻布にくるまれて」（…）「砕かれた胸をして　少年が／夜のなかで　歌が　死に絶えていく。」

（…）「これが　しばしば　愛なのだ。咲き誇る茨の茂みが／異郷者の冷たい指に触れる。」これらの箇所を相互に結び合せるものは二つの体験である。それは死に瀕した妹の衝撃的な体験とその同時期に進行した一つの愛の体験、すなわちラスカー＝シューラーとの出会いである。妹は一匹の傷付いた獣になって、血を流して死の縁にあった。他方で東洋めいた恋人は詩人の血を沸き立たさせる。当然トラークルの都市体験は詩の中においてだけ、この過激な体験と立ち向かうことができた。

この時のトラークルの都市体験は彼独特のものであり、それもまたその詩作に深い痕跡を残している。ベルリンという事象に彼は次のように近づいていく。まず第二稿にはこう書かれている。「町々は　大きく　築かれた／石造りで　平地に」。次の第三稿では「輝きながら　暮れていく石で築かれた町は／平地で。／黒い影がひとつ／異郷者が　追いかけていく／暗い額をして　風のあとを、／丘のふもとの　裸の木々のあとを」と書き換えられる。そしてついに第四稿では（「愛よ」という呼びかけに代って）「死んでいく諸民族」が「お前たち」と呼びかけられた上で、「お前たち　大きな町々よ／平野に／石で築かれたものよ！／こんなに　もの言わずに　ついていくのだ／故郷を失った者は／暗い額をして　風のあとを、／丘のふもとの　裸の木々のあとを。／お前たち　はるかに遠く　暮れていく流れよ！」と変わる。

「ブレンナー」誌に掲載された第二稿をトラークルはラスカー＝シューラーに送った。自分に捧げられたこの詩に対して彼女は「どうもありがとう！」という返事を書き送った。一つ一つの文字は字間をあけて記されている。この返事はトラークルをがっかりさせただろうか。彼女は七月末にロットアッハ・エーゲルン［ドイツのバイエルン州にある町］から彼に次のような電報を送った。「ホウレンソウウデンエンシ　タイクツ　トホウモナイ　タスケテ」[29]。この電報はトラークルを面白がらせただろうか。今や彼の「ユスフ王子」にもなった彼女が彼に電報のような次のような手紙を書き送った時、彼は自分が話しかけられていると感じただろうか。

愛する詩人よ。

ともかく私にも言えることは何もありません。私もそんな風に生きているから。とはいってても私は本当にたくさんのことを誓ったままです。でももしあなたがこれ以上なおも飲み続けるならば、私は誓いを破って、また飲みます。どんなにかチロルは美しいことでしょう。いつかは見てみたい。そこで私は緑に酔うでしょう、それとも稲妻の火に。そこのたくさんの雷雨、素敵な雷雨、あれほど縦横無尽の稲妻の動き。私のようです。例えばミュンヘンとインスブルックに行こうかしら。ミュンヘンには素晴らしい女友達がいるのです。リナルドの恋人のよう。川のような青い目、私はその中に喜んで溺死します。でも今の私にはあまりにもお金がありません――でもここで一週間のうちには略奪します。強奪万歳！　あなたは難破船からくすねることをどう思いますか。私の心はこんなに強く打っています。こんなに高みにある塔の洞穴、ここは息が詰まります。落下傘を持っていたら、飛び降りるのに。ルートヴィヒ代官殿によろしく。

あなたの手に負えないユスフ王子

この手紙にはラスカー＝シューラーが町の風景を背景に自分を投げ槍を持ったユスフとして描いたスケッチが添えられている。その絵の横には「手が震えています。槍を描くつもりだったのに」と書かれている。

トラークルは今までにこのような手紙を受け取ったことがあっただろうか。彼は心を揺さぶられただろうか。それともどうでもよかったか。あるいは元気づけられただろうか。それともいぶかしく思っただろうか。後に彼がガリチアの戦場に送られた時、彼女は彼に手紙を書こうとして、フォン・フィッカーに、つまり「敬愛する代官殿」に、今や遠くに一人ぼっちでいる友の住所を教えてくれるように頼んだ。フォン・フィッカーに宛てたこのラスカー＝シューラーのユスフの手紙をもしトラークルが読んでいたら、彼はどう感じただろう。「私は喜んでゲオルク・トラークルと一緒に戦場に赴くのに。あまりにも不可解なもの、あまりにも苦渋に満ちたものに挟まれて生きている私。血は怖くありません。だから子供たちの切り落とされた小さな手の、そして私の友人たちの心臓の仇を取ったのに」[30]。

ラスカー＝シューラーは一九一四年七月にインスブルックを訪れ、一週間滞在したが、右の手紙で挙げている女友達、つまり彼女がゲーテの義兄弟のクリスティアン・アウグスト・ヴルピウスに倣って勝手に「盗賊の花嫁」と呼んだ女性は連れてこなかったらしい［クリスティアン・アウグスト・ヴルピウスが書いた大衆小説『リナルド・リナルディーニ　盗賊の首領』（一七九九）を指す］。彼女がフォン・フィッカー・「代官殿」に会ったことは確かだが、分かっている限りではトラークルには会っていない。もしかしたらトラークルはインスブルック近郊の町イーグルスにあるフォン・フィッカーの弟ルードルフが所有する館ホーエンブルクに立てこもり、王子ユスフ(ラスカー゠シューラーはJusufともJusuphとも綴ったが、彼女が気分のままに書いたのはこれらの名前だけではない!)の執拗さから身を隠そうとしていたのかもしれない。あるいはうろたえながら、ランスに広がる森を、ゲオルク・ビュヒナーのレンツ［ドイツの作家ゲオルク・ビュヒナーの短編小説『レンツ』の主人公］のようにさ迷い歩いていたのかもしれない。一九一三年秋に書かれた詩「ホーエンブルク」は、それと同じく第一部「夢のなかのセバスティアン」に収められている詩「ランスの夕べ」と同様に、少なくとも必要とあればそれらの場所は隠れ家となりうることを感じさせる。詩「ホーエンブルク」の最終稿となった第二稿は次の通りである。

家には　誰もいない。部屋部屋には　秋が。
月明かりのソナタ
そして　暮れていく森の縁で　目覚めること。

いつも　お前は　あの人の白い顔を想う
その顔は　時の喧騒を離れている。
夢みるもののうえには　快く　緑の枝が身をかがめる、

十字架と夕べ。
鳴り響く者を　深紅の腕でつつみ込む　かれの星が、
住むもののない窓べに上っていく星が。

すると　暗がりで　異郷者が身を震わせる、
そっと　瞼を　人間のようなものうえに上げる、
それは　遠くにいる。戸口には　風の銀色の声。

城塞のような館。それは人の手で造られた高台にあるようだ。トラークルの詩の中のその館はひたすら空虚で、何か幽霊じみている。この詩は死を示さない。冷気や寒気や軋む音もない。ただ「異郷者」だけが再び姿を現わし、他のものたちとかかわろうとする。しかしその相手はよそよそしい「人間のようなもの」でしかない。名前を持たず、認識できるアイデンティティも持たない。

詩「ホーエンブルク」をはじめとして詩集『夢のなかのセバスティアン』の詩のほとんどは、自身のアイデンティティを喪失した後に身を隠す一人の「わたし」の詩だ。自分が何になりたいと、つまり「騎士」になりたいと口に出して言えるのは「カスパー・ハウザー」だけだ。このことは逆説的と言えよう（「カスパー・ハウザーの歌」）。そしてその彼にも彼を殺そうとする者の影が迫る。他の詩に現われる人間的な存在はすべて、自分たちが何であったのかがいまだにほとんど分からない。

ホーエンブルクの館で思い浮かべられるものは、「時の喧騒を離れている」。つまりそれは離れたところにある。だがここではほんのかすかなニュアンスしか感じ取れない。例えば「風の銀色の声」やソナタの「月明かり」しか。

そしてついにこれらの一連の夢の詩が、詩集の最後の部「夢と錯乱」でクライマックスを迎える。この四部からなる散文詩の主要なモチーフの一つは「母の白い顔」である。この散文詩からは次の二つの行がよく引用される。その一つは「夕暮れに　父は老人となった」であり、もう一つが「おお　呪われた種族の」である。だがどんな方法で近づこうとも、この作品の全体を捉えるのは難しい。そしてこの散文詩はその四つの部すべてを考察する必要があるだろう。なぜならばそこにはトラークルが詩作品で用いる素材が、つまりは彼の作品の実存的および美的な精髄が、他のどの詩、あるいは他のどの詩群にも増して集結しているからだ。

何よりもまずここでツェランを引用したい。というのもツェランが計画していた講演の草案「詩的なものの暗さについて」は、トラークルへの一つの注解のように読めるからだ。あるいはこの他にもトラークルを思わせる断片がいくつも残されている。例えば「絶望の色。すなわち詩作の魔術的な白さ」(31)はすでに挙げたトラークルの詩句「母の白い顔」と関連していよう。しかしまた相対化しながら、あまりに容易に同一視することを警告する言葉もある。「真の詩作は反伝記的だ。詩人の故郷は彼の詩だ。それは詩から詩へ移り変わる」[32]。この言葉はトラークルの詩「ホーエンブルク」をはじめとするいくつかの詩には当てはまるかもしれない。しかしこの散文詩「夢と錯乱」の場合には当てはまらない。この詩は確かに非常に精巧に織り上げられたテキストであるが、描き出されるのはむしろ、故郷が奪われる状況だ。あるいは故郷あらざるものの中に捕らわれているという感情だ。[詩のテキストにある傍点は著者による]

（I）

夕暮れに　父は老人となった。暗い部屋部屋で　母の顔は石となり　少年のうえに　堕落した種族の呪いが　のしかかった。時おり　少年は　自分の幼年時代を思い出した、病いや恐れや暗闇で満ちていた頃を、星の庭の　静かな遊びを、あるいは　暮れていく中庭で　鼠たちに餌をやったことを。青い鏡から　妹のほっそりとした姿が　歩み出た　そして　かれは死んだように　暗闇へ堕ちていった。夜　かれの口は　赤い果実のように開き　星たちはかれの物言わぬ悲しみのうえで　輝いていた。かれの夢は　先祖たちの古い家を満たした。夕暮れに　かれは　好んで　朽ちた墓地を越えていったり　あるいは　黄昏れていく死者の部屋で死骸を、その美しい手に浮かぶ　腐敗の緑の斑点を見たりしていた。修道院の門前で　かれは　一片のパンを乞うた、一頭の黒馬の影が　暗闇から躍り出て　かれを驚かした。か

れが　冷たい寝床に横になっていると言いようのない涙があふれた。けれど　誰もいなかった、その手を　かれの額に置いてくれるものは。秋が来ると　かれは歩んだ、透視者となって、褐色の草地を。おお、あらあらしい恍惚の数刻よ、緑の流れの夕べよ、狩猟よ。おお、黄ばんだ葦の歌を　低く歌った魂よ、火のような敬虔よ。静かに　かれは見入った　じっと蟇蛙のもつ星のような目に、震える両手で　古い石の冷たさに触れ　そして青い泉の神聖な伝説を語った。おお、銀色の魚たち、畸形の木々から落ちた果実。かれの歩みの和音が　かれを誇りと　人間への軽蔑で満たした。家路を辿りながら　かれは　人気のない城に出会った。朽ちた神々の像が　庭に立ち　夕暮れに　悲しみに沈んでいた。けれど　かれは思った、「ここで　ぼくは　忘れられた幾年かを過ごしたのだ」と。オルガンの讃美歌が　かれを神の戦慄で満たした。だが　暗い洞穴のなかで　かれは　日々を過ごした、嘘をつき　盗みをし　隠れた、炎のように燃える狼、母の白い顔を避けて。おお、かれが　石の口をして星の庭に倒れ、殺人者の影が　そのうえにさしかかったあの時刻。深紅の額をして　かれは沼地へ行った　そして　神の怒りが　かれの金属の肩を懲らした、おお、嵐のなかの白樺、暗闇につつまれたかれの小径を避けた暗い動物たち。憎悪がかれの心を燃やした、欲情、緑になっていく夏の庭で　かれが　あの沈黙している子供に　暴力をふるったとき、その輝く顔に　自分の錯乱の顔を認めたとき、ああ、夕暮れの窓べで　深紅の花たちから　灰色がかった骸骨が　死が　現われたとき。おお、お前たち　塔よ　そして鐘よ、そして　夜の影

が　石となってかれの上に落ちてきた。

この第一部こそ詩人の自叙伝として読みたいという誘惑にかられるだろう。しかしそれこそまた間違っているだろう。なぜならば子供時代のトラークルは十分に保護され、彼の一家は当時のザルツブルクにおいて特権を有する富裕な市民階級に属していた。この散文詩もまた距離を持って物語ろうとしており、詩的な整合性によって説得力を持つ。「少年」、すなわち「かれ」は、一人の他者として、そして一人の成人として、自身の少年時代を想像する。彼は自分が体験することを夢想する。そしてまさに自分が夢見ることだけを体験する。「かれ」は夢想にふけり、自分の夢に絡み付かれ、それから抜け出ることができない。「妹の姿」がいわば「かれ」に襲いかかり、かれの活力を奪う。他方で「かれ」の夢想の翼をさらに広げさせる。ただし、彼女は鏡から歩み出る。それは本来「かれ」を映すはずの鏡だった。「かれ」自身が「かれ」の妹なのだ。第二部でもまた、自己との出会いが語られることになる。

「かれ」は自分自身が語る「神聖な伝説」に耳を傾けることで、この夢をより一層作り話めいたものにする。しかし「あらあらしい恍惚」もまた増大させる。それはこの第一部の中の一種の転換点、すなわち忘我的でディオニュソス的なものへの変身であるが、「数刻」と時間的に期限が定められている。「かれ」は自身の「歩みの和音」を認知した時点で、再び自身をコントロールできるようになる。「かれ」の「歩み」は詩「訣別した者の歌」の冒頭に示される鳥の飛翔の諧音に呼応しよう。だがこの美的な体験は「かれ」の孤独を強める。その孤独は「かれ」自身に原因がある。なぜならば「かれ」には人々はますます厭わしくなり、「かれ」は孤独へと追い込まれていくのだから。

この散文詩が成立したのは一九一四年初めと推測される。この詩作によってトラークルは、ラスカー＝シューラーとの出会いやその数か月後に彼女から送られた、強奪を口にした、からかうようなあの手紙と向き合えるようになっていた。というのもここには次のようにも書かれているからだ。「暗い洞穴のなかで　かれは　日々を過ごした、嘘をつき　盗みをし　隠れた、炎のように燃える狼、母の白い顔を避けて」。「炎のように燃える狼」は、すでに取り上げた散文詩「冬の夜」で一人の天使が「その咽喉をしめる」「赤い狼」の形象を踏襲している。

この第一部の「主人公」の道は闇に包まれており、母の白い顔との対照が際立つ。またもやこの散文楽曲の第一「楽章」の最終カデンツァを奏でるのは死だ。

（II）

誰も　かれを愛さなかった。かれの頭は　暮れていく部屋部屋の虚偽と淫蕩を　燃やした。女の衣の青い衣ずれが　かれを　柱のようにこわばらせ　戸口には　母の夜の姿が立っていた。かれの頭たちのところでは　悪の影が身を起こした。おお、お前たち　夜よ　星よ。夕べ　かれは不具者と　山すそを歩いていた、氷のような頂に　夕焼けの薔薇色の輝きが　横

たわり　かれの心臓は　そっと夕暮れのなかで　鳴っていた。重く　荒れ狂う樅の樹々がかれらに迫り　赤い猟師が　森から歩み出た。夜になると　水晶のように　かれの心臓は砕け暗黒が　かれの額を打った。裸の柏の樹々の下で　かれは　氷のような両手で　野良猫を絞め殺した。嘆きながら　右手に　天使の白い姿が現われた、そして　暗闇で　不具者の影が大きくなっていった。だが　かれは　石を拾い　それを投げつけたので　不具者は　唸りながら逃げ、溜息をつきながら　木陰で　天使の優しい顔も消えた。長い間　かれは　石だらけの畑に横たわり　驚きつつ　星たちの金色の幕舎を眺めていた。蝙蝠に追い立てられ　かれは暗闇のなかへ　駆け去っていった。息も絶え　かれは朽ちた家に　歩み入った。中庭でかれ、野生の獣は　泉の青い水を飲んだ、凍りつくまで。熱にうかされ　かれは　氷の階段に座り　どうか　死ぬことができるようにと　神に　うわ言のように　怒鳴った。おお、恐怖の灰色の顔、かれが　丸い目を　一羽の鳩の掻き切られた咽喉のうえに上げたとき。見知らぬ階段を駆けながら　かれは　一人のユダヤ人の少女と出会い　その黒い髪をつかみ　そのくちびるを奪った。敵対するものが　暗い街路を抜け　かれのあとを追い　かれの耳は鉄のように軋る音に裂けた。秋の塀に沿って　かれ、ミサの従者の少年は、静かに黙している司祭についていく、枯れた木々の下でかれは酔いしれて　あの神聖な衣の緋色を　吸い込んだ。おお、太陽の衰えた輪。甘い責苦が　かれの肉を衰弱させた。荒れ果てた家で　かれの前に　かれ自身の　塵埃にまみれ、血を流している姿が　現われた。さらに深く　かれは

愛した　石の浮き彫りを、塔を、地獄の渋面をして　夜ごと　青い星の天空に突き進む塔を。冷たい墓、人の火のような心臓が守られている墓。ああ、あのものが知らせる　言いようのない罪の。けれど　かれが　灼熱するものを想いつつ　秋の流れを　裸の木々の下を　下っていくとき、毛織のマントにくるまって　かれの前に現われるのだ、炎となって燃えるデーモン、妹が。目覚めると　かれらの頭のところで　星たちは消えて行った。

暴力のモチーフにおいて、思い出と夢の二つの局面が結合される。この「かれ」は「沈黙している子供」に暴力をふるい、「不具者」を追い払い、「野良猫」を絞殺し、鳩の咽喉を掻き切り、神に対して激昂し、そして（この順番で！）「ユダヤ人の少女」に暴力をふるったのか。それとも「かれ」は追い立てられた者、「かれ」自身が野獣のような生贄、つまり自分自身の暴力と快楽のファンタジーのいけにえなのか。

再び「母」が現われる、幽霊となって。そして妹は「炎となって燃えるデーモン」になる。「かれ」の頭の中で「虚偽と淫蕩」は幻像となり、「かれ」を駆り立てる。認識を求める衝動が「かれ」を駆り立てるのではない。むしろ「かれ」は欲望から欲望へと、「悪の影」におびえながらよろめいていく。

この挿話の冒頭の「頭」は複数形で用いられていることが目を引く。だが言及されているのはただ「かれ」だけだ。つまりこの偽装した「わたし」だけだ。それは一種の衝動にかられて罪を犯す者として描かれる。この「頭たち」[原語はHäupte。「頭」Hauptの複数形の古形。普通は「頭」Hauptの複数形はHäupterであり、「枕頭に」といった雅語としての言い回しにおいて（例えば「死者の枕頭に」(zu Häupen des Toten)、「ベッドの枕もとに」(Zu Häuptem des Bettes)）この古形が与格で用いられることもある]は複数形なのか。「かれ」は自分自身を何重にもなった存在として見ているのか。「彼の頭たちのところでは、悪の影が身を起こした」と。それともそれはむしろ「かれ」に襲いかかろうとする何か忌まわしいもの、つまり「首領、頭目」（原語はHäuptling。Hauptにはこの意味もある）の意味で用いられているのか。

自己との出会いという現象が、つまり「わたし」の分裂症的な分裂がここで戻ってくる。「荒れ果てた家で　かれの前に　かれ自身の　塵芥にまみれ、血を流している姿が　現われた。」この自分自身との対決は、「かれ」が「ミサの従者の少年」であった時代にまつわる思い出に、そしてその当時体験しなければならなかった（自己への）暴行にまつわる思い出に続いて起こる。当然、「ミサの従者の少年」の姿には新教徒であった詩人自身が投影されている。それに対して「家」[原語Durchhausは、二つの街路をつなぐ通り抜けの通路を持つ家]は（悪夢のような）自己との出会いの場所としてそれほどはっきりとは強調されていない。この詩自体がそのような「家」の一つなのではないのか。ここでツェランがもう一度想起される。彼は一つの覚書で「詩は通路である。」と書き、さらにアンリ・ベルグソンの言葉を書き添えている、「お《ア》前《トゥ》が通《ドゥ》る番《パセ》だ、生《ヴィ》よ！[33]」と。ツェランは繰り返し、詩は「隘路」、あるいは「透過性の物」、あるいはまさに「通路」であり、生はそれを通り抜けて行かねばならないと主張している。[34]トラークルのこの散文詩の「かれ」も詩を「通路」として体験する。それは決してしっかりと塗り固められてはいなく、ツェランが言うように「透過性」であり、驚愕のイメージとイメージの間を抜ける「通路」だ。「かれ」がこの「家」を実際に通り抜けるのかどうかは明らかではない。「塵埃にまみれた」自己との出会いにはむしろ動きは感じられない。もしも「かれ」が通り抜けていくとしたら、それはおそらく自身の死の中へ入っていくことになろう。まさにリルケが詩「死の体験」で次のように表しているように。「だがあなたが去ったとき、そのとき　この舞台に／一条の現実が　現われ出たのだ／あなたがそこを通り抜けて去っていたあの裂け目を抜けて。[35]」。だがこの「現実」をリルケはこの詩でこの後に肯定的な現実へと様々に展開するのに対して、トラークルの散文詩はただ「言いようのない罪」の中へさらに深く入り込んでいく。

それでも「かれ」と「妹」が目覚めることもある。ただし、彼らの頭上に星空は輝いておらず、そして確かに彼らの内に道徳的な掟はない。「夢」と昼の侵入と「錯乱」が互いを相手に勝負する。「錯乱」［原語 Umnachtung は直訳すれば「闇で包むこと」］は狂気とも、あるいは再び暗くなることとも捉えられる。ただしこの詩のどの挿話がどの状態に分類されるかは区別しがたい。

ここでもまた「氷のような」という形容詞が繰り返されることが目を引く。それは時に状態を表し、時に内面の激情を対照的に際立たせる。母の氷のような顔が言及される。そしてまたツァラトゥストラを想起させる人里離れた頂の氷も。少なくとも一九一三年以降であれば、トラークルの対照的な氷のモチーフには、ハンス・ヘルビガーの唱えた太陽の灼熱対宇宙空間の氷という宇宙的な対立説の影響も指摘することができよう。ヘルビガーは灼熱する核が氷結した宇宙空間の中に動きを引き起こすと主張した。彼は「宇宙氷説」の創始者であり、彼の学説によれば天空すら非常に細かい氷の粒子からできていて、銀河は氷の群塊である。そして月は氷の甲冑で保護されている。[36] ヘルビガーのこの学説は瞬く間に世間の評判になったので、トラークルもそれを知っていたことは十分に考えられる。氷の比喩はトラークルのまさに後期の詩作品において異常なほど目立つ。

（III）

おお　呪われた種族の。汚れた部屋部屋で　それぞれの運命が完結すると、腐敗した足取りで　死が　家に歩み入る。おお、外が　春で　花咲いている木で　愛らしい鳥が鳴いているのならば。けれど　灰色がかって　乏しい緑は　夜の者たちの窓べで枯れていき、血を流している心臓は　なおも　悪を想っている。おお、想う者の暮れていく春の道。さらに正しくかれを喜ばせるのは　咲きほころぶ垣、農夫の若い種子、歌っている鳥、神の柔らかな創造物、夕暮れの鐘や人間の好ましい集い。かれが　自分の宿命と　茨の棘を忘れるなら。気ままに小川は　緑がかっていき　そこを銀色に　かれの足はさすらっていき、もの言う木は暗闇につつまれたかれの頭のうえで　ざわめく。そして　かれは　かぼそい手で　蛇を持ち

上げ　火のような涙のなかに　かれの心臓は溶けていった。何と気高いことか、森の沈黙は、緑がかった暗闇、そして夜になると　舞い上がる　沼地の虫たち。おお、あの戦慄、それぞれが　自分の罪を知り、茨の小径をいくときの。そうして　かれは　茨の茂みに見出した子供の白い姿を、花婿のマントを得ようと　血を流しているのを。けれど　かれは　自分の鋼鉄の髪に身をひそめたまま　黙って　悩みつつ　その少年の前に立っていた。おお　輝く天使、深紅の夜風が　吹き散らしたものよ、夜中　かれは　水晶の洞穴に宿っていた　そして　癩が　銀色に　かれの額に広がっていた。ひとつの影となり　かれは　狭い山道を　秋の星たちの下を降りていった。雪が降った、そして　青い暗黒が　家を満たした。盲目の人、父の固い声が響き、恐怖を追い払った。女たちの　意気消沈した姿の痛み。こわばった両手の下　おののいている種族の果実と調度が　朽ちた。狼が一匹　その初めて生まれた者を裂き、妹たちは　暗い庭々に　骨ばった老人たちのもとへと逃げた。錯乱の預言者が、あの人が、朽ちた塀のところで歌い　その声を　神の風が飲み込んだ。おお　死の欲情。おお　お前たち　暗い種族の子供たちよ。血の悪い花たちは　あの人のこめかみで　銀色に光り、冷たい月が　かれの砕けた目のなかに。おお、夜のものたちの、おお、呪われたものたちの。

「汚れて」いるのだ、これらの部屋は。なぜならばそれらの中で、想像できると同時に想像を絶することが、つまり、究極のタブーの侵犯がすでになされたものとして空想されたからだ。いまやすべてが呪われて見える。この散文詩は背徳の系図学へと突然変異する。いまや各人はもはや自身の「限度」を持たない、ヘルダーリンが彼のライン賛歌で書いたようには。あるのは自分自身の「罪」だ。そして死は悪の家々を自在に出入りする。この部の中頃で描かれているように、確かに自然はいま一度様々な体験を差し出し、罪を背負った存在の重荷を軽くしようとするかのようだ。しかしこの肯定的な体験を「錯乱の預言者」の歌はこの部の最後で受け入れ、それを「死の欲情」や暗闇に、そして（自分自身への）呪いへと変える。

トラークルの詩作の方法の特徴の一つは、有機的なものと無機的なものを結び合わせることだ。言い換えれば、彼は人間に人工的な補装具が備え付けられていることを強調する。つまり第一部では「金属の肩」が言及され、第三部は「鋼鉄の髪」について語る。まるで人間はもはや有機的な統一体ではないと言おうとしているかのようだ。人間の本質は自然を裏切った。このことも人間が犯した罪と人間にかけられた呪いの一部だ。

この第三部の冒頭と最後は「呪われた種族の」「夜のものたちの」「呪われたものたちの」という属格を用いた独特の構文で書かれている。それによってあたかも「呪われた種族」、「夜のものたち」、あるいは「呪われたものたち」への呼びかけは完結していないように感じられる。それぞれのすぐ前には、時にコンマで区切られてはいるが、「おお」という嘆願を表す母音が置かれている。つまり「おお　呪われた種族の」あるいは「おお、夜のものたちの」「おお、呪われたものたちの」と。そうであればここでは何か補足する説明が期待されよう。例えば「呪われた種族の」、「夜のものたちの」烙印あるいは運命がここでは問題とされているのか。人がこの属格の補足語として何を割り当てようと、この属格はそれを許すし、それを「飲み込む」。それができるのは他には「錯乱の予言者」の声だけだ。「飲み込む」という語でこの散文詩全体もまた終わる。この詩の暴力的な面は第三部と第四部からはほとんど消え去り、ただ「初めて生まれた者」を引き裂く狼と第四部の最後の光景だけがその名残をとどめている。同じことがざわめきについても言える。もし第四部の終わり近くの「禿鷹のたけり狂う叫び」がなければ、この詩作品はほとんど音もなく終わる。

(Ⅳ)

何と深いことか　暗い毒のなかのまどろみは、星たちと　母の白い顔、石のような顔にあふれて。何とにがいことか、死は、罪を負う者たちの食物は。褐色の木の枝で　嘲笑いながら土の面《おもて》がいくつも　砕け落ちた。だが　そっとあの人が　にわとこの緑の影で　歌っていた、悪い夢から　目を覚まして。甘美な遊び友達　ひとりの薔薇色の天使が　かれに近づいたので、かれ、優しい獣は　夜　まどろんでいった、そして　かれは　清らかな星の顔を見た。夏になると、金色に　向日葵は　庭の垣のうえに沈んだ。おお、勤勉な蜂たちと　胡桃の樹の緑の葉叢、通り過ぎていく雷雨。銀色に　罌粟もまた　咲きほこり　緑の鞘のなかに　ぼくたちの夜の星の夢を　抱いていた。おお、何と静かだったことか、父が　暗闇に入っていったとき、家は。深紅に　木の実は熟し　庭師は　固い手を動かしていた、おお、輝く太陽のなかに　毛の黴。だが　静かに夕べ　死者の影が　悲しんでいるかれの友人たちの集いのなかに歩み入り、かれの歩みは　水晶のように　森の外の　緑になっていく草地に響いた。黙した者たち　あの人々は　食卓に集った。死んでいく者たち　かれらは　蠟のように蒼ざめた手で　パンを割った、血を流すパンを。妹の石のような目の痛み、晩餐で　彼女の狂気は　兄の夜の額のうえに現われ、母の悩んでいる手の下で　パンは石となったときに。おお滅んだ者たちの、かれらが　銀色の舌で　地獄を語らなかったときに。そうして　ランプは冷たい居間で消え　深紅の仮面から黙したまま　悩んでいる人間たちは　互いに見つめ合っていた。夜中　雨はざわめき　平野を生き返らせた。茨の荒れ地で　暗い者が辿っていった麦の間の黄ばんだ小径を、雲雀の歌を　緑の枝々の柔らかな静けさを、平和を見出そうと。おお、お前たち、村々よ　苔むした階段よ、燃えるような光景よ。だが　骨となり　歩みは森の縁に沿って　眠っている蛇たちを越えて　ゆらめき　耳は　いつも禿鷹のたけり狂う叫びに　ついていくのだ。石だらけの荒野を　かれは　夕べ　見つけた、父の暗い家へ入っていく死者の道連れを。深紅の雲が　かれの頭をつつんだので　かれは黙したまま　自分自身の血と像のうえに　襲いかかった、月のような顔、石のように　空虚のなかに沈んでいった、砕けた鏡のなかに、死んでいく青年、妹が現われたとき、夜は　呪われた種族を飲み込んだ。

朽ちた、死んだものは、このテキストの中で否定的に行動するものとして理解される。もっぱら朽ちたものたちに、前述した場合と同様に属格構文で、何か具体的なものが割り当てられている。つまり地獄を語らないことが。

支配的な色は緑と深紅だ。狂気の緑と熟した果実や雲や仮面の深紅は、この作品の第二部の「神聖な」司祭の衣の緋色に似ているように思える。この最後の部分の状況がいかに逆説的であるかは、比較できないもの同士の、例えば「勤勉な蜂たち」と「胡桃の樹の緑の葉叢」の比較で裏付けることができる。この散文詩、言い換えればこの一つの錯乱の交響曲の第四楽章を際立たせているのはその真ん中の部分だ。「妹の石のような目の痛み、晩餐で　彼女の狂気は　兄の夜の額のうえに現われ、母の悩んでいる手の下で　パンは石となったときに。」再び決定的なことが起こる場所として、トラークル特有の顔の部分、すなわち「額」が示される。今、妹の狂気が「かれ」、名前を持たない者に伝染する。忌まわしい生を授けた者、すなわち母の手においてパンもまた石に変わるその同じ時に。

この抒情詩的な散文においてだけでなく、そもそも詩集『夢のなかのセバスティアン』全体に特徴的な筋の要素は、石化すること、結晶化すること、そして朽ち果てることである。またもやここでも無機的なものと有機的なものを指し示す動詞が結合されるのだ。この散文詩はおそらく一九一四年一月前半に、二週間という非常に短い期間で成立したことを考えると、詩人の集中力の高さに驚かされる。同時に彼がこの作品に集結した、自身の抒情詩を創作するための主要なモチーフのヴァリエーションの広さにも感心する。トラークルがなぜ最後の最後にガリチアの病院に拘束されながら、他ならぬこの作品をもう一度見たいと欲したのかは理解できる。

だがしかし彼は『夢のなかのセバスティアン』で「歌い終えた」のではなかった。そしてモチーフのすべてを使い尽くしたのではなかった。例えば「夢と錯乱」の中を通り過ぎていった雷雨。それを彼はヘルダーリンの跡を継ぐような一つの頌歌に形成し、一九一四年七月一五日の「ブレンナー」誌の第二〇号に発表することができた。『夢のなかのセバスティアン』の後にトラークルの生前になおも発表されたいくつもの詩。そしてまた彼の最晩年に生まれ、遺稿として残されたいくつもの詩。それらはおそらく、トラークルの第四詩集がもし出されることになったならば、その根幹となったであろう。その詩集は『一九〇九年集』、一九一三年刊行の『詩集』、そして『夢のなかのセバスティアン』に続くものになるはずだった。次章「塀に沿って」ではこれらの詩について検討してみたい。

Ⅷ 「塀に沿って」。詩に描かれた世界の終末の様相

トラークルの場合、その生涯の短さを考えると、「晩年の作品」という言葉を用いるのはためらわれる。だがそれでも詩集『夢のなかのセバスティアン』の原稿が完成した後になってなおも幾篇もの詩作品が生み出されており、それらは総じて彼の最晩年の詩とみなすことができる。これらの詩は二つのグループに分けられる。その第一は一九一四年から一九一五年にかけて「ブレンナー」誌で発表された詩作品であり、その第二は一九一二年から一九一四年にかけて成立したものの、未発表のまま遺稿として残された詩作品である。トラークルはそれらの詩を詩集『夢のなかのセバスティアン』に入れなかったし、個々に発表することもしなかった。それらの詩にはそれだけの価値はないとみなしたのかもしれない。あるいはやがて書くはずの作品のまだ準備段階であると考えて発表を差し控えたのかもしれない。少なくともその幾篇かは、もし次の詩集が出されることになったならば、その根幹部分となったであろう。そこには宝石のような詩がいく

つも見出されるのであり、この章で改めて取り上げ、考察する価値がある。さらにこれら最晩年の詩を検討することは、トラークルの詩作の本質についてもう一度、次のような根本的な問いを提起することにつながる。すなわちこれらの詩は果たしてどの程度新しい表現形式の可能性を証するのだろうか。それともその反対にこの詩人は、第一章で「終局的な始まり」と呼んだように、世界の終末的状況から始め、その後はこの終末意識を、輪郭のはっきりとしたテーマや形式や詩的な色彩を変奏することで多彩に広げ、また彼の言葉の特に暗示的なトーンによって濃密にしていったのだろうか。

彼の詩の多くには回転礼拝器［ラマ教徒が祈りの時に手に持つ小さな車］やロザリオのように感じられるところがある。しかしそれは単なる繰り返しではない。むしろこれらの詩はモチーフのレパートリーはかなり少ないにもかかわらず、途方もない緊張を生み出す。さらにトラークルはこの最後の創作期において、すでに度々試みてきた様式手段をこれまで以上に用いるようになる。それは統語的な関連を未決定のままにしておく、動詞を他動詞として普通ではない形で用いる、総じて伝統的な文構造を異化する、そしてそれによって、いわば言葉の「結合価の違反[1]」のように、文構造を二義的にするといった手法である。

ここでいくつかの、無意味ではあるが、しかし同時に心そそられる次のような問いが胸に湧き起こる。トラークルは「歌いきった」のだろうか。それとも彼の詩は、もし彼が世界大戦の地獄から逃れることができたならば、さらに「発展」したのだろうか。彼の晩年の詩を読むと、こうした問いがおのずと胸に浮かんでくる。

トラークルと彼の詩をとうの昔からつくり上げてきたのは終わりの意識であり、死の意識であった。この点で彼はアウグスト・シュトラムやウィルフレッド・オーウェン、アルフレート・リヒテンシュタインやジークフリート・サスーンのように戦場で初めて死と向き合わされた詩人たちとは異なる。彼自身の「死との境界にあった十年間」の間にトラークルはとっくに死を受け入れる気持ちになっていた。死の壊滅的な働きを彼は、戦争が始まって間もなく、オーストリア軍の東部戦線で確認しただけであった。だがトラークルの創作には、この文明の途方もない大惨事をどのようにしたら正しく表現できるかという問いが執拗に生き続けた。この大惨事は彼にとっては一連の個人的な生の危機として始まった。だが彼はそれが自身の内面に渦巻く様々な危機の中でくっきりと浮き彫りにされるのを見た。彼には自身の内面に抱える危機は、多くの文化の、いやそれどころかすべての文化の危機を表すものに思えた。彼はそのことを論証的・批判的にではなく、ただ隠喩を通じて、つまり自身の音調によって色づけられた言語形象を通じてのみ推し量ることができた。もしもそうすることで彼は詩を書くことで生の虚偽を重ねているのだという思いに駆り立てられることがあるとしても、彼はそれを肯定し、「虚偽」を重ね続けた。まさにドストエフスキーの小説『罪と罰』においてラズミーヒンがラスコーリニコフの友人として、その母、プルヘーリヤ・アレクサンドロヴナとの会話で、彼女の驚愕に対して次のように主張したのと同様に。「空想するとは、人間が他のどの生物にまさって与えられている唯一の特権です。

空想し、嘘をつく者は、真実に行き着くのです！　嘘をつくからこそ、人は人間なのですから。もし一四回、あるいはもしかしたら一一四回の嘘がつかれなかったとしたら、ただ一つの真実も獲得されなかったでしょう(2)」。

そもそもトラークルはこの小説を、自己と主人公を同一視しながら読み、自分自身もラスコーリニコフ同じく「美的なシラミ」であると感じた(3)と考えられる。いずれにしても彼は語り手が描き出す主人公の性格のうちに自分自身の姿をいくばくか認識したのであろう。

彼は生まれつき臆病だったり内気なわけではなかった、むしろその反対だった。しかしばらく前から彼は神経が過敏になり、一種のヒポコンデリー（心気症）のような緊張状態に身を置いていた。彼はあまりにも自分自身の中に閉じこもって、家主の女性に限らず他の誰とも交渉を断ってしまったので、誰に会うのも怖かった。（…）興味深いことだ、人は何を一番恐れるのだろう。不確かなものの中への一歩、話すことのできる新しい一つの言葉、それを他の何よりも恐れている(4)。

そしてまさにこの「新しい言葉」をトラークルはただ隠喩や詩的な喩えによってのみ獲得できた。ニーチェは没後に初めて公表された「道徳以外の意味における真理と虚偽について」で一人の画家を思い浮かべてこう述べている。「彼には両手が欠けている、だから彼は歌うことで自分の頭に浮かぶ形象を表現しようとした」[5]。ニーチェはこの論考でまた神経刺激と隠喩の関連についても省察し、言葉は「神経刺激を音にしてなぞることだ」と主張した。彼にとって何が問題であるかを明らかにするために、クラードニ図形、つまり「弦が振動する」ことによって生じる音が砂に描く図形を引き合いに出す。彼はそれによって、プラトン以来の命名の問題を新たに概念化する。「木々や色や雪や花について話す時、我々はそれらの事物そのものについて何かを知っていると信じている。しかし我々が所有しているのは、根源的な本質に全く合致していないそれらの事物の隠喩でしかない」[6]。ニーチェは強調する、言葉や概念の成立に際しては論理的には進行しないと。なぜならば「砂の図形としての音のように、物自体の謎めいたXはまず神経刺激として、次に形象として、最後に音として感じられるのだ」[7]。

トラークルを読むとニーチェの言おうとしていたことがよくわかる。なぜならばトラークルは自分のイメージを「歌った」からだ。すでに見たように彼の自画像を除けば、暗い抒情詩の声で。「神経刺激」からいくつもの音や音の組み合わせが生じた。Oという母音による嘆願は大抵の場合、詩の中でもはや嘆願することしかできなくなった時に起こる。そしてこの点でトラークルの詩作はリルケにつながる。というのもリルケはこの様式手段を彼独特の手法として『形象詩集』の詩「幼年時代」で極端と言えるほど用いている。この詩をトラークルが知っていたことはありえる。(「おお、孤独よ、おお　重く時を過ごすことよ（…）おお　意味のない悲しみよ、おお　夢よ、おお　恐怖よ（…）おお　いよいよ逃れ去る理解よ／おお　不安よ、おお　重荷よ（…）おお　幼年時代よ、おお　すべり落ちていく直喩たちよ[8]」。）リルケの最後の詩「来たれ、お前、私が認める最後の」にもなおこのような呼びかけが見出せる。「おお　生よ、生。それは外に存在すること[9]」。この詩の苦悩する「わたし」は自分自身のアイデンティティに不安を覚え（「わたしはまだ、あそこで見分けもつかずに燃えている者か」）、思い出すことを許さない。まさに幼年時代の体験との相違をこの「わたし」は際立たせる。「断念。これはかつての幼年時代の病気とは違う[10]」。

これに対してトラークルの体験は最後の詩に至るまで同じだ。「幼年時代の／暗い照り返し」の中で、トラークルの「わたし」は「庭」が、それはつねに「妹の庭」でもあるが、朽ちるのを見る。（「秋の帰郷」第三稿）。この詩「秋の帰郷」の三つの草稿には一貫して「思い出を、埋められた希望を／この褐色の梁が守っている」という主要な命題が示されている。確かに思い出は「埋められた希望」として否定的な色を帯びはするが、しかしどこにあるかを正確に突き止めることができる。それは「褐色の梁」の中に捉えることができるのだ。

壊れた頌歌

一九一四年から一九一五年にかけてトラークルが「ブレンナー」誌で発表した詩は、壊れた頌歌や悲歌のようだ。それらが成立したのは一九一四年五月から八月の間であり、例外はただ二篇、詩「嘆き（Ⅱ）」と詩「グロデーク」だけである。この二篇の詩だけは戦場で書かれた。ということは、詩「東方で」すら、ルートヴィヒ・フォン・フィッカーによれば、トラークルが八月二四日に軍隊の移送によってインスブルックを出発し、東方戦線へと向かう前にインスブルックで成立している。したがってこの詩「東方で」は、彼をそこで、つまり東方で待ち受けていたもの、すなわち彼がかつて熱望した浄化する「雷雨」よりももっと凄まじいもの、それを間近に予感した詩として読めるだろう。詩「ヘルブルンにて」は形式的にも内容的にも『一九〇九年集』の詩「ヘルブルンの三つの沼」を思い出させる。この詩は構成の点ではトラークルの最後期の頌歌的ないし悲歌的な詩作品とは異なる。

ヘルブルンにて

再び　夕べの青い嘆きのあとを追いながら
丘のほとりを、春の池のほとりを――
まるで　とうに死んでしまった者たちの影が　そのうえで　揺れているようだ、
高位の司祭たち、高貴な婦人たちの影が――
もうすでに　咲きほこっている　その人たちの花が、厳かな菫の花が
夕暮れの谷で、ざわめいている　青い泉の
水晶の波が。こんなに霊気に満ちて　緑になっていく

柏の樹々が　死者たちの　忘れられた小径のうえで、
金色の雲が　池のうえに。

「三つの沼」は一つの沼になった。それは効力を失い、次第に自然と一体化していく様々な思い出が溜まる池だ。なぜならば「死者たちの小径」や、かつて権勢を極めたものの「とうに死んでしまった者たちの影」は、緑の柏の樹々や光あふれる雲の前では色褪せる。夕べの青さに包まれた「嘆き」すら消えていき、空虚になり、思い出として残るだけだ。この詩はトラークルの作品の中で具体的にザルツブルクを暗示する最後の詩だ。この詩はザルツブルクの世界からの別離のように聞こえるが、その世界は驚くほど純化された印象を与える。確かにここで花々は「谷で咲いていているが、もはや『一九〇九年集』の「ヘルブルン」詩のように「蝿たちがふらふら飛んで」いたりはしない。前に書かれた詩では水は「緑青く」ほのかに光って見えたのに対して、後に書かれたこの詩では、緑と青という二つの色の領域は注意深く分けられている。そして青は抽象的な領域（「嘆き」）だけでなく、具体的な領域（「泉」）にも割り当てられる。ヘルブルンの上方は明るくなっていく。それはまるで詩人と彼の故郷の関係を象徴するかのようだ。だが次の詩「心臓」は「不安」が再び彼に追いついたことを示す。最後期の詩はヘルダーリンやノヴァーリスを想起させるが、それらを刻印するのは「折る」、「砕く」、「粉砕する」といった動詞だ。それらの詩は時に思いきって力を強める。そしてリルケの言葉を借りれば「歌い上げる」。しかしその勢いもすぐにまたくじかれることになる。
トラークルの壊れた頌歌のような詩の代表が「心臓」だ。この詩の嘆願は「暗い不安」の予兆だ。同じく頌歌のような詩「雷雨」は呪わしい不安を追い払おうとするが。「不安、お前、毒をもつ蛇よ、／黒いものよ、岩々の間で　死に果ててしまえ！」(「雷雨」)

心臓

野生の心臓が　森の縁で　白くなった、
おお　死の
暗い不安、こうして　黄金が
灰色の雲のなかで　消えた。
十一月の夕暮れ。
屠殺場の裸の門に立っていた
貧しい女たちの群が、
どの籠にも
腐った肉と　臓物が　投げ込まれた、
呪われた食物！

夕暮れ　青い鳩は
和解をもたらさなかった。
暗い　トランペットの響きが
楡の樹々の
濡れた金色の葉叢を通り抜け、
ずたずたに引き裂かれた旗は
血で煙り、
あらあらしい憂鬱につつまれて
男がひとり　耳を澄ましている。
おお！　お前たち　青銅の時代よ
あそこに　夕焼けのなかに埋葬された時よ。

暗い戸口から　歩み出た
若い女の
金色の姿が
蒼ざめた月たちにつつまれて、

秋の宮廷、
黒い樅の樹々が　折られていた
夜の嵐のなかで、
険しい城塞。
おお　心臓よ
向うへ　ほのかに光っていく　雪のような冷たささへと。

詩「憂愁」、詩「帰郷」、詩「夜の恭順」、詩「東方で」と同様に、この詩は三部構成になっている。散文詩「啓示と没落」は六つの部からなるが、これもまた三つの部の二乗と考えられる。つまりこれらの詩はヘルダーリンの頌歌のもつ三部構造[11]を踏襲している。それはまた三位一体のイメージを詩的に世俗化しているとも捉えられる[12]。

心臓、つまり存在の核が白くなることは、トラークルの他の詩に狂気の（無）色として現われた母の「白い顔」や「白い息子」を想起させる。この詩「心臓」の前に置かれている詩「ヘルブルンにて」の「金色の雲」は反転し、その輝きは灰色の中で死に絶える。「屠殺場」は詩「南風《フェーン》の吹いている郊外」の一場面を思い出させる。嫌悪と貧困が一つになる。第一詩節で不安は解き放たれ、狂気のあらあらしさと張り合うようだ。第二詩節はこの関連を変奏する。この詩節はリルケの『旗手クリストフ・リルケの愛と死の歌』（一八九九）を暗示しているのではないだろうか。

そこでは「落ち着かない影たち」に取り巻かれ、「夢み」て、ついになくなり、そして燃え上がって消えうせた一つの旗が描かれる。[13]「あらあらしさ」は今メランコリーになった。それは内なる矛盾した感情だ。第三詩節ではあらあらしいものは自然と化す、つまり「黒い樅の樹々を」折る「夜の嵐」に。そのただ中に救済の可能性を秘めた一つの姿が立つ。すなわち「見知らぬ女」〔原語 Fremdlingin は Fremdling（「見知らぬ者、よそ者」の意味）を女性形にしたトラークルの造語」に似た、両性具有の姿である「若い女」〔原語 Jünglingin は Jüngling（「若い男、若者、青年」の意味）を女性形にしたトラークルの造語」が。[14]「トラークルの晩年の詩における人格の根本的な解体」という指摘はある程度は当たっている。「詩の主体の分裂に向かう傾向」[15]という指摘も同様だ。ただしそれは「啓示と没落」では再び撤回されている。これに関しては後でもう少し論じたい。詩「心臓」の第三詩節は最後に一つの移行へと向かう。つまり、「雪のような冷たさへ」「ほのかに光っていく」という超越する動きへと。

これらの頌歌では浄化が熱望される。それは詩「雷雨」で特に顕著だ。この詩の最後でも詩「心臓」と同じように「雪を被った峰々」が示される。しかしここでは詩「心臓」よりももっとくっきりとコントラストがつけられている。「火が／引き裂かれた夜を　浄化する」。この詩には神話からの様々な借用が指摘できる。（「お前たち　あらあらしい山脈、鷲たちの／気高い悲しみよ。（…）もうすでに　馬と馬車の／黒い混乱のなかに　不意に閃く／薔薇色の恐ろしい稲妻が／鳴っている唐檜の間に。／磁石の冷気が／この誇らしげな頭のまわりで漂う、／怒っている神の／灼熱する憂愁」)。

浄化を憧憬するこれらの頌歌のような詩の歌い出しは力強い。「忌わしい　お前たち　暗い毒よ、/白い眠りよ！」(「眠り」)、「死んだ英雄たちの姿をして/月よ　お前は満たすのだ/黙している森たちを」(「夕暮れ」)、「お前　あらあらしい裂け目を　ぼくは歌う、/夜の嵐のなかに/そそり立つ山脈を」(「夜」)、「何と力強いことか、お前　内部の/暗い口よ」(「憂愁」)そして「尼僧よ！　ぼくを　お前の暗闇でつつめ」(「夜の恭順」)。「尼僧」は詩「憂愁」では詩の最後で「砕かれた男たちの骨のうえに」現われ、「見知らぬ女」や「若い女」と同等の救済者となる。

トラークルが『夢のなかのセバスティアン』の原稿を完成させた後もなお取り組んだ最後期の創作に関しては、もう一つ指摘しておきたいことがある。それは彼がかつて手をつけたものの完成できなかった抒情詩的な戯曲にもう一度向かおうとしたことである。このことはしばしばなおざりにされるが、(16) 彼の遺稿には断片からなる無題の戯曲の二種類の草稿が残されている。つまりトラークルはこの時期になおも、といっても一九一四年の遅くとも五月半ばではあるが、インスブルックで、抒情詩を創造する言語素材としてはすでに使い尽くしたように見えた種々のモチーフを用いて戯曲の草稿を作り、試してみることができると考えていた。舞台で上演される作品となるためには、人物たちの特徴を的確に描き出す必要があった。

ペーター、真っ暗な息子
トラークルの「戯曲断片」

この戯曲断片はトラークルの晩年の仕事の一つの証拠とみなされる。その理由としては少なくとも次の点が挙げられる。すなわちこの断片は抒情詩ですでになじみの言語的およびモチーフ的な諸要素をもう一度結集し、それらを組み合わせを変えて新しく試している。

トラークルはここでもやはり言い難いものをそれでも言葉にしようとする。つまり彼が体験した過激な事柄に劇的な形を与えようとする。それは秘密裡に行われることを舞台で上演できるように具体化し、誰の目にも見えるようにすることであった。ショックを与えるものとして「青髭」のテーマを選び、彼は二度、おそらく矢継早に戯曲の創作を試みた。

トラークルは一九一三年一一月にミュンヘンのレジデンツ劇場で初演されたゲオルク・ビュヒナーの『ヴォイツェク』を知っていたのだろうか。ココシュカの戯曲『殺人者 女たちの希望』(一九〇九)を観ていたのだろうか。フランク・ヴェーデキントの革新的な作品[17]、つまり『地霊』(一八九五)や『パンドラの箱』(一九〇四)をどの程度よく知っていたのだろうか。それとも彼はこれらのショッキングなモチーフを自分で創造したのだろうか。彼自身の根源的な罪の意識が、つまり自分自身にも受け継がれていると自覚していた罪過の意識がそれらを生み出したのだろうか。一九一〇年二月に書かれた「青髭・断片」で、「ぼくから 耳と目を 取り上げてくれ!

ぼくは呪われている！／夜は　狂気に満ちあふれ――そして　卑しい！」とヘルベルトは嘆く。この断片で示される父と息子の対話は恐ろしい出来事の前奏となる。息子のヘルベルトは敷居に血が流れるのを見る。それは青髭の次の犠牲者となる花嫁エリーザベトが跪くはずの敷居だ。父の「老人」は息子に、彼が血と思っているものは「松明の揺らめいている光」だと言いきかせ、彼をなだめることがまだできる。けれどもそのすぐ後で「老人」は青髭に、この世の中で彼ほどその残忍さゆえに神から「苦しめられている」者は今まで見たことがないと告白する。それから青髭は彼の犠牲者となるエリーザベトに彼女自身に間近に迫る悪事の恐ろしい光景を眺めさせる。だが彼は自分自身を神の手先と、ほかならぬ神の悪魔のような計画の実行者と考えている。「お前の少年のように――こんなに清らかだ、おお　私はお前を愛している！／だが私は　お前、幼な子よ、お前のすべてを支配しなければならない――／神が望むように　お前の咽喉を　裂かなければならない！／お前　鳩よ、そして　お前のこんなにも赤い血を／お前の　痙攣し、泡立つ死を　飲まなくてはならない！／そして　お前の臓腑から／お前の羞恥と　お前の純潔を　吸い込まなくてはならない。」［傍点は著者による］

トラークルのもう一つの、つまり最後の戯曲断片では父と息子の関係が中心に置かれる。そして「青髭・断片」の老人とヘルベルトは父である小作人とその息子ペーターの姿に変えられる。どちらの断片でも父とされる人物は従属的な立場にある。一方は青髭の使用人であり、他方は詳しくは説明されないが、とある地主の「小作人」である。つまり彼らは自立した存在ではなく、独断的に行動することはできない。「青髭・断片」と異なり、この戯曲断片では一つの家族ドラマが展開される。イワン・ツルゲーネフの『父と子』（一八六九年にドイツ語による最初の翻訳）の中で典型的に描かれているようなモデルネの古典的な世代間の葛藤とは異なり、トラークルの場合には葛藤の原因となる人生観や哲学的な思想の相違は重要ではない。むしろ父と息子は、すなわち小作人とペーターはニヒリストである点で同じだ。二人にはもはや救済はありえない。神は小作人の家にただもう試練を下すだけなのだから。

「青髭・断片」の「花嫁の寝室」には「滅亡と死」がひそんでいた。それに対してこの戯曲断片では「黒い腐敗」が普遍的な状態になり、それは「村の孤児」たちによって歌われるほどだ。この戯曲断片には二つの草稿が遺されているが、その両方で水死体について言及される。一方ではそれは「少年の亡骸」であり、もう一方では「修道士の亡骸」だ。それらはラファエル前派が『ハムレット』のオフィーリアのモチーフを美化して描いた水死体のイメージを異化する。「赤い魚たちが　その目をついばみ、一匹の獣がその銀色の身体を引き裂いた。青い水が　イラクサと野茨の冠を　その黒っぽい巻き毛に　からみつけた。」オフィーリアのモチーフはもう一度戻ってくる。父は（彼自身が凌辱した）娘ヨハンナが現われる悪夢のような幻想を見る。あるいは彼女の姿を現実に見るのだ。「彼女の顔を、今夜　星たちの池のなかに　私は見た、血を流すヴェールにつつまれているのを。父の　見知らぬ女――」。彼の家の炉の中で「煤と清浄なもの」が混じり合う。「村」や森の「狂気」は彼のもとに巣くう。彼はいくつもの声を聴く。それは彼の死んだ妻の声、彼の最初の子供の声、そして最後にはあのヨハンナの声だ。「誰が　しゃべっているのだろう。ヨハンナ、娘　白い声が　夜風にのって、その悲しい巡礼から　お前は帰ってくる。おお　お前、私の血でできた血よ、月の夜の道と夢みるものよ――お前は誰だ。ペーター、真っ暗な息子よ、乞食のように　お前は　石ころだらけの畑の縁に座る、腹をすかせて、お前の父の静寂を満たそうと。」「静寂」を強いる父の恥辱は息子に移る。

父の耳に「白く」響く娘のヨハンナの声は、彼女の中で「月のなかの白い踊り」に変わる。それは彼女が自分の口から緋色が流れるのを見るのと同様に幻覚だ。あるいは再び月の中に「雪のような炎」が見える。それは相容れない極端な対立の象徴だ。さらに彼女は自分の小さな妹のまぼろしを見る。そのまぼろしは自分を殺した者を認める。それは彼ら二人の父だ。ヨハンナが茨の茂みの中に倒れていく間に、父は今、さらに殺す、一人の「さすらう者」を。それは立ち去る者であり、かつ立ち去られる者だ。「殺人者」は顔を奪われ、心は「石灰に変えられた」。顔の喪失というモチーフはトラークルの最後の散文詩である「啓示と没落」に再び現われる。

こうした情景を性的な観点から解釈するだけでは十分ではない。月は「青髭・断片」ではまだ「泥酔した娼婦」のようであったが、この戯曲断片ではもはやそのようにぼんやり見つめてはいない。月は狂気を生み出し、その狂気から意味を引き出すことはもはやできない。この断片のテーマの一つは家族が、すなわち市民社会の基盤が完全に崩れることだ。この明らかに倒錯した小作人は彼の小作料をただもう他の者の命を奪うことによってしか支払うことができない。ここではどのような形であれユートピアは無効と宣言されている。それは父自身の（息子のペーターのではない！）言葉において明らかにされる。「おお　幼年時代から続く　菩提樹のざわめき、生の無益な希望、石と化したパン！」

第二稿にはケルモルという名の見知らぬ人物が登場する。彼もまた彼を迎え入れる者たち、つまり小作人やペーターと同様にアウトサイダーだ。このケルモルとは一体誰なのか。父と息子を苦しめる良心を擬人化したものなのか。あるいはトラークルはこの人物像をジュール・ヴェルヌの小説『素晴らしきオリノコ川』から借りてきたのだろうか。この小説は一八九九年にドイツ語版が出版されている。(18)その中にはケルモルという騎兵隊大佐が登場するが、トラークルの断片ではケルモルは「黒馬の首を森で」折り、「その深紅の両目から狂気が躍り出た」と描かれている。この情景はトラークルには非常に重要であり、彼はそれを散文詩「啓示と没落」でも用いている。だがもっと重要なのは、トラークルが張り巡らす近親相姦による滅亡の、腐敗の、狂気の世界に陥った者は、それが誰であろうと、例えばすでにヴェルヌが冒険者として描いた者であろうと、その世界から外へと逃れることはもはやできないということだ。ケルモルはこの世界に（ヨハンナの眠りにも）外から侵入してくるが、しかし「爽やかな風」を、つまりは新しい展望をもたらしはしない。むしろ彼自身がすぐにも「腐敗の茨の階段」を行くように命じられているのに気づく。彼もまたヨハンナが「歌っている見知らぬ女［原語は Fremdlingin］」であることを認める。そしてすぐさま「暗黒」が彼の心のなかで「うねりを上げる」のを感じ、「衰弱した月」が「砕かれた岩屑」の間を通っていくのを見る。ここで問題なのはトラークルがただもう自分自身の中にアイデンティティを喪失したいくつもの分裂した姿しか創造することができなかったということではない。ケルモルも小作人もペーターもヨハンナも、それらはたとえその存在が逃れようもなく脆弱であろうとも、誰であるかを確認できる独自の性格を持った人物たちだ。そしてこれらの場面はどれほど言葉が簡潔であろうと、言われうることは言われているように思われる。この戯曲断片は詩的観点からすると散文詩に等しい。なぜならばこの断片で用いられているいくつものモチーフは一九一四年に生まれる壊れた頌歌や悲歌で再び戻ってくるからだ。ヨハンナの狂気のモノローグは頌歌のような詩「雷雨」の恍惚とした激情を先取りしている。

ああ　まだ　荒れ狂う雷雨に　銀色の腕が　鳴り響いている。流れよ　血よ　狂ったようなこの足から。その足は　夜の道で　何と白くなってしまったことか！　おお　中庭には鼠たちの叫び声が、水仙の香りが。薔薇色の春が　痛ましい眉に　巣くう。お前たち　幼年時代の朽ち果てた夢たちは　私の砕かれた目のなかで　何をしているのだろう。

ここでは当事者たちすべてが自身の悲劇的な出来事に苦しむが、それを彼らは言葉で表現することができる。彼らの言葉は無力ではない。言葉はなすすべもなく、何も生み出さないまま沈黙の縁にうずくまるのではない。むしろそれは不気味で劇的な緊張を生み出す。彼らは住む家があろうと、家もなくさすらいの身であろうと、皆、無防備に恐怖にさらされている。彼らの欲望はただ殺人に向かう。性愛は「死滅」する。純粋な人間性に対する希望も同じだ。トラークルはここで、とうに朽ち果て、そしてすでに自分自身に最後のとどめを刺した一つの社会のいくつもの断面を示している。もし何かがまだ蠢めいているとしたら、それはこの致命的な一刺しの余韻だ。それは途方もない出来事が、「日々の仕事」をなおも果たしたと称している世界を襲った後になおも残るわななきだ。

この戯曲断片は息苦しさを覚えるほど完璧に見える。この後に言うべきものはもはや何も残されていない。さすらう者は「幼年時代の深紅の夢魔」という言葉を口にしながら死んでいく。彼を殺す者は叫ぶ、「笑っている黄金、血——おお　畜生！」と。そしてヨハンナは棒立ちになり、彼女の死の眠りを妨げたといってケルモルを非難する。彼らは皆、致命的な傷を受けている。彼らは彼らの絶望的な状況を変えることはできない。

ヨハンナという人物像は、次に示すように、この名前をタイトルにした詩も遺稿にあることからも特に興味深い。さらにヨハンナという名前はトラークルの運命的な愛の対象である妹グレーテのセカンドネームだ。とはいえこのことから性急に解釈を引き出すべきではないだろう。

ヨハンナに

度々　ぼくは聞くのだ　お前の歩みが
街路を通り抜けて　響くのを。
褐色の小さな庭に
お前の影の青。

暮れていく葉陰で
ぼくは葡萄酒を飲みながら　黙って座っていた。
ひとしずくの血が
お前のこめかみから　流れ落ちた

歌っているグラスのなかに
無限の憂鬱の時間が。
星座からは
雪を孕んだ風が　葉叢を吹き抜ける。
それぞれの死を　甘んじて受ける、
夜を　蒼ざめた人間が。

お前の深紅の口
ひとつの傷口が　ぼくのなかに宿る。

あたかも　ぼくはやって来ているようだ
ぼくたちの故郷の
緑の樅の丘と伝説から、
それらをぼくたちは　とうに忘れてしまったが――

ぼくたちは　誰だろう。苔むした森の泉の
青い嘆き、
そこでは　菫が
ひそやかに　春には匂い立つ。

夏の平和な村は
ぼくたちの種族の
幼年時代を　かつて守っていた、
今　死に絶えつつ夕暮れの

丘のふもとで　白い子孫たちは
ぼくたちは　夢みている
ぼくたちの夜の血のおののきを
石の町の影たちを。

この詩の意味内容は揺れ動いている。例えば最後の詩節にある「石の町の影たち」は「血の」と同格であり、それを説明するのだろうか。それともそれとは関連がなく、ただ締めくくりのカデンツァなのか。「夕暮れの／／丘」は詩節を超えて配置されている。ではそれによって少なくとも、「死に絶えつつ」ある者たちは「白い子孫たち」であるということは確かだと考えてもよいのか。それに対して、もし「夕暮れの」と「丘」は一語ではなくそれぞれ別々の語と捉えるならば、この二つの詩節の最後と最初は意味がはっきりしないままだ。

ここでもまた伝記的な解釈が当然考えられよう。いやむしろそうした解釈は当然すぎるかもしれない。例えば兄である「ぼく」はベルリンの酒場にいて（この詩は一九一四年三月にベルリンで成立した、もしかしたらその地で書かれた唯一の詩であるかもしれない）、妹の死産という容易ならぬ状況に沈思している（「ひとしずくの血が／お前のこめかみから　流れ落ちた／／歌っているグラスのなかに」）。そして「無限の憂鬱の時間」の中で、ともに過ごした「幼年時代」と、「ぼくたちの夜の血のおののき」という言葉が暗示するように、「血の罪」を回顧している。近親相姦的な罪をもっとはっきりと示唆しているのは、「お前の深紅の口／ひとつの傷口が　ぼくのなかに宿る」という詩行であろう。だがこうした伝記的な解釈には納まりきれないものがこの詩にはある。宇宙的な広がりを持つ風が勢いよく葉叢を吹き抜けていくという描写もその一つだ。一つの詩節が最も重要な問いを投げかける、「ぼくたちは　誰だろう」と。兄妹か、恋人たちか。それとも誰か別のばらばらになった者たちか。「ぼく」は再び自分自身を認識した。三度「ぼく」はこの詩の中に現われる。「お前の深紅の口／ひとつの傷口が　ぼくのなかに宿る」という詩句に「ぼく」と「お前」の関係が最も内密に最も濃密に表されている。ここでも統語的な逸脱が見られる。この口は傷として「ぼく」の中に宿るのか。これは具体的な体験なのか。それとも詩的に作られたものなのか。「夏の平和な村は／ぼくたちの種族の／幼年時代を　かつて守っていた」とはどのような状況なのか。この兄妹は「かつて」一種の文化の幼年時代を代表していたのか。それともヘルダーリンが最後に書いたように、「わたしたちのまだ子供に似た文化の狭い柵[19]」であったのか。そして「歌っているグラス」とは何だろう。それはヨハンナの血の一滴がその中に落ちるというただその理由で「歌う」のだろうか。そのような犠牲的行為こそが歌うことを、すなわち詩作することを可能にする条件なのか。そうであればこの詩は少なくとも、当然ながら劇的緊張に満ちた、詩論的な詩ともなる。

壊れた悲歌、メランコリックな身振り
そして他にも境界を行くこと

「嘆き（Ⅰ）」と「嘆き（Ⅱ）」と「グロデーク」の三篇の詩はトラークルの晩年の創作の中で三重奏を奏でている。この三篇の間にはこの三篇をそれぞれ守るように別の詩や詩群が配置されている。それらの詩や詩群は、あるものはメランコリーをテーマとし、あるものは境界を別な風に解釈しようと試み（例えば「塀」を堅固にされた「垣」として捉える）、またあるものは別の、当然、もっと残虐な世界への「突破」を予感する（詩「東方で」）。故国を離れた戦場で、戦争の地獄の中で生まれたのは詩「嘆き（Ⅱ）」と詩「グロデーク」だけである。この二つの詩は驚愕を詩作によって乗り越えようとする試みであった。そしてその試みが目を引くのは、詩人がこの恐ろしい出来事を表現するために新しい言葉の可能性を探し求めたからではない。そうではなくて詩人はすでに実証済みの意味内容をここでもまた用い、言葉の響きをなじみの色でまた染めているからである。一九一四年一〇月二四日から二五日にかけてルートヴィヒ・フォン・フィッカーはクラクフの野戦病院に収容されたトラークルを見舞った。その時、トラークルはこの二つの詩をフォン・フィッカーに読んで聞かせた。彼はそれを「彼独特のあっさりとふと口に出したような、小さな声で」読んだというフォン・フィッカーの証言は意味深長だ。つまり、トラークルの声は彼の詩の激越な調子と一致していなかった。これまで何度か言及してきた嘆願を表すOとい

う母音の頭音ですら、彼はむしろソット・ヴォーチェで、つまり抑えて、「あっさりと」、あるいはまさにただ「ふと口に出したように」読んだのだろう。

詩「嘆き（I）」は詩節に分けられており、脚韻も用いられている。つまり各詩節はそれぞれ五行からなり、その詩節はどれも最後の二つの行が対韻を形成しているが、その韻の語はそれぞれ詩節の第一行の最後の語とも押韻している。さらに各詩節の真ん中の第二行と第三行も対韻を形成している。まるで言われている内容を二重に音で確認することが大事だといわんばかりだ。さらにその言われている内容は、一九一四年夏に成立した頌歌のほとんどと同様に、感嘆符によって強調されている。このことはトラークルの詩の新しい特徴の一つであり、それによって明らかに言われていることは切迫感を増す。トラークルは文や意味の構造を思い切って変えてでも韻をいわば無理やり引き寄せる。「不安よ！　死の夢の重荷よ、／墓は死に絶え　そのうえ／木と獣から　その年が眺めている、」[原文は Angst! Des Todes Traumbeschwerde,/Abgestorben Grab und gar/ Schaut aus Baum und Wild das Jahr; であり、動詞を文頭に置くという倒置法を用いるなどして、詩行の最後で gar-Jahr と押韻させている]。

またもや「妹」というモチーフがこの三つ組のエレギーを結び合わせる。「妹よ、お前の青い眉が／そっと　夜のなかで合図している。／オルガンが溜息をつき、地獄が笑い／心を　恐怖が捉える、／心は　星と天使を見ようとしている。」（「嘆き（I）」）詩「嘆き（II）」では、「激しい憂愁の妹よ／ごらん　一艘の不安な小舟が　沈んでいく／星たちの下を、／夜の沈黙している顔の下を。」そして詩「グロデーク」では「妹の影が　沈黙する杜を通り抜け　漂っていく、／英雄たちの霊に、血を流している頭に　挨拶をしようと。」ここで決定的に重大なのは、妹もまた幽霊となることだ。彼女はこの三つの詩におけるほとんどすべての「人物たち」、つまり「死んでいく兵士たち」や夕べが「こんなにも深い傷を負わせる」「青年」や「羊飼」と同様に、生きている死者となる。この状況は「生まれぬ孫たち」においてこの上なく激化される。「生まれぬ孫たち」は発言すべてに対する同格であり、それは発言すべてを説明するための同格というよりも、発言すべての目的を表す同格だ。「精神の熱い炎が　今日　力強いひとつの苦痛が　養っているのだ。[20]」これらの悲歌的な詩作品の中で一つの「暗い声」が嘆く。その声に「グロデーク」の「秋の暗いフルート」は呼応する。

一九一四年夏に生まれたもう一つの詩が「夜の恭順」である。トラークルはこの詩の第五稿を詩「東方で」とともに印刷に付すことを許可していた。ここではこの二篇を詳細に検討してみたい。なぜならばこの二篇には悲歌的な詩作品よりももっと顕著に対照的あるいは両極的なものが表現されているからだ。詩「夜の恭順」はタブーの侵犯を再度テーマとする。もしかしたらそれがトラークルがこの詩を決定稿に至るまでに五回も書き直さなければならなかった理由であるかもしれない。

夜の恭順　第五稿

尼僧よ！　ぼくを　お前の暗闇でつつめ、
お前たち　冷たく青い山脈よ！
暗い露が　血を流すようにしたたる、
十字架が　星のきらめくなかに　険しく　そびえる。

深紅に　口と虚偽は砕けた
朽ちた冷たい部屋のなかで、
まだ　笑いが輝いている、金色の戯れが、
鐘の最後の残響が。

月の叢雲！　黒ずんで落ちてくる
野生の果実が　夜半　木から
そして　あたりは　墓に
そして　この地上の巡礼は　夢と化す。

ここにもう一度現われるのは、そして懇願の相手とまでなるのは、「尼僧」［原語 Mönchin は男性の修道士を意味するMönchを女性形にしたトラークルの造語。普通、「修道女」はドイツ語でNonneという語で表される」だ。それは「見知らぬ女」や「若い女」が変じた者であり、決して「妹」を一義的に表す符牒ではない。むしろそれはすでに推測したように、両性具有的な姿を、もしかしたらファム・ファタールを、冒涜的な人物を表す符牒であるかもしれない。それともこのような考えは修正する必要があるのだろうか。「見知らぬ女」[原語はFremdlingin。三二二頁の訳注参照]という言葉はヘルダーリンの悲歌「パンと葡萄酒」で初めて登場する。それも夜として。「熱狂するものが、夜が来る、／星たちにあふれ、私たちのことはほとんど気にもかけず、／あの驚くべき女《もの》は、あの見知らぬ女《もの》は　人間たちの間に／山々の頂のうえに　悲しげにかつ壮麗に　輝き出る。[21]」トラークルがこの頃ヘルダーリンの作品に熱中していたことを考えれば、「見知らぬ女」という語をヘルダーリンに影響されて同じように用いたと推測するのは間違ってはいないだろう。ヘルダーリンはこの語を別の詩では、我々の意識を「目覚めさせるもの」となった「人間を形成する声」という意味で用いている。ただしトラークルはこのことは当然知らなかったであろう。なぜならばヘルダーリンがこの意味でこの語を用いた断片的な頌歌「ドナウの源で」は、トラークルが手にすることができた版には収められていなかったからだ。[22]

そして又、トラークルの「尼僧」は一つの内部領域、つまり修道院を指し示す。そこでこの「尼僧」は一人の人物として修道士と修道女の両方を兼ねているかのように思わせる。撤廃されているのは修道院ではなく、この宗教的な人物の性別だ。この詩の「ぼく」はその尼僧の身体である山脈の中に沈み込んでいく。あるいは戯画化の犠牲となる。「ぼく」は修道僧の衣をまとった一人の修道女の快楽の対象になるのだから。となれば彼女はそれほど無性であるわけではない。「暗い露が　血を流すようにしたたる」は、修道女が月経で流す血を直接的に指し示していると も考えられる。かつて異端者たちを十字架で威嚇したように「尼僧」と「ぼく」の前に御祓いのように十字架を差し出す者はいない。むしろ十字架は、とうに失われた清らかさを表すかのように高く孤立してそびえる。この内部空間、つまり修道院の小部屋は荒れ果てている。そして腐って木から落ちた果実はむろんのこと、落ちたものは何もかも受け入れる。道徳的に堕ちたものであろうとも同じことだ。

この詩を締めくくる「地上の巡礼」という言葉は、この詩が書かれた一九一四年にはもはやむしろ古風に聞こえたかもしれない。この語は現世における生を表すが、フランツ・シューベルトの酒宴の歌「兄弟たち！　わが人生の行路」も連想させる。トラークルのこの詩は「尼僧よ！」という言葉で始まり、［原語では］「地上の巡礼」という言葉で終わっているからだ。だがこの詩はトラークルの同時期のもう一つの頌歌「夜」への返答でもある。詩「夜」では詩「夜の恭順」の「尼僧」は「灼熱する突風」となって束の間姿を現わす。詩「夜の恭順」では詩「夜」の勢いは弱まっていく。詩「夜」では「力強く　鐘が　谷間で」轟いたのに対して、「夜の恭順」は鐘の最後の残響を聞く。そして詩「夜」では「暗い／欲情の戯れが天に」突き進んでいくのに対して、詩「夜の恭順」では、まさに一つの十字架が性愛の罪にまみれた出来事が起こった場所で、天空に向かってそびえる。まるで超越的な存在との関連がまだ保持されていることを象徴するかのように。

詩「夜の恭順」と対をなす詩「東方で」はもっとずっとあらあらしく進行する。この詩は「恭順」とは無縁である。そこにあるのはただ荒れ狂う激情と夏の最中に（この詩は一九一四年夏に成立している）想像される冬の冷たさ、そしてその極端な対照だけだ。

東方で

冬の嵐の荒れ狂うオルガンに
似ている　民族の陰鬱な怒りは、
葉を落とした星たちの、
殺戮の　深紅の大浪。

眉は砕かれて、銀色の腕で
死んでいく兵士たちに　夜が合図する。
秋のとねりこの樹の陰では
撲殺された者たちの霊が　溜息をついている。

茨の荒地が　帯のように　町を取り巻く。
血を流している階段から　月が　追い立てている
恐れおののいた女たちを。
荒れ狂う狼たちが　門を突き破って　現われた。

トラークルはこの詩で、全く感傷を交えることなしに、修辞法を総動員する。この詩の後に書かれる詩「グロデーク」では「力強い苦痛」が呼びかけられることになるのだが、この詩「東方で」はまさに暴力や暴力的なものを証する。この詩は非常に激越な直喩で始まる。言葉が大きく揺れ始める。ここでも何よりも「怒り」という語がヘルダーリンを思い出させる。[23] 韻はもはやこの言葉の激しい動きを制御できない。途方もないものに対する予感が具体的な言語形象で表現され、まるで「殺戮」はもうすでに起こっているかのような印象を与える。「葉を落とした星たちの、／殺戮の　深紅の大浪」と、属格の名詞「葉を落とした星たちの」と「殺戮の」を「深紅の大浪」に二重に重ねて付すことは、「深紅の大浪」とは何であるのかを説明するはずなのに、それは曖昧なままだ。つまりそれは「民族」の怒りが爆発する現実の戦闘を意味するとも、天体の領域を意味するとも受け取られる。後者であれば、この暴力の爆発は宇宙的な規模に拡大される。この詩は最後の詩行を除き、すべて現在形で書かれている。それによってトラークルの場合しばしばそうであるように、出来事は今まさに起こっているように感じられる。だからただ一つの過去形（「現われた」）がそれだけ一層目立つ。そのことはこの詩の唯一の色彩形容詞「深紅の」にも言える。この色は晩年の多くの詩を彩るが、それはトラークルがかつて好んだ青と赤という色が、つまり果てしない憧憬と死神の手に委ねられた生が濃密に混合された色だ。

この詩の第二詩節もまた、ただ確認し、描写し、没落を指し示すだけだ。この詩ではこの後に書かれた詩「グロデーク」のようには、平和や戦争に対する抵抗を呼びかけたりはしない。枷を外されたものは突き進み、町を絞殺する。ロマン派の憧憬の象徴が反対のものに裏返る。すなわち月光は「恐れおののいた女たち」を追い立てる。「荒れ狂う狼たち」は詩の構成の上では冒頭の「荒れ狂うオルガン」に対応しており、これもまた破壊的なエネルギーに「似ている」。あるいはただ単純にずたずたに引き裂こうとしている野生の獣ということもありうる。というのは、トラークルはどんなに明らかに隠喩を用いている場合にも、色彩語の場合と同様に、必ず言葉通りのことを意図しているからだ。

階段や梯子や段はトラークルの詩では最後の最後まで腐朽から逃れられない。この詩ではそれは「血」まで「流して」いる。ただ血にまみれていたり、血が塗られているだけではないのだ。つまり、そこには生命がある（あった）ということを証している。階段でトラークルは「室内協奏曲が消えていく」（「〈錯乱〉第二稿」）のを聞く。しかしそれらの階段はもはやどこにも行き着かない。ホーフマンスタールやヘッセの作品［「ヘッセの詩「段階」参照］で表されるような発展段階を示す階段ではない。
　トラークルの詩に書き記されているのは終局の状況だ。例えば葉が落ちている状況。それにこの詩では星まで引き入れられているが、新しい芽吹きを約束することはない。「おお　葉を落とした橅の樹々と　黒ずんだ雪。」（「おお　葉を落とした橅の樹々と　黒ずんだ雪」）あるいは「悲嘆に満ちた茨の時間」という状況。それは明らかにパーン神の状況ではない。そこでは「凍りついていく塀に」「巨大な夜が降りてくる。」（「悲嘆に満ちた時間」）これらの詩は変化を期待していないように思える。それでもやはりこれらの詩は知覚の鋭敏さを証し、詩「悲嘆に満ちた時間」の最後の二詩節で分かるように、ためらいがちに問いかけるのだ。

葡萄酒と夜の調べに酔いしれて。
絶えず　その耳はあとを追う
榛の茂みのくろうたどりの柔らかな嘆きを。

暗いロザリオの時間。誰だ　お前は
孤独なフルートよ、
額よ、凍りつきながら　暗黒の時のうえに身を傾けるものよ。

悲嘆のあまりパーンの余韻に、フルートの音に身をかがめ（マックス・フォン・エステルレがトラークルを描いた二番めの絵が思い出される。二一九頁参照）、くろうたどりの声にも聴き入りながら、この詩人は一つ一つ詩から詩へと、草稿から草稿へと、（彼の）没落していく世界を総括していく。トラークルが試みた多くの詩の草稿［原語はFassung］は、彼が（彼の）世界の状況から見て取ったと、あるいは認識したと思った事柄に直面した際に、自分は平静［原語はFassung］になろうとするその努力の表現であった。このように述べるのは単なる語呂合わせではない。

世界に向ける彼のこの眼差しが希望をたたえることができるのはほんの稀なことだった。その希少な例の一つが詩「塀に沿って」である。ただしこの詩でも第二詩節で、この眼差しは世界を涙のヴェール越しに認知する。

一筋の古い道が続いている
荒れた庭々や　いくつもの連なる孤独な塀に沿って。
何千年もたった水松の樹々が震えている
高くなり　低くなる風の歌に。

蝶たちが踊る、あたかも死が間近いように、
ぼくの眼差しは　泣きながら　影と光を飲んでいる。

遠くで　女たちの顔が漂う
亡霊のように、青のなかに描かれて。

微笑みがひとつ　陽の光のなかで小さく震え、
ぼくは　ゆっくりと歩を進める。
無限の愛が　道連れだ。
ひっそりと　硬い石が緑になっていく。

この詩では塀によって区切ることと境界を越える感情的なもの（「無限の愛」）が、「高くなり」そして「低くなる風の歌」のように一つになる。これはトラークルの場合にはほとんど例のない表現だ。庭々が「荒れている」ことは際立つ。というのもそれ以外はこの詩はむしろ落ち着いた印象を与えるからだ。しかしこの「荒れている」という語は総じてトラークルの晩年の詩作における一つの、それもヘルダーリンの言葉で言えば「非有機的」［原語は aorgisch］な基礎語であり、すでに見たように、詩「東方で」においては主要な語の一つとなっている。詩「年齢」や詩「これほど厳かだ、おお　夏の夕暮れは」のように、トラークルはこの語を「薔薇」と結びつけることで、ヘルダーリンのモチーフの一つを、すなわち詩「生の半ば」にある「野生の薔薇」というモチーフを直接的に受け入れる。詩「年齢」はヘルダーリンの詩群「夜の歌」の中の同名の詩

「年齢」とも直接的に結びついている。二つの詩を比べると、ヘルダーリンの詩は限界を取り払うことを、つまり、境界を越えて行くことで視野が空間的に拡大されうることを褒め讃えることが目立つ（「ユーフラテスのお前たち町々よ！／お前たちパルミラの街路たちよ！／お前たち荒野の平野にある円柱の森たちよ、／お前たちは何なのか。[24]」）。トラークルはヘルダーリンと同様に三度呼びかけるが、呼びかける相手はそのつど変わる。そして三度の呼びかけのどれにも、半ば驚いているように、半ば途方に暮れたように響く「おお」を添える。それでも静寂、純潔、愛は慣れ親しんだ世界の中にとどまっており、その世界には「庭の垣」が伸びている。この「庭の垣」という語は彼にはとても重要であった。だから彼はそれを最後の創作時期において三つの詩で用いているる。もしかすると彼自身のザルツブルクの庭で過ごした幼年時代の体験の思い出を暗示しているのかもしれない。詩「年齢」はただ三つの短い三行詩節から成り立っており、この形はヘルダーリンが詩「年齢」を歌い始める頌歌のようなトーンを忘れさせる。

トラークルとヘルダーリンの詩作を比較して、ここで敢えて一つの所見を述べるならば、トラークルが後世に与えた影響に関しては、特にハイデガーが彼の詩作を「ヘルダーリン化した」こと、つまり、ただそれをヘルダーリンの哲学の光に照らしてのみ読んだということは、トラークルにとっては総じて不利に働いたと言わざるを得ない。

トラークルが詩で伝える色彩存在論においては、色彩が実体のあるものとして理解された。ヘルダーリンの場合にそれに相当するのは詩による言葉の存在論だ。彼の場合には存在は言葉なのだ。ヘルダーリンの詩作はどちらかと言えば色彩に乏しい（詩「パトモス」における「愛らしい青さ」や「金色のもの」といった例外はこのことを裏書きする）。

それに対してトラークルの詩作はむしろ、リズムのヴァリエーションや、ヘルダーリンの言葉を借りれば、「トーンの変化」に乏しい。ヘルダーリンの詩作品は音声的にも音響的にも統語的にもきわめて多様だ。トラークルはこの点では比較的単調に感じられる。確かにその詩作品は魔術的ではあるが。それでもこの二人の詩人は、すでに見たように、彼らの風景を独自の、詩的な言葉の空間として形成するのに成功した点においてよく似ている。

この章の締めくくりとしてトラークルの散文形式で書かれた最後の詩を精緻に検討したい。この散文詩は最後に、晩年の抒情詩の主要なモチーフのほとんどすべてをあたかも物語のように関連づける。まるで物語ることができるかのように、それも終わりのない終わりについて物語る、そういう話を物語ることができるかのようだ。

「啓示と没落」あるいは「わたし」の帰還

現われるのだ、心の中に「黒い地獄」をかかえた「白い息子」が。彼は一つの創作全体が否定的に神格化される途上にいる。だがこの「白い息子」は再び一人の「わたし」を意のままにすることができる。この時期の他の多くの詩においてすでに明らかにしてきたことが、この散文詩で確認される。それは詩の主体は今、ありのままに現われるということだ。

この最後の散文詩は、六つの部から成り立ち、複雑さを増している。述べられることは以前にもまして絡み合うように思えるが、それらは種々の出来事を一つの詩的な論理に則って相互に関連づけている。「わたし」は知っている、何が「わたし」に起こるのかを。そしてまた知っている、「わたし」はもう終わりであるということも。「わたし」は自身が没落していく様を眺めている。没落が「わたし」に啓示される。

啓示と没落

（Ⅰ）

何と奇妙なことか　人間の夜の小径は。ぼくが　夢遊しつつ　石の部屋部屋に沿っていきそれぞれの部屋に　小さなランプが、銅の燭台が灯っていたとき、そして　ぼくが　凍えつつ　寝台に倒れ伏したとき、枕もとに　再び　見知らぬ女の黒い影が立ち　黙ったまま　ぼくは　顔を　ゆっくりと手のなかに隠した。そしてまた　窓べに　青く　ヒヤシンスが咲きほころび　呼吸する者の深紅のくちびるに　古い祈りの言葉が浮び、瞼からは　にがい世界のために流された水晶の涙が落ちた。この時刻　ぼくは　父の死のなかで　白い息子だった。

青い戦慄につつまれて　丘から　夜風がやって来た、母の暗い嘆きが、再び死に絶えていき
そして　ぼくは　ぼくの心のなかに　黒い地獄を見た、ほのかに光っている静寂の数分。
そっと　石灰の塀から　言いようのない顔がひとつ　現われた—死んでいく青年—故郷へ
戻っていく世代の美。月の白さで　石の冷気が　目覚めているこめかみをつつみ、影たちの
歩みがたてる響きが　朽ちた階段で　次第に止んでいき、薔薇色の輪舞が　小さな庭に。

誰もこれらの途方もない出来事に驚愕しない。衝撃や驚愕については第四部においてただ一度だけ言及される。「ぼく」は何が「夜の小径」で起こるのかを確かめる。テキストは現在形で示される、一つの普遍的な確認で始まる。この時制の用法がいかに見事であるかは、続く叙述において証明される。というのはこの後は過去が舞台となるのだ。この散文詩の中心的なテーマは死の次元で生きることだ。そして一つの世代の帰郷もまたテーマとなっている。その世代はどうやらもはや外の世界では何も達成することができず、ただもう自身の（不毛な）「美」だけを満足させるらしい。

（Ⅱ）

黙ったまま　ぼくは　人気《ひとけ》のない居酒屋の煤けた梁の下に座り　ひとりで　葡萄酒を飲んでいた。輝いている亡骸がひとつ　暗いもののうえに　身をかがめ　死んだ仔羊が　ぼくの

足もとに横たわっていた。滅んでいく青さから　妹の蒼ざめた姿が現われ　そして　彼女の血を流している口が語った。刺しておくれ　黒い茨よ。ああ　まだ荒れ狂う雷雨に　わたしの銀色の腕は鳴っている。流れよ　血よ　月のような足から、夜の小径で咲きほこりながら、そのうえを　鼠たちは　叫び声を上げつつ　駆け抜けていく。燃え上がれ　お前たち　星たちよ　わたしの湾曲した眉の間で。そして　そっと心は　夜のなかで鳴っている。炎となって燃え上がる剣をもった赤い影がひとつ　家のなかに押し入り、雪のような額をして　逃げた。おお　にがい死よ。

そして　ぼくのなかからひとつの暗い声が語った、「ぼくの黒馬の首を　ぼくは　夜の森で折った、その深紅の目から狂気が躍り出たときに。楡の樹々の影が　ぼくのうえに落ちた、泉の青い笑いと　夜の黒い冷気が、ぼくが　あらあらしい猟師となり　一匹の雪のような獣を狩り立て、石の地獄で　ぼくの顔が　死に絶えたとき」と。

そして　鈍く光りながら　一滴の血が　孤独な者の葡萄酒のなかに落ちた、ぼくがそれを飲むと　罌粟よりもにがい味がした、そして　ひとひらの黒ずんだ雲が　ぼくの頭をおおう、堕天使たちの水晶の涙を、そして　そっと　妹の銀色の傷から　血が流れ　火の雨が　ぼくのうえに降り注いだ。

病的な劇的緊張がこの第二のシーンを特色づける。その前の場面では「ぼく」は「白い息子」

となって「ぼくの父の死」の中で生きていたのに対して、今、「死んだ仔羊」が腐敗しつつある中から、「妹の姿」が現われる。それは神の仔羊なのだろうか。「黒い茨」も同様に茨の冠を示す宗教的な暗示なのだろうか。それとも「妹」によって「血を流している口」との口唇性交を促された男根を象徴するのだろうか。

その後で一つの「赤い影」が家の中に押し入ったと詩人は書くが、その前に、「妹の蒼ざめた姿」とともに現在時制がこの詩の中に侵入する。過去時制の中に押し入る現在時制の侵入はこの後でもう一度だけ、つまり第四部で起こる。常に至るところに存在する「妹」という語、それは前にはまだ「見知らぬ女」と表されていた。彼女が言わねばならないことは、確固とした現在のままなのだ。

けれども「ぼく」の中から話す声は再び過去へと逆戻りする。だがその過去においてもまた、途方もないことが起こっていた。すなわち「ぼく」は(「戯曲断片」にあるように)自身の「黒馬」を、おそらく自身の悪夢を殺す。それは続くシーンが示すようにむなしい行為だ。だが第二部は最後の段落になって初めて、この部の冒頭でただ推測でしかありえなかったことを歴然と示す。つまりディオニュソスさながらのこの空想は、葡萄酒の酩酊が引き起こした幻想なのだと。トラークルは同時期に「新しい葡萄酒を飲みながら」という詩も書いている。しかしこの頃それ以外にも、三つの草稿が遺稿として残されている「ルツィファーに」と題された、祈りのような詩も書かれている。この詩も、ここに示されている「堕天使たちの水晶の涙」の示唆するものを説明する。そしてまた詩「ルツィファーに」の三つの草稿には、この散文詩に示されている仔羊や血を流して死ぬというモチーフも、少しずつ表現を変えながら現われている。「優しい仔羊が／自身をいけにえとして捧げ　そして　このうえもなく深い苦痛を耐え忍ぶ」、「殺された仔羊、その血が　この世界を許す」、そして「そこで　かつて／一匹の優しい仔羊が　血を流し、このうえもなく深い苦痛を／耐え忍ぶ」。

（III）

森の縁に沿って　ぼく、黙している者は歩み　その無言の両手から　毛の太陽は沈んだ。異郷者がひとり　夕べの丘のふもとで、泣きながら　瞼を　石の町のうえに上げた。一匹の獣、静かに　古いにわとこの樹々の平和のなかにたたずむ。おお　安らぎもなく　暮れなずむ頭は　耳を澄ます、あるいは　丘のふもとを　青い雲のあとを　ためらいがちな歩みが追っていく、きまじめな星座のあとをも。傍らを　静かに　緑の苗が続いていく、苔むした森の小径を　おずおずと辿る野呂鹿。村人たちの小屋は押し黙って　心を閉ざし　黒ずんだ凪のなかでは　渓流の青い嘆きが　不安をさそっている。

けれど　ぼくが　岩の小径を降りていくとき、狂気がぼくを襲い　ぼくは大声で　夜のなかで叫んだ、そして　ぼくが　銀色の指をして　黙している水のうえに身をかがめたとき　ぼくは　ぼくの顔が失われているのを見た。そして　白い声が　ぼくに語りかけた、「お前を殺せ！」溜息をつきながら　少年の影が　ぼくのなかで身を起し　輝きながら　水晶の目から　ぼくを見つめたので　ぼくは　泣きながら　木々の下に倒れ伏した、巨大な星の幕舎の下に。

第三部で「ぼく」は「堕天使たちの水晶の涙」を流し、「町」の運命を悼んで泣く。このシーンの主要な対立は、(家々の) 沈黙と「渓流」の嘆きという、無音と叫びの対立だ。「ぼく」は自身の「狂気」を認識する。だから一人の少年の影が「ぼく」自身の中から現われ、その視線によって新たに泣くことになっても驚かない。「ぼく」は明らかにここでまた美に圧倒される。美とは「ぼく」が屈伏するただ一つの真に人間的な感情なのだ。

(Ⅳ)

不安なさすらいは　荒れた岩々の間を抜け　夕べの村々、家路を辿る家畜の群れから離れ。遠くでは　沈んでいく太陽が　水晶の牧場で草を食み、震えるのだ　そのあらあらしい歌が、鳥の孤独な叫びが、青い安息のなかで　死に絶えていきながら。だが　そっと　お前は　夜のなかをやって来る、ぼくが　目覚めたまま　丘のふもとに横たわり　あるいは　春の雷雨のなかを　狂い進んでいくとき、そして　ますます黒く　憂愁は　ひとり訣別した頭を曇らせ、身の毛のよだつような稲妻は　夜の魂をおののかせ、お前の両手は　息も絶えだえのぼくの胸をかきむしる。

動揺した「ぼく」は傷つけられた夕べの牧歌的風景の中にいる。この牧歌的風景に損傷をもたらしたのは自然の様々な力そのものだ。あるいはそれは「ぼく」であり、その「ぼく」はそれらの自然の力を一人の「お前」の出現として想像する。その「お前」はもしかしたら妹かもしれない。それが「ぼく」を破壊に、凌辱にすら向かわせる。

(V)

ぼくが　暮れなずむ庭を歩んでいくと、悪の黒い姿がぼくから去っていき、ぼくを　夜のヒヤシンス色の静寂がつつんだ。そして　ぼくは　弓なりの形をした小舟にのり　安らかな池のうえを進み　甘い平和が　ぼくの石となった額に触れたのだ。物言わず　ぼくは　古い柳の樹々の下に横たわり　ぼくのうえには　星たちでいっぱいの青い天があった。そしてぼくが　見つめながら死んでいったとき、不安と　苦痛のなかでも最も深い苦痛が　ぼくのなかで消えた。すると　少年の青い影が暗がりで　輝きながら立ち上がった、柔らかな歌が。月の翼にのって　緑になっていく梢のうえに　水晶の絶壁のうえに　妹の白い顔が現われた。

死んでいく「ぼく」からは邪悪なものは去っていったようにみえる。「ぼく」の前に「少年の青い影」が、そしてまたもや「妹」が現われる。「夜のヒヤシンス色の静寂」が体現する美しいものが「あらあらしいもの」を押しのけた。もしかしたらそれは邪悪なものを打ち負かしたかもしれない。(神の)仔羊を指し示していたあの詩「ルツィファー」の表現は特にこのシーンの重要性を確定する。なぜならば「ぼく」となった「仔羊」とともに「苦痛のなかでも最も深い苦痛」が死ぬのだ。

(VI)

足裏は銀色に　ぼくは　茨の階段を下っていき　漆喰壁の小部屋に　歩み入った。静かにそこに　燭台がひとつ灯り　ぼくは　深紅の麻布に　黙ったまま頭を隠した。大地は　ひとつの子供の亡骸を吐き出した、月の形象を、それは　ゆっくりと　ぼくの影から歩み出たものだ、砕かれた腕をして　石の墜落が沈んでいった、綿くずのような雪が。

最後のカデンツァは再び一つの内部空間の中へと入っていく。岩の小径を越え、みせかけの牧歌的風景を抜けて行く(狂気や酩酊が空想させた)「不安なさすらい」は終わった。その最後に待ち受けていたのは、一人の死んで生まれた子供との出会いだけだった。最終的な決定権を持つのは「雪」だ。その予兆として、ここに至るまでにすでにいくつもの白い姿が、つまり「雪のような額」や「雪のような獣」が現われていた。それらはこの散文詩の副次的なモチーフであったが、今やこうして主要モチーフになる。ただしそれは雪片のように軽く、溶けてしまうモチーフではある。

けれどもこの最後のシーンで真に際立つのは、「ぼく」という主体が無傷のままでいることだ。三度「ぼく」は「ぼく」を名指しする。分割されていない、分裂していない自分自身の存在をはっきりと確認しているように思われる。この「ぼく」は、第三部の最後で自分自身を殺害せよという命令（「そして白い声が　ぼくに語りかけた。「お前を殺せ！」）が発せられても、それに従わなかった。「ぼく」は「別のもの」、すなわち「子供の亡骸」とそれが解体していく中に滅亡を見る。ここでもこの「子供」は「ぼく」が夢みたもう一人の自己《アルターエゴ》であるということは十分考えらえる。つまりそれは子どもの頃の「ぼく」だと。けれどももしそうであればそれは投影の範囲にとどまる。この「ぼく」は一方で鍛えられて強くなったように思える。その「銀色の足裏」は茨すら踏み越えることができるのだから。他方でこの「ぼく」は相変わらず極度に敏感で傷つきやすい。「深紅の麻布」にくるまれるのだから。いずれにしても、この「ぼく」は自分自身を維持している。「ぼく」は自分自身を「ぼくは」と話すことができるのであり、だからただの「月の形象」よりも確固としたものだ。「ぼく」は観察し、「没落」を証言する。しかし明らかに自分自身はそれに身を委ねない。つまりここで問題になっているのは主体と客体の分裂ではない。この分裂をテーマとするようになるのはトラークルより後の世代の詩人たちだ。彼らはトラークルに影響を受けていることは認めている。その一人が例えば若いヨハネス・ウルツィディルだ。彼は一九一九年に詩集『呪われた者たちの地獄堕ち』をトラークルと同じくクルト・ヴォルフ社の叢書『最後の審判』の一冊として出版した。そこには次のような詩行が見出せる。「分裂しているのだわたしはあなたとわたしに、意味と形象に[25]」。このような見解を詩に表すことで、ウルツィディルは彼が手本とした偉大な詩人たちの一人から受け継いだ詩的な遺産から、一つの最初で最後の結論を導き出したのだ。

IX　生まれぬもののなかで後世に生き続ける

恐ろしいことです、私の兄の死は。
私が待ち焦がれている救いを神がどうか私に与えてくださいますように。
グレーテ・ランゲン（旧姓トラークル）、ベルリン・ヴィルマースドルフ、
一九一四年一一月一九日、ルートヴィヒ・フォン・フィッカーに宛てて

終わり、あるいはその後の幕開けに向かう最後のクレジットタイトル

トラークルは後世に生き続けている。そしてこの生こそが彼の本当の生であると受け取られることとなった。その生は様々な矛盾や誤解から出来ている。そしてまた不十分で短絡的な見方もまかり通ってきた。いくつか例を挙げてみよう。トラークルとは、表現主義者、ボードレールやランボーのエピゴーネン、崩壊寸前の、死のとりこになった、ファシズム的な傾向を先取りしているような詩人、猥褻で病的な詩人。あるいはトラークルの死後、カール・レックが編集し、クルト・ヴォルフ社から刊行された最初の全集のある本にはその見返しに、「一九三八年一〇月二四日、アムステルダム」と日付と場所が付された上で、次のような献辞が書かれている。「ダヴィト・デ・ヨングに、この真の、内的なドイツの証を。そのドイツの精神はヒトラーのけたた

ましいトランペットからではなく、おそらくトラークルの柔かなフルートから鳴り響くだろう。[1]」トラークルは「秘められたドイツ」を先触れする使者でもあったのか。

確認しておかなければならないのは、トラークルの（血の）罪を意識した詩作は底知れぬ深淵でなされたということだ。トラークルを反ユダヤ主義の前兆として解釈することは根拠がない。そして近親相姦を証明するものは何もない。ただし想像上のそれを示すものはあるだろう。彼の世界は夢現《ゆめうつつ》の世界だった。つまり彼は一方で事物や周りの状況を冷徹に洞察し、だが他方でそれらを彼の詩的な色彩で満たし、変容させた。トラークルは邪悪なものを美化したのではなかった。彼はそれを徹底的に暴露した。同一視と取り違えられやすいほど徹底的にだ。この追い立てられた者は自分自身が「あらあらしい狩人」となって自分自身を追い立てた。彼は自分自身によって駆り立てられた者だった。それから一人のナルキッソスともなった。それは自分自身の鏡像に石を投げつけ、あるいは矢を射ることで、さらに一人のセバスティアンともなった。

トラークルの詩作の文学的な価値はシュテファン・ゲオルゲ、フーゴー・フォン・ホーフマンスタール、ライナー・マリーア・リルケ、そしてゴットフリート・ベンに匹敵する。このことをフランク・シルマッハーはその著書『五人の詩人たち――一つの世紀』で明確な理由を挙げて説明している。[2]この五人にさらにエルゼ・ラスカー゠シューラーも付け加えてよいだろう。彼らによって一九世紀から二〇世紀への転換期というあの時代は、文化史の中で最も長く後までその余波が消えなかった転換の時代となった。だがトラークルは一つの点において他の者たちと異なる。

彼の詩作は誰よりも過激に「主体の無力さ」を示して見せた。トラークルの場合、事情あって、作品においてだけでなく、人生においても、一つの人格の真の特徴をくっきりと打ち出すことができなかった。たとえその人格の輪郭ははっきりと描かれ、内面化された闘争性によって、しかしまた没落への意志によって刻印されるとしてもだ。[3]「主体の無力さ」は、だから的確にトラークルの言語芸術の性質を言い当てている。なぜならばすでに見たように、彼の詩作には一人の分裂していない「わたし」の様々な名残が十分残っている。そうした「わたし」は大抵は抑圧されているが、最後には再び姿を現わし、目に見えるようになる。ただそれは行動することができない。それは社会的な能力を、物事を遂行する能力を持たない。その代わりに極度の感覚能力を備えている。

そしてこのしばしばほとんど目に見えないが、それでも現存している「わたし」にできることが一つある。それは自分にあてがわれた場所、つまり詩を、生の現実に対して内側から外に向かって密閉することだ。そのために詩人は無数に訂正を重ね、それ自体においては矛盾のない、だが外から見るとしばしば超現実的に感じられる配語法を用いた。この「わたし」は、あの一つのことに関しては、自分自身の静寂と言葉を意のままにできる無言を糧とする。その一つのこととは妹との、「種族」との、先祖たちとの関係だ。先祖たちは必ずしも家系に連なる者たちとは限らない。むしろそれらはすでに見たように、ヘルダーリン、ランボー、ノヴァーリス、そしてヴェルレーヌらだ。ヴェルレーヌ（とヴァッサーマン）の詩に描かれた人物ガスパール・ハウザーとトラークルは詩で、そして酒場で、兄弟の杯を交わした。ヴェルレーヌのように、自分自身が見捨てられていることを「歌うことができ」る詩人がいるはずだ。トラークルは自分自身のことを、カスパー・ハウザーのように自己破壊のぎりぎりの縁にいる捨て子と見ていた。というのも将来とか展望とかいった言葉はトラークルの語彙にはないも同然だった。もっともそれらの言葉は悪夢のような幻覚の姿では現われたかもしれない。あるいは、比喩的に言えば、彼が完璧な官庁用語のドイツ語で書いた一つの申請書の中にも。それはトラークルが一九一四年六月一二日付でスフラーフェンハーへ［通称ハーグ］にある王室・オランダ植民庁に宛てて「貴殿の植民地においても」薬剤師として衛生業務に就きたいと書いた申請書である。この申請書を処理した役人がファン・ゴッホという名前だったことは洒落としては面白いかもしれない。トラークルに関して「将来」という言葉がもう一度姿を現すのは、クラクフの野戦病院で作成された彼の病歴簿だ。彼は一九一四年一〇月一三日にグロデークの戦場で繰り広げられた戦闘の間及びその戦闘の後に、異様な「興奮状態」に陥り、「精神状態の観察」のためにこの野戦病院に収容された。そこでも彼は「是が非でも戦場のただ中に行きたい」と欲したため、六人がかりで彼から武器を取り上げねばならなかった。その際、彼は自分は枢機卿の血を引いており、「将来は大物」になると供述したと伝えられている。つまり彼はランボーのようにオアシスで取引する商人となって砂漠に赴こうとはしなかった。彼は大事を成し遂げたかった。最後の最後になって、ニーチェに倣って（過剰なまでに）自己に全権を与えようとした。

この病状報告が「死に瀕したトラークルの病状についての短い物語」と呼ばれたのは当然とも言える。これに対しては反駁することもできないし、しかしまたこれを確認することもできない。ただここでは何が医師の解釈なのか、主張なのか、あるいは批判的な所見なのかがはっきりしない。この報告のところどころに皮肉や辛辣さが紛れ込んでいる。例えば「ついでに言えば、彼(トラークル)は民間人としては職務を遂行せずに「詩を書いている」」。あるいは「母は神経を病んでいる、アヘン摂取者だ(…)一番末の妹はヒステリー患者だ」。あるいは「五歳の時に初めて水に飛び込んだ。最後は去年の春。――それ以外は「完全に健康」」。これ以上まだ何を知ることができよう。[4]

時おり、陽気な言動、それからひどい虚脱感。抑鬱状態の間、飲酒。(…)奇異な行動を取ったかどうか自分ではわからない(ヴァドヴィツェからクラクフの病院に移送された際)、酒は飲まなかったが、非常に大量のコカインを摂取した。(…)数年来、彼は時々、不安状態をともなう重い心的な抑鬱症に悩まされている、それからこの不安から逃れるために大量に飲み始める。幼年時代から時おり、幻覚を見る。彼には背後にナイフを抜いて手にした一人の男が立っているように思える。一二歳から二四歳までこのような幻覚は起こらなかった。三年前から再びこの幻覚に悩まされ、さらに非常に頻繁に鐘の音が聞こえる。父を本当の父と思っていなかった。そうではなくて彼はある枢機卿の血を引いており、将来大物になると想像していた。
現症は次のとおり。中背、体格は普通、栄養状態良好。瞳孔はひどく拡大、右は左よりも大きい、光や遠近調整に対する反応はやや緩慢、指や舌に軽い振戦、心拍はやや速い、それ以外は異常なし。

10/10 態度はかなり穏やか、夜は通例不眠、あれやこれや詩を書く
10/16 時おり、退院を強く迫る、自分を全く健康だと感じている、戦線に赴こうとする
10/26 病状変化なし。全体として態度は穏やか。扁桃炎に苦しむ
11/4 一昨日夜、いたって元気、昨日朝、昏睡状態、瞳孔拡大、反応なし。針穿刺に反応なし、昏蒙状態の深い呼吸。脈は遅くなる、緊収縮（コカイン中毒による自殺！）薬剤を投与して神経系を刺激するが、状態は改善されなかった、夜九時、死《エクスィトウス》亡《レターリス》。

これ以上の詳細を問いただすことをルートヴィヒ・ヴィトゲンシュタインは拒否した。ヴィトゲンシュタインはトラークルを見舞うつもりでクラクフに向かったが、当地に到着したのは詩人の死の三日後であった。彼は当時まだ駆け出しの哲学者であったが、芸術の後援者でもあり、「ブレンナー」周辺にいた貧窮にあえぐ才能ある芸術家たちに金銭的な援助を申し出ていた。そしてトラークルにもフォン・フィッカーを通じて世界大戦勃発の数週間後に二万クローネが分配

されていた。ヴィトゲンシュタインはクラクフからフィッカーに宛てて次のように書き送った。「この報告にもとづいてそれ以上さらにどんな状況であったかと尋ねることは私には不快でした。ただ一つの重要なことはすでに言われていたのですから」。語りえないもの…この報告書は当然、半ば堅苦しい官庁用語で、半ば思いがけない表現がぎっしりと詰め込まれて作成されているが、それは「言わ」ねばならなかった。情報を提供しなければならなかった。総じてその情報は驚くほど微に入り細にわたっている。ガリチアの前線で、生涯の早い時期においてすでに病的な症状を示していると診断されたのはトラークル一人ではなかった。この報告書は順々に何人かの医師や診療助手によって書かれたが、彼らはトラークル一家の女性たちに見られる病的な兆候を強調している。あたかもそれによってトラークルの状況の説明がつくかのように。トラークル自身は他の兄弟姉妹については一言もしゃべらなかったらしい。

トラークルと小学校から大学に至るまで友人であった医学生のフランツ・シュヴァープも、彼自身軽傷を負っていたが、トラークルを見舞おうとした。シュヴァープがクラクフに到着したのは、ブシュベックが一九一五年一月にフォン・フィッカーに宛てて書いた手紙の言葉を引けば、「災厄」の夜のことだった。ブシュベックの手紙はさらに次のように続く。

そして私にとって本当に恐ろしいことは、一番間近で見ている私たちにとって真に悲しいこの出来事の中に、何かひょっとしたらあらずもがなの感情が入り込んでくるということなのです。その感情とは、もし正しい瞬間に正しい人たちが彼の傍にいたならば、この死は起こらなかったのではという思いです。もしあなた（ルートヴィヒ・フォン・フィッカー）がもっと長くクラクフにとどまることができたなら、あるいは彼のことを知っていて、そして彼が信頼していた他の誰かが、彼と直にかかわっていたならば。そして、それだからこそ必然的な究極の出来事が起こったのだと人々が後になって考えるだろうと思うと、それもまた慰めとなるというよりもぞっとさせます。

だが結局のところトラークルはこの地上で、友人のブシュベックがどうしてもそれを考えてしまうように、なおも助けられたのだろうか。このような問いに対しては普通は、それを問うことは無意味だと答えられよう。とはいえそう答えるのも少し単純すぎるように思う。この病状報告は少なくとも次のことを示している。それはトラークルは自身と自身の状態についてかなり正確に伝えることができたということだ。彼の伝える情報には詩的な想像が様々に入り混じっていたかもしれない。例えばトラークルが自分に引きつけていたカスパー・ハウザーの最後の光景がそうだ。ナイフを手にした男が背後に立っている。「鐘の音」もまたトラークルが誇張したのかもしれない。つまり彼の詩に現われる鐘たちと重ねたのかもしれない。彼は明らかに彼の心身の状態がどのように交代するか承知していた。それでも完全に「穏やかに」振る舞うことができた。「夜は通例不眠」と記載されている。明らかにトラークルは一度、本当に眠りたいと欲した。そして麻酔剤を過剰に摂取した…あるいは詩作もまたこの麻酔の試みの一つだったのか。うっとりとさせるこの言葉の魅惑、それは詩的な自己催眠の一つの形だったのか。「眠りと死、陰鬱な鷲たちが／夜通し　この頭のまわりで　ざわめき　舞っている。」（「嘆き　II」）。詩「グロデーク」はこのような試みの結果として生まれたのではないか。なぜならばこの詩とともにトラークルの生涯と創作の幕は閉じた。それと同時に彼が後世の人々の中で生き続けるという劇の幕は上がった。ここでもう一度詩「グロデーク」（第二稿）の全部を引用したい。

グロデーク

夕べ　秋の森が鳴っている
死の武器たちにあふれ、金色の平野と
青い湖、そのうえを　太陽は
さらに暗く　転がっていく、夜がつつむ
死んでいく兵士たちを、かれらの砕かれた口をついて出る
あらあらしい嘆きを。
けれど　静かに　谷間の草地に集ってくるのだ
怒る神の宿っている赤い雲の群れが、

流された血が、月の冷気が、
すべての道は　黒い滅亡へと通じている。
夜と星たちの金色の枝々の下を
妹の影が　沈黙する杜を通り抜け　漂っていく、
英雄たちの霊に、血を流している頭に　挨拶をしようと、
そして　葦のなかで　かすかに　秋の暗いフルートが鳴っている。
おお　いよいよ誇らかな悲しみ！　お前たち　青銅の祭壇よ
精神の熱い炎が　今日　力強いひとつの苦痛が　養っているのだ、
生まれぬ孫たちを。

この詩を書くことは自分自身に麻酔をかける試みであったのかもしれない。なぜそう思われるかと言えば、この詩では恐ろしい出来事の光景は描かれずにおかれているからだ。確かに「死んでいく兵士たち」や「砕かれた口」が、「流された血」や「血を流している頭」が、そして「黒い滅亡」が言及されている。けれども「死の武器たち」が轟くのに劣らず、たとえ「かすかに」ではあっても、「秋の暗いフルート」が鳴っているのだ。損傷の形象に無傷のままの形象が、すなわち「秋の森」や「沈黙する杜」や「夜と星たちの金色の枝々」や「月の冷気」が対峙する。確かに一人の怒る神がいる。けれども「青銅の祭壇」が立ち、悲しみはまだ「誇らしさ」を感じ

ることができる。そして「精神」は、一つの「力強い苦痛」であるとしても、何かを「養う」ことができる［原文は Die heiße Flammen des Geistes nährt heute ein gewaltiger Schmerz,/ Die ungebornen Enkel. であり、著者は「熱い精神」を「力強い苦痛」の同格と取っているが、動詞「養う」の対格目的語、つまり「生まれぬ孫たち」の同格とも取れる］。この詩は叫喚とは無縁だ。戦闘によってずたずたに引き裂かれる戦士たちや荒廃しきった風景は現われない。死体の山も、トラウマを負ってさ迷う兵士たちも、感情を失くした捕虜たちも描かれない。詩「グロデーク」は、例えばゲオルク・ハイムの幻想的な詩「戦争」といった同時代の詩と比べると、むしろ平静に感じられる。(5) だがこの詩は、このような恐ろしい出来事を描くのに抒情詩の形式は耐えられないとひそかに打ち明けているのかもしれない。まさにエルンスト・ユンガーの初期の戦争日誌には、一人の若い作家が戦争に直面して新しい描写形式を試す様子が示されている。そしてそれこそがユンガーの戦争日誌の何よりも重要な点だ。(6)

しかし戦争勃発に対して抒情詩はどのように反応したかを考察するためには、フランツ・ヴェルフェルの詩「戦争を鼓舞する者たち」（一九一四年八月成立）をトラークルの詩と比較検討するのがふさわしいだろう。ヴェルフェルはクルト・ヴォルフ社で最初にトラークルの詩の原稿審査にあたった人物でもある。この詩でヴェルフェルは暴力の修辞法を厳しく非難した。そして彼の重要な第二の反戦詩「最初の傷痍軍人の移送　一九一四年」ではまさに表現主義的な徴を、つまり叫びを総動員しながら、それを異常なほどに酷使する。

静かに！　今　突破はない！　振動せよ！　沈黙せよ！
お前たち　人間たちよ、お前　民族よ、それは本当だ！　ああ、それは本当だ！
すぐに大声で泣き出すな、お前たち　人々よ！
お前たちの咽喉に　叫び声はしっかりと引きとどめておけ！
静かに！　お前たちの頭を傾けよ、
それは今、永遠にかがめられている、お前たち　女たちよ！
布きれを、手を　口に当てよ！　沈黙せよ！
人間たちよ、お前　民族よ、それは本当だ！
もはや言葉はない、もはや悲嘆はない！
与え続けよ、静かに、驚愕に満ちた視線を
そして心揺さぶられよ、お前たち　追い立てられた者たち、ひそかに心打たれよ！
あちらを見よ、今ぼくの手が指し示しているあの方を！
もっと深く身をかがめよ、夢遊する者たちよ、苦痛に生まれた者たちよ、
お前　みじめな、おお　お前　悲嘆に満ちた種族よ！(7)

ヴェルフェルは一九一五年にはガリチアの東方戦線に駆り出されることになっていた。彼は一

九一四年八月の時点では盲目的な愛国主義は拒絶していたが、戦争をヨーロッパの衰退する文化の否定的な結果として捉えるのではなく、壊滅的な規模をもった策動の結果として理解していた。にもかかわらず彼の詩は「静かに」せよ、泣き出すな、嘆き悲しむな、という呼びかけで始まる。なぜならば一時的に嘆き悲しむことは「種族」全体に降りかかる悲嘆を歪めざるをえないかもしれないから。だがこのスタッカートのように重ねられる叫びは、たとえ沈黙を要求しているとしても、それはそれで短い絶叫のように聞こえる。こうした状況の中でなおも生まれることができるものは、「苦痛に生まれ」、傷ついている。というのは傷ついているということは、それ自体として考えれば、一つの新しい状態であるのだ。ヴェルフェルは負傷した者たちの中に「悲嘆に満ちた」人間たちの証人を認める。だがそれでもこの詩からはまだ一つの力が発動している。特にそれぞれの最後の表現が示すように、どれほどヴェルフェルの詩とトラークルの詩が似通っているとしても、このようなヴェルフェルの詩に認められるような力を奮い起こすことは、トラークルの詩「グロデーク」にはもはやできない。ヴェルフェルは未来に絶叫が続くのを想像できる。苦悩し、悲しむ者たちの咽喉がそれをもはや引きとどめておくことができない、あるいは引きとどめてはおかないことを想像できる。トラークルは確かに詩「グロデーク」で「あらあらしい嘆き」について話す。けれどもそれは「砕かれた口」を目の前にして押し黙ったままだ。それは人が粉々に砕かれた顎を実際に見て初めて告訴となる。

詩「グロデーク」ではすべては「生まれぬ孫たち」へと向かう。滅亡していく「呪われた」種族へと。この詩に「母」は現われない、老女としてであろうと、石のようになってであろうと、幽霊となってであろうとも。その代わりに現われるのは「妹の影」だ。母たちは兄弟姉妹の間で交わされる愛のために孫たちを奪われる。(8) そしてこの愛もまた市民的なモラルの「黒い滅亡」の一部だ。

トラークルはすでに詩「ヘーリアン」で、詩「グロデーク」が一つの説明できない確信として主張するものを先取りしていた。それは「孫たち」が生まれぬものであることだった。つまりあらゆる伝承の終わり、歴史の途絶であった。「何と 心を揺さぶることか あの種族の没落は。」(「ヘーリアン」)インゲボルク・バッハマンの詩「ウイーン郊外の大きな風景」の「夢にみなさい、お前を征服するお前の種族を」という言葉に、トラークルに対する遅ればせの返答が読み取れるかもしれない。バッハマンの詩は自身が敗北することによって続行する可能性を想像する。だがバッハマンがトラークルに答えていると思われがちなのはむしろあの「言葉の風土」のせいかもしれない。「非常に広い意味でのオーストリア的なもの」、それをバッハマンはトラークルの詩作と自身の詩作の共通の基盤として挙げた。だが彼女はトラークルを詩作の手本にしたとは述べていない。(9)

後世に生き続けることが始まるとき

一九一四年暮から翌年の年頭にかけてクルト・ヴォルフ社はトラークルの没後詩集となった『夢のなかのセバスティアン』を発刊した。「ブレンナー」誌の一九一五年度年鑑は、トラークルのための一種の追悼号となり、彼の「最後の詩」、すなわち「憂愁」、「嘆き I」、「夜の恭順」、「東方で」、「グロデーク」が巻頭に掲げられた。さらにキルケゴールの「死について」というスピーチの後にトラークルの散文詩「啓示と没落」が掲載された。この巻のモットーとして、発行人であるルートヴィヒ・フォン・フィッカーは、一九一四年八月末にトラークルがインスブルックで別離に際して彼に贈ったあの言葉を選んだ。それは本書でもすでに引用したが、何度読んでも読むたびに心揺さぶられる言葉だ。すなわち「死んだような存在の瞬間に感じること、すべての人間が　愛に値すると。目覚めると　お前は　世界のにがさを感じる。そのなかに　すべてのお前の解かれない罪がある、お前の詩　ひとつの不完全な贖い。」この言葉の後に、制服を着たトラークルの写真が黒く枠取られ、彼自身の署名が添えられて載せられた。

この巻にはトラークルの散文詩のすぐ後にライナー・マリーア・リルケの詩も掲載されている。それは一九一三年二月に成立した詩「これほど激しく強大な夜に抗して」だ。この詩は問う、「(…)　誰がまだ夜の空間に／自身の窓のように額をもたれさせてもよいのだろう」と。読者はこの問いに「ゲオルク・トラークル」という名を答えることが許されるだろう。そしてリルケ自身がこの詩行にトラークルの姿を重ねて読み直したからこそ、フォン・フィッカーの要望に応えてこの詩を送ったのだろう。一九一五年二月のフィッカーに宛てたリルケの手紙からは、彼がト

(10)

ラークルの追悼のために新しい詩が書けるのではないかと最後の最後まで検討していた様子が見て取れる。「私はすぐにあなたに私の書いたものの中から何かを送ることができると思います。いくつかの詩行を。とはいえまだ一〇日間ばかり、あるいは少なくとも一週間が私に与えられているのですから、私はもしかしたら何らかの一つの詩が、新しい詩が、生まれるかどうかに任せてみます。それがたとえそれとともに私の中にある大きな無言の塊から一片の沈黙が剥がれ落ちる、そういうざわめき以上のものでないとしても（…）[11]。」リルケのこの発言は彼がトラークルを読んでどれほど強い感銘を受けたかを表している。彼はまたフォン・フィッカーに次のようにも書いている。つまり一九一四年七月に、リルケ自身がパリの町を「とても、とても心打たれて歩き回っていた」と。そしてさらに言い添える、「（…）その間に、彼を取り巻く運命はその円を閉じて完成してしまいました。そして今やもちろん、もっとはっきりと認識しなければならないのです。彼の作品はいったいどれくらい宿命的に破滅的なものの中から現われ出て、そして投げ出されたのかを[12]。」

さらにリルケは詳細な追伸を書き加え、その中でフィッカーから送られた詩「ヘーリアン」について言及している。「トラークルはリノスのような神話の人物たちに数えられます。直覚的に私は彼の姿をヘーリアンのあの五つの部それぞれに現われる姿として捉えます。彼の姿はあれ以上明確に具体的になることはないでしょう[13]。」トラークルは神話になることができた。フォン・フィッカーがトラークルの作品をどのような高みに位置づけようとしたかは、彼が編集者として下した決定が何よりも明らかにする。つまり彼はトラークルの散文詩「夢と錯乱」をラビーンドラナート・タゴールの詩集『ギータージャリ』の「夜」の挿話のドイツ語訳のすぐ後に置いたのだ。このインドの詩人は一九一三年にウィリアム・バトラー・イェイツに強く推されてノーベル文学賞を授与されていた。[14]

フォン・フィッカーはまたトラークルの追悼号となった「ブレンナー」年鑑に、カール・ダラーゴの論考「掟との関連」も掲載し、この年鑑にある特別なニュアンスを添えた。ダラーゴのこの論考は『老子』を生と死についての瞑想として解釈し、こう述べている。「生の中に入っていくとは、死ぬことの中に入り込むことだ[15]」。「ブレンナー」年鑑は第一次大戦中は休刊となるが、それを前にした最後の号となったこの号にはテーオドール・ヘッカーの辛辣な論考「戦争と精神の指導者たち」も掲載された。ヘッカーはそこで「精神の指導者たち」として「ノイエ・ルントシャウ」誌の刊行人であるオスカー・ビーに始まりゲールハルト・ハウプトマンやヴィルヘルム・ヴントやリヒャルト・デーメルに至るまで俎上に載せ、彼らの混乱した審美眼や不誠実さを非難した。ヘッカーが弾劾したのは特に次の一点だ。この点において彼はカール・クラウスやフランツ・ヴェルフェルと見解を同じくしている。すなわち「常套句の暴力は、他のあらゆる暴力を凌駕した[16]。」この激しく攻撃的なピリオドを置くことで、フォン・フィッカーは明らかに、トラークルは、そしてまさに彼の一連の最後の詩は「常套句の暴力」に抗って書かれたことを示そうとした。

トラークルが後世に生き続けることはここが起点となったのか。それともそれは一九一七年に彼の最初の全集がカール・レックによって編纂され、一九一九年に刊行に至ったことによって始まったのか。クルト・ヴォルフ社は一九二〇年にトラークルのいくつかの詩や詩群を選んでアンソロジーを編み、『孤独な者の秋』という選集を刊行した。この本は愛書家向きの叢書『時祷集』の第一弾であったが、この叢書は当時のドイツの造本技術の粋を凝らした見事な作品の一つであり、今日なお収集家の間で最も貴重なものの一つに数えられている。

だがこのように作品が本となって刊行されることで聖人に列せられた結果、あのトラークルの姿は容易に見失われてしまった。すなわち、自分自身が生き続けることはただ「生まれぬもの」においてしか想像できなかったトラークルは。生きている死者として、病的で脆弱な文化の追放された息子としてさ迷い歩くトラークルは。そうマックス・フォン・エステルレはトラークルのことを見た。そしてそう彼はトラークルを三度目に描いた。この絵はそのような姿でトラークルが生き続けることの一つの表象とみなしてよい。エステルレの『冬の夜』と題されたその絵は、おそらく彼がトラークルの死を聞き知った直後に制作された。この絵には一人の人物が描かれている。フォン・フィッカーとその家族たちはこの人物に当然ある種のトラークルの寓意を見ただろう。その人物は不気味な幽霊となって、荒涼とした冬の景色の中、深い雪をかき分け、川を渡る。自分自身の影とも、風にかしいだ、雪も積もっていない裸の枝の影ともなって。彼の頭も裸の木の枝と同様に何も被っていない。威嚇的に、猛獣のように攻撃的に身を構え、決して安らい

ではいない。何かを目に留めるが、その何かは見ている者の目から逃げていく。

ここに描かれているのはオルフェウスではない。それはやみくもにさ迷う者だ。此岸のような彼岸の中で、あるいは彼岸のような此岸の中でむき出しにされて、寄る辺なく、不敵に見える。陰鬱で、いまなおすべてを覚悟して、だがすべての、そしてまた自然の恐ろしさから抜け出ることができないままだ。

身体を暖めるには短すぎる衣服をまとったこの姿は、何かを捕えようと手を伸ばそうとしている。空を捕えようとしているのかもしれない。だがまさにそれゆえにこの姿がまとう恐ろしい程の寄る辺なさが心を打つ。雪は一条の白い川のようだ。その中にこの不気味な姿は今にも沈んでいきそうだ。彼は、まるで氾濫した川の中を突き進んでいくように、深い雪の中をしゃにむに進んでいく。

エステルレは時間の無慈悲に降りしきる雪の中に溺れ死んでいく者を描いた。あるいはその雪は、すでに引用したリルケの手紙の言葉を再び引けば、「大きな無言の塊」であるかもしれない。
もう一度、リルケがトラークルについて述べたことに戻ろう。なぜならばリルケの言葉はこの夭折した者が後世においてどのように受け止められるかを早々と決めることになる音域を提示しているからだ。すなわちリノスとしてのトラークル。ギリシャ神話の半神であるリノスはメロディーやリズムを発明した。彼はヘラクレスの音楽の師であったが、その弟子を不当に非難したために、その弟子によってリラで打ち殺されたと言われる。リルケはトラークルにおいて、つまりトラークルの詩作と運命において、明らかにリルケ自身のリノスの神話が裏付けられたと思った。それは彼が二年前に完成した「ドゥイーノの第一の悲歌」の最後で描いた神話である。

あの神話は無駄なのか、かつてリノスを悼む嘆きのなかで
大胆な最初の音楽が　干からびた硬直を貫いたというのは、
一人のほとんど神のような若者が
突然　永遠に立ち去った驚愕した空間のなかで初めて、空虚なものがあの
振動をはじめる、それは私たちを今　引きさらい　そして慰め　そして助けてくれる。

なぜリルケはフィッカーの年鑑に「新しい詩」を寄稿することができなかったのだろう。おそ

らく彼はそれをもう書いてしまっていたからだ。つまり彼は、それを書いた時点ではまだ全く知らなかった一人の詩人の早世を悼む嘆きを、あらかじめすでに書いてしまっていたのだ。「このようなトラークルとは本当のところ誰だったのだろう」という（たとえ修辞的ではあるとしても）驚いた問いを、リルケは『夢のなかのセバスティアン』を読了した後に投げかけた。彼はその詩作品を「たくさん読んだ」。「心動かされ、驚嘆し、予感し、そして途方に暮れて」。そして付け加えて言う、いわば「第一の悲歌」が承知している「驚愕した空間」の中でと。

（…）というのは人はまもなく理解します、この鳴り始め、そして響き止んでいくものの状況は完全に無二のものであったということを。それはもしかしたらまさにそこから一つの夢が現われ出る状態のようです。私は思い浮かべます、近しい者ですら、いまだにガラスに押し付けられたようにこれらの展望や洞察を経験するのを、閉め出された者として。というのはトラークルの体験は鏡像たちのようであり、そしてそれは鏡の中の空間のような、足を踏み入れることのできないその空間すべてを満たすのです。

鏡によって取り囲まれた、他の者たちには近寄れない空間。だが比類ない言葉の響きに満たされている空間。そこに一つの夢の世界が写し取られる。その空間の情景は外に向かって完全に密閉されていることを示し、解釈学的に近づこうとする試みは、それどころか包括的な理解すら不可能なのだと教える。ここでリルケはスーザン・ソンタグの標語を用いれば、反解釈を猛烈に主張する。そしてこのことがトラークルの後世における受容を決定することになった。つまりトラークルについてはこれに類したことが言われるようになり、人々は彼の言葉の暗示に身を委ねる。彼の詩作品の成立した状況は常に問題にしない。彼の詩作とそれが生まれた時代とのかかわりには目を向けない。こうしてトラークルの詩作は詩作することとそれ自体から生まれたという結論が必然的に引き出されることになる。

これとは反対に、彼の詩作品をステレオタイプ的に伝記的事実に還元して解釈する者たちも出てきた。それらの解釈とも一線を画するのがフランツ・フューマンのやり方だ。フューマンはシャルル・ボードレールを参照しつつ、トラークルの作品に最も頻繁に登場する語を調べ、彼は何に「憑りつかれて」いたのかを見定めようとした。(17)これはただ豆粒を数えて楽しんでいるのではないことは明らかだ。むしろフューマンにとって重要だったのは、本書の冒頭で述べたように、トラークルの語の本質を把握することであり、さらにトラークルが言葉の本質をどのように究明しようとしたかを把握することだった。そして本書の最終章であるこの章の次の節では、トラークルの詩的な遺産はどのように取り組まれ、そしてどのように他の詩人たちに影響を与えたのかを、いくつかの、数は少ないが重要な例を挙げて考察したい。この観点はトラークルの受容史の最も複雑な局面である。

まず初めにエルゼ・ラスカー＝シューラーを取り上げたい。彼女はトラークルの死の知らせに応えて次のような墓碑銘を捧げた。「ゲオルク・トラークルは戦争のなかで自らの手で斃《たお》れた。／こんなにも寂寥としていた、世界は。わたしは彼を愛していた」。[18] この短い詩は内容的には乏しく思える。両者のベルリンでの出会いに関する記録がほんのわずかしかないのと同様だ。[19] だがこの詩は本質的なことを述べている。なぜならばこの詩はトラークルが大量死の時代において彼自身の生を彼自身の手で終わらせることができたことを強調しているのだ。その死は寂寥という感情を呼び起こした。そしてその感情に直面してこの詩の「わたし」は、自ら命を絶った者に対する自分の感情を確認する。

この詩は二行詩である。この形式をラスカー＝シューラーはトラークル以外の友人たちに宛てて書いた詩や彼らを描いた詩でも好んで用いた。しかしトラークルに関しては、しばらく後に彼女はこの短い墓碑銘のような最初の試みをさらに発展させ、最初の詩と同題の詩「ゲオルク・トラークル」を書いた。これは雑誌「イム・ツァイト・エヒョー」（一九一五／一九一六）で発表された。

かれの目は　はるか遠くにあった。
かれは　かつて　少年のままで　すでに天にいた。

だから　かれの言葉は　やって来たのだ

青い雲　白い雲にのって。
わたしたちは　宗教について論じ合った、
けれど　いつも　二人の遊び友達のように、
そして　口から口へと　神を迎える準備をしていた。
はじめに　言葉が　あった。

詩人の心、堅固な城塞、
かれの詩、それは　歌う命題。

かれは　確かに　マルティン・ルターだった。

かれは　三重の魂を手にしていた、
聖なる戦いに　赴いたとき。

——そして　わたしは知った。かれは死んでしまったことを——

かれの影は　とらえがたく　とどまっていた
わたしの部屋の　夕暮れの上に。(20)

奇妙に、遠ざかってしまったように思える詩人。その言葉は何か天上のもののようだ。その詩人をまさに宗教が問題となる時に「遊び友達」だと言い表すことは、ある意味でラスカー＝シューラーにとっては最高の称賛であっただろう。なぜならば周知のごとく、すべてが遊びであることを彼女は何よりも欲した。だからこの詩の調子はここからパロディー的・風刺的に転ずるが、彼女は明らかに真剣だった。トラークル、詩人たちの間のプロテスタント。なぜならば彼は感情の力と言葉の絶対性のために抗議した。一人の改革者。けれどもはっきりとした「わたし」という意識は持たなかった。「歌う命題」というラスカー＝シューラーの言葉はトラークルの詩の多くの特徴をまさに言い当てている。それらの詩を構成する複雑複合文や並列した主文は、リズミカルに、そして言葉を響かせながら動き出す。つまりどの詩行も一つの定理であり一つの命題であるのだ。

ラスカー＝シューラーはトラークルは自分自身を「手にして」戦場に赴いたと書いた。その戦争とは一種のキリスト教の聖戦であり、あらゆる国があらゆる国を敵として戦った。それを遂行するためにはトラークルは自分自身を抹殺するしかなかった。そうこの詩は語っている。この詩を締めくくるのは夕暮れを覆う影だ。この気分を表す形象はトラークルの詩のイメージ世界や表現の一つだ。だがそれは閉じられた空間に、つまりこの詩の「わたし」の部屋の中にとどまっている。

第一次世界大戦が終結した直後にアルベルト・エーレンシュタインが仲間の詩人たちの追悼詩集『殺害された兄弟たちへ』（一九一九）を編んだ時、彼はその冒頭にトラークルのための追悼文を載せた。この文はエアハルト・ブシュベックが一九一七年に書いた詩的なトラークル論に匹敵するとも言える。あるいは様式の点ではそれと対をなすとも言える。(21) エーレンシュタインの追悼文は一つの詩で始まる。

上へと向かう木のなかで、
夕べという鐘が沈む、
青い深みの影のところまで、
その深みは歌いながら魂に話しかける。
暗くなるのだ　お前のなかで　火は、
明るく輝く旅を　肉体は予感する。
啜り泣きながら　水のうえで揺れる、

死んだ生の故郷の向こう側で。

薄明るくなっていくのだ　お前には　新たな聖別が、
翼は静かな輪舞に連なる、
高く、そしてあらゆるものを越えてもっと高く
どこで、なぜ　そして　いつ　そして　どうやって。(22)

この詩はトラークルのモチーフのいくつか（「鐘」、「夕べ」、「影」、「青い深み」）を用いながら、それらを悲歌のように別な調子で歌わせようとしている。そして「その後」の一つの世界の中へ移り行く様を描く。トラークルの詩の没落の気分をエーレンシュタインは上方に向かう動きで打ち返す。上へと向かう木（リルケの『オルフェウスによせるソネット』の「耳の中で立ち昇っていく木」の前奏となる）、あらゆる疑問詞の向こうにある「新たな聖別」へと上っていくこと。この詩はエーレンシュタインの他のどの詩よりもメロディアスに響く。まるで彼はトラークルの言葉の響きに追いつこうとしているかのようだ。ただ「死んだ生の故郷の向こう側で」という詩行だけがぎくしゃくしている。「生の故郷」という合成語が一瞬の間、高みへの飛翔を突き落す。しかしそれは、つまり高みへの飛翔は、新たに始めることができる、「薄明るくなる」Dämmert と「お前には」Dir の頭韻に支えられて。

続いてエーレンシュタインはトラークルの最期について歯に衣を着せずに物語る。このような明瞭さはトラークルの詩には見つけられない。

数週間に渡りゲオルク・トラークルは衛生部隊の少尉としてガリチアのあちこちを通過していった、誰も助けることはできないまま。それから彼らは自ら進んでグロデークの戦闘に向かって急行軍した。そこは救援拠点とされていたが、医者もいなければ手当のための品もなかった。二日間、そこで負傷者たちは救護もないまま、苦痛の中に横たわっていた。ある者が、一人の「自殺者」が、膀胱を銃撃されたのに応えて頭部を銃撃したので、脳髄が壁に飛び散った。グロデークの中央広場には絞首刑にされた七人のルテニア人が並んでぶらぶら揺れていた。七番目の者は自分で自分の首に縄を回したのだった。(23)

エーレンシュタインはトラークルの死因をとことんまで考えることで、それらを相対化する。

麻痺が、毒が、トラークルが自ら下した死であったのか。それともぼんやりと、たまたま睡眠薬を過剰摂取したのか。それは運命を慎重に眠り込ませる狂気、最高の薬物管理の恩恵だった。彼は平時でもよく自ら意識不明の状態に入りこんだ。そして医者たち、病院、戦争。グロデークはこの苦悩する者をあまりに早く完璧に深い眠りの中へ押し流した。

死んだのだ、トラークルはクラクフで、ガリチアで死んだ、私たちのために死んだ。苦悩を自らに引き受け、そしてついにもはやそれに耐えられず、消え去った。（…）戦争前の彼について一つの強烈な印象が残っている。彼はある時、一軒の家の五階から煙草の吸い殻を下へ落とし、それがかすかに光り、そして光が弱くなり、やがて消えていくのを見ていた。一つの無へと、灰色の灰へと変わっていくのを見ていた。そしてまた彼は何時間もある恐ろしい光景について話すことができた。それは黒いトンネルの近くのどこかで不気味にうずくまる一匹の蟇蛙についてだった。[24]

エーレンシュタインによれば、このトラークルの生に決定的な役割を果たしたのは逆説的なもの（「ぼんやりと、たまたま」）だった。彼はトラークルにキリスト論的な意味合いすら与えている（「私たちのために死んだ」）。そして全体を途方もなく大きく捉えて、燃え尽きていく煙草の吸い殻といった極々些細なことを象徴として解釈する。彼がここで自ら証人となって証言することが果たして本当にそうだったのかどうかは全く重要ではない。ここで問題なのは、今やすでに素材となったトラークルと詩的に取り組むことであり、それがトラークルを後世に生き続けさせることになる。エーレンシュタインの文には「死んだのだ、トラークルはクラクフで（…）」といったように過剰なまでに修辞法が用いられているのが目立つ。彼は読者の視点から、次のような興味深い言葉でトラークルの有毒な創作を特徴づけている。「トラークルの場合に人は、緩慢になっていくハシッシュの幻想のまだ制御されている酩酊の渦を眺めることになる」[25]。この言葉は続く数十年間においてトラークルをめぐる議論の中で浮かび上がる一つの主要なテーマにはっきりと触れている。それは第一に、どのようにして「文学的形式」はトラークルの「生の嫌悪」を一時的に抑制することができたのだろうかという問いである。次には、どのようにして不快で忌むべきものの手中に陥ったこの詩人がこれほど明白に「美しい詩行」を書くことができたのかという問いも生まれる。そして最後に、トラークルの創作は発展したのか否かということが問われる。エーレンシュタインはきっぱりとそれを否定する見解を支持する。

彼の最後の詩「グロデーク」は初期の詩とほとんど変わっていない。彼は高度の意味で改善の余地がなかった。(…)彼は詩集『夢のなかのセバスティアン』ですでに彼の単調な歌をあまりに熱情をこめて歌うので、もはや個々の相違というものはなくなり、この恍惚とした本の詩作品の持つ無比の完全さを凌駕する道は、ただ散文作品が暗示するのみである。陰鬱に預言するような散文の幻想は、今や発展の可能性は破壊されたことを激しく予感させる。しかし人々はこの静かな詩人を、シッド Cid ではなく、自殺 Suicid を志願する者を、義勇兵として殺戮の戦場へと送った！　そうして彼は完全に静かになった。二七歳だった。ザルツブルクに生まれ、クラクフで死んだ。この二つの都市の間にかつてのオーストリアは広がっていた。彼と知り合った者はウィーンとインスブルックとベルリンに何人かいた。彼が誰だったのかを知る者はわずかしかいない。彼の作品に通ずる者はわずかしかいない。オーストリアで、かつてゲオルク・トラークルよりも美しい詩を書いた者はいなかった。[26]

より多くのことを知っていると私たちが思うようになって久しい。私たちはトラークルが何度も削除したことを、いくつもの異稿を、そのためになされた言葉との無限の取り組みを、圧縮し、却下したことを知っている。こういったことすべてをエーレンシュタインは知ることはできなかった。にもかかわらずトラークルの詩が私たちに強く働きかけるのは、モチーフに変化がなく、言語芸術として常に変わらないことに負うところが大きい。詩集『一九〇九年集』には明らかに後に書かれる詩作品と同じ文体や基本的なテーマがすでに見出せる。同時にトラークルは彼の詩作を一貫性を維持したまま発展させようと努力し、そして特定の言葉からなる彼の言葉の空間を広げようと努めたことも明らかだ。

トラークルに対するエーレンシュタインのこの評価は驚くほど的確だ。「トラークルはシッドCid ではなく、自殺 Suicid を志願する者」だったと大胆にも言葉遊びを用いて表現している場合にもそれは変わらない。エーレンシュタインの考えでは、トラークルはピエール・コルネイユの感情的で悲喜劇的な主人公ドン・ロドリーグ、通称ル・シッドに倣おうしたのではなく、むしろ自己を放棄しようとしていた。

エーレンシュタインは、トラークルは散文詩を彼の詩作の中で際立たせたと暗に述べているが、この指摘はそれら散文詩の核心と意義を鋭く突いている。トラークルの散文詩は本書でも明らかにしたように、これもまた逆説的に言えば、自分自身の内部に閉じた突破なのだ。それはくっきりと輪郭を描かれた、しかしその可能性は開いたままである一つの詩的な実験の場なのだ。

批判的な声たちと一つの逸脱する声

トラークルと他の詩人たちとの比較考察を最初に試みたのは、知られている限りでは、フェーリクス・ブラウンが一九一四年五月の「ノイエ・フライエ・プレッセ」誌に発表した論考「抒情詩的姿と才能たち(27)」である。この論考は非常に重要であり、ここで全文を引用する価値がある。ブラウンはシュテファン・ゲオルゲ、ライナー・マリーア・リルケ、フランシス・ジャム、フランツ・ヴェルフェルとともにトラークルの名を挙げて批評しているが、その際どの詩人にもほぼ同じ行数を割り当てており、彼らを同等に評価していることを強調している。

一つの新しい名前、すなわちゲオルク・トラークル。それは一つの新しいシーンの幕開けだ。孤独な夢見る者の姿。その姿は彼方の、幻影にあふれる風景に迷い込み、激しく揺れる天空の下、激しく揺れる大地の上をよろめいていく。いくつもの内なる世界といくつもの外の世界が互いの中に入り混じりながら墜落していく混沌の中へ。繰り返される崇高な酩酊と幻想、途方もない孤独とよそよそしさ、自然の奥底の出来事の原初の声、純粋に鳴り響き始める魂の音たち、忘れられた村々の悲しみ、夜の土地、耳をそばだててようやく聞き取られる人間たちや動物たちの生命の呼び声、それらは木や花の孤独に満ちている、繰り返しこの詩人は、無限に多様な世界の魔法のただ中で途方に暮れる。こうしたことすべてが、この若いオーストリア人ゲオルク・トラークルの『詩集』（クルト・ヴォルフ社、ライプツィヒ、叢書『最後の審判』）で描かれている、予感させられている。トラークルもまた世界をできるだけ広く占有し、地平線をずっと先まで延ばし、同時代の運命を多様に知覚し、生の充溢の中に埋没したいという新しい世代の渇望を持っていた。彼はこの点で夭折したゲオルク・ハイムの詩の系譜に連なる。厳格なヤンブスの韻律を持つ詩節とそれぞれの詩行はただ一つの叙述文からなるという詩の形式もハイムに倣っている。すなわち列挙する、そして記録する詩。それらの詩はリルケの様式の一つの結果だ。そして輪郭を強くくっきりと打ち出すことによって、そこに漂う雰囲気を忘れてしまう、そういう徹底的な表現主義になっていく。この拘束は結局のところ、厳格な韻律を用いて万有を要約することになったが、トラークルはそれを突破した。なぜならば彼の詩はヴェルフェルの詩と同様に韻律も脚韻も持たず、奔放に羽を広げる。それらは光り輝き、消え去る空中楼閣だ。しかしヴェルフェルともまた違った道をトラークルは進んだ。彼は自らの意志でどこかに行き着こうとはしない。彼はどんな意志も持たない。ただあてもなくさ迷うだけ。彼を駆り立てるのは彼のデーモンたちだ。彼は酔いしれた者であり、世界は彼にとってはまぼろしになり、鬼火たちが彼を誘い出し、甘い声でうっとりとさせる。そして天使たちが彼の前に現われる、死者たちや霊魂たちが。「素晴らしい、酔いしれて　暮れていく森を　よろけながら歩むのは。黒い枝々を抜けて　悲痛な鐘の音が響く。顔のうえに　露がしたたる。」［詩「夕べ　ぼくの心は」］暗い甘さに満ちた音楽が彼の詩だ。それらのそこかしこからヘルダーリンの歌の余韻が響く。例えば詩「古い記念帳のなかに」の次のような素晴らしい詩行から。

おののきながら　秋の星たちの下で
年ごとに　深く　また深く　その頭が傾いていく。(28)

何も欲っせず、さ迷い、デーモンたちに駆り立てられるというトラークル像はここから始まった。（疑いもなくこのトラークル像はシュテファン・ツヴァイクが構想したデモーニッシュなものにもなじんだだろう。しかし理解しがたいことだが、ツヴァイクは彼を無視している(29)）。フェーリクス・ブラウンはこの論考の他にトラークルの追悼文も書いている。(30)そしてその後も彼にとってトラークル（そして彼のトラークル像）は変わらないままだった。ただし間もなくトラークルの創作の宗教的な要素をよりはっきりと強調するようにはなる。(31)
トラークルの作品との取り組みが始まったこの初期の段階において彼が聖人列に加えられたこ

とは、確かにまだ問題にするほどのことではない。しかしトラークルの神話化が始まるのはそれとは別だ。それは戦死した多くの詩人たちとともに彼が分かち合う運命だった。そしてまた、公然というよりもむしろ隠された形で彼の作品に対する批判も胎動していた。それはなかんずくトラークルの作品はランボーの模倣だという誤った評価から火が付いた。トラークルは剽窃者なのか。この批判や非難がどのようなものであったかは、フォン・フィッカーが一九二九年五月二九日にカール・クラウスに宛てて書いた一通の手紙が最も端的に示している。ここでフォン・フィッカーは剽窃という非難をとりわけ声高に持ち出そうとしていた若い詩人の名前を挙げている。アレクサンダー・レルネト＝ホレーニアという名のこの詩人は、彼自身がリルケの模倣詩人と批判されているのに気付かされる。フォン・フィッカーの手紙は記録資料として重要であり、ここで詳細に引用したい。

敬愛するクラウス様！

どうか、レルネト＝ホレーニア氏が試みている幾篇かの詩を同封しますから、それらを読んでみてください。そしてレルネト＝ホレーニア氏が大胆に公言する、トラークルは盗作者で芸人だとするふざけた主張をあなた自身で判断してください。確かにトラークルがヘルダーリンやランボーの影響を受けていたことは知らない者はいません。そして彼がランボーを知ったのは、トラークル自身が賞賛していたK・L・アマーの優れた翻訳のおかげであることは間違いありません。しかしトラークルと彼が手本とした詩人たちとの関係に関しては、もしレルネト＝ホレーニア氏が愚かにも述べた事情以上の事がないのであれば、つまりもし、彼の公然の秘密であり、彼がどれほどの意義を持つかを決めるものがこのような些細なことに還元されねばならないのであれば、まず第一に問われなければならないのはやはり次のことでしょう。それは、なぜこの詩人が、まさにこの詩人がこれほど関心を持たれたのか、です。そしてもしレルネト＝ホレーニア氏が正しいなどということにでもなれば、トラークルについて書かれた、そして今なお書かれている論究はすべて無駄だと言えるでしょう。[32]

さらに注目すべきこととは、フォン・フィッカーが手紙の下書きで次のようにあからさまに述べていることだ。「トラークルが、そしてまさにトラークル自身がヘルダーリンやランボーといった詩人たちを手本として彼らから影響を受けたという意味において、これらの詩人たちは間接的にどれほど恐るべき影響を戦後世代の抒情詩に与えたか。このことは彼（レルネト＝ホレーニア）よりももっとよく私には分かっています。そう聞いても彼は驚きはしないでしょう」[33]。ここで興味深いのは、フィッカーはこのような模倣の文学を、彼の言葉で言えば総じて「近代文学の一般的現象」であると、すなわちその本質的な特徴の一つであるとみなしていたということだ。フィッカーによればこの点においてトラークルは先駆者であるにすぎなかった。

カール・クラウスがフィッカーの手紙の前に彼に送っていたレルネトの論文はもはや突き止めることはできないが、トラークルに対するその後のレルネトの評価は手紙やエッセイから裏付けることができる。

トラークルの『全集』を刊行したヴォルフガング・シュネディッツに宛てた一九四七年二月二日付の手紙で、レルネトはトラークルに対して極端とも言える新しい姿勢を示している。今や彼はトラークルを、特にその風景の詩的な造形において、ジェイムズ・マクファーソンが一七六〇年に書いた「オシアン」や古代ローマの頌歌文学の後継者とみなし、詩「グロデーク」にそれが継承されているのを見た。「もし彼が詩「グロデーク」からさらに先に進んだとしたら、我々は確かに非常に壮大で、最上の意味で擬古典主義的な、いわばナポレオン風に明快な言葉で書かれた頌歌文学を彼に期待することができただろう(34)」。これがあの（無意味な）議論の始まりだった。トラークルは彼の仕事を「成し遂げ」たのか、それとも彼の人生と仕事は「中断され」たのかというあの議論の。同じようなことをリルケも今は現存しない一通の手紙で述べていた。

レルネトはその後も別の二つのテキストでこの主張をさらに繰り広げた。そのうちでより重要なのは一九五五年一月二九日にウィーンの新聞「ディ・プレッセ」に発表した論考「ゲオルク・トラークルの偉大さと不幸」だろう。ちなみにフォン・フィッカーはこの記事の切り抜きを保管していた。この試論もレルネト流に必要以上に鳴り物入りで始められる。

ゲオルク・トラークルは、脇道に逸れることなしに発展し、最後まで惑わされることなく上に向って登って行った数少ない詩人たちの一人だ。彼の最後の詩は彼の最上の詩でもあった。そしてその直後に彼は無の中へ墜落した。

彼は最も強烈な人格の持ち主の一人だった。しかし同時に他から最も影響を受けた人物の一人でもあった。つまり彼は彼自身の強烈な個性によって、あらゆる他からの影響を、それらの多くを我々は知っているが、無条件に自分のものとした。その点で彼はヘルダーリンに似ていた。(35)

レルネトはトラークルから地方色を拭い去ろうとした。彼が言うには、トラークルは中央から離れた地方の「不愉快な雰囲気」から苦労して、そして最後には悲劇的な方法で「解放」された。だからレルネトはトラークルをことさら世界文学の視点から見ようとする。つまり「影響」という非難を断固として肯定的なものに変える。彼はトラークルの詩にオシアンだけでなく、ドストエフスキーやクラブント、中国文学からの翻訳、さらには「ケルト的色合い」をも指摘する。

類例　フリードリヒ・C・ハインレ

リルケ・トーンと並んで、トラークル・トーンは数世代にわたって詩人たちをただ模倣することへと誘った。続く戦後世代は、『静の詩篇』によってベン・トーンに誘われた。こうした事態はフォン・フィッカーの言葉を借りれば「恐るべき」と呼んでもよいかもしれない。あるいはただあっさりと特定の詩的な表現形式の影響力の大きさが示されているだけだと考えられるかもしれない。それに対してテーオドール・W・アドルノはある断固たる意見を持っていた。彼は『ミニマ・モラリア』でトラークルの「夢の波たちが打ち寄せる」「途方に暮れた詩行」について言及する。さらに彼はトラークルを表現主義に属するとみなすことには全く疑問の余地がないとして、次のように主張した。

トラークルの〈詩〉「沿って行く」には次のように書かれている。「言ってごらん、どれほど長く　ぼくたちは死んでいたか」。（テーオドール・）ドイプラーの詩「黄金のソネット」には「どれほど真実か、ぼくたちが皆、すでに長く死んでいたことは」という詩句が見出せる。互いに完全によそよそしくなった人間たちの中に生は引きこもってしまい、彼らはまさに死者たちとなった。このことを表現する点に表現主義の一体性がある(36)

ヴァルター・ベンヤミンの文学仲間であったフリードリヒ・C・ハインレ（一八九五―一九一四）が一九一三年から一九一四年に書いたテキストにも「よそよそしくなった人間たちの中に引きこもった生」のイメージに一致する、独特の表現が見出せる。彼はこう主張している、「概念の中へと同様に、我々は我々自身の中へ戻る（…）[37]」と。人間が概念になる。自分自身の中に引きこもるために、互いによそよそしくなる。ハインレが別の箇所で述べている「『わたし』は社会的な役割や状況の中で魂を抜き取られている。我々はただ相手に気付くだけだ[38]」という言葉は、トラークルの「わたし」に対する懐疑からそれほど遠く離れていない。

ハインレは一九一四年に戦争に抗議して、ユダヤ人の恋人のリカ・ゼーリクソンとともに自殺した。[39]彼の遺した詩は、ハイムやトラークルに匹敵する彼の早熟な才能を示している。ただし、ハインレはその詩作品において死の放埒な祝典を放棄したとするヴェルナー・クラフトの主張も頷ける。クラフトによればハインレの詩には「死」という語は現われない。彼は「悲しくはあったが、しかし憂鬱ではなかった[40]」。ハインレの数少ない、しかし重要な詩は、一九一三年から一九一四年頃に、表現主義と象徴主義に挟まれて、トラークルとハイムに挟まれて、むしろヘルダーリンやシュテファン・ゲオルゲに倣った詩があったことを示している。その詩作は次の詩行で鳴り止んだ。「深紅に泡立つ林檎の／黄色い葉叢が／至る所で／実をつけた[41]」。ヴァルター・ベンヤミンはハインレに幾篇もの自作の「ソネット」を墓碑として捧げている。ハインレは一九一三年に出版されたトラークルの『詩集』を知っていただろう。彼はトラークルのように色彩の微妙な変化に精通していたし、ハイムのように言葉を際立たせることに長けていた。このことは次の詩を読めば明らかだろう。

庭々には黴と黄色い緑、
黒く　影たちが　遠くまで
白い雲たちから身をそらして横たわる、　雲たちは
輝く太陽の尖った銀の炎につつまれて燃え立ち、　あふれる。

線状に空の水の青さは泡立つ。
一条のぎらぎらした煙が　一枚の布のように　ひらりと舞い上がる
稲妻の影を追い立てながら、　かすかに光を放ちながら　鈍い灰色が――
追い払われた青は　褪せて　たじろいで　流れていく。(42)

ハインレの詩は滅亡や腐朽や死に逆らう。それらは変更不能なものに身を委ねようとしないかのようだ。たとえそれらが時に、一つの詩のタイトルにあるように、「衰弱」とのぎりぎりの境にまで迫ることがあるとしても。「夕べはこれほど不安そうにやってきた、／髪を探る一つの疲れた手のように、／そして一つの遠い声があった、／だからぼくは君のまどろみのなかに沈んだ、／／そして耳を澄ませた、霧が降りてくるのに。それは黒い夜をこちらへと引き上げた、／雨が一羽の鳥のように舞い上がった、／そしてすべての灯りを静かに揺らした。(43)」。トラークルと違って、ハインレは「とうに使い古された夢たち」(「嵐の後で(44)」)を知っている。しかし彼は、あり

そうなこととありそうでないことが入り混じる黄昏の雰囲気をトラークルと分かち合った。まずハインレの詩「夕べに　窓辺で」を見てみよう。

明るく　お前のまわりに　いくつもの思いが漂う――
銃声がいくつも　鈍く　そして近くで　どよめく、
窓が軋りながら　大きく揺れるほどに。
深い闇につつまれて　お前はそこに立っている。

するとかすかに　ガラスが　明るくなる、
そのなかに　ランプが　優しく現われる、
ぼんやりとしたいくつもの影のなかから
泣きはらしたような小さな灯りがいくつも　漂い出てくる。[45]

ではトラークルの一九一三年刊の『詩集』の中の詩「午後へ囁いて」はどうだろう。

太陽、秋めいて　うっすらと　内気に、
すると　果実が　木々から落ちる。

静寂が　青い空間に宿っている
長い午後を通して。

金属の死の響き、
すると　一匹の白い獣が　くずおれる。
褐色の少女たちの　拙い歌が
葉が舞い落ちるなかに　吹き散らされていく。

額は　神の色を夢み、
狂気の柔らかな翼を感じている。
いくつもの影が　丘の麓を旋回している
腐敗に黒く　縁取られながら。

安らぎと葡萄酒にあふれかえる黄昏
悲しげにギターの音が流れる。
すると　部屋のなかの優しい灯りのところへ
お前は　夢のなかのように　かえってくる。

ハインレの場合にはどよめくものは具体的に「銃声」と示されるのに対して、トラークルはそれを「金属の死の響き」と婉曲に表現する。一方、両方の詩に現われる「いくつもの影」はトラークルの方がはっきりとした輪郭を持つ。両方の詩に共通なのが「優しい灯り」というモチーフだ。悲しみの徴も同様だ。それはクラフトが言うのとは違って、トラークルの方が憂鬱に響くわけではない。トラークルの詩ではギターが響き、ハインレの詩では「泣きはらし」たような灯りが漂う。トラークルはいわば夢のようなものを内省の場所として肯定する。それに対してハインレはもはや夢へと引きこもることはできない。トラークルは文学的な暗示を用いることで一つの落ちを示し、それによって彼の詩は複雑になる。それはハインレが目指すところではない。例えばトラークルの「狂気の柔らかな翼を感じている」はシラーの頌詩「歓喜によせて」に描かれる歓喜の「柔らかな翼」という形象を異化したものとして読める。

フィナーレ

では果たして何をトラークルの言葉は成し遂げるのだろう。ルートヴィヒ・ヴィトゲンシュタインはトラークルの詩について「私にはそれは理解できません。けれどもそのトーンが私を幸福にするのです」と語っている。(46) ヴィトゲンシュタインが言おうとしていることは第一に、うっとりさせるほどメランコリックにであろうと、痛ましくであろうと、非情にであろうと、トラークルの言葉は鳴り響くということだ。ハーラルト・ハルトゥングがこのトーンは「熟達した技巧と現実性を、言葉の魔術と真実を」一つにして鳴り響かせる[47]と言うのは正しい。トラークルの言葉は、美的な仮象を痛ましいほど真実の実在として主張する。

このことをハイデガーは根本的にトラークルのただ一つの詩行にはっきりと見た。つまり「痛みが 敷居を石にした」（「冬の夕べ」）という詩行に。この詩行ほどハイデガーが詳細に評釈した詩行は他にはない。しかし彼はその際、ただ一つの、それも最も容易に思いつく意味の変形については言及していない。それは苦痛は敷居を石に変えることでその中に入り込み、それによってその中間という形態になるということだ。だがハイデガーは的確にこの敷居を「何かと何かの間［原語は das Zwischen］」を支えるものと呼んだ。[48] ホーフマンスタールの詩「人生の歌」の中の「どの場所も一つの敷居になりうる」という言葉は、トラークルの詩作品において一貫して真実であることが明らかになる。そこでは実際、どの語・箇所も敷居体験になりうる。だがそれはそこを越えていくことを躊躇する。なぜならばこれらの詩は常にそれらの言語的な様々な関連や関係の内在的な意味領域の中にとどまらなければならないからだ。これらの詩の色彩の持つ意味は、ただトラークルの言葉の宇宙の内在的な関係からのみ生まれるのだ。

ハイミート・フォン・ドーデラーは、一九五九年にローマのオーストリア文化センターでトラークルの詩「グロデーク」について手記を書いた。この（未発表の）手記の中で彼は一つの驚くべき主張を展開している。(49)彼はトラークルを「一九〇〇年以降のオーストリアの最大の詩人」と呼び、「ホーフマンスタールやリルケも彼には遠く及ばない」と記す。ドーデラーは続けて「トラークルは彼自身の没落を歌った。彼はそれと（ベートーヴェンのように）格闘はしなかった」と書いている。さらにトラークルの生は「いくつもの断続的な挿話」から成り立っていたとして、「三度のウィーンからの逃亡」をその証拠として持ち出している。その上でドーデラーは詩「グロデーク」に言及する。彼によれば、この詩で初めて「ひたと没落に向かう憂鬱が圧倒的な力」を獲得した。だがドーデラーもまた、「詩「グロデーク」の調性とリズムは初期の詩においてすでに形成されていた」と考えた。それに続いて彼は、「おお　いよいよ誇らかな悲しみ！　お前たち　青銅の祭壇よ／精神の熱い炎が　今日　力強いひとつの苦痛が　養っているのだ、／生まれぬ孫たちを。」というこの詩の最後の三行は「格言風のものの中への墜落」に等しいと述べる。このドーデラーの見解は、この詩「グロデーク」ならびにトラークルの他の幾篇かに関するドーデラーの批評の眼目といえる。

「夢に創られた楽園が　滅び／この悲しみに満ちた　疲れた心を　吹き倒す。」（「疲れ果てる」）トラークルの詩の一つの特質として、読者を飽きさせることなく、何度も同じようなモチーフが繰り返されることが挙げられる。こんな詩行をとっくに別の詩で読んだ気がする。にもかかわらず、「滅亡」の本質がこのように表現されることは他にはない。だから繰り返されるのは、気分であり、気分の描写であり、精神状態なのだ。その際目を引くのは、トラークルの詩作は彼自身にとってまさに省察に対する抵抗であったように思われることだ。彼の詩作は、様式手段を、あるいは歌い方を理論的に熟考する試みには決してならなかった。言われていることは、あくまで当然のこととして言われている。だが、これ以外にはないということの書き方において、すぐさま気がかりなものが現われる。右に引用した二詩行はその後にこう書かれる。「心は　むかつくような思いだけを　あらゆる甘さから飲み尽くして、／卑俗な痛みに　血を流す。」むかつくような思い、嫌悪の念、その背後には自己に対する、そして文化に対する批判が隠されている。トラークルにとってはどちらに対する批判も同じだった。このような「むかつくような思い」はしかし「無給の職」とも関連していることは一九一三年七月三日［正しくは七月一六日から一八日頃］にウイーンから書き送った手紙から分かる。この「むかつくような思い」をイルゼ・アイヒンガーはトラークルについて書いたエッセイで、ゲオルク・ビューヒナーの『レオンスとレーナ』と関連づけている。彼女はトラークルを「隠されたもう一人のレオンス」と見て、ヴァレーリオがレオンスに予言したことをトラークルは成就したと考えているのだ。それは阿呆になること、広い並木道を歩いていくことだ。それも凍えるような冬の日に、「腕に帽子をかかえて、彼は葉の落ちた木々の下の長い影の中に立ち、ハンカチであおいでいる」[(50)]。これは、つまりこの種の愚かさは、ローベルト・ヴァルザーをも示唆していよう。そうした愚かさがなければいわゆる正常な状態はもともとやっていけないのだから。ただ、ヴァルザーは鉛筆でもはやほとんど解読できないほどの微小文字で病的に書かねばいられなかった。トラークルはそうではなかった。トラークルは形を保ち続けることができた。イルゼ・アイヒンガーが指摘しているように、トラークルの言葉には私たちに求めるものが保持されている。それは「生の極限の中に受け入れられていることだ。それは助けや光の力に変わる可能性がある。終わりのあらゆる可能性に対して開いている状態。それは再び開始を可能にする[51]」。

トラークルの言葉は一つの存在形態である。だがすでに見たように、その形態は詩「カスパー・ハウザーの歌」以降、逆説的に「生まれぬもの」も引き入れるようになる。そして「孫の黒い影」(「年」)に向かって方向を定める。トラークルの詩は生まれぬものを頼りにして、それに向かって鳴り始め、そして陰鬱に狂気に満ちた響きで前奏する。

生まれぬものの痕跡は詩「時祷歌」に残されている。それは「小径」となって「暗い村々」のすぐ傍らを通り過ぎていき、そして最後にはグロデークにまで通じる。「そして　朽ちた青から時おり　死に絶えたものが　歩み出る。」(「時祷歌」)。ここでトラークルの言葉が成し遂げるものをどのように呼んだらよいだろう。その言葉は一種の具象的な抽象化を行う。つまりそれは抽象でありながら感覚に訴えかけ続ける。なぜならばそれはたとえ幽霊のようにではあっても、文字通り出現するからだ。

そこでは事物の変身は起こらない。あるいは起こるとしてもそれはほんの稀にだ。確かにトラークルは「変身」という語を用いているが、それはむしろ彼自身の夢や酩酊の体験と関連づけられており(一九一三年二月の一通の手紙では「変化するという奇妙な戦慄」)、彼の詩作のキーワードにはならない。リルケのような変身への意志は問題にならない。つまり彼の言葉の本当の発展は、それをどれほど証明しようと試みても無意味だ。[52] 色彩に満ちた形象にあふれたこの言葉は、あくまで変わろうとしない。トラークル自身がブシュベックに宛てて挨拶として書き送った表現を使えば、「悄然とした倦怠」からその言葉は無理に奪い取られたのだ。この手紙も、トラークルの場合しばしばそうであるように、日付を突き止めるのが難しい。なぜならばこの「悄然とした倦怠」という感覚は彼にとって途切れることのない常態であり、もしそれが破られるとしたら、それはただ言葉の幻想によって、つまり詩的な幻像や崩壊の不安によってだけであった。彼はそれらを口にすることでそれらを追い払おうとした。

トラークルの詩作の方法は、逆説的に言えば、露わに明るみにだされた神秘である。このことは彼の詩の色彩性においてすぐに納得がゆく。彼の詩の響きは取り違えようがない。にもかかわらずそれは追体験するのが難しいままだ。どの詩を読んでも話していることは変わらないようなのに、それにもかかわらずまるで今初めて言われたかのように話しかけてくるのだ。

トラークルの詩を解明するために社会的な意識の有り様を問題とするのは短絡的すぎよう。確かにこの詩人は、世紀末《ファン・ド・シエクル》、デカダンス、第一次世界大戦前の停滞した状態への倦怠感といった環境に身を置いていた。そこから一種の美的な付加価値が生まれ、それをトラークルは言葉の宝石職人のように加工し、熟成させた。けれども彼の作品は、劇のような形を取った場合においてすら、疑いもなく詩であり続けた。そしてそれらは「作家の意識」を、無意識的なものはいわずもがなだが、「打ち負かし」たように思える。[53] それこそが彼の詩作の特徴だ。トラークルの汎詩主義はそもそもの最初から圧倒したのだ、彼自身を。彼の詩は美が大きく渦巻く様を、醒めた世界の中における有毒な強壮剤として演出する。

シラーはかつて彼の詩「ギリシャの神々」を次の所見で締めくくった。

そうだ、彼らは帰っていった、そしてあらゆる美しいものを、
あらゆる崇高なものを　ともに持ち去っていった、
あらゆる色を、あらゆる生の響きを、
そして私たちには　ただ魂の抜けた言葉だけが残された。
滔々たる時間の流れのなかからそれらはもぎ取られて、ピンドスの山に救い出されて漂う、
歌のなかで不滅に生きることになるものは、
生のなかで没落しなければならない…

世俗化した世界の中では芸術家ですら空っぽの手をして立っている。だが「魂の抜けた言葉」にトラークルは「色」や「生の響き」を注ぎ込むことができた。その言葉が詩人の没落や彼の時代の没落を越えて生き続けることができるようにと。

生まれぬもののなかに

奇妙なことに、トラークルと、そして出版社でトラークルの原稿審査を一時務め、自分自身も詩人であり、小説家ともなったヴェルフェルは、一つの同じ言葉で彼らの創作を、すなわちトラークルの場合は詩を、ヴェルフェルの場合は小説を、締めくくった。それは「生まれぬ」という否定的な状態を表す言葉であった。生まれぬものとは、未来を孕んでいるように聞こえる。しかしそれは未来を拒絶している状態も表す。ヴェルフェルは彼の最後の長編小説を『生まれぬ者たちの星』と名付け、「旅行小説」と呼んだ。具体的であると同時に謎めいている名称だ。世界の内部にある宇宙空間の中に入っていく旅。つまりヴェルフェルの言葉で言えば「母なる大地《ウテルステレ》の子宮《マートリス》」の中に入っていく旅。そこにはファウストの言う母たちが住んでおり、「ムネモドロム」[原語はMnemodrom。ヴェルフェルの造語。Mnemone（Mnemosyne）とは記憶の女神であり文芸・学術をつかさどるムーサたちの母である」がある。それは一つの抽象的な芸術作品だ。物神であり神託だ。そこで人は「思い出」Erinnerungを崇めることができたと信じる。しかしそこで待ち受けているのはただEntinnerung［Erinnerung（思い出、想起、記憶、記憶力、記念等を意味する名詞）の前綴りer（獲得、到達、創造や行為の結果等を意味する）をent（対抗、離脱、除去等を意味する）に変えて造ったヴェルフェルの造語］だけなのだ。

ヴェルフェルによれば、この寓意的な小説のタイトルは紀元前三〇〇年頃に旅行記を著した古代ギリシャの作家ディオドロスに由来している。「もし様々な日常の奸策を解釈するのが政治家や雄弁家たちのつとめであるならば、詩人たちや歴史の語り手たちのつとめは、想像上の生き物たちを島々に、死者たちを冥界に、そして生まれぬ者たちを彼らの星に訪ねることだ。[54]」それともヴェルフェルは最後の最後になって、かつて彼が出版社で短期間担当したトラークルの作品をもう一度思い出したのだろうか。トラークルの「生まれぬ孫」の物語が彼に託された使命となったのだろうか。彼はそのために「未来の歴史家」になろうとしたのか。それもことさら気の進まない「わたし」という語り手として。その語り手はこの見知らぬものの中へ入っていく「旅行小説」の序文で、自分自身を扱うことの難しさを吐露する。それはすでに見たように、まさにトラークルの詩にはっきりと見て取れる特徴であった。

私はもともと困難な状況に陥ることを嫌悪する性質であったから、これらのページに私自身が存在することはむしろ避けたかった。しかしそうなることは自然であるだけでなく、唯一の道でもあった。そして残念ながら私は、この「わたし」の重荷を十分に引き受けてくれる「かれ」を見つけることができなかった。だからこの物語の中の「わたし」は虚偽の、作り話めいた、装った、虚構の「わたし」ではない。それはこの物語自体が、あれこれ憶測をたくましくする想像力の単なる産物ではないのと同じことなのだ。[55]

この抜粋自体、一つの小説理論全体の代わりとなる（あるいはそのようなもののパロディーだ）。だがその事は別として、ヴェルフェルのトラークルとの主たる相違は（自己に対する）皮肉なトーンにある。他方でそれは信頼できるし、本物だという印象を与える。ヴェルフェルの言葉は、詩的な「わたし」という問題に直接転用することができるだろう。それはつまりトラークルの生涯と創造という問題でもある。

確かにヴェルフェルの専門家たちは、彼の最後の小説『生まれぬ者たちの星』がトラークルと直接的に関連しているとは考えにくいと判断する。それを証明する明確な資料は見つけ出すことができないのだ。[56] けれども私たちは、意識下で働く様々な影響や、自然発生的なつながり、連想について何を確かなこととして知っているのだろう。そして種々の作用が意識的に隠されることについては、とりわけ Entinnerung を目指して努力した作家の場合にはどうだろう。創造力に関してどんな精緻な理論が様々に編まれても、これらの問いに答えることはできない。もしかしたら本当に創造的な力とは「生まれぬもの」の中にあり、そしてトラークルとヴェルフェルの両者ともが、その「生まれぬもの」こそが来るべきものの根源であると言おうとしていたのではないだろうか。

禅僧の益翁宗謙［戦国時代の禅僧。上杉謙信に禅を教えたことで知られ、後に謙信の創建した越後妙照寺の開山となった］によれば、誕生と死を越えた彼岸がまさに生まれぬものだ。ヘルマン・グラーフ・カイザーリング［ドイツの哲学者］は彼の著書『考察』でこの思想を取り入れたが、[57]

ブレンナー・サークルの一員であった神秘主義者のカール・ダラーゴもまたこの考えに通じていたと考えられる。

生まれぬものとは何だろう。生殖されながら誕生が拒絶されるものか。それとも生殖されながら生まれることを拒絶するものか。若くしてリヒャルト・ヴァーグナーに親しんでいたトラークルはすでに『ニーベルングの指輪』によって、生まれぬもののアンビバレンスについて知っていたのだろうか。ヴァーグナーのこの楽劇の「ヴァルキューレ」において、ブリュンヒルデはジークリンデの命を救い、それによってまだ生まれぬジークフリートの生命を救う。その生命とは近親相姦がもたらした果実であった。もしジークフリートが生まれぬままであったとしたら、神話がかける謎は解かれなかったというのか。トラークルとグレーテの中にも「ヴェルズンゲンの血」[双子の兄妹ジークムントとジークリントの近親相姦的な愛を描くトーマス・マンの短編小説『ヴェルズンゲンの血』を指すのであろう]がたぎったのか。そしてグレーテの子供はその「果実」ではないかという根拠のない憶測。まさにそれゆえにその子はこの世の暗い光を見てはならなかったのか。それともトラークルの「生まれぬ孫たち」は生殖されなかったものなのか。つまりただ考えられ、ただ想像されたものなのか。なぜならば「何と大きいことか　生まれたものの罪は」と、そして愛の生み出す力は常に二義的だと、彼は認めざるをえなかったのだから。それはエロスとアガペーの間で揺れ、娼婦と聖女によって、つまりヴィーナスとアーフラによって体現される。

彼らはゲオルク・トラークルが、モデルネの詩人たちの中で、不可知論者のプロテスタントのカトリック教徒であると同時に不可知論者のカトリックのプロテスタントであったこの詩人が創作した文字通り途方もない死生の作品で、抒情詩となって出来した。誕生と生まれぬもの、早逝したものと生き残ったもの、死とその変容。だがそれが起こるのは薄明の中においてだけである。トラークルの後に生まれた者たち、つまり二十世紀の子供たちが初めて、トラークルが「罪」と考えたものを苦悩に満ちて評価することを習い覚えた。人類の文化を支える価値である彼らの「贖い」は、いまなお自らの誕生を待っている。

注

三和音で響く序

（1）Sigmund Freud, Totem und Tabu. In:Ders.,Studienausgabe. Bd.9:Fragen der Gesellschaft/Ursprünge der Religion. Hersg. v.Alexander Mitscherlich u.a.,Frankfurt am Main 2000, S.311.

（2）Georg Trakl, Dichtungen und Briefe in zwei Bänden. Historisch-kritische Ausgabe Bd.1. Hersg.v.Walther Killy und Hans Szklenar.2., ergänzte Aufl.Salzburg 1987, S.141〔原文では、これ以降同書からの引用は本文にHKAと略し、ローマ数字で巻数及びページ数を付して記すとあるが、本書では本文中ではこれは記さず、その代わりに作品の引用の場合にはその題名を、手紙の場合にはそれが書かれた日付を、それぞれの引用の後に括弧に入れて記すこととした〕

（3）特にMichael Braun, Was ist tabu? Geheimes Wissen, verborgene Sprache, verbotene Bilder.In:Stimmen der Zeit 231(2013),Heft 2,S.96-110 参照。

（4）In:Robert Creeley, Autobiographie. Aus dem Amerikanischen von Erwin Einzinger. Salzburg und Wien 1993, S.60.

（5）特にHans Weichselbaum, Georg Trakl. Eine Biographie mit Bildern, Texten und Dokumenten. Salzburg 1994, S.11-21 参照。

（6）一九一五年二月のルートヴィヒ・フォン・フィッカー宛の手紙に拠る。Otto Basil, Georg Trakl mit Selbstzeugnissen und Bilddokumenten, Reinbek 1965,S.163 からの引用

（7）特にIris Denneler, Konstruktion und Expression. Zur Strategie und Wirkung der Lyrik Trakls. Salzburg 1984 参照。

（8）写真の大部分は前掲のヴァイクセルバウムならびにバージルの著作に拠る。

（9）In:Johann Christian Günther, Werke in einem Band. Hrsg.v.Hans Dahlke.Wien 1958,S.290.　おそらくトラークルはレクラム文庫として初めてベルトルト・リツマンによって編集刊行された版（Reclam Universalbibliothek 1295/96 Leipzig 1879)を用いたと思われる。この版はこの詩行で終っている。この版はインスブルックのブレンナー・アルヒーフが所蔵している。これに関してはエーバーハルト・ザウアーマン氏にご教示を頂いたことに感謝する。

（10）Jean-Paul Sartre,Baudelaire. Ein Essay. Mit einem Vorwort von Michel Leiris, Deutsch von Beate Möhring. Hersg. und mit einem Nachwort v. Dolf Oehler. Reinbek 1978, S.61.

（11）Ebd.,S.19.

（12）Gottfried Benn(Hrsg.),Lyrik des expressionistischen Zeitalters. Von den Wegbereitern bis zum Dada. 6.Aufl. München 1974.

（13）Ebd., S.14.

（14）Ebd.

（15）Ebd., S.15.

（16）特にWolfgang Schneditz(Hersg),Georg Trakl in Zeugnissen der Freunde, Salzburg 1951 参照。

（17）Karl Heinz Bohrer, Zersprungene Paradiese. Vor fünfzig Jahren starb Georg Trakl. In:Die Welt, Nr.258 v.4.November 1964,S.7.

（18）Ebd.

（19）Ebd. 依然としてこの点については基礎となる研究はReinhold Grimm,Georg Trakls Verhältnis zu Rimbaud. In:Germanisch-Romanische Monatsschrift, N.F.9(1959),S288-315; Guiseppe Dolei, Trakl e Rimbaud, In: Annali. Sezione Germanica. Studi Tedeschi 17(1974),1,S.139-162.

（20）オーストリア軍竜騎兵少尉カール・クラマーのことである。リヒャルト・デーメルに見出され、支援された。オットー・

バージルによれば、クラマーはガリチアでの孤独な騎馬行の際にランボーを翻訳したが、自身の軍職を考えて筆名でそれを発表した（Basil.Trakl,a.a.O.,S.85. 参照）

（21）In:Rimbaud, Poésies. Gedichte. Zweisprachige Ausgabe. Hrsg. v.Rüdiger Görner, Frankfurt am Main und Leipzig 2007, S.112/13 u.116/17.

（22）原文は>>Pourquoi un monde moderne, si de pareils poisons s'inventent!<< Ebd.,S.132/33.

（23）オスカー・ココシュカの最初の重要な作品『夢見る少年』（Der träumende Knabe）（1908）も、「幻覚のような夢の幻想」として描かれた。Alfred Doppler, Die Musikalisierung der Sprache in der Lyrik Georg Trakls. In:Rémy Colombat/Gerald Stieg, Frühling der Seele.Pariser Trakl-Symposion. Innsbruck 1995, S.181 参照。

（24）Ebd.,S.67.

（25）Rémy Colombat, Les poèmes hallucinés de Trakl. Quelques aspects de la contamination rimbaldienne. In:Colombat/Stieg, Der Frühling der Seele, a.a.O., S.65-80 参照。

（26）Ludwig von Ficker, Das Vermächtnis Georg Trakls. In: Der Brenner,18.Folge 1954,S.248-269, hier: S.251.

（27）Ludwig von Ficker, Der Abschied(1926). In: Ders., Denkzettel und Danksagungen.Aufsätze. Hrsg.v.Franz Seyr. München 1967, S.80-101 参照。この箇所は八〇頁。

（28）依然として必携書として挙げるべきは以下の書籍である。Walter Ritzer, Neue Trakl-Bibliographie. Trakl-Studien XII. Salzburg 1983; Hans Weichselbaum, Georg Trakl, a.a.O. mit fortgeführter Bibliografie; die bibliografisch ergänzte Ausgabe von 2003 von: Georg Trakl,Werke-Entwürfe-Briefe. Hrsg.v.Hans-Georg Kemper und Frank Rainer Max.Stuttgart 1995 ならびに Otto Baisl の Rowohlt-Trakl-Monografie の最新版である第一九版（a.a.O.2010）

（29）これに関しては以下の論文が非常に示唆に富む。Eberhard Sauermann, Zur Enstehung und Ignorierung der ersten Trakl-Gesamtsausgabe. In:Euphorion 106(2012),Heft 1,S.137-149.

（30）Hans Weichselbaum,>>Er kannte keinerlei Verlockung des Ruhms<<.Anmerkungen zur Publikationsgeschichte und zu heutigen Ausgaben der Werke Georg Trakls. In:Aporie und Euphorie der Sprache.Studien zu Georg Trakl und Peter Handke. Akten des Internationalen Europalia-Kolloquiums Gent 1987. Hrsg.v.Heidy M.Müller und Jaak De Vos.Leuven 1989,S.77-90 も参照。非常に啓発的な寄稿論文である。

（31）トラークルに関する文献学的研究はインスブルックのブレンナー・アルヒーフの重要な基礎的な活動なしには考えられない。同アルヒーフ所蔵の文書の大部分は今日ではオンラインで検索することができ、研究者やトラークルに関心のある人々の仕事に対して計り知れないほど大きく貢献している。アクセスは www.uibk.ac.at/brenner-archiv/ である。これまで出版されたトラークル選集のうちで最も推奨されるのは Hans-Georg Kemper と Frank Rainer Max によって編纂された選集である（Reclam 1984/1995）。本書に載せているトラークルのテキストは HKA からの引用である。他の本から引用する際には、適宜その旨を記している。

（32）Franz Fühmann, Vor Feuerschlünden—Erfahrung mit Georg Trakls Gedicht. Anhang;Dichtungen und Briefe Georg Trakls,Hrsg. v.Franz Fühmann/ Uwe Kolbe:Worum es geht. Paralipomena zu Franz Fühmann >>Vor Feuerschlünden<<.Rostock 2000. Eberhard Sauermann,Fühmanns Trakl Essay—das Schicksal eines Buches. Zur Autorisation der Ausgaben in der DDR und der BRD. Bern u.a.1992 ならびに Heinz Wetzel, Franz Fühmanns Erfahrung mit Trakls Gedichte. In:Adren Finck.Hans Weichselbaum(Hrsg), Antworten auf Georg Trakl. Salzburg 1991, S.170-185 も参照。

（33） In:Albert Ehrenstein, Werke.Bd.5:Aufsätze und Essays, Hrsg. v.Hanni Mitterlmann.Göttingen 2004.S.78-81.

（34） Egon Vietta,Georg Trakl. Eine Interpretation seines Werkes. Hamburg 1947,S.11.

（35） Ebd.,S.28.

（36） In:Martin Heidegger, Unterwegs zur Sprache. 6. Aufl.Pfuillingen 1979, S.39.

（37） In: Merkur 1953, Nr.61,S.226-258.

（38） In: Heidegger, Unterwegs zur Sprache, S.11-33, この箇所は二八、三〇、三三頁。

（39） マールバッハのシラー国立博物館に収められている複製印刷（Nr.20, 1976）を参照。これにはハイデッガーの蔵書印が付されている。Diana Orendi-Hinze, Heidegger und Trakl:Aus dem unveröffentlichten Briefwechsel Martin Heidegger-Ludwig von Ficker. In:Orbis Litterarum 32(1977), S.247-253 も参照。

（40） In: Heidegger, Unterwegs zur Sprache,a.a.O.,S.27.

（41） In:Walter Muschg, Die Zerstörung der deutchen Lieteratur und andere Essays. Hrsg.v.Julian Schütt und Winfried Stephan. Mit einem Nachwort von Julian Schütt. Zürich 2009, S.621-692. ムシュクはこの本の別の箇所でもトラークルについて言及しているが、それはどちらかと言えば補足的である（Trakl und Hofmannsthal, ebd,,S.693-711）。

（42） Ebd.,S.682f.

（43） これについては基本的なものとしては、Kurt Mautz,Die Farbensprache der expressionisitsichen Lyrik. In:Deutsche Vierteljahresschrift für Literaturwissenschaft und Geistesgeschichte 31(1957),S.198-240; Karl Ludwig Schneider, Der bildhafte Ausdruck in den Dichtungen Georg Heyms, Georg Trakls und Ernst Stadlers. Studien zum lyrischen Sprachstil des deutschen Expressionismus. Heidelberg (1954) 1968; Heinz Wetzel, Klang und Bild in den Dichtungen Georg Trakls. Göttingen(1968) 2.Aufl. 1972 を参照。トラークルの比喩に関しても非常に多くの言語批評的及び様式批評的な論考がある。例えばRudolf Dirk Schier,,Die Sprache Georg Trakls. Heidelberg 1970。音の構成についての個々の研究としては例えばKarl Magnuson, Consonant repetition in the lytic of Georg Trakl. In: The Germanic Review 37(1962) S.263-281.

（44） Andrew Webber, Sexuality and the sense of self in the works of Georg Trakl and Robert Musil. Bithell Series of Dissertations. MHRA Texts and dessertations 30. London 1990; Hans Weichselbaum(Hrsg.), Androgynie und Inzest in der Literatur um 1900. Trakl-Studien XXIII. Salzburg/Wien 2005.

（45） この問題を取り上げた最初の一人がカール・ヴェルフェルである。In:K.W., Entwicklungsstufen im lyrischen Werk Georg Trakls. In:Euphorion 52(1958),S.50-81; Ingrid Strohschneider-Kohrs, Die Entwicklung der lyrischen Sprache in der Dichtung Georg Trakls. In:Literaturwissenschaftliches Jahrbuch. N.F.Bd.1(1960), S.211-226; さらに基本的なものとしてEberhard Sauermann, Entwicklung bei Trakl. Methoden der Trakl-Interpretation. In:Zeitschrift für deutsche Philologie 105(1986),S.151-181.

（46） Max Picard. Wort und Wortgeräusch. Hamburg 1963,S.20.

（47） Andreas Felber, Geschützte Werkstätten:Die Entstehung der Wiener Free-Jazz-Avantgarde im Umfeld der 1950er und 1960er

Jahre. In:Elisabeth Großegger und Sabine Müller(Hrsg.), Teststrecke Kunst. Wiener Avantgarden nach 1945. Wien 2012,S.68-78 参照。

(48) Ebd., S.75. Rudolf Schwendter, Subkulturelles Wien. Die informalle Gruppe(1959-1971).Literatur, Kultur, Politik. Wien 2003 も参照。

(49) In: Thomas Kling, schädelmagie. Ausgewählte Gedichte. Hrsg. v.Norbert Hummelt. Stuttgart 2008,S.44-45.hier:S.44. この詩の初出は詩集『遠隔地貿易』(1999)。それについては Hermann Korte, Zurückgekehrt in den Raum der Gedichte. Deutschsprachige Lyriker der 1990er. München 2004,S.127-146 も参照。クリングの詩「ミューラウ、✝」（in:Thomas Kling, Gesammelte Gedichte 1981-2005.Hrsg.v.Marcel Beyer/Christian Döring.Köln 2006,S.269）も考慮に値する。それについては Atsuhiro Hina, Der Ort: gedicht.Über Thomas Klings Gedicht *mühlau*, ✝.In:Germanistenverband der Universität Tokyo(Hrsg),Dichtung/Sprache 76(2012),S.31-42 参照。

(50) Kling,schädelmagie,a.a.O.,S.45.

(51) これについては Burkhard Meyer-Sickendiek, Lyrisches Gespür. Vom geheimen Sensorium moderner Poesie. München 2012 を参照。同書は画期的な研究である。

(52) Ebd.,S.44.

I　終局的な始まり——『一九〇九年集』

(1) In：Weichselbaum, Trakl, a.a. O.,S.42.

(2) Hellmuth Haug, Erkenntnisekel. Zum frühen Werk Thomas Manns. Studien zur deutschen LiteraturBd.15.Tübingen 1969.

(3) Ernst Hanisch/Ulrike Fleischer, Im Schatten berühmter Zeiten. Salzburg in den Jahren Georg Trakls(1887-1914). Trakl-Studien XIII. Salzburg 1986,S.116f. 参照

(4) 当時リンツで最も影響力のあった編集者カール・リッター・フォン・ゲルナーにトラークルが照会した手紙を参照（In: HKA 1, 470）この照会はシュトライヒャーの推薦に基づく。

(5) 引用は Weichselbaum,Trakl,a.a.O., S.55 に拠る。

(6) Ebd.,S.60.

(7) Ebd.,S.55.

(8) エアハルト・ブシュベックが一九二五年十月二十三日にルートヴィヒ・フォン・フィッカーに宛てて書いた手紙に拠る。In:Ludwig von Ficker, Briefwechsel 1914-1925.Hrsg.v.Ignaz Zangerle, Walter Methlagl, franz Seyr,Anton Unterkircher. Innsbruck 1988.S.440.

(9) Georg Trakl, Sämtliche Werke und Briefwechsel. Innsbrucker Ausgabe. Hist.-kritische Ausgabe mit Faksimiles der handschriftlichen Texte Trakls.Hrsg.v.Eberhard Sauermann und Hermann Zwerschina. Frankfurt am Main und Basel 2007,S.15.

(10) In:Maurice Maeterlinck, Gedichte. Verdeutscht von K.L.Ammer und Friedrich von Oppeln-Bronikowski. Jena 1906,S.25.（同書籍はインスブルックのブレンアー・アルヒーフ所蔵）

(11) Ebd.,S.11.

(12) Novalis, Schriften.［出典は『ハインリヒ・フォン・オフターディングン』ではなく、『断章と研究　一七九九―一八〇〇年』の中の断章一一三と思われる］

(13) Baudelaire: Die Blumen des Bösen. Umdichtungen von Stefan George.Berlin 1901.（同書籍はインスブルックのブレンナー・アルヒーフ所蔵）Dominique Iehl, Trakl et Baudelaire. In:Colombat/Stieg,Frühling der Seele,a.a.O.,S.9-20 参照。

(14) Ebd.,S.5.

(15) Ebd.,S.150.

(16) Ebd.,S.132.
(17) Stefan Zweig, Verlaine. Berlin/Leipzig 1905,S.32.（同書籍はインスブルックのブレンアー・アルヒーフ所蔵）Adrien Fink,Über Trakl und Verlaine. In: Colombat/Stieg,Frühling der Seele,a.a.O.,S.49-64 参照。
(18) Ebd.,S.58.
(19) In:Gedichte von Paul Verlaine. Eine Anthologie der besten Übersetzungen.Hrsg.v.Stefan Zweig.2.Aufl.Berlin und Leipzig 1907(Erstauflage 1902).（同書籍はインスブルックのブレンアー・アルヒーフ所蔵）
(20) Ebd.,S.23.
(21) Ebd.,S.25.
(22) Arthur Rimbaud, Leben und Dichtung.Übertragen von K.L.Ammer.Eingeleitet von Stefan Zweig.Leipzig 1907,S.3.
(23) Ebd.,S.6.
(24) Ebd.,S.9.
(25) K.B.Heinrich,Briefe aus der Abgeschiedenheit,a.a.O.,S.509.
(26) Ebd.
(27) Doppler,Die Musikalisierung der Sprache. In:Colombat/Stieg,Frühling der Seele,a.a.O.,S.194,Anm.9.Teilnachlass von Hauer im Nachlass vom Ferdinand Ebner, Brenner-Archiv Mo1. Opus 13.Über die Klangfarbe.
(28) In:Samuel Lublinski. Ein Wort über Lyrik. In:Ders.,Ausgewählte Schriften.Bd.2:Der Ausgang der Moderne,Tübingen 1976,S.194. これについてはMeyer-Sickendiek,Lyrisches Gespür,a.a.O.,S.16も参照。
(29) このテーマに関する基礎的な研究を以下に挙げる。Walter Methlagl, Nietzsche und Trakl. In:Colombat/Stieg,Frühling der Seele,a.a.O.,S.81-118; Hanna Klessinger, Krisis der Moderne. Georg Trakl im intertextuellen Dialog mit Nietzsche, Dostojewskij, Hölderlin und Novalis. Würzburg 2007,S.23-57; Mathias Mayer,Nietzshe-Verwerfungen bei Georg Trakl. In:Thorsten Valk(Hrsg.),Friedrich Nietzsche und die Literatur der kalssischen Moderne. Berlin 2009, S.87-100.
(30) Romano Guardini, Vom Geist der Liturgie. Zur aktuellen Situation, mit einem Nachwort von Hans Maier. Freiburg 1983. これについてはグアルディーニの著作に対するヨハネス・ラッツィンガー（教皇ベネディクト十六世）の注釈も参照(Der Geist der Liturgie.Eine Einführung, Freiburg 2000.)。
(31) Alfred Doppler, Bruder und Schwester in den Gedichten Georg Trakls. In:Weichselbaum(Hrsg.),Androgynie,a.a.O.,S.9-27,bes. S.11-14.
(32) 引用はWeichselbaum,Inzest bei Georg Trakl — ein biographischer Mythos? In:Ders.(Hrsg.),Androgynie,a.a.O.,S.43-59, hier:S.49 に拠る。同書にはマルガレーテ・ランゲン（旧姓トラークル）(1891 − 1917) がブシュベックに送った手紙がすべて集められている。In:Ebd.,S.208-231. これに関しては最近出版されたHilde Schmölzer,Dunkle Liebe eines wilden Geschlechts. Georg und Margarethe Trakl. Tübingen 2013 も参照。この精緻な伝記的研究は兄妹二人の互いの関係における「大きな疑問符」を強調している（二二九頁）。
(33) Laura Cheie, Die Poetik des Obsessiven bei Georg Trakl und George Bacovia. Trakl-Studien XXII.Salzburg 2004 参照。
(34) Hugo Friedrich,Die Struktur der modernen Lyrik. Von der Mitte des neunzehnten bis zur Mitte des zwanzigsten Jahrhunderts.8.Auflage der erweiterten Neuausgabe. Hamburg 1977, S.206.
(35) Doppler, Die Musikalisierung der Sprache, a.a.O.,S.181.

(36) Ebd.,S.182 参照。
(37) Nietzsche, KSA 7,S.202.

II 「酩酊のなかでお前はすべてを理解する」トラークルの有毒な創作

(1) In:Walter Benjamin, Gesammelte Schriften. Hrsg.v.Rolf Tiedemann und Hermann Schweppenhäuser unter Mitwirkung von Theodor W. Adorno und Gershom Scholem. Bd.VI: Fragmente, Autobiographische Schriften. Frankfurt am Main 1991,S.568.
(2) Ebd.,S.604.
(3) Ebd.,S.569.
(4) Robert Walser, Geschwister Tanner. Sämtliche Werke in Einzelausgaben. Hrsg.v. Jochen Greven. Bd.IX.Frankfurt am Main 1986, S.87.
(5) In: Novalis, Werke, Tagebücher und Briefe Friedrich von Hardenbergs. Hrsg.v.Hans-Joachim Mähl und Richard Samuel. Bd.2.Darmstadt 1978,S.477.
(6) Ebd.,Bd.1,S.109-110.
(7) In:Friedrich Nietzsche, Sämtliche Werke. Kritische Studienausgabe in 15 Bänden(=KSA).Bd. 6. Hrsg.v. Giorgio Colli und Mazzino Montinari, München 1988,S.116.
(8) Oscar A.H.Schmitz, Haschisch. Erzählungen. Mit dreizehn Zeichnungen vom Alfred Kubin. Hrsg.mit einem einleitenden Essay von Wilhelm W. Hemecker.Wien 2002.
(9) Georg Trakl/ Alfred Kubin, Offenbarung und Untergang/ Die Prosadichtungen.Salzburg 1995. Diana Orendi-Hinze, Trakl, Kokoschka und Kubin. Zur Interdependenz von Wort-und Bildkunst. In: Germanisch-Romanische Monatsschrift, N. F.21(1971), Heft 1. S.72-78 も参照。続く時代におけるこのテーマの文学的意味については特に Stephan Resch, Rauschblüten. Literatur und Drogen von Anders bis Zuckmayer. Göttingen 2009 を参照。
(10) Schmitz, Haschisch,a.a.O.,S.29.
(11) Ebd.
(12) Ebd.,S.29f.
(13) Ebd.,S.30.
(14) In: Hugo von Hofmannsthal, Alkestis. Ein Trauerspiel. Insel-Bücherei Nr.134. Wiesbaden 1959,S.37f.
(15) 当該の学籍名簿および試験記録（Protokoll des Jahres 1910, Prüfung v.9.Juli 1910,S.210）を見つけ出す際にはウィーン大学公文書館に貴重なご支援を頂いたことに感謝する。
(16) Hofmannsthal,a.a.O.,S.47.
(17) Nietzsche, KSA 6.S.117.
(18) Nietzsche, KSA 6.S.117f.
(19) Oskar Vonwiller, Die Kirche und die Kultur. In:Der Brenner, II.Jahr. Innsbruck/ 1.April 1912, Heft 21,S.743-750.
(20) Max von Esterle, Karikaturen und Kritiken. Hrsg.v.Wilfried Kirschl und Walter Methlagl. Salzburg 1971.

III 境界を超える試み　ウィーン・インスブルック・ヴェニス・ベルリン　それとも至る所がザルツブルクなのか

(1) Weichselbaum, Trakl,a.a.O., S.117 参照。
(2) Ebd.,S.127f.
(3) 引用は Hans Weichselbaum, Georg Trakl. Eine Biographie mit Bildern, Texten und Dokumenten. Salzburg 1994,S.144 に拠る。
(4) Franz Lösel, >>In Venedig<<. Erstarrung im Raum. Eine

Interpretation. In: Literatur und Kritik 10(1977),S.365-371 参照。

（5）Brigitte S. Fischer, Sie schrieben mir oder Was aus meinem Poesiealbum wurde.12.Aufl. München 1990,S.30.

（6）Ebd.,S.34.

（7）詩「ヴェニスにて」の背景については拙論 Lido an der Donau — Café Griensteidl am San Marco. Tödliches Venedig, kakanische Kontexte und Hofmannsthals Andreas-Fragment. In:Auf schwankendem Grund. Dekadenz und Tod im Venedig der Moderne. Hrsg.vom Sanibe Meine, Günter Blamberger, Björn Moll und Klaus Bergdolt. Paderborn 2014,S.227-241 参照。

（8）この一連のザルツブルク詩はトラークル自身は一つの詩群として発表しなかったが、現在ヴァイクセルバウムによって選集として以下の単行本が刊行されている。Georg Trakl, Die >>Salzburg<<-Gedichte. Hrsg.v. Hans Weichselbaum. Salzburg 2012.

（9）このモチーフについては特に Alan F. Bance, The Kaspar Hauser Legend and its literary survival. In:German Life & Letters,N.F.28(1974/75), S.199-210 参照。

（10）先に挙げた選集は詩「冬の夕べ」と詩「暗闇で」もそれぞれ第二稿を載せている。だがこのことはあまり根拠があるようには思えない。なぜならばそれらの第二稿でも初稿と同様に、ザルツブルクのモチーフは認められないからである。

（11）この点に関してトラークルが書き残したものとしては、ザルツブルクからウィーンのブシュベックに宛ててカール・ハウアーと一緒に書いた一九一一年一一月十三日付の葉書の次の悪名高い一文が挙げられる。「ユダヤ野郎がセックスすれば、彼は毛虱をもらう！キリスト教徒には、すべての天使が歌うのが聞こえる。」

（12）Micheal Paul Hammes:Waldeinsamkeit.Eine Motiv-und Stiluntersuchung zur Deutschen Frühromantik, insbesondere zu Ludwig Tieck.Limburg 1933 参照。同書は今日でもなお重要であることに変わりはない。ティークやアイヒェンドルフと並んでヨーゼフ・ヴィクトール・フォン・シェッフェルの連作詩「森の孤独」や、ラルフ・ワルド・エマーソンの同名の詩（1854）も挙げてよいだろう。プラーテン、ウーラント、レーナウもこのモチーフを扱っている。

（13）この詩はザルツブルクの町の畜殺場を暗示している。今日ではこの場所は遠隔暖房中央センターとなっている。ブシュベックはここに隣接するエルネスト・トゥーン通りに住んでいた。それゆえトラークルはブシュベックからこの詩を書く上でこの場所について詳しい情報を得ようとしていたとも考えられる。

（14）In:Hermann Bahr, Zur Überwindung des Naturalismus. Theoretische Schriften 1887-1904.Ausgewählt, eingeleitet und erläutert von Gotthart Wunberg.Stuttgart 1968(=Sprache und Literatur 46).S.60.

（15）In:Friedrich Hölderlin, Sämtliche Werke und Briefe in drei Bänden(=SWB).Bd.1.Hrsg.vo.Jochen Schmidt.Frankfurt am Main 1992,S.320.

（16）In:Walser, Geschwister Tanner, a.a.O.,S.51.

（17）Kurt Drawert, Schreiben. Vom Leben der Texte. München 2012, S.276.

（18）In: Karl Röck, Tagebuch 1891-1946. Bd.1:1891-1926.Hrsg. v.Christine Kofler.Brenner-Archiv Bibliothek online:www.uibk.ac.at/brenner-archiv/pdf/roeck-1-gesamt.pdf(Eintrag v.15. Dezember 1912,Tagebuch, S.192).

（19）これに関しては Gerald Stieg, Der Brenner und Die Fackel. Ein Beitrag zur Wirkungsgeschichte von Karl Klaus. Salzburg

1976(=Brenner-Studien BD.3) ならびに Walter Methlagl, Eberhard Sauermann u.Sigurd Paul Scheichl(Hrsg.), Untersuchungen zum >>Brenner<<. Festschrift für Ignaz Zangerle zum 75.Geburtstag. Salzburg 1981 参照。

（20） Röck, Tagebuch, a.a.O., S.184(Eintrag v.13.Aprl 1912).

（21） Detlev von Liliencron, Poggfred. Kunterbuntes Epos in neunundzwanzig Kantussen. Stuttgart, Berlin und Leipzig 1896. Röck, Tagebücher Bd.1,a.a.O., S.190.

（22） Röck, Tagebücher Bd.1,S.243.

（23） Röck, Tagebücher Bd.1,S.240 (Summarischer Eintrag zum Sommer 1913).

（24） Christian August Sinding(1856-1941). ノルウェーの作曲家であり、エドヴァルド・グリーグの後継者とみなされていた。複数の合唱曲、四つの交響曲、三つのヴァイオリン協奏曲、ピアノ協奏曲を一作、および室内楽曲を作曲した。一九一四年四月にオペラ『聖なる山』が初演された。生涯の大部分をドイツで暮らし、亡くなる二か月前にノルウェーのナチ党（Nasjonal Sameling）に入党した。

（25） 画家、イラストレーター、生活改革運動の代表者であったフーゴー・ラインホルト・カール・ヨハン・ヘペナー（1868-1948）を指す。一九〇〇年頃の光の崇拝運動や裸体主義に「忠実な者」の意味で「フィドゥス」と呼ばれた。

（26） Röck, Tagebücher Bd.1,S.241.

（27） In:Ebd.,S.172(Eintrag v.28.April 1913).

（28） In:Ebd.,S.246.

（29） Ebd.,S.239.

（30） Ebd.,S.240.

（31） 引用は Johannes Urzidil, Hinternational. Ein Lesebuch von Klaus Johann und Vera Schneider. Potsdam 2010, S.22 (Kriegsausbruch,1964) に拠る。

（32） Heinrich, Briefe aus der Abgeschiedenheit(II),a.a.O., S.511.

（33） Röck, Tagebücher a.a.O., S.189(Eintrag für den 27.Juli 1912).

（34） Ebd., Nachtrag, S.240(Sommer 1913).

Ⅳ　一九一三年『詩集』

（1） Florian Illies, 1913. Der Sommer des Jahrhunderts. Frankfurt am Main 2012.

（2） 引用は Thomas Anz, Michael Stark. Expressionismus. Manifeste und Dokumente zur deutschen Literatur 1910-1920. Stuttgart 1982, S.360 に拠る。

（3） Die Pforte. Eine Anthologie Wiener Lyrik. Heidelberg 1913.

（4） Walter Höllerer, Thesen zum langen Gedicht. In:Akzente 12(1965), S.128-130; Judith Ryan, The Long German Poem in the Long Twentieth Century. In: German Life & Letters 60(2007),S.348-364 参照。

（5） Grimm（四一五頁の注（19））参照。解釈に関しては Manfred Kux, >>De profundis<< — aus dem Abgrund. In: Gedichte und Interpretationen. Bd.5:Vom Naturalismus bis zur Jahrhundertmitte. Hrsg.v.Harald Hartung. Stuttgart 1983,S.167-174 参照。

（6） Klaus Ziegler, Georg Trakls >>Psalm<<. In:Studien zur deutschen Sprache und Literatur. Hrsg.v.der Abteilung für deutsche Philologie an der Universität Istanbul. Bd.5.Istanbul 1966, S.87-97 参照。重要なアンソロジーとして Paul Konrad Kurz(Hrsg.),Psalmen. Vom Expressionismus bis zur Gegenwart. Freiburg, Basel,Wien 1978 も参照。

（7） Peter Kropmanns, Peitschenhiebe statt Zuckerbrot. Zur frühen Gauguin Rezeption in Wien. In:Paul Gauguin, von der Bretagne nach Tahiti. Ein Aufbruch zur Moderne. Graz,2000. S.133-135 参照。Tymofiy Havryliv, Trakl — Zwischen Baudelaire und Rimbaud. In:Károly Csúri(Hrsg.), Georg Trakl und die literarische Moderne. Tübingen 2009, S.165-182,hier :S.178 も参照。背景としては Jens-Malte Fischer, Fin de siècle.Kommentar zu einer Epoche. München 1978; Jens-Malte Fischer, Jahrhundertdämmerung. Ansichten eines anderen Fin de siècle. Wien 2000 ならびに Wolfgang Asholt, Walter Fähnders(Hrsg.), Fin de siècle.Erzählungen, Gedichte,Essays.Stuttgart 1993 も参照。

(8) Mircea Eliade, Schamanismus und schamanische Ekstasetechnik. Frankfurt am Main 2001,S.14f. 参照。

V 詩的な色彩世界 あるいは（詩の）「わたし」の問題

(1) この章の一部は著者が二〇〇六年五月一九日にロンドンのオーストリア文化フォーラムで行った講演に基づく。著者はその講演内容にさらに加筆し、修正を加えて以下の論文として発表した。Farbintervall und Wortverschattung. Versuch über Trakl. In:Euphorion 102(2008) S.187-201.

(2) In: Thomas Mann/ Heinrich Mann, Briefwechsel 1900-1949. Hrsg.v.Hans Wysling. Frankfurt am Main 1984,S.128.

(3) Thomas Mann, Betrachtungen eines Unpolitischen. Mit einem Vorwort von Hanno Helbling. Frankfurt am Main 1988, S.31 u.32.

(4) このことは例えば以下の論考で定義されているような意味範囲に相当する。Konrad Ehlich, Sprache und Sprachliches Handeln. Bd.1:Pragmatik und Sprachtheorie. Berlin/New York 2007, S.274.

(5) Mann, Betrachtungen, a.a.O., S.561.

(6) Klaus Harpprecht, Thomas Mann. Eine Biographie. Reinbek 1995, S.365 参照。

(7) Henri Poincaré, La valeur de la science. Paris 1920, S.262.

(8) In: Ludwik Fleck, Denkstile und Tatsachen, Gesammelte Schriften und Zeugnisse. Hrsg.v. Sylwia Werner und Claus Zittel. Frankfurt am Main 2011, S.315.

(9) これについては特に Renate Brosch, Empowering the Spectator: Ekphrasis as a Strategic Response to the Power of Images. In:Symbolism. An International Annual of Critical Aesthetics 8(2008), S.179-195; James A.W.Heffernan, Museum of Words: The Poetics of Ekphrasis from Homer to Ashberry. Chicago 1993 参照。

(10) Murray Krieger, Das Problem der Ekphrasis:Wort und Bild, Raum und Zeit — und das literarische Werk. In:Gottfried Boehm und Helmut Pfotenhauer(Hrsg.),Beschreibungskunst — Kunstbeschreibung.München 1995, S.41-58,hier S.43 参照。

(11) 同様の方法をローダ・L・フラックスマンも抒情詩における（後期）ヴィクトリア朝時代の言語芸術で際立たせ、ジョン・ラスキンの絵画の描写と結びつけている。In:Rohda L.Flaxman, Victorian Word-Painting and Narrative toward the Blending of Genres.Ann Arbor/Michigan 1987.

(12) HKA I,214(Br,v.5.Oktober 1908).

(13) Matthias Politycki, Die Farbe der Vokale. Von der Literatur, den 78ern und dem Gequake satter Frösche. München 1998, S.168-176.

(14) これに関しては特に Kurt Mautz, Die Farbensprache der expressionistischen Lyrik.In:Deutsche Vierteljahresschrift für Literaturwissenschaft und Geistesgeschichte 31(1957),S.198-240 参照。

(15) In：Martin Heidegger, Unterwegs zur Sprache,a.a.O., S.24. これ

については特に Walter Falk, Heidegger und Trakl. In: Literaturwissenschaftliches Jahrbuch,N.F.4(1963),S.191-204 参照。

（16） Jacques Derrida, De l'esprit. Heidegger et la question. Paris 1987,S.102.

（17） In:Gottfried Keller, Gedichte und Schriften. München o.J., S.112.

（18） Oswald Spengler, Der Untergang des Abendlandes. Umrisse einer Morphologie der Weltgeschichte. Nachwort von Detlef Felken. 16.Aufl.München 2003,S.326.

（19） Ebd.,S.325.

（20） Heidegger, a.a.O.,S.30.

（21） Hans-Georg Kemper, Gestörter Traum — Zur Interpretierbarkeit von Georg Trakls Lyrik. Festvortrag, gehalten am 2.Februar 1974 im Trakl-Haus Salzburg(Maschinenshriftl.vervielfältigt). Rudolf Dirk Schier, Die Sprache Georg Trakls,Heidelberg 1970 なども参照。

（22） これについては Laura Cheie, Die Poetik des Obsessiven bei Georg Trakl und George Bacovia. Salzburg 2004(=Trakl-Studien XXII) 参照。

（23） Goethe, Zur Farbenlehre. Didaktischer Teil. In:Hamburger Ausgabe.Hrsg.v.Erich Trunz. Bd.13.München 1986,S.315 u.323.

（24） In: Nachwort zu WEB, a.a.O., S.305.

（25） グスタフ・シュトライヒャーの自作朗読についての短評の中の言葉（HKA I,208）。

（26） Johann Wilhelm Ritter, Fragmente aus dem Nachlasse eines jungen Physikers(1810), Heidelberg 1969,S.233.

（27） In:Eduard Mörike, Sämtliche Werke in zwei Bänden.Bd.1.Hrsg. v.Helmut Koopmann,6.Aufl.Darmstadt 1997,S.689.

（28） J,van Gogh-Bonger(Hrsg.),Verzamelde Brieven.III(Vincent van Gogh).Amsterdam 1953, Brief Nr.570,Sommer 1888. 引用は Ernst H.Gombrich, Die Krise der Kulturgeschichte. Gedanken zum Werteproblem in den Geisteswissenschaften.München 1991,S.199f. に拠る。

（29） Nietzsche,KSA 4,S.244.

（30） KSA 3,S.261f.

（31） KSA 3,S.262.

（32） KSA 5,S.239f.

（33） このニーチェのアフォリズム２９６を思想史的背景と関連付けた精緻な分析の１つとして挙げられるのが Christian Benne, >>ihr meine geschriebenen und gemalten Gedanken!<<:Synästhetische Lektüre von *jenseits von Gut und Böse* 296.In:Marcus Andreas Born und Axel Pichler(Hrsg.),Texturen des Denkens. Nietzsches Inszenierung der Philosophie in Jenseits von Gut und Böse. Nietzshe-Heute Bd.5.Berlin 2013,S.305-352 である。

（34） Hélène Grimaud im Gespräch mit Ijoma Mangold, Schönheit ist wie ein Motor. In:ZEIT-Magazin v.20.November 2012,S.46.

（35） Erhard Buschbeck, Georg Trakl. Berlin 1917,S.9.

（36） In:Hermann Broch,Hofmannsthal und seine Zeit. In:Gesammelte Werke. Bd.I:Dichten und Erkennen. Hrsg.v.Hannah Arendt. Zürich 1995,S.54.

（37） Ebd.

（38） 根拠としては Wilhelm Voßkamp, Einbildungskraft als Voraussetzung für eine politische Ästhetik bei Friedrich Schiller. Nordrhein-Westfälische Akademie der Wissenschaften und der Künste. Vorträge G.430.Paderborn 2011 参照。

（39） ヨッヘン・シュルテ＝ザッセの概念。引用は Voßkamp,ebd., S.11 に拠る。

（40） Antje Büssgen, Vom Wort zur Farbe:Über den Zusammenhang von Sprachskepsis und Farbenenthusiasmus bei Hofmannsthal und

Rilke. In: Jahrbuch der Österreich-Bibliothek in St. Petersburg 5(2002),S.155-179 参照。

(41) In: Hugo von Hofmannsthal,Gesammelte Werke in zehn Einzelbänden. Bd.VII: Erzählungen. Erfundene Gespräche und Briefe. Reisen. Hrsg.v.Bernd Schoeller in Beratung mit Rudolf Hirsch. Frankfurt am Main 1979,S.569f.

(42) Ebd.,S.571.

(43) Broch,a.a.O., S.155.

(44) Büsgen,a.a.O.,S.170.

Ⅵ 死に向かって詩作する。一つの自画像と「死んでいく者たちとの出会い」

(1) Hans Belting, Bild-Anthropologie: Entwürfe für eine Bildwissenschaft. München 2001.

(2) Peter Sloterdijk im Gespräch mit René Scheu. Die verborgene Grosszügigkeit. In: Schweizer Monat. Sonderthema 7/ November 2012,S.10.

(3) これについては Hans Weichselbaum, Eine bleiche Maske mit drei Löchern. Zu Georg Trakls Selbstporträt. In: Mitteilungen aus dem Brenner-Archiv. Nr.31/2012,S.37-44 参照。

(4) 引用は Kai Hammermeister.Jacques Lacan. München 2008.S.37 に拠る。

(5) この詩の第二稿の手稿2のことである。マールバッハのシラー国立博物館の複製印刷 Nr.20(1976) として複写されている。ハイデガーは一九七〇年一〇月二四日にシラー国立博物館の当時の館長であったベルンハルト・ツェラーにこの詩のオリジナルの手稿を手渡した。この詩の複数の草稿の間にはかなりの相違があるが、それらの主要なモチーフや詩的な色の使用法は変わっていない。初稿は五つの詩節でできており、各詩節がそれぞれ四行となっている。

(6) Friedrich A.Kittler. Aufschreibsysteme 1800-1900. München 1995,S.277.

(7) ルートヴィヒ・フォン・フィッカーは一九一四年三月末としているが、オットー・バージルはこの肖像画については ハンス・リンバハがすでに一九一四年初頭に言及していると指摘している。Basil, a.a.O., S.141 参照。

(8) ヴァイクセルバウムの前掲書『ゲオルク・トラークル』にすべて掲載されている。

(9) Klaus Manger, Trakl und die >>Franziska<<Kokoschkas. In:Neue Zürcher Zeitung,Nr.177 v.3./4. August 1985,S.47f. 参照。

(10) Weichselbaum, Eine bleiche Maske mit drei Löchern.a.a.O. 参照。

(11) Ebd.,S.39. ならびに報告 >>Die Heimführung Georg Trakls<<. In:Der Brenner.Neunte Folge 1925,S.280-286 も参照。

(12) 引用は Basil,Trakl,a.a.O.,S.141 に拠る。

(13) Ludwig von Ficker, In Erinnerung an Georg Trakl.6.Aufl. Innsbruck 1926,S.104.

(14) Weichselbaum, Eine bleiche Maske mit drei Löchern.a.a.O.,S.42.

(15) Ebd.,S.39.

(16) Karl Borromäus Heinrich, Briefe aus der Abgeschiedenheit(II):Die Erscheinung Georg Trakls. In: Der Brenner III(1913), Heft II,S.508-516,hier:S.512.

(17) Weichselbaum, Eine bleiche Maske, a.a.O.,S.39.

(18) Ebd.

(19) In:K.B.Heinrich, Briefe aus der Abgeschiedenheit,a.a.O.,S.511f.

(20) Drawert, Schreiben, a.a.O.,S.170.

(21) 引用は Franz Landsberger,Impressionismus und Expressionismus. Eine Einführung.6.Aufl. Leipzig 1922,S.32 に拠る。

Ⅶ 『夢のなかのセバスティアン』あるいは「悪の変容」

（1） Wolfgang Kuhoff,Sebastianus.In:Biographisch-Bibliographisches Kirchenlexikon(BBKL). Band 9.Herzberg 1995,Sp.1268-1271 に拠る。

（2） この詩の構造は、対立する一対のものたちの対位法的な配置と捉えることもできよう。アルフレート・ドプラーも次のように同様の見解を述べている。「音楽のポリフォニーのように詩「夢のなかのセバスティアン」では父・母・子の関係が、救済の希望と絶望の、くずおれることと立ち上がることの、降りていくことと昇っていくことの、現われることと崩壊することとの緊張が、対位法のように互いに動かされている。」そしてドプラーは「この詩人の場合には互いに逆の方向を向くいくつものテーマが一つの音になって響くが、それはただ暗示されるだけである。なぜならばこの詩人の素材は言葉であり、音や響きではないからだ」と主張する。Doppler, Die Musikalisierung der Sprache. In: Colombat/Stieg, a.a.O., s.189.

（3） Rüdiger Safranski, Das Böse. Oder das Drama der Freiheit. München/Wien 1997 参照。

（4） これについて詳細は Rüdiger Görner, Bekenntnisgesang. Eine Improvisation zu BWV78 >Jesu der du meine Seele<<. In: Bekenntnisgesang. In:Bach-Anthologie 2008. Reflexionen zu den Kantatentexten BWV54,63,78,81,88,125,129,139,140,166,169, Hersg.v.Michael Wirth/J.S.Bach-Stifung, St.Gallen.Zürich 2009, S.109-115.

（5） 「死んでいない者」der Untote という概念はここではスラヴォイ・ジジェクの言う次の意味で用いている。「>he is undead< とは、ただ彼は生きているという意味ではない。彼は死んだ者としてではなく、生きている死者として生きているのだ。>he is undead< とは、he is not-not-dead という意味だ。」In:S.Z.Less than Nothing, Hegel and the Shadow of Dialectical Materialism.London/New York 2012,S.788. これに関してはオーデンセ大学（デンマーク）クリスティアン・ベネ教授に貴重なご教示を頂いたことに感謝する。

（6） Klaus Mann, Über Georg Trakl. In:Die Weltbühne v.20.Februar 1920,S.504-505.

（7） Ebd.,S.504.

（8） ハンス・マイヤーは関連があると主張している。In:H. M.,Schreker und die Literatur. In:Otto Kolleritsch(Hrsg.),Franz Schreker.Am Beginn der Neuen Musik. Studien der Wertungsforschung Bd.II. Wien 1978,S.32-47, hier;S.39. マティアス・ブルツォスカはシュレーカー自身の発言を引きながら、この見解を相対的に扱う。In:M.B.,Franz Schrekers Oper>>Die Schatzgräber<<.Beihefte zum Archiv für Musikwissenschaft Bd.27. Wiesbaden 1988．このオペラのリブレットは http://www.universaledition.com/noten-und-mehr/Der Schatzgraeber-Schreker-Franz-UE6137

（9） Klaus Mann, Über Georg Trakl, a.a.O., S.505.

（10） HKA I,85（イタリックは著者による強調）。この詩は八五頁から八六頁に渡っている。

（11） Arthur Schnitzler, Träume. Das Traumtagebuch 1875-1931. Hrsg. v.Peter Michael Braunwarth und Leo A.Lensing, Göttingen 2012.

（12） In: Arthur Schnitzler, Die Erzählenden Schriften. Bd.2. Frankfurt am Main 1970,S.503.

（13） In:Benjamin, Gesammelte Schriften, a.a.O.,II,2,S.620-622. これについては「ノイエ・ルントシャウ」誌の特集号「ヴァルター・ベンヤミン、夢のキッチュ」も参照（Neue Rundschau 123(2012) Heft 4,S.5-97.）

(14) Benjamin, GS II.,2.S.620.

(15) In:Hofmannsthal, Gesammelte Werke Bd.VII,a.a.O., S.444.

(16) 原文は>>La science, la nouvelle noblesse! Le progrès. Le monde marche! Pourquoi ne tournerait-il pas?<< In:Rimbaud, Poésies. Gedichte a.a.O., S.80/81.

(17) 「持続的な夢の詩」という表現を用いている研究もある。Burkhard Meyer-Sickendiek,Lyrisches Gespür. Vom geheimen Sensorium moderner Poesie. Müunchen 2012,S.230-246, bes. S.233 参照。マイヤー=ジッケンディークはアイヒェンドルフ、トラークル、ドイプラー、ホルスト・ランゲ、カール・クラウス、ヴォルフガング・ヒルビヒ、ラインハルト・プリースニッツ、フリーデリケ・マイレッカーを例に挙げてこの概念を展開する。

(18) In: Theodor Däubler, Das Sternenkind. Leipzig 1916, S.31.

(19) 「ブレンナー」誌は連続する二つの号でドイプラーに関する称賛の言葉を載せている。Johannes Schlaf, Theodor Däubler. In: Der Brenner 3 (1912),Heft 3, S/120-127; Hugo Neugebauer, Zur Würdigung Theodor Däublers. In: Der Brenner 3(1912),Heft 4, S/198-204.

(20) このことはブシュベックの以下の短評でもはっきりと表されている。Erhard Buschbeck,Däublers Hesperien. In: Die Aktion VI(1916),Heft 26,S.362-63.

(21) Basil, Trakl, a.a.O., S.142 参照。

(22) 解釈については以下を参照。Rainer Gruenter, Herbst des Gefühls. In: Marcel Reich-Ranicki(Hrsg.), Von Arno Holz bis Rainer Maria Rilke . 1000 Deutsche Gedichte und ihre Interpretationen. Frankfurt 1994, S.119; Heidi E. Faletti: Die Jahreszeiten des Fin de siècle. Eine Studie über Stefan Georges *Das Jahr der Seele*. Bern/Müunchen 1983

(23) In: Hofmannsthal, Gesammelte Werke Bd.VII,a.a.O., S.497.

(24) Ebd.,S.499.

(25) 解釈については以下を参照。Joerg Schaefer, Georg Trakl. Der Herbst des Einsamen. In: Gedichte der Menschheitsdämmerung, Interpretationen expressionistischer Lyrik. Mit einer Einleitung von Kurt Pinthus. München 1971. S.18-32.

(26) 解釈については特に以下を参照。Theodore Fiedler, Georg Trakl's >>Abendland<<: life as tragedy. In:Wilm Peters(Hrsg.), Wahrheit und Sprache. Festschrift für Bert Nagel zum 65. Geburtstag. Göppingen 1972, S.201-209.

(27) In: Else Lasker-Schüler, Sämmtliche Gedichte. Hrsg.v.Friedhelm Kemp, München 1977, S.151(>>Georg Trakl<<).

(28) Illies, a.a.O., S.274.

(29) 引用は Weichselbaum, Trakl,a.a.O.,S.158 に拠る。

(30) 引用は Schneditz, Georg Trakl in Zeugnissen der Freunde, a.a.O., S.88 に拠る。

(31) In: Celan, >>Mikrolithen sinds, Steinchen<<. Die Prosa aus dem Nachlaß,a.a.O.,S.119. Bernhard Böschenstein, Celan als Leser Trakls. In: Colombat/Stieg, Frühling der Seele,a.a.O., S.135-162 参照。

(32) Ebd. ,S.95.

(33) Ebd. ,S.23.

(34) この箇所に関する注釈参照。Ebd., S.310f.

(35) Rainer Maria Rilke, Werke. Kommentierte Ausgabe in vier Bänden(=KA). Bd.I,Hrsg.v.Manfred Engel u.a.,Frankfurt am Main und Leipzig 1996, S.480.

(36) Hans Hörbiger, Hörbigers Glacial-Kosmogenie. Eine neue Entwicklungsgeschichte des Weltalls und des Sonnensystems auf Grund der Erkenntnis des Widerstreits eines kosmischen

Neputunismus mit einem ebenso universellen Plutonismus. Wien 1913. これについては Christina Wessely, Welteis. Eine wahre Geschichte. Berlin 2013 参照。

Ⅷ 「塀に沿って」。詩に描かれた世界の終末の様相

（1） Eberhard Sauermann, Zu Valenzverstößen in poetischer Sprache. Befremdende Transitivierungen bei Georg Trakl. In:H.Moser und E. Koller(Hrsg.), Studien zur deutschen Grammatik. Johannes Erben zum 60. Geburtstag.Innsbruck 1985, S.335-356.

（2） Fjodor M. Dostojewskij, Schuld und Sühne(1866). Aus dem Russischen übertragen von Richard Hoffmann. 4.Aufl. München 1981, S.258.

（3） Ebd.,S.350.

（4） Ebd.,S.7f.

（5） Nietzsche, KSA I,S.884.

（6） Ebd.,S.879.

（7） Ebd.

（8） Rilke, KA I, S.267-268.

（9） Rilke, KA 2, S.412.

（10） Ebd.

（11） これについて詳しくは Jochen Schmidt, Hölderlins geschichtsphilosophische Hymnen >>Friedensfeier< – >>Der Einzige<< – >>Patmos<<. Darmstadt 1990.

（12） これについては特に Theodore Fiedler, Hölderlin and Trakl's poetry of 1914. In: Emery E. George(Hrsg.), Friedrich Hölderlin. An Early Modern. Ann Arbor/Michigan 1972, S.87-105 参照。

（13） Rilke, KA 1, S.150f.

（14） 特に Peter Sprengel, Geschichte der deutschsprachigen Literatur von 1900-1918: von der Jahrhundertwende bis zum Ende des Ersten Weltkriegs. München 2004, S.635ff. 参照。

（15） Ebd.,S.636.

（16） 重要な例外は、「戯曲断片」に光を当てたアンドリュー・ヴェバーによる以下の論考である。A.W., Sexuality and the Sense of Self, a.a.O., S.64-73.

（17） Elizabeth Boa, The Sexual Circus. Wedekind's Theatre of Subversion. Oxford/ New York 1987 参照。

（18） Jules Verne: Der stolze Orinoko. Bekannte und unbekannteWelten. Abenteurliche Reisen von Julius Verne. Band LXXIII-LXXIV. Wien. Pest, Leipzig 1899. ケルモル大佐とその「ただ一人の娘」については特に二〇四頁から二三一頁参照。

（19） Hölderlin, SWB 3, S.470（ヴィルマン出版社宛の一八〇三年十二月の手紙）

（20） この詩には多くの解釈がなされているが、以下の論考はこの詩について書かれた最初の長大な解釈であり、今なお他の追随を許さない。Walter Höllerer, Georg Trakl. Grodek. In: Benno von Wiese(Hrsg.), Die deutsche Lyrik. Form und Geschichte. Bd. 2: Von der spätromantik bis zum Gegenwart. Düsseldorf 1957, S.419-424. E.L.Marson, >>Grodek<< – towards an interpretation. In:German Life&Letters, N. F.26(1972/73),S.32-38 も参照。

（21） In: Hölderlin, SWB I, S.286(V.15-18).

（22） In: Ebd.,S.322(V.40-43). トラークルは二種類のヘルダーリンの書籍を所持していた。一つの版は一九〇五年にオイゲン・ディーデリヒス社（イエナおよびライプツィヒ）から出されたヴィルヘルム・ベームによる三巻本である。もう一つはシュトゥットガルトのコッタ社刊のベルトルト・リツマンによる二巻本である。トラークルの典拠の問題について

は基本的には以下に拠る。Eberhard Sauermann, Edition und Funktion von Trakls Quellen. Über die Dunkelheit der Gedichte >>Helian<< und >>Kaspar Hauser Lied<<.In: Anton Schwob und Erwin Streitfeld unter Mitarbeit von Karin Kranich-Hofnauer(Hrsg.), Quelle - Text - Edition. Tübingen 1997, S.255-275. さらに Goerg Trakl, Sämmtliche Werke und Briefwechsel. Innsbrucker Ausgabe,a.a.O. の「刊行者の言葉」(S.14-17) ならびに引用文献一覧表 (S.603) も参照。

(23) Rüdiger Görner, Hölderlins heiliger Zorn. In: Martin Roussel u.a.(Hrsg.), Festschrift für Günter Blamberger. Köln 2013 (印刷中) 参照。

(24) Hölderlin, SWB I,S.320.

(25) Johannes Urzidil, Sturz der Verdammten. Gedichte. Leipzig 1919, S.6.

IX 生まれぬもののなかで後生に生き続ける

(1) インスブルックのブレンナー・アルヒーフ所蔵。蔵書番号 BA 510。この献辞を記したのはヴォルフガング・コルダン (H・ホルンの筆名) であり、彼はパリで反ナチの本を刊行し、後にオランダでナチス占領に対して戦った。これについてはブレンナー・アルヒーフの教授エーバーハルト・ザウアーマン博士から貴重なご教示を頂いた。博士に深く感謝する。ダヴィト・デ・ヨング (1898-1963) は小説家で在野の学者であり、コルダンとの共著 >>Essay over het Surrealismen<< (Amsterdam 1935) を出している。ドイツ語の翻訳書としては特に『レンブラント　画家たちの王』(Berlin 1958) ならびにリュッテン&レーニング社から一九七〇年に『道化師エステバニーニョ』が刊行されている。

(2) Frank Schirrmacher, Fünf Dichter - Ein Jahrhundert.Über George, Hofmannsthal, Rilke, Trakl und Benn(Berlin 1996), Frankfurt am Main und Leipzig 1999.

(3) 「主体の無力―人格の力」という対立概念の創始者はクリスチャン・ベネとエンリコ・ミュラーである。彼らはニーチェにおけるこの問題を、二〇一二年一〇月一一日から一四日にかけてナウムブルクで開催されたニーチェ協会の国際会議においてテーマとした。この会議録は現在印刷準備中である。

(4) Schirrmacher, a.a.O., S.59.

(5) これについては Patrick Bridgwater, The German Poets of the First World War. Beckenham 1985,S.19-37 参照。ハイムについては同書の二十一～二十五頁参照。英語圏のドイツ語・ドイツ文学研究では比較的早くから、一九一四年から一九一八年までの抒情詩における戦争美学というテーマが取り上げられた。先駆的な仕事としては以下のものが挙げられよう。Ronald Peacock, The Great War in German Lyrical Poetry, 1914-1918. Proceedings of the Leeds Philosophical Society, Vol. III,Part IV.Leeds 1934, S.189-243. ピーコックのこの論文ではトラークルは考察の対象として取り上げられていない。その理由はピーコックはトラークルを「戦争詩人」とみなしていないことにあると思われる。このことは本書の論述からも明らかである。「ネガティヴなユートピア」というスローガンについてはここでは触れないでおく。Theo Buck, Negative Utopie. Zu Georg Trakls Gedicht >>Grodek<<. In;Colombat/Stieg, Frühling der Seele, a.a.O., S.171-180 を参照。

(6) Ernst Jünger, Kriegstagebücher 1914-1918. Hrsg.v. Hellmuth Kiesel. Stuttgart 2010.

(7) In: Franz Werfel, Gedichte aus den Jahren 1908-1945. Gesammelte Werke in Einzelbänden. Hrsg.v.Knut Beck. Frankfurt am Main

1993, S.70.

（8）この考えはシルマヒャーが初めて主張した。a.a.O., S.62.

（9）In: Ingeborg Bachmann, Wir müssen wahre Sätze finden. Gespräche und Interviews. Hrsg. V. Christine Koschel und Inge von Weidenbaum. München/Zürich 1983, S.45.(Aussage v. 5. November 1964) トラークルとバッハマンに関する詳細な比較研究はこれまでまだなされていない。もしそうした研究が行われるとした場合には、「影響」を論じるよりもむしろ、両者の作品の所々に認められる相似の詩的な気分や詩論的な類似性を追求するべきであろう。

（10）In: Jahrbuch des Brenner. Fünfter Jahrgang (1915), S.60 ならびにRilke,Werke Bd. 2, a.a.O., S.50.

（11）Rilke Briefe I,a.a.O., S.562.

（12）Ebd.

（13）Ebd.,S.563.

（14）In: Der Brenner IV(1914), Heft 8/9, S.357. 翻訳はマリー・ルイーゼ・ゴータインによる。トラークルの詩は三五八～三六三頁に掲載されている。

（15）Brenner-Jahrbuch,a.a.O., S.66.

（16）Ebd.,S.132.

（17）In: Franz Fühmann, Der Sturz des Engels. Erfahrungen mit Dichtung. München 1985, S.79.

（18）In: Lasker-Schüler, Sämtliche Gedichte, a.a.O., S.151.

（19）これについてはSigrid Bauschinger, Else Lasker-Schüler. Biographie. Göttingen 2003, S.237f. 参照。

（20）Lasker-Schüler, Sämtliche Gedichte, a.a.O., S.151f.

（21）Buschbeck, Trakl, a.a.O., Albert Ehrenstein, Georg Trakl. In: Werke Bd. 5,a.a.O., S.78-81.

（22）Ehrenstein, ebd., S.78.

（23）Ebd.

（24）Ebd., S.80.

（25）Ebd., S.81.

（26）Ebd.

（27）Felix Braun, Lyrische Gestalten und Begabungen. In: Neue Freie Presse v. 17.Mai 1914(Nr.17861), S.32-34. これに関してはアメリカ合衆国のヴェルフェルの専門家であり翻訳者であるジェイムス・ライデル氏にご教示を頂いたことに感謝する。

（28）Ebd. S.33.

（29）これについては「神経との対話」と題した章を参照。Stefan Zweig und die Kunst des Dämonischen. In: Rüdiger Görner, Stefan Zweig, Formen einer Sprachkunst. Wein 2012, S.60-73.

（30）Felix Braun, Zum Gedächtnis Georg Trakls. In: Die neue Rundschau 26(1915), S.140-141.

（31）In: Felix Braun,Deutsche Geister, Aufsätze, Wien/Leipzig/München 1925.(Takl-Kapitel:S.265-269). ここではヨハン・タウラーからトラークルまでが扱われている。これについては以下のオスカー・レルケの攻撃的な論評も参照。O.L.,Der Bücherkarren, Besprechungen im Berliner Börsenkurier 1920-1928. Hrsg.v.Hermann Kasack unter Mitarbeit von Reinhard Tgahrt. Darmstadt 1965, S.288-289. レルケはブラウンの浅薄な批評を「根本的に感動させるのならば、根本的にならなければならない。」（二八八頁）と非難している。ブラウンは第二次世界大戦後、インゼル社の叢書のトラークル詩集（Nr.436『決別した者の歌』）に序文を書いている。この文は戦後に再び呼び出された「西洋」文化神話と関連づけられる。（Leipzig 1950）

（32）Handschriftenabteilung der Stadtbibliothek Wien, Sigle I.M. 162.074.

(33) Handschriftenabteilung der Stadtbibliothek Wien, Sigle I.M. 162. 086. この手紙ではこの後にレルネト＝ホレーニアの詩「1人の若者の犠牲的死」が載せられている。手紙は In: Ludwig von Ficker, Briefwechsel 1926-1939(=Bd. III), Hrsg.v.Ignaz Zangerle, Walter Methlagl, Franz Seyr, Anton Unterkircher. Innsbruck 1991. S.140f. しかし注釈では手紙の下書きについては触れられていない。

(34) In: Wolfgang Schneditz. Georg Trakl in Zeugnissen der Freunde. Salzburg 1951, S.99.

(35) Alexander Lernet-Holenia, Größe und Elend Georg Trakls. In: Die Presse v.29.Januar 1955. (Nachlass Ludwig von Ficker im Brenner-Archiv. Sigle 102/158-1). Ebenso ders., Georg Trakl. In: Neue Schweizer Rundschau. N.F. 22(!954/55), Heft 9, S.568-569.

(36) Theodor W. Adorno, Minima Moralia (1951). Frankfurt am Main 2001, S.426f.u.S.364.

(37) 引用は Werner Kraft, Friedrich C. Heinle. In: Akzente 31(1984), S.9-21,hier;S.18. に拠る。

(38) Ebd.

(39) Werner Kraft, Über einen verschollenen Dichter. In: Neue Rundschau 78(1967), S.614-621, hier:S.614 参照。

(40) Ebd. ,S.619.

(41) In: Kraft, Heinle, a.a.O., S.12.

(42) 引用は Kraft, Über einen verschollenen Dichter.,a.a.O.,S.620 に拠る。

(43) In; Ebd.,S.617.

(44) In; Ebd.,S.618.

(45) In; Ebd.,S.618.

(46) 引用は Harald Hartung, Die unvollkommene Sühne. Zum hundertsten Geburtstag des Schriftstellers Georg Trakl. In: Frankfurter Allgemeine Zeitung v.3.Februar 1987 に拠る。Armin Vilas, Ethik und Ästhetik sind eins:Wittgenstein und Trakl. In:Austriaca 13(1987),S.47-65 も参照。

(47) Ebd.

(48) In: Heidegger, Unterwegs zur Sprche, a.a.O., S.26.

(49) In: Handschriftenabteilung der Stadtbibliothek Wien, Sigle I.N. 217. 625.

(50) In: Ilse Aichinger. Kleist, Moos, Fasane. Frankfurt am Main 1987, S.92. トラークルとビュヒナーの関連については Rudolf Dirk Schier, Büchner und Trakl. Zum Problem der Anspielungen im Werk Trakls. In: Publications of the Modern Language Association of America 87 (1972), S.1052-1064 も参照。ただしこの論考は当然アイヒンガーとは関連づけていない。

(51) In: Aichinger. Kleist, Moos, Fasane.a.a.O., S.90.

(52) 例えば Ingrid Strohschneider-Kohrs, Die Entwicklung der lyrischen Sprache in der Dichtung Georg Trakls. In: Literaturwissenschaftliches Jahrbuch, N. F.1(1960),S.211-226 参照。

(53) この表現はローベルト・メナッセに拠る。In:Zerstörung der Welt als Wille und Vorstellung. Frankfurter Poetikvorlesungen. Frankfurt am Main 2006, S.45.

(54) 引用は Franz Werfel, Stern der Ungeborenen.Ein Reiseroman. Gesammelte Werke in Einzelbänden. Hrsg.v.Knut Beck. 6.Aufl. Frankfurt am Main 2010, S.15.

(55) Ebd.,S.17f.

(56) これに関してはヴェルフェルの専門家であるペーター・シュテファン・ユンク氏とジェイムス・ライデル氏から的確なご教示をいただいた。両氏に深く感謝する。

(57) In: Hermann Graf Keyserling, Betrachungen der Stille und Besinnlichkeit. Jena 1941, S.259.

写真クレジット

二一五頁　マックス・エスレルテ『カリカチュア　ゲオルク・トラークル』
©Forschungsinstitut Brenner-Archiv, Innsbruck

二一六頁　ヴェニスのリドのトラークル、一九一三年
©Forschungsinstitut Brenner-Archiv, Innsbruck

二一七頁　マックス・エスレルテ『蔵書票　ゲオルク・トラークル』
©Forschungsinstitut Brenner-Archiv, Innsbruck

二三五頁　ゲオルク・トラークルの自画像
©mit freundlicher Genehmigung der Georg-Trakl Forschungs-und Gedenkstätte Salzburg
(Georg-Trakl Forschungs-und Gedankestätte Salzburg の好意ある了解を得て)

三七五頁　マックス・エスレルテ『冬の夜』
©Forschungsinstitut Brenner-Archiv, Innsbruck

謝辞

この種の本には多くの感謝の道がある。それらはすべて一つの地点から、すなわちシュヴァルツヴァルトの中央にある私が通ったギムナジウムから始まる。そこではドイツ語の授業で「ミラベル庭園の音楽」を暗唱することや「冬の夕べ」を解釈することに重きが置かれていた。言葉の師であった私の教師は、私が「冬の夕べ」を上手に朗読できるようになり、「ミラベル庭園の音楽」を前よりも説得力をもって解釈できるようになったかを確認した。そこからザルツブルクに向かう最初の感謝の道が、信じられないような伝説的な、しかし残念ながら今だに名前を知らない一人の給仕に続く。彼は（かつての）カフェ・グロッケンシュピールで、苺トルテを味わったり、ペパーミントの香りに包まれながらトラークルを読んでいたギムナジウムの生徒の私に、私の両親と心得たように目くばせし合ったりせずに、（彼の言葉では「ここの斜向かいにある」）ヴァーク広場にある人目につきにくいトラークルの記念館にはもう行ったのかと尋ねた。その後、頻繁にザルツブルクを訪れるようになった私を道はいつも決まって「グロッケンシュピール」に、そしてこの上品で能弁な給仕の庇護のもとに連れて行った。そうしたある時、彼は本当のところ私たちはトラークルの家にいるのだと話した。なぜならばトラークル一家は最後にはここに長い間住んでいたのであり、そして一階には金物店がたくさんの柵ともどもあったのだと。

私がテュービンゲンで勉強し始めた時、トラークルに向かう道はとうに平らにならされていた。

もっともその道はそこでしばしの間土砂で埋められそうになった。ロンドンでは事情は違った。それは気心が合うトラークルの翻訳者のミヒャエル・ハンブルガーとしばしば会うことができたおかげだった。

トラークルの作品の英語による翻訳は今日に至るまで換骨奪胎という特殊な様相を呈している。それは最近の注目に値するいくつもの翻訳によってさらに実り豊かなものになっている。ウィル・ストーン（二〇〇五）の翻訳はその一例として挙げられよう。

本書の執筆に直接的につながる感謝の道は再びザルツブルクに戻り、当地のトラークル記念館を作り上げたハンス・ヴァイクセルバウム館長のもとに向かう。この記念館はとうにもはや「人目につかな」くはなくなった。ヴァイクセルバウム氏の働きによって、この記念館は文化的なザルツブルクの中心となっている。感謝の道はインスブルックに、ブレンナー・アルヒーフに、ヨハネス・ホルツナーとエーバーハルト・ザウアーマンのもとに向かう。この仕事が最終的な重要な段階にさしかかった時に、彼らは惜しみない助言と教示で私を助けてくれた。そしてまたウィーン大学公文書館ならびにウィーン薬剤博物館のラインホルト・ガブリエルとオーストリア薬剤師会の公文書館にも感謝しなければならない。

本書はお役所の狂気の沙汰によって得られた自由な時間なしには書かれなかっただろう。それによって私は二〇一二年の冬学期と翌年の夏学期をケルン大学の国際研究所モルフォマータで特別研究員として過ごすことが許された。同研究所の学際的な方針、その核となる様々な文化的な表現形態の研究への関心、そして研究員たちの活発な討議を通じてなされる、文学的創作が生み出す具象世界の分析によって、私は文字通り目を開かされ、本書の執筆にとって理想的な場を得ることとなった。同研究所の当該年の中心的テーマは「死の表現形態」であったから、私の研究は容易に同研究所の仕事の中に組み入れられたし、それに生産的な刺激を与えることができた。このことに対して同研究所所長のギュンター・ブラムベルガーとディートリヒ・ボシュングに深く感謝する。

間接的にではあるが、本書によって、ヴァルター・ヴァイス（ザルツブルク）とクルツィストフ・リピンスキ（クラクフ）がトラークルに関する解釈で成し遂げた業績を思い起こさせることができればと願っている。同僚の多くの文芸学者たちと同様に、ヴァイスとリピンスキの二人が亡くなった今もなお、彼らに対する私の感謝の念は消えることはない。ハンス・ヴァイクセルバウム（ザルツブルク）が同僚として親切に私の誤りを指摘し、正してくれたことにも感謝する。

最後に何よりもツゾルナイ出版社と社長のヘルベルト・オアリンガーに感謝を申し上げたい。そしてまた私の原稿審査を担当してくれたベッティーナ・ヴェルゲッターにも感謝したい。彼女は常に懇切な協力を惜しまず、私を励まし続けてくれた。同様にハンザー／ツゾルナイ・グルッペ出版社の元社長であったミヒャエル・クリューガーにも感謝を申し上げる。彼と私は二〇一二年の春に本書の基本的な構想について詳しく話し合うことができた。

ケルン・ロンドン・ザルツブルク、二〇一三年夏

訳者あとがき

本書は二〇世紀を代表するオーストリア詩人ゲオルク・トラークルの生涯と詩作品の精髄に迫る評伝 Rüdiger Görner: *Georg Trakl. Dichter im Jahrzehnt der Extreme*. Paul Zsolnay Verlag, Wien 2014 の全訳である。

二〇一八年は人類史上最初の世界大戦となった第一次世界大戦終結から一〇〇年目にあたる。第一次世界大戦終結はまた、一三世紀以来、六〇〇年以上の長きにわたりヨーロッパで威容を誇ったハプスブルク帝国の瓦解の時でもあった。本書で取り上げた詩人ゲオルク・トラークルはハプスブルク帝国の旧都ザルツブルクに生まれ、第一次世界大戦に帝国軍の薬剤師試補として東部戦線に出征し、戦争勃発の約三か月後の一一月三日に、ガリチア地方（現在のポーランド）のクラクフ郊外でコカインの過剰摂取により、事故とも自殺ともとれる死を遂げた。享年二七歳であった。

トラークルの死の直後に書いた一通の手紙の中でリルケは、この夭折した詩人の詩集を何度も読みかえし、それに深く感動したと讃嘆の念を述べている。同時にリルケはトラークルの詩作品に「戸惑い」を覚えることも率直に告白している。リルケには「トラークルの体験は鏡像たちのようであり」、「彼に近しい者でさえ、閉め出された者として、ガラスに押し付けられたようにこれらの展望や洞察を経験する」ように思われたからである。そしてこの手紙の最後で彼は次の問いを投げかけている、「トラークルとはいったい、誰であったのか」。また、富裕な実業家の息子として生まれ、当時まだ哲学者としては無名であったルートヴィヒ・ヴィトゲンシュタインは、トラークルの死の少し前に、父親から相続した巨額の遺産の一部を才能ある若い不遇な芸術家たちに寄贈したいと考え、その対象の一人としてトラークルを推薦され、トラークルの名を知り、彼の作品に関心を持った。ヴィトゲンシュタインは、トラークルと同時期に彼と同じく志願兵として東方戦線に送られていたが、トラークルがクラクフの野戦病院に拘束されていることを聞き知り、詩人を見舞おうと思って当地に向った。しかし彼が病院に到着したのはトラークルの死の三日後であった。トラークルの詩作品についてヴィトゲンシュタインもまた、詩人の死後に綴った一通の手紙の中で、「私はそれを理解できません、しかしそのトーンは私を幸福にします。それは真に天才的な人間のトーンです」と書き記している。

このようにすでに同時代の人々を強く惹きつけたトラークルの詩作品の魅力はそれからほぼ一〇〇年がたった今でも決して褪せてはいない。二〇一四年にはトラークルの一〇〇年忌を契機として、本書を始めとして新しい評伝が何種類も出版され、また、新しい装丁で編まれた詩集やこの詩人に関係する著述も相次いで刊行されたことはその証と言えよう。しかし同時に彼の詩作品は今日もなお、リルケの言葉を借りれば、それを読む者を「閉め出す」かのように、あるいはヴィトゲンシュタインの言うように「理解することはできない」とも感じさせる。本書はそうしたトラークルの詩作品の魅惑に満ちた、しかしまた暗く、謎めいた世界に深く分け入ることによって、「トラークルとはいったい、誰であったのか」というリルケの問いに一つの答えを差し出すものと言えるであろう。

本書の著者リューディガー・ゲルナーはドイツのバーデン＝ヴュルテンベルク州のロットヴァイルに生まれ、テュービンゲン大学でドイツ語・ドイツ文学、歴史、哲学及び音楽学を、さらにロンドン大学で英語・英文学及び哲学を修めた。現在はロンドン大学のクイーン・メアリー・カレッジの教授として近現代ドイツ語ドイツ文学および文化史の教鞭を取っている。二〇一三年から二〇〇四年にはトラークルの故郷の町にあるザルツブルクの大学からも客員教授として招聘されている。さらに作家、批評家、翻訳家としても活動しており、トラークルの他にもヘルダーリン、クライスト、リルケ、ツヴァイク、トーマス・マンについての評論や評伝を始め、多数の本を刊行し、『ノイエ・チュルヒャー・ツァイトゥング』誌や『ディ・プレッセ』誌にも定期的に寄稿している。こうした旺盛な研究及び執筆活動は高く評価され、ドイツ文芸アカデミーの通信会員に選ばれている。

本書は、一方で、著者の労を惜しまぬ広汎で入念な調査に基づき、トラークルに関する伝記的な事柄を、実証的、客観的に叙述している。他方で、著者は、この詩人の生の道行の諸段階を映し出す多くの詩作品を精緻に読み込み、独自に解釈することで、単なる伝記にとどまらない、非常に刺激的な詩人論を提示することに成功している。

トラークルの生涯を綴るゲルナーの筆致はかなりに抑制的である。彼はトラークルにまつわる伝記的事実を事細かにすべて示そうとはしない。むしろ彼はこの詩人の生涯のいくつかの重要な局面に焦点を当てることによってその一生を浮き彫りにしている。その際、裏付けられていない、あるいは裏付けることはできないと思われる出来事については慎重に扱い、いたずらに読者の関心を煽ろうとはしない。例えばトラークルと妹グレーテとの間の近親相姦という問題は、これまで繰り返しトラークルの読者や研究者を様々な憶測に駆り立ててきたが、ゲルナーはいくつもの信頼に値する証言から、両者の間の肉体的な近親相姦の事実は立証することができないことを明らかにした上で、それはあくまでも「思考の上での罪」であったと断言している。だがリューディガーはこの詩人から汚辱をすべて拭い去り、いたずらに美化するつもりも毛頭もっていない。第二章が「トラークルの有毒な創作」と題されているように、トラークルの深刻な薬物中毒の体験は克明に跡付けられる。しかしこの問題でもまたゲルナーは薬学生のトラークルの成績証明書を、ウイーンのオーストリア薬剤師会の公文書館の奥から探し出し、トラークルは大学では平均的な成績を収め、特に実践的な化学の試験には「優」の成績で合格したことを明らかにしている。すなわちトラークルは薬学の勉学に真面目に取り組み、薬剤の扱いやその効果に習熟していたのである。こうしてゲルナーは、トラークルが薬学を学ぼうとしたのはただ薬物に容易に近づくことができるからであった、あるいは薬学を学ぶことによって薬物中毒に拍車がかけられたとする通説は誤りであり、ひたすら薬物や酒に溺れる心身虚弱な詩人という先入観を取り去る。本書には読者がトラークルを視覚的にもイメージできるように、トラークルを写した一枚の写真、彼を描いた三枚の絵、詩人自身による一枚の自画像が効果的に配置され、掲載されているが、そこでも著者は、ヴェニスの海岸に水着で立つ写真の中のトラークルがかなりがっしりとした筋肉質の青年であることを指摘している。だがその上で、ゲルナーは、トラークル自身が描いた自画像を詳細に分析して、この詩人の抱えていた精神の苦悩や闇を浮き上がらせている。こうしてゲルナーはトラークルの生涯の種々の客観的事実を独自の観点から拾い集め、再構築し、ステレオタイプ的なトラークル像からトラークルを解放したのである。

しかも何よりもゲルナーはトラークルの詩作品を評釈することによって、この詩人の姿をくっきりと浮かび上がらせることを意図したのである。なぜならば本書のすぐ冒頭で「トラークルが生きていたのはただ書いている時だけだった。そして彼にとって書くとはただ詩を作ることだけだった。」と述べていることから分かるように、トラークルの生と詩作はぴったりと重なり合うと著者は考えるからである。その際、ゲルナーはトラークルを彼の詩の世界の中に閉じ込めるのではなく、多角的な視点から彼の生と詩を捉えようとしている。ノヴァーリスやヘルダーリン、ボードレールやヴェルレーヌやランボー、ドストエフスキーやニーチェらトラークルに先立って創作した者たちに始まり、同時代を生きたホーフマンスタールやエルゼ・ラスカー＝シューラーやフランツ・ヴェルフェル、さらには現代詩人のトーマス・クリングに至るまで、数多の詩人や作家たちを様々な観点からトラークルと比較考察する。それだけではない。ゲルナーは非常に該博な知識を縦横無尽に自在に用いて、文学だけでなく、哲学、精神分析、自然科学、音楽、美術、映画等、実に種々様々な領域からトラークルの詩作品に光を当て、その真髄を明らかにしようとしている。このような方法を取りながらも、本書は衒学的な学識によって読者を圧倒するわけではない。むしろ読者の手を取り、一歩一歩、トラークルの世界へ導いていこうとする著者の熱く真摯な思いが本書には漲っているし、その底には著書の詩人トラークルに対する深い尊敬と愛情が一貫して流れている。訳者もまた、本書を訳しながら、ゲルナーのトラークルの詩作品の大胆できわめて刺激に満ちた解釈によって、トラークルの詩作を新たに味わい、考える喜びと楽しさを十二分に享受したのであった。

冒頭に述べたように、トラークルの死の四年後、ハプスブルク帝国は崩壊した。この広大な領土を占有し、それゆえ民族も言語も宗教も多種多様に異なる人々をまがりなりにも一つにまとめ、統治していた帝国を終焉へと導いた原因の一つは、帝国内の民族自決の動きの激化にあった。第二次大戦後、かつての皇帝の末裔であるオットー・フォン・ハプスブルクは、ヨーロッパの統合をめざす運動に与し、この運動はＥＵ創立につながっている。だが今日、ＥＵの存在は大きく揺らぎ、ヨーロッパ各国は自国中心主義に大きく傾き始めているかのように見える。そしてヨーロッパにとどまらず、全世界的規模で国家、民族、宗教間の衝突は激しさを増し、とどまることを知らない。民族、宗教の違いに加え経済的格差の増大による社会の分断が進み、寛容を拒否して互いを憎悪する心情があらゆる局面で浸透していく現在、ハプスブルク帝国という世界の没落を身を持って体験し、その没落のさなかの地獄のような戦場で最後の詩を書き遺したトラークルの生涯とその詩作に向き合うことは、きわめて意義深いであろうと訳者は信じている。

本書の出版は青土社社長清水一人さんのご好意によるものである。清水さんは二〇一四年夏に原著が出版されるとすぐに訳者に本書の翻訳を強く勧めてくださり、貴重な機会を与えてくださった。本来ならばトラークル一〇〇年忌に合わせて本書も刊行されるはずであったのが、今日まで翻訳の完成が遅れてしまったのはひたすら訳者の力不足のせいである。清水一人さんには深くお詫びするとともに、心からお礼を申し上げます。翻訳に際しては、今回もまたハインツ・ハム上智大学名誉教授が訳者の疑問や質問に一つ一つ懇切丁寧に答え、教えてくださった。同教授への感謝は言葉で申し上げようもないほど深甚です。また先に述べたように、原著にはトラークル以外の様々なテキストが引用されている。それらの翻訳に関しては、特に断っていない場合にはは、先学の方々のお仕事をできるかぎり参照させていただき、訳者自身が翻訳した。したがって翻訳に誤りがあれば訳者の責任である。それにしてもここではいちいちお名前を記さないが、先学のお仕事に対して深い敬意と謝意を表します。編集にあたっては青土社の篠原一平さんに親身なお世話をいただいた。遅々として進まない訳者の仕事を常に暖かく見守り、励まし続けてくださったこともあわせて大変有難く思っております。
本書をきっかけに一人でも多くの方がトラークルの詩に関心を持って下さり、その作品を手にとっていただけることになれば訳者にとっては望外の喜びです。

中村朝子

二〇一七年一一月

ゲオルク・トラークル
生の断崖を歩んだ詩人

2017 年 11 月 25 日　第 1 刷印刷
2017 年 11 月 30 日　第 1 刷発行

著者――リューディガー・ゲルナー
訳者――中村朝子

発行人――清水一人
発行所――青土社
東京都千代田区神田神保町 1-29　市瀬ビル　〒101-0051
電話　03-3291-9831（編集）、03-3294-7829（営業）
振替　00190-7-192955

印刷・製本――ディグ

装幀――菊地信義

ISBN978-4-7917-7022-9　Printed in Japan